KB128088

THE FEAR INDEX

어느 물리학자의 비행

THE FEAR INDEX

로버트 해리스 장편소설

ROBERT
HARRIS

조영학 옮김

내 가족

질, 홀리, 찰리, 마틸다, 샘에게

불길 속에 한 사람의 윤곽이 나타난다.
그는 두 팔을 벌리더니 지붕 끝까지 달려가
이카로스처럼 허공으로 몸을 날린다.

차례

01 침입자 10
02 책에서 걸어 나온 남자 25
03 상처 입은 야수 43
04 미래의 회사 57
05 하등의 상관이 없는 76
06 이 세계의 주인 93
07 이상한 초대 120
08 배려하는 마음 134
09 미지의 남자 147
10 유령의 그림자 165
11 생존을 위한 투쟁 178
12 회상 198
13 두려움 지수 216
14 죽음을 꿈꾸는 남자 231
15 어느 물리학자의 비행 249
16 추락 270
17 어디에도 없는 땅에서 290
18 이카로스의 그림자 309
19 디지털 구름 319

01

침입자

내가 정답은 아닐지언정, 적어도 내 선례를 따라 지식의 습득이 얼마나 위험한지 알라. 그리하여, 고향을 유일한 세상으로 아는 이가, 자신의 본성이 허락하는 그 이상으로 위대해지고자 하는 이보다 훨씬 행복함을 배울지어다.

_메리 W. 셸리, 〈프랑켄슈타인〉(1818)

알렉산더 호프만 박사는 제네바에 있는 그의 저택 서재에서 난롯불 앞에 앉아 있었다. 재떨이엔 피우다 만 시가가 꺼진 채 놓여 있었다. 지금은 관절식 램프를 어깨 높이까지 낮게 당겨 놓고 찰스 다윈의 명저《인간과 동물의 감정 표현》초판을 넘기는 중이었다. 바깥 복도에서 빅토리아풍의 괘종시계가 자정을 알렸지만 호프만은 종소리를 듣지 못했다. 난롯불이 꺼져 간다는 사실도 알아채지 못했다. 특유의 놀라운 집중력을 온통 독서에 쏟아붓고 있었다.

1872년 런던의 존 머리 출판사가 출간했고 2쇄로 7000부를 찍었으며,

2쇄본 208페이지에 '크것'이라는 오타가 있다는 사실 정도는 그도 알고 있었다. 지금 들고 있는 책은 오타가 없는 것으로 보아 분명 1쇄본이었으며, 그로 인해 값어치는 훌쩍 치솟을 수밖에 없었다. 호프만은 책을 돌려 책등을 살폈다. 오리지널 녹색 천에 금박으로 글자를 박았고, 끄트머리만 살짝 헤진 정도였다. 이 정도면 고서적 시장에서도 일등급 상품으로, 대충 잡아도 1만5000달러는 호가할 것이었다. 어제 저녁, 뉴욕 시장이 폐장하자마자 귀가했을 때, 이 책이 그를 기다리고 있었다. 밤 10시 직후였다. 이상한 것은 그가 실제로 과학 서적의 초판을 수집해 왔으며 또 온라인으로 이 책을 검색한 적은 있었지만, 실제로 주문까지는 하지 못했다는 점이었다.

제일 먼저 떠오른 인물은 아내 가브리엘이었지만 그건 당사자가 부인했다. 처음에는 아내의 말을 믿을 수가 없어서, 식탁을 차리는 사람한테 책을 보여주며 확인까지 했다.

"정말 나 주려고 산 게 아니라고?"

"그렇다니까. 여보, 미안하지만 난 아니야. 글쎄, 자기도 모르는 애인이라도 있나 봐?"

"정말 분명해? 결혼 기념 선물 같은 것도 아니겠지? 설마 나도 모르게 결혼기념일이 지나간 건가?"

"맙소사! 난 안 샀어, 오케이?"

네덜란드 서적상의 메모 외에 다른 메시지는 없었다. '로셍아르던 & 니헨하위세, 과학 및 의학 고서적 전문. 1911년 설립. 네덜란드 암스테르담, 프린셍라흐트 227, 1016 HN.' 호프만은 휴지통 페달을 밟아 버블랩과 두꺼운 갈색 종이를 다시 꺼냈다. 소포에 적힌 주소는 인쇄였고 정확했다. '알렉산더 호프만 박사, 클레어몬트 빌라, 루스 가 79번지, 콜로니

1223, 제네바, 스위스.' 바로 어제 암스테르담에서 속달로 배송되었다. 저녁 식사를 마친 후(생선 파이와 야채샐러드. 가브리엘이 귀가하기 전에 가정부가 준비한 식사다.) 가브리엘은 부엌에 남아 내일 있을 자신의 전시회와 관련해 여기저기 전화를 돌렸고, 호프만은 신비의 고서를 들고 서재로 돌아왔다. 한 시간 후 가브리엘이 방문을 빼꼼 열어 고개를 디밀고 먼저 침실에 들겠다고 했을 때에도 그는 여전히 책을 읽는 중이었다.

"너무 늦지 마, 자기. 기다릴 테니까."

호프만은 대답하지 않았다. 가브리엘은 문가에서 잠시 그를 지켜보았다. 마흔두 살의 나이에 비해 그는 아직 젊어 보였다. 당사자가 생각하는 것보다 훨씬 잘생긴 편이기도 했는데, 가브리엘이 남자들에게서 바라는 흔치 않은 매력이었다. 예전에 깨달았지만 자상한 편은 아니었다. 지적 호기심을 유발하지 않으면 그 어떤 것에도 전혀 관심을 두지 않았다. 때문에 친구들 사이에서 건방진 인간으로 통했지만 가브리엘은 그마저도 마음에 들었다. 그는 믿을 수 없을 정도로 소년다운 얼굴을 유지했다. 지금은 옅은 갈색 머리 위에 안경을 걸쳤는데, 렌즈에 비친 난롯불이 가브리엘에게 경고의 눈빛을 쏘아 보내는 듯했다. 이럴 때는 남편을 방해하지 않는 게 현명했다. 가브리엘은 한숨을 내쉬며 위층으로 올라갔다.

《인간과 동물의 감정 표현》이 출판물에 삽화가 실리기 시작한 초기의 책 중 하나라는 사실은 몇 년 전부터 알고 있었지만, 이러한 책들을 실제로 본 적은 없었다. 빅토리아 시대의 사진사들은 서리 정신병원에 입원한 환자들의 슬픔, 절망, 기쁨, 반항, 공포 등 다양한 감정 상태를 흑백 사진 속에 묘사해 냈다. 호모 사피엔스를 사회 규범의 가면을 벗겨 낸 동물로 전제하고, 그들의 동물적 반응을 그려 낸 연구로 기획했기 때문이었다. 다행히 과학의 시대에 태어나 사진까지 찍었지만, 특유의 사팔눈과 들쭉

날쭉한 치열은 흡사 중세의 교활하고 겁 많은 농부처럼 보였다. 호프만은 문득 어린 시절의 악몽을 떠올렸다. 옛날 동화책에서는 어른들이 밤에 몰래 방으로 들어와 잠자는 아이를 숲속으로 납치해 가곤 했었다.

사실 께름칙한 점이 하나 더 있기는 했다. 서적상이 메모를 삽입한 곳은 두려움의 감정을 다룬 페이지였다. 이거야 마치 그 페이지에 특별히 관심을 두라고 지시하는 것 같지 않은가.

(…) 겁에 질린 사람은 먼저 동상처럼 꼼짝 않거나 숨을 죽인 채 서 있으며, 아니면 들키지 않기 위해 본능적으로 웅크려 앉는다. 심장이 어찌나 빠르고 격렬하게 뛰는지 마치 갈빗대를 망치로 두드려대는 듯 (…)

호프만에게는 깊은 생각에 빠졌을 때 고개를 한쪽으로 갸웃하고 허공을 응시하는 습관이 있는데 지금이 그랬다. 우연의 일치일까? 그래, 당연한 얘기다. 한편으로는 두려움에 대한 생리학적 반응이 그가 현재 진행하고 있는 프로젝트 VIXAL-4와도 밀접한 연관이 있기에 무척이나 시의적절하다고 생각하지 않을 수 없었다. 하지만 VIXAL-4는 최고 기밀인지라, 오직 그의 연구 팀만 내용을 알고 있었다. 연구원들 모두에게 연봉을 넉넉히 주고는 있다 해도(2만5000달러에 보너스까지 듬뿍 얹은 터라 결코 적은 금액이 아니다.) 그중 누군가가 1만5000달러짜리 선물을 익명으로 보낼 리는 없으리라. 그럴 능력이 있는 사람이 있기는 하다. 프로젝트에 대해 잘 아는 데다 그 터무니없는 농담까지 파악했을 인물, 바로 파트너 휴고 쿼리. 정말 그런 걸까? 아주 값비싼 농담? 호프만은 지체 없이 그에게 전화를 걸었다.

"안녕, 알렉스. 요즘 재미 좋아?" 자정 직후의 전화가 수상하다 해도 절대 티를 낼 친구가 아니었다. 게다가 이제는 호프만의 기벽에도 익숙했다. 그의 말마따나 자신은 '사이코 박사'가 아닌가. 그는 호프만의 등 뒤뿐 아니라 면전에서도 그렇게 불렀다. 사람들이 있든 없든 항상 같은 방식으로 부르는 것 또한 그의 매력 중 일부이기도 했다.

호프만은 계속 두려움에 대해 기술한 부분을 읽어 내려갔다.

"오, 안녕. 혹시 나한테 책 한 권 사 보냈어?"

"아니, 그런 적 없는데? 그건 왜? 내가 그랬어야 했나?"

"누가 다윈 초판을 보냈는데 누군지 모르겠어."

"아주 비싸다는 얘기 같은데?"

"비싸지. 다윈이 VIXAL에 얼마나 중요한지 자네가 알고 있으니까 혹시나 했네."

"안됐지만 난 아니야. 고객일 수도 있잖아? 감사의 선물을 보내면서 카드를 빼먹은 거야, 응? 알렉스, 그 친구들 우리 덕분에 떼돈 번 건 사실 아닌가?"

"그래, 그래, 그럴지도. 좋아, 괴롭혀서 미안하네."

"괜찮아. 아침에 보자고. 내일은 굉장할 거야. 어, 그러고 보니 벌써 내일이군그래. 자네도 잠 좀 자 두게, 응?"

"그래, 그럴 생각이네. 잘 자게."

(…) 두려움이 극한에 이르면 끔찍한 비명이 터지고, 커다란 땀방울들이 피부에 맺히며, 온몸의 근육이 이완된다. 이윽고 완전한 탈진 상태가 되면 정신력이 붕괴되고 내장 기관도 영향을 받는다. 괄약근이 풀어지며, 체내의 노폐물이 방출된다. (…)

호프만은 책을 들고 냄새를 맡았다. 가죽과 도서관 먼지, 시가 연기 냄새가 시큼하게 코를 찔렀다. 희미하게나마 약 냄새도 풍겼다. 방부제 아니면 석탄가스. 문득 19세기의 실험실이나 강당이 떠올라, 정말로 작업대 위에 놓인 알코올램프, 염산 플라스크, 원숭이 해골을 본 기분이었다. 그는 서적상의 메모를 원래 있던 페이지에 끼워 넣고 조심스레 책을 덮었다. 그리고 책장으로 가져가 손가락 두 개로 책이 들어갈 공간을 만들었다. 뉴욕 소더비 경매장에서 1만2500달러에 건진《종의 기원》초판과 한때 T. H. 헉슬리가 소장했던《인간의 유래》가죽 장정 사이였다.

후에, 호프만은 이다음부터 정확히 어떤 순서로 어떤 일을 했는지 떠올리려 애쓰게 된다.

그는 우선 책상 위 블룸버그 단말기에서 미국 시장의 최종 주가를 확인했다. 다우존스, S&P500, 나스닥 모두 하락세로 장을 마감했다. VIXAL-4의 야간 근무자 스스무 타카하시에게 메일을 보냈다. 그는 시스템이 모두 완벽하게 돌아가고 있다고 답하면서 도쿄 증권 거래소가 3일간의 황금연휴를 끝내고 두 시간 후면 개장한다는 사실까지 상기해 주었다. 이번 주 유럽과 미국의 주가 하락을 따라잡기 위해 도쿄 역시 하락세로 시작합니다. 하나 더 있습니다. VIXAL은 또 다시 프록터 앤드 갬블, 즉 P&G 300만 주를 주당 62달러에 공매도할 것을 제안했는데 그럼 전반적인 포지션이 600만까지 올라갑니다. 엄청난 거래죠? 승인하시겠습니까? 호프만은 메일로 '승인'했다. 그리고 시가는 피우다 말고 던져 버리고 난로 앞에 보호 철망을 세운 다음 서재 불을 모두 껐다. 복도에서 현관문을 점검하고 숫자 네 자리의 암호로 도난경보기를 작동했다. 암호 1729는 수학자 G. H. 하디와 S. I. 라마누잔이 1920년에 나눈 대화에서 인용했다. 하디가 그 번호판의 택시를 타고 병원에 가서 죽어 가는 친구에게 "밋밋하기 짝이 없는 번호군."이라고 투덜대자, 라마누잔이 이렇게 반박했다. "아니, 아니야, 하디! 실제로는 아주 흥미로운 번호라네. 두 가지 다른 방식으로 두 개의 세제곱수를 나타낼 수 있는 최소의 자연수가 아닌가." 어쨌든 호프만은 아래층 홀에 램프 하나만 켜 두고(그건 분명하다.) 곡선형의 하얀 대리석 층계를 지나 욕실로 올라갔다. 그다음에는 안경과 옷을 벗고, 세수를 하고 이를 닦고 청색 실크 파자마를 입었다. 휴대전화 알람은 아침 6시 30분에 맞추었는데, 그때 확인한 시간이 밤 12시 20분이었다.

침실에 들어가니 놀랍게도 가브리엘이 아직 깨어 있었다. 검은색 실크 기모노 차림으로 이불 위에 똑바로 누워 있지 않는가! 경대 위에서 향초가 깜빡였고 그 밖에 다른 조명은 없었다. 두 손을 머리 뒤로 깍지 낀 터라 팔꿈치가 십자가처럼 양쪽으로 튀어나왔다. 다리는 무릎에서 갈지자로 꼬았다. 암적색 매니큐어의 작고 하얀 발이 초조한 듯 향내 자욱한 허공에 원을 그리고 있었다.

"오, 맙소사, 데이트를 깜빡했군." 그가 탄성을 흘렸다.

"괜찮아. 내가 안 잊었으니까." 그녀가 잠옷의 허리띠를 풀고 두 팔을 내밀었다.

▼ ▼ ▼

새벽 3시 50분경 호프만은 퍼뜩 잠에서 깨고 말았다. 애써 잠기운을 걷어 내고 눈을 뜨자 제일 먼저 환상적인 백색광이 보였다. 기하학 형태의 백색광…. 모눈종이처럼 촘촘한 수평선에 반해 수직선이 듬성듬성하게 이어졌지만 데이터 좌표는 없었다. 어느 수학자의 꿈이 이럴까? 하지만 몇 초간 눈을 깜빡거린 후에 깨달은 바로는 꿈이 아니라, 500와트짜리 텅스텐 할로겐 보안등 여덟 개에 불이 들어와 창문 블라인드 사이로 밝게 빛나고 있었다. 그 정도면 소형 축구장을 밝힐 수준이라 예전부터 보안등을 바꿀 생각을 하던 참이었다.

보안등은 타이머를 30초에 맞춰 두었다. 호프만은 불이 꺼지길 기다렸다. 도대체 어떤 놈이 적외선을 건드렸을까? 적외선은 정원을 열십자로 가른다. 아마도 고양이나 여우이리라. 어쩌면 커다란 나뭇잎이 바람에 날려 왔을 수도 있다. 몇 초 후 불이 꺼지고 방은 암흑으로 돌아왔다.

하지만 반대로 호프만은 정신이 말똥말똥해졌다. 그는 모바일 기기를 향해 손을 뻗었다. 헤지 펀드를 위해 특수 제작한 장비로, 민감한 내용의 통화와 메일을 암호화할 수 있었다. 그는 이불 속에서 전원을 켜고 잠깐 동안 극동의 손익계산서 화면을 확인했다. 가브리엘을 깨우지 않기 위해서인데 사실 그녀는 남편의 이런 습관을 흡연보다 더 싫어했다. 도쿄, 싱가포르, 시드니는 예상대로 하락세였으며 VIXAL-4는 벌써 0.3퍼센트 올랐다. 대충 계산해 봐도 침대에 든 이후로 거의 300만달러를 벌어들였다. 그는 흡족해하며 기기를 끄고 침대 옆 탁자에 올려놓았다. 소음이 들린 건 바로 그때였다. 조그맣고 모호하지만 어딘가 신경을 건드리는 소리…. 누군가 아래층에서 돌아다니는 것 같은….

그는 화재감지기의 작고 붉은 조명을 올려다보다가 가브리엘을 향해 손을 내밀었다. 최근에는 사랑을 나눈 후에도 잠을 이루지 못하면 종종 스튜디오로 내려가 작업을 했다. 그의 오른손이 따뜻한 매트리스를 가로질러 그녀의 엉덩이 살에 닿았다. 그녀가 알아듣기 힘든 잠꼬대를 중얼거리다가 부스스 등을 돌리더니 이불을 끌어가 자신의 두 어깨를 더 단단히 감쌌다.

다시 소음이 들렸다. 그는 양 팔꿈치를 대고 엎드린 채 귀를 기울였다. 특별히 어떤 소리라기보다는 희미하게 쿵쿵거리는 소음에 가까웠다. 낮선 난방 시스템이나 바람에 걸린 문 때문일 수 있었다. 이때까지는 그도 대수롭지 않게 생각했다. 저택의 보안 시스템은 실로 어마어마했다. 몇 주 전에 이 집을 구입한 이유 중 하나도 보안 때문이었다. 투광 조명등 말고도 육중한 전자 철문에 3미터 높이의 담장이 있고, 특수강으로 제작한 현관문은 키패드로 출입하도록 만들었다. 1층 창은 모두 방탄유리에 동작감지 도난경보기도 최첨단이며, 침실로 들기 전에 당연히 확실하게 작동해 두었다. 침입자가 시스템 모두를 뚫고 안으로 들어올 가능성은 거의 없었다. 게다가 그도 약골과는 거리가 멀었다. 오래전 엔도르핀 수치가 높은 탓에, 마음을 고쳐먹고 헬스와 조깅에 시간과 노력을 투자한 덕분이었다. 그의 핏속에도 분명 영역 보존의 유전자가 꿈틀거렸다.

그는 가브리엘을 깨우지 않고 침대를 빠져나가 안경과 가운, 슬리퍼를 챙겼다. 잠시 머뭇거리며 어둠 속을 둘러보았지만 방 안에 무기로 쓸 만한 물건이 있을 것 같지는 않았다. 그는 휴대전화를 주머니에 넣고 침실 문을 열었다. 처음엔 빼꼼, 그다음엔 활짝. 아래층 홀의 램프 불빛이 층계참에 희미한 빛을 뿌렸다. 그는 잠시 문가에 서서 귀를 기울였다. 소리는 더 이상 들리지 않았다. 정말로 소음을 듣기는 한 걸까? 이윽고 계단으로 이동해 아주 천천히 내려가기 시작했다.

아마도 잠들기 전에 다윈을 읽은 탓이겠지만, 계단을 내려가면서는 자신도 모르게 신체 반응을 의식하고 있었다. 호흡은 짧아지고 심장박동은 불쾌감이 들 정도로 빨라졌다. 머리카락도 짐승의 털만큼이나 뻣뻣해졌다.

마침내 1층에 다다랐다.

집은 세기말에 지었으며, 최초의 주인은 프랑스 사업가로 1902년 석탄 폐기물에서 기름을 뽑아내는 사업으로 한밑천 단단히 잡았다고 들었다. 직전 주인이 전체적으로 실내를 과도하게 장식한 덕에 이사 오기야 쉬웠지만, 쉽사리 정이 들지 않는 이유 또한 바로 그 때문이겠다. 왼쪽에 현관문이 있고, 바로 앞이 응접실 문이었다. 오른쪽 통로는 건물 뒤쪽, 그러니까 식당, 부엌, 서재, 그리고 가브리엘이 스튜디오로 사용하는 빅토리아풍의 온실로 이어졌다. 그는 두 손을 들어 방어 자세를 취한 다음 미동도 않고 서 있었다. 소음은 더 이상 들리지 않았다. 홀 구석의 빨간 동작 감지 불빛이 그에게 윙크를 했다. 조심하지 않으면 호프만 자신이 도난경보기를 울리는 당사자가 될 것이다. 과거 콜로니의 다른 지역에 이사했을 때 이미 두 번이나 당하지 않았던가. 거대한 건물이 미친 듯이 울어 댈 때는 담쟁이덩굴로 뒤덮인 담벼락 안에서 맛이 간 노파 수십 명이 한꺼번에 비명을 지르는 것만 같았다.

그는 양손에서 힘을 빼고 홀을 가로질러 벽 쪽으로 간 다음 손잡이를 누르고 낡은 기압계를 바깥쪽으로 돌렸다. 도난경보기 컨트롤 박스는 그 안에 숨어 있었다. 그는 경보 시스템을 해제하기 위해 오른손 검지를 내밀다가, 먼저 확인부터 해 보기로 했다.

도난경보기는 이미 해제 상태였다.

그는 손을 멈춘 채 머릿속으로 이해 가능한 설명을 찾아보았다. 가브리엘이 내려와 도난경보기를 끄고는 침대로 돌아올 때 재가동을 깜빡 잊었다? 애초에 자신이 세팅 자체를 잊었거나 작동 오류가 발생했을 가능성도 있었다.

호프만은 아주 천천히 왼쪽으로 몸을 돌려 현관문을 살폈다. 흐린 조명이 문의 검은색 유광 페인트를 비추었다. 현관문은 단단히 닫혔고, 강제로 침입한 흔적은 보이지 않았다. 이곳 역시 도난경보기와 마찬가지로 최첨단 장치이며, 동일한 네 자리 암호를 설정해 두었다. 고개를 돌려 어깨 너머로 층계, 그리고 건물 중심으로 통하는 복도를 살폈다. 모두 조용했다. 그는 현관문으로 이동해 암호를 입력했다. 빗장이 딸깍, 하고 빠지는 소리가 들렸다. 그는 커다란 놋쇠 손잡이를 잡아 돌린 다음, 어두운 현관을 통해 밖으로 나갔다.

어두운 잔디밭 위로 푸르스름한 은빛의 보름달이 힘껏 집어 던진 원반처럼 검은 먹구름 사이를 빠른 속도로 질주하고 있었다. 거대한 전나무 그림자들이 도로부터 집까지 이어져 바람에 흔들거리거나 불안한 듯 웅성거렸다.

호프만은 자갈이 깔린 진입로 쪽으로 몇 걸음 더 내려가 보았다. 문제가 있다면 이쪽일 것이다. 조명이 어찌나 밝은지 마치 감옥을 탈출하다가 탐조등에 걸린 죄수라도 된 기분이었다. 그는 팔을 들어 눈을 가리고 노란 조명의 내부 홀 쪽으로 돌아섰다. 그때 현관문 한쪽에 가지런히 벗어 놓은 검은 부츠 한 켤레가 눈에 들어왔다. 주인은 알 수 없으나 분명 집 안에 흙을 떨어뜨리거나 집주인을 깨우고 싶지 않다는 뜻이었다. 호프만의 부츠는 아니었다. 당연히 가브리엘의 것도 아니었다. 여섯 시간 전 귀가했을 때 그곳에 없었다는 것도 확신할 수 있었다.

그는 부츠를 노려보며 황급히 휴대전화를 찾다가 하마터면 바닥에 떨어뜨릴 뻔했다. 그리고 911을 누르다가 이곳이 스위스라는 생각에 다시 117을 눌렀다.

제네바 경찰청에 따르면 전화벨은 새벽 3시 59분에 단 한 번 울렸다. 경찰은 비상 전화를 빠짐없이 기록해 차후에 녹취록까지 발간했는데, 당시 전화를 받은 사람은 여경이었다.

"위, 폴리스? *(Oui, Police?)*"

사위가 고요한 터라 여자 목소리는 무척이나 크게 들렸다. 게다가 투광 조명등 아래 완전히 노출된 상태가 아닌가. 그는 입구에서 보이지 않도록 재빨리 왼쪽으로 빠져나갔다가 다시 앞으로 이동해 건물 그림자 안으로 숨어들었다. 호프만은 휴대전화를 입에 바짝 붙이고 조용히 속삭였다.

"제 언 엥트리 시르 마 프로프리예테. (*J'ai un intrus sur ma propriété.*: 집에 침입자가 있습니다.)" 후에 테이프를 확인했을 때 그의 목소리는 기계음처럼 아주 차분하게 들렸다. 당시엔 자신도 깨닫지 못했지만, 그건 대뇌피질의 신경을 오로지 생존에만 집중한 남자의 목소리이자, 두려움 그 자체의 목소리였다.

"켈 에 보트르 아드레스, 므슈? (*Quelle est votre adresse, monsieur?*: 주소가 어떻게 되시죠, 선생님?)"

그가 주소를 일러 주었다. 여전히 건물 앞쪽을 따라 이동 중이었다. 휴대전화 너머에서 타이핑하는 소리가 들렸다.

"에 보트르 농? (*Et votre nom?*: 그리고 이름은요?)"

"알렉산더 호프만." 그가 속삭였다.

보안등이 갑자기 꺼졌다.

"오케이, 므슈 오프만. 헤스테 라. 윈 부아튀르 에 앙 루트. (*Monsieur Hoffmann. Restez là. Une voiture est en route.*: 호프만 씨, 조금만 기다리시면 곧 순찰차가 도착할 겁니다.)"

그녀가 전화를 끊었다. 호프만은 건물 모퉁이의 어둠 속에 혼자 남았다. 5월 첫 주의 스위스 날씨치고는 터무니없이 추웠다. 바람도 북동쪽의 레만 호수에서 곧바로 불어왔다. 인근 선착장을 빠르게 두드리는 파도 소리, 선박들의 금속 마스트에서 마룻줄이 덜그럭거리는 소리가 들렸다. 잠옷을 단단히 여미었지만 몸은 하릴없이 떨리기만 했다. 앙다물지 않으면 이가 서로 부딪칠 정도였다. 그럼에도 불구하고 아직 공황 상태까지는 아니었다. 물론 공황은 두려움과 차원이 다르다. 공황이 도덕적, 신경증적 붕괴이자 에너지의 소진이라고 한다면, 두려움은 근육과 본능에 대한 얘기다. 예를 들어 뒷다리로 서서 당신을 노리는 야수가 있다면 놈은 당신의 뇌와 근육을 통제할 것이다. 호프만은 바람 냄새를 맡으며 건물의 호수 쪽 측면을 힐끗 보았다. 건물 아래층 뒤쪽 어딘가에 불빛이 보였다. 불빛은 주변의 관목 숲을 요정들의 숲처럼 예쁘게 만들어 주었다.

그는 30초 정도 기다렸다가 조심조심 그쪽을 향해 움직였다. 건물 한쪽을 따라 넓은 다년초 화단이 길게 늘어서 있었다. 처음에는 어느 방에서 빛이 새어 나오는 건지 확신하지 못했다. 부동산 업자가 안내를 한 후로 이곳에 내려와 본 적이 없기 때문이었는데, 가까이 다가갈수록 부엌이 확실해 보였다. 조심스럽게 창틀 너머를 보니 부엌에 분명 남자의 그림자가 있었다. 남자는 창문을 등진 채 부엌 한가운데 대리석 아일랜드 식탁에 기대서 있었다. 움직임이 전혀 서두르는 기색이 아니었다. 지금은 칼블록에서 칼을 모두 꺼내 전자 숫돌에 하나씩 갈고 있었다.

심장이 어찌나 빨리 뛰는지 쿵쿵거리는 박동 소리까지 들릴 정도였다. 제일 걱정되는 건 당연히 가브리엘이었다. 침입자가 부엌을 장악하고 있는 동안 아내를 밖으로 빼내야 했다. 아니면 적어도 경찰이 올 때까지 욕실에 숨기거나.

휴대전화는 여전히 손에 들려 있었다. 그는 침입자에게서 눈을 떼지 않고 아내에게 전화를 걸었다. 2초 후 아내의 휴대전화가 울리기 시작했는데… 아내와 함께 2층에 있어야 할 전화치고는 소리가 너무 크고 가까웠다. 순간 이방인이 칼을 갈다 말고 화들짝 고개를 들었다. 휴대전화는 그녀가 침대에 들기 전에 놓아 둔 자리, 바로 부엌의 소나무 식탁 위에 있었다. 화면에 불이 들어오고 분홍색 플라스틱 케이스가 마치 뒤집어 놓은 딱정벌레처럼 나무 상판을 따라 부르르 떨었다. 침입자가 고개를 갸웃거리며 휴대전화를 보았다. 놈은 몇 초 동안 그 자리에서 꿈쩍도 하지 않다가 가만히 칼을 내려놓았다. 여전히 황당무계할 정도로 침착한 태도였다. 호프만이 제일 좋아하는 칼이었다. 길고 가는 칼날이 뼈를 저미는 데 아주 좋았다. 놈은 아일랜드 식탁을 돌아 소나무 식탁으로 향했다. 그 바람에 그의 몸이 반쯤 창문을 향해 돌아섰고, 호프만은 순간이나마 앞모습을 확인할 수 있었다. 머리는 크게 벗겨졌고, 잿빛의 성긴 장발은 귀 뒤로 넘겨 길게 묶었는데 기름기가 번지르르했다. 홀쭉한 두 뺨은 면도를 하지 않아 털이 덥수룩했다. 갈색의 낡아 빠진 가죽 외투 때문인지 여행자처럼 보였으나, 어쩌면 광대나 부랑자일 수도 있었다. 그는 휴대전화를 처음 보기라도 하듯 묘한 표정으로 쳐다보다가 마침내 머뭇머뭇 집어 들어 귀로 가져갔다.

호프만은 살인적인 분노에 치를 떨었다. 분노가 섬광처럼 폐부를 찔렀다. "이 개자식, 내 집에서 꺼져." 그가 휴대전화에 대고 조용히 뇌까렸다. 침입자가 놀라 화들짝 고개를 젖혔다. 마치 누군가가 그의 위에서 보이지 않는 선이라도 잡아당긴 듯한 모습에 호프만은 흡족했다. 놈이 다급하게 좌우를 둘러보았다. 왼쪽, 오른쪽, 왼쪽, 오른쪽. 이윽고 그의 시선이 창문을 향했다. 일순 그의 눈과 호프만의 눈이 마주쳤다. 물론 놈이 호프만을 볼 수는 없었다. 그 자리에서는 그래 봐야 어두운 창문에 불과했다. 하지만 그렇다고 누가 더 놀랐는지 말하기는 쉽지 않았다. 갑자기 놈이 휴대전화를 식탁에 내팽개치더니 놀라운 속도로 문을 향해 내달렸다.

호프만은 욕설을 퍼부으며, 왔던 방향으로 달리기 시작했다. 화단에서 미끄러지고 넘어지며 거대한 저택을 돌아 현관문 쪽으로 향하는데 슬리퍼 차림이라 쉽지가 않았다. 발목이 뒤틀리고 숨 쉴 때마다 목에서 흐느낌이 터져 나왔다. 모퉁이에 다다를 때쯤 현관문이 쾅, 하고 닫히는 소리가 들렸다. 침입자가 도로를 향해 달아났으리라 생각했건만 아니었다. 몇 초가 지나도 놈은 나타나지 않았다. 안에서 문을 걸어 잠근 것이다!

"오, 맙소사. 이런, 안 돼." 호프만이 나지막이 내뱉었다.

그는 미친 듯이 현관문 쪽으로 뛰어갔다. 부츠는 아직 그 자리에 있었다. 낡고 쭈글쭈글한 구두가 혀까지 길게 늘어뜨리니 더없이 사악해 보였다. 암호를 누르는데 두 손이 너무도 떨렸다. 가브리엘의 이름을 미친 듯이 불러댔지만, 안방 침실은 현관 반대편으로 깊숙하기에 그녀가 들을 가능성은 전혀 없었다. 빗장이 철컥, 하며 열렸다. 그는 문을 열고 어둠 속으로 뛰어 들어갔다. 아래층 홀의 램프가 꺼져 있었다.

잠시 문가에 서서 헐떡이며 지금부터 달려야 할 거리를 가늠하고 가능성을 계산했다. 그러고는 "가브리엘! 가브리엘!" 하고 외치며 층계를 향해 달리기 시작했다. 그리고 대리석 바닥을 반쯤 지나는데 건물 전체가 폭발하는 듯 보였다. 계단이 주저앉고 바닥 타일이 일어나고 사방의 벽이 터져 어둠 속으로 날아갔다.

02

책에서 걸어 나온 남자

저울 위에 낱알 하나 올리는 것만으로도 개체의 생존과 소멸이 결정될 것이다.

_찰스 다윈, 〈종의 기원〉(1859)

그 뒤부터는 기억이 전혀 없었다. 평소처럼 마음을 괴롭히는 생각이나 꿈도 없었다. 그러다가 기나긴 항해 끝에 마침내 저 안개 너머로 나지막한 육지 끄트머리가 슬며시 삐져나오듯 조금씩 감각이 되살아나기 시작했다. 목덜미와 등줄기로 똑똑 흘러내리는 차가운 액체, 묵직한 두개골, 꼬챙이로 후벼 파는 듯한 두통, 쿡쿡 쑤시는 두 귀, 향수 특유의 톡 쏘는 꽃향기…. 그리고 문득 자신이 한쪽 뺨에 부드러운 물체를 댄 채 옆으로 누워 있다는 사실을 깨달았다. 무언가가 손을 누르고 있었다.

두 눈을 뜨자, 얼굴 바로 앞에 하얀 플라스틱 그릇이 먼저 보였다. 그는 곧바로 그릇 안에 구토를 했다. 어젯밤에 먹은 생선파이 맛이 입 안에 시큼했다. 그가 울컥하며 재차 구토를 했다. 누군가가 그릇을 치우더니 양쪽 눈에 번갈아 밝은 빛을 비추고 코와 입을 닦아 주었다. 물 잔을 입술에 대 주기에, 처음에는 아이처럼 밀쳐 내다가 결국은 벌컥벌컥 들이켰다. 물을 다 마신 후 다시 눈을 뜨고 사팔눈으로 신세계를 둘러보았다.

홀의 바닥…. 그는 등을 벽에 대고 회복 자세(recovery position)로 누워 있었다. 파랑 경광등이 뇌우처럼 창문을 때리고, 이해 불가의 무전기 소음들도 들렸다. 가브리엘은 바로 옆에 무릎을 꿇은 채 그의 손을 잡고 있었다. 그녀가 미소를 지으며 손을 어루만졌다. "오, 하느님, 감사합니다." 그녀가 안도의 한숨을 흘렸다. 지금은 청바지와 모직 셔츠 차림이었다. 그는 끙, 하고 상체를 일으켜 주변을 둘러보았다. 당혹스러웠다. 안경이 없으니 세상이 온통 뿌옜다. 구급 요원 둘이 번들거리는 장비를 살폈고, 무장 경관들도 보였다. 그중 하나는 문가에 서 있었는데 혁대에서 시끄러운 무전기가 대롱거렸다. 다른 경관은 막 계단을 내려오는 중이었다. 세 번째는 암청색 스포츠 점퍼에 흰 셔츠, 검은 타이 차림의 50대로, 피곤하고 무덤덤한 표정으로 호프만을 살폈다. 호프만을 빼고는 모두 복장을 갖춘 터라 갑자기 뭐든 입어야겠다는 생각이 절실했으나, 조금 더 몸을 일으키려 하니 두 팔에 힘이 하나도 없었다. 섬광 같은 통증이 머리통을 헤집고 지나갔다.

검은 타이의 경관이 앞으로 나서며 손을 내밀었다. "제가 도와 드리죠. 제네바 경찰서의 장-필립 르클레르 반장입니다."

구급 요원 하나가 다른 팔을 부축해 반장과 함께 조심조심 그를 일으켜 세웠다. 머리를 기댔던 크림색 벽에 피 얼룩이 깃털 모양으로 번져 있었다. 바닥에도 피가 보였는데 누군가가 그 위에서 미끄러진 듯 줄무늬까지 선명했다. 두 무릎이 후들거렸다.

"제가 잡고 있으니 먼저 심호흡을 해 보세요. 천천히." 르클레르가 안심을 시켰다.

가브리엘도 초조한 표정으로 말했다.

"빨리 병원에 가 봐야겠어요."

"구급차가 10분 내에 도착할 겁니다. 오늘 늦네요." 구급 요원이었다.

"저기 들어가서 기다리죠." 르클레르가 서늘한 응접실 문을 열었다.

일단 호프만이 소파에 앉자(그는 한사코 눕지 않으려 했다.) 구급 요원이 바로 앞에 웅크리고 앉았다.

"제 손가락 숫자를 세실 수 있겠어요?"

"미안하지만 내…." 호프만이 말하다 말고 손을 눈으로 가져갔다. 그걸 뭐라고 부르더라?

"안경이 필요하대요. 여기 있어, 안경. 이제 괜찮으니까 신경 쓰지 마, 응?" 가브리엘이 안경을 코에 걸쳐 주고 이마에 키스했다.

구급 요원이 다시 물었다.

"이제 손가락이 보이세요?"

호프만이 조심스럽게 수를 셌다. 하지만 대답하기 전에 입술에 침을 바르기는 했다. "셋."

"지금은?"

"넷."

"혈압을 재어 봐도 괜찮겠죠?"

파자마 소매가 말려 올라가고 가압대가 이두근을 휘감고 부풀어 오르는 동안, 호프만은 침착하게 앉아 있었다. 살갗에 닿는 청진기의 느낌이 차가웠다. 조금씩, 조금씩 제정신이 드는 것 같기는 했다. 그가 차근차근 방의 물건들을 살폈다. 연노란색 벽, 하얀 실크로 덮인 안락의자와 팔걸이 소파, 소형 베흐슈타인 그랜드피아노, 벽난로 선반 위에서 조용히 재깍거리는 로코코풍의 시계, 그 위에 아우어바흐의 목탄 풍경화…. 바로 앞 커피 테이블에는 가브리엘의 초기 자화상 하나가 놓여 있었다. 미로가드 유리 100장으로 제작한 50센티 크기의 정육면체인데, 그 위에 자신의 몸 MRI 스캔 이미지들을 검은 잉크로 추적해, 마치 허공을 떠도는 기이하고 나약한 외계인처럼 보이게 만들었다. 호프만은 생전 처음 보는 양 사진을 들여다보았다. 기억해야 할 뭔가가 있는데… 그게 뭐지? 필요한 정보를 곧바로 끄집어 낼 수가 없다니…. 그로서도 완전히 새로운 경험이었다. 구급 요원이 용건을 마치자, 호프만이 가브리엘에게 물었다. 혼란스러운 기억을 뒤지느라 이마에 잔뜩 주름살을 그린 채.

"당신, 오늘 특별한 일이 있지 않았던가? 아… 그래, 기억난다. 전시회가 있지?"

"응, 하지만 취소할 수 있어."

"안 돼, 절대. 당신 첫 전시회잖아."

"좋습니다. 아주 좋아요." 르클레르가 팔걸이의자에 앉아 호프만을 지켜보며 말했다.

호프만이 천천히 그를 돌아보았다. 그 동작만으로도 머리에 꼬챙이가 꽂히는 듯한 통증이 느껴졌다.

"좋다니요?"

"기억력이 손상되지 않았으니 드리는 말씀입니다." 르클레르가 그를 향해 엄지손가락을 들어 올리며 물었다. "어젯밤에 마지막으로 기억나는 일이 뭐죠?"

가브리엘이 끼어들었다. "대답하기 전에 먼저 진찰부터 받아야겠어요. 지금은 안정이 필요해요."

호프만은 형사의 질문을 수학 문제 풀 듯 신중하게 고민했다.

"마지막으로 기억나는 일? 음… 아무래도 놈이 현관문으로 들어왔던 것 같군요. 문 뒤에서 나를 기다리고 있었습니다."

"놈? 한 명뿐이었습니까?" 르클레르는 점퍼의 지퍼를 열고 안쪽에서 어렵사리 수첩 하나를 끄집어내고 다시 몸을 뒤척여 펜도 하나 꺼내 들었다. 그러면서 채근하듯 내내 호프만을 바라보았다.

"네. 내가 아는 한은 한 명이었어요." 호프만은 손을 뒤통수로 가져갔다. 머리에 붕대가 단단히 감겨 있었다. "도대체 뭐로 때린 겁니까?"

"외관상으로는 소화기 같습니다."

"맙소사. 내가 얼마나 의식을 잃고 있었던 거죠?"

"25분."

"겨우?" 몇 시간은 지난 기분이건만. 어쨌든 창을 보니 여전히 어두웠으며 로코코풍의 시계도 아직 오전 5시 전이었다. 그가 가브리엘에게 말했다. "당신한테 경고하려고 소리쳤어. 그 기억은 나."

"응, 나도 들었어. 그래서 아래층으로 내려왔더니 자기가 쓰러져 있더라고. 현관문은 열려 있고. 그다음에 바로 경찰이 왔어."

호프만이 다시 르클레르를 보았다. "잡았습니까?"

"불행하게도 순찰차가 도착했을 때는 이미 보이지 않았습니다. 이상한 일은, 그자가 그냥 대문으로 들어와 다시 대문으로 나갔습니다. 제가 알기로 이 저택의 대문과 현관문을 통과하려면 두 개의 암호가 필요하거든요. 혹시 아는 사람이던가요? 일부러 들이시지 않았다면 말입니다."

"평생 처음 보는 자였어요."

"아, 그러니까 범인을 보셨다는 말씀이군요."

"그자는 부엌에 있었고 난 창을 통해서 지켜봤죠."

"이해가 안 되네요. 선생님은 밖에 계셨고 범인은 안에 있었다고요?"

"네."

"죄송하지만… 어떻게 그게 가능하죠?"

처음에는 머뭇거렸지만, 호프만도 차츰 기력과 기억을 회복하면서 그간의 과정을 구체적으로 설명할 수 있었다. 처음에 소음을 듣고 아래층으로 내려갔다. 도난경보기가 꺼져 있어서 문을 열었다. 부츠 한 켤레가 놓여 있었고, 1층 창을 통해 불빛이 새어 나왔다. 건물 옆으로 돌아가 보니 집 안에 침입자가 있었다.

"인상착의 설명이 가능하십니까?" 르클레르가 빠른 속도로 메모를 이어 갔다. 한 페이지를 벌써 다 채우고는 페이지를 넘겨 계속 적어 내려갔다.

"여보…." 가브리엘이 말렸다.

"괜찮아. 놈을 잡는다는데 도와줘야지." 호프만은 그렇게 대답하고 눈을 감았다. 놈을 정확히 기억할 수 있었다. 부엌의 밝은 조명 속에서 야수처럼 밖을 내다보던 모습이 너무나도 선명해 두려울 정도였다. "키는 중간, 거친 인상이었습니다. 50대 나이로 얼굴이 홀쭉했죠. 윗머리는 벗겨지고 잿빛 머리카락은 길고 숱이 적었어요. 뒤로 묶었고요. 가죽 외투 아니면 재킷 차림이었지만 기억은 잘 안 나네요." 문득 이상한 생각에 그가 말을 멈추었다. 르클레르가 그를 지켜보며 기다렸다. "전에 보지 못했다고 말했는데, 가만히 생각해 보니 솔직히 자신이 없습니다. 어디선가 본 것도 같네요. 그냥 길거리에서 스쳐 지나간 정도일 수도 있겠지만 어딘가 낯이…." 그가 말꼬리를 흐렸다.

"잘 생각해 보시죠." 르클레르가 재촉했다.

호프만이 잠시 생각해 보다가 짧게 고개를 저었다. "아뇨, 기억이 안 납니다. 죄송합니다. 사실, 최근에 누군가가 지켜보고 있다는 느낌을 받기는 했습니다. 역시 확신은 없습니다만."

가브리엘이 놀란 표정을 했다. "나한테 그런 얘기 한 번도 안 했잖아."

"걱정하게 하고 싶지 않았어. 확실한 것도 아니고."

"전부터 집을 지켜봤을 가능성도 있습니다. 어쩌면 선생님을 미행했을 겁니다. 그 와중에 별 생각 없이 거리에서 그자를 보셨겠죠. 괜찮습니다. 언제든 기억나실 테니까. 놈이 부엌에서 뭘 하고 있던가요?"

호프만이 힐끗 가브리엘을 보며 주저했다. "그러니까, 그게… 칼을 갈고 있더군요."

"세상에!" 가브리엘이 손으로 입을 막았다.

"다시 보면 알아보실 수 있겠습니까?"

"네, 물론입니다." 호프만이 우울하게 대답했다.

르클레르가 펜으로 수첩을 두드렸다. "우선 인상착의를 배포해야겠습니다. 잠깐만 실례." 그가 밖으로 나갔다.

호프만은 갑자기 너무도 피로해 견딜 수 없었다. 그는 다시 두 눈을 감고 소파에 머리를 기대다가 문득 머리 상처를 기억해 냈다. "미안, 당신이 좋아하는 소파인데."

"지금 소파가 문제야?"

그가 그녀를 보았다. 화장기가 없으니 더 나이가 많고 나약해 보였다. 겁에 질린 표정도 처음이었는데 그 모습에 가슴 한구석이 아렸다. 그는 애써 아내에게 미소를 지었다. 그녀도 처음엔 고개를 젓다가 마음을 고쳐 먹고 미소로 답해 주었다. 짧고도 마지못한 미소. 그는 잠시나마 이 모든 일이 대수롭지 않기를 바랐다. 떠돌이 영감 하나가 거리를 돌아다니다가 출입 암호가 적힌 종이쪽지를 주웠기를 바랐다. 그리하여 어느 날 아내와 함께 그 얘기를 하며 웃을 수 있기를…. 세상에, 소화전으로 머리를 내려

쳤대! 내가 당신을 구하려고 영웅처럼 쳐들어간 거 알아? 그때 당신의 그 겁먹은 표정이라니!

르클레르가 증거물을 담은 비닐 주머니 두 개를 들고 응접실로 돌아왔다.

"부엌에서 이런 게 나왔습니다." 그가 한숨을 내쉬며 자리에 앉아 비닐 주머니 두 개를 들어 보였다. 하나는 수갑, 다른 하나는 검은 가죽 개목걸이처럼 보였는데 검은색 골프공이 붙어 있었다.

"그게 뭐죠?" 가브리엘이 물었다.

"일종의 재갈입니다. 새것이네요. 아마도 성인용품점에서 샀을 겁니다. 변태 놈들한테 인기가 많으니, 운이 좋으면 역추적도 가능할 것 같군요."

"오, 맙소사! 도대체 우리를 어떻게 하려던 걸까?" 그녀가 공포에 질린 표정으로 남편을 보았다.

호프만은 다시 정신이 아뜩했다. 입술도 바짝 타들어 갔다. "모르겠어. 납치?"

"충분히 가능성이 있습니다. 아무래도 부잣집 같으니까요. 하지만 제네바에서 납치는 전례가 없다고 알고 있습니다. 법이 지배하는 도시 아닙니까? 저, 실례지만 직업을 여쭈어 봐도?" 르클레르가 방을 둘러보더니 다시 펜을 꺼냈다.

"물리학자입니다."

르클레르가 고개를 끄덕이며 수첩에 기록하고는 한쪽 눈썹을 치켰다. "물리학자…. 의외로군요. 영국인이신가요?"

"미국인."

"유대계?"

"이런, 그게 이 일하고 무슨 상관이죠?"

"죄송합니다. 박사님 성이…. 제가 여쭌 이유는 인종 문제가 끼어 있을까 해서였습니다."

"아뇨, 유대계 아닙니다."

"부인께서는?"

"전 영국인이에요."

"그럼 스위스에 사신 지는 얼마나 되셨습니까, 호프만 박사님?"

"14년입니다. 1990년대에 CERN(유럽 원자핵 공동 연구소)에서 일하기 위해 이곳에 왔었죠. LHC(강입자 충돌기: 우주 탄생 직후 상황인 빅뱅을 재현시켜 우주 탄생의 비밀을 알아내기 위한 실험 장치 – 옮긴이) 분야였는데 그곳에서 6년 있었습니다." 다시 한 번 피로감이 엄습했다.

"지금은요?"

"회사를 운영합니다."

"이름이?"

"호프만 투자 테크놀로지."

"뭘 만드는 곳이죠?"

"뭘 만드느냐고요? 네, 돈을 만듭니다. 헤지 펀드니까요."

"알겠습니다. 돈을 만든다…. 이곳에 얼마나 계셨습니까?"

"말했을 텐데요. 14년 되었다고."

"아뇨, 여기… 이 집 말씀입니다."

"음…." 그가 가브리엘을 보았다. 더 이상 기운이 없었다.

"한 달밖에 되지 않았어요." 그녀가 대신 대답했다.

"한 달? 이사 오시면서 암호를 바꾸셨던가요?"

"그럼요."

"두 분 외에 암호를 아는 사람이 또 있습니까?"

"가정부, 하녀, 정원사…." 가브리엘이 대답했다.

"이 집에는 살지 않죠?"

"네."

"회사 직원 중에는 없습니까, 호프만 박사님?"

"비서가 압니다." 호프만이 인상을 찌푸렸다. 머리가 바이러스 먹은 컴퓨터처럼 버벅거렸다. "참, 보안 컨설턴트도 압니다. 이 집을 사기 전에 그 친구가 모두 점검했으니까."

"이름을 기억하십니까?"

호프만이 잠시 생각하다 대답했다. "즈누. 모리스 즈누."

르클레르가 고개를 들었다. "제네바 경찰서에도 모리스 즈누가 있었습니다. 내 기억으로는 사설 경비 업체에 들어갔는데, 어디 보자…." 르클레르의 얼굴에 잠깐 고심의 빛이 스치더니 다시 필기를 재개했다. "당연히 번호는 모두 바꾸셔야 할 겁니다. 제가 먼저 얘기해 보기 전에는 고용인들한테 새 번호를 알리지 마시고요."

홀에서 버저 소리가 들렸다. 호프만은 그 소리에도 깜짝 놀랐다.

"구급차가 왔나 봐. 내가 열어 줄게." 가브리엘이 자리에서 일어났다.

그녀가 방을 빠져나간 후 호프만이 물었다. "이 일이 신문에 나겠죠?"

"그게 문제가 됩니까?"

"지금껏 신문에 이름이 오르내리지 않도록 노력해 왔으니까요."

"저희도 신중하게 다루겠습니다. 원한을 살 만한 사람이 있습니까, 호프만 박사님?"

"아뇨, 내가 아는 한은…. 적어도 이런 짓을 할 사람은 없습니다."

"돈 많은 투자자 중에 손해를 본 사람이 있지 않나요? 러시아인이나?"

"우린 손해를 본 적이 없습니다." 그러면서도 고객 중에 그런 경우가 있는지 생각해 봤으나… 아니, 없었다. 그럴 가능성은 없다. "이 집에서 계속 지내도 괜찮겠습니까? 미친놈이 활개를 치는 마당에?"

"순찰을 최대한 강화하겠습니다. 오늘밤에는 이 저택을 지켜볼 겁니다. 도로에 순찰차를 배치하는 식이겠지만, 어쨌든 제가 알기로는 박사님 정도의 지위라면 대개가 자구책을 마련하더군요."

"경호원을 고용하라는 말인가요? 그렇게 살고 싶지는 않습니다." 호프만이 인상을 찌푸렸다.

"안타깝게도 이런 집은 늘 불필요한 관심을 끌 수밖에 없죠. 게다가 아무리 스위스라도, 요즈음 금융인들이 그다지 인기가 있어 보이지는 않습니다. 실례지만, 이 저택이 얼마나 하는지 여쭤 봐도 괜찮겠습니까?" 르클레르가 방을 둘러보며 물었다.

평소라면 당연히 웬 개소리냐 했겠지만 지금은 그럴 힘조차 없었다. "6000만달러."

"오, 세상에! 솔직히 전 더 이상 제네바에서 살 능력도 없답니다. 아내와 나는 국경 바로 너머 프랑스로 이사했죠. 그곳이 물가가 더 싸거든요. 덕분에 매일 장거리 운전을 해야 하지만 형편이 형편이니까요." 르클레르가 질투라도 난 듯 입술을 삐쭉거렸다.

밖에서 디젤 엔진 소리가 들리더니 가브리엘이 빼꼼 고개를 들이밀었다. "구급차가 왔어. 우선 자기 옷 좀 챙길 테니까 나하고 함께 가."

호프만은 일어나려고 했다. 르클레르가 도와주려고 나섰지만 호프만이 물리쳤다. 스위스 놈들…. 이들은 외국인을 환영하는 척하지만 실제로는 반감투성이이다. 네놈이 프랑스에서 살든 말든 나하고 무슨 상관인데? 호프만은 소파에서 일어서기 위해 몸을 버둥거리다가 세 번째 시도 만에 간신히 성공할 수 있었다. 일어선 다음에도 오뷔송 카펫 위에서 잠시 비틀거렸다. 머릿속 아우성 때문에 다시 토악질을 할 것만 같았다.

"이런 불편한 사건 때문에 부디 우리 아름다운 나라에 반감을 갖지 않으시기를 바랍니다." 르클레르가 말했다.

호프만은 농담이라고 생각했으나 형사의 얼굴은 너무도 심각했다.

"천만에요."

두 남자는 함께 홀로 나갔다. 호프만은 발걸음을 뗄 때마다 신경을 곤두세웠다. 흡사 다른 사람한테 술 취한 사실을 들키지 않으려 애쓰는 주정뱅이 같았다. 집은 긴급 구조대에서 나온 사람들로 북적였다. 경관들이 더 들어오고 남녀 구급 요원이 이동식 침대를 밀고 다녔다. 갑자기 정복 경관들이 마구 들이닥치자 호프만은 다시 한 번 벌거벗고 무기력한 환자가 된 기분이었다. 다행히 가브리엘이 그의 레인코트를 들고 계단을 내려왔다. 르클레르가 그녀에게서 코트를 건네받아 호프만의 어깨에 걸쳐 주었다.

현관문에 이르자 문득 소화기가 보였다. 지금은 비닐 주머니에 들어 있었지만 보기만 해도 통증이 재발했다. 그가 물었다.

"범인 몽타주도 만들 건가요?"

"어쩌면요."

"생각해 보니까 형사님이 보셔야 할 게 있습니다." 계시라도 내린 것처럼 갑자기 생각이 떠올랐다. 구급 요원들이 어서 누우라고 재촉했지만 호프만은 무시하고 서재로 돌아갔다. 책상 위의 블룸버그 단말기는 아직 켜져 있었다. 재빨리 곁눈질로 붉은 표시를 보니 거의 모든 항목이 하락한 상태였다. 극동 시장은 큰 손해를 입는 중이었다. 그는 불을 켜고 책장을 뒤져 《인간과 동물의 감정 표현》을 찾아냈다. 두 손이 흥분으로 파르르 떨렸다. 그가 책장을 넘기기 시작했다.

“여기… 이자가 나를 공격했어요.” 그가 돌아서서 르클레르와 가브리엘에게 자기가 찾은 페이지를 보여주었다.

공포의 감정을 북돋기 위한 삽화였다. 노인 하나가 두 눈을 부릅뜨고 입을 쩍 벌렸는데 이가 모두 빠진 상태였다. 위대한 프랑스 의사이자 직류 전기 요법(galvanism)의 전문가 뒤셴이 그 표정을 만들어 내기 위해 안면 근육에 전기 측경기(calipers)를 대고 전기 충격을 가하고 있었다.

호프만은 두 사람의 실망감을 느낄 수 있었다. 아니, 그보다는 절망감 쪽이겠다.

“죄송합니다만, 오늘 밤 이 사람이 저택에 들어왔다는 말씀인가요?” 르클레르가 당혹해하며 되물었다.

“물론, 말 그대로 이자라는 얘기는 아닙니다. 벌써 100년도 더 전에 죽었으니까요. 하지만 분명 똑같이 생겼습니다.” 두 사람이 그를 빤히 보았다. 이 사람들, 내가 미쳤다고 생각하는 거야. 그가 심호흡을 하고 르클레르에게 조심스레 설명을 시작했다.

“좋아요. 이 책은 어제 아무 설명도 없이 나한테 왔습니다. 내가 주문하지도 않았고, 누가 보냈는지도 모릅니다. 우연의 일치일 수도 있겠죠. 하지만 책이 들어오고 몇 시간 후에 마치 책에서 걸어 나온 것처럼 똑같이 생긴 남자가 나타나 나를 공격했어요.” 두 사람은 아무 말도 하지 못했다. 호프만이 결론을 내렸다. “어쨌든 내 말은… 몽타주를 만들고 싶다면 이 사진을 쓰세요.”

“고맙습니다. 기억해 두죠.” 르클레르의 대답이었다.

잠시 정적.

“좋아요. 이제 병원으로 가야죠.” 가브리엘이 애써 가벼운 목소리를 냈다.

▼ ▼ ▼

르클레르가 현관문에서 부부를 배웅해 주었다.

새벽까지 30분도 채 남지 않았건만, 달이 구름 뒤로 숨은 터라 하늘은 별빛 하나 없이 새까맣기만 했다. 미국인 물리학자는 구급 요원의 도움을 받아 구급차에 올라탔다. 지금은 검은 레인코트 차림으로 머리에는 붕대를 둘렀다. 고급 파자마 아래로 가느다란 발목이 삐죽 삐져나왔다. 빅토리아 시대의 사진에 대해 헛소리를 지껄이더니 곧 입을 다물어 버렸다. 어딘가 당혹스러운 모습이었다. 박사는 책을 가져가고 아내도 옷을 가득 채운 가방을 들고 따라갔다. 그러고 보니 흡사 피난민 부부처럼 보였다. 구급차가 문을 쾅 닫고 떠나자 경찰차 한 대가 그 뒤를 좇았다.

르클레르는 구급차가 진입로 모퉁이 너머로 사라질 때까지 기다렸다. 브레이크 등 불빛이 잠깐 진홍빛을 깜빡이더니 잠시 후 차는 더 이상 보이지 않았다.

그는 집 안으로 들어갔다.

"둘이 살기엔 집이 너무 크네요." 문 바로 안쪽에서 경관 하나가 중얼거렸다.

"열이 살기에도 크다." 르클레르가 끌끌거렸다.

반장은 혼자 돌아다니며 대저택이 주는 느낌을 온전히 느껴보았다. 침실이 다섯, 여섯… 아니 2층에만 일곱 개였다. 어느 곳에나 최고급 욕실이 있었지만 사용한 흔적은 보이지 않았다. 내실은 혀를 내두를 정도였다. 바로 옆에 넓은 응접실이 딸렸는데 침실과의 경계는 다수의 거울 문과 장롱이 전부였다. 욕실에도 플라스마 TV가 있었다. 부부용 세면기가 따로 있고 노즐이 열두 개나 달린 최신형 샤워기도 보였다. 층계참 맞은편 체

육관에는 헬스용 자전거, 로잉머신, 크로스트레이너, 역기, 그리고 다시 대형 TV가 한 대 있었다. 장난감은 보이지 않았다. 사실 여기저기 흩어진 액자를 포함해 어디에도 아이의 흔적은 없었다. 사진은 주로 호프만 부부의 값비싼 휴가를 담았다. 스키는 기본이고 요트 여행들을 비롯해, 눈부시도록 푸르른 초호(礁湖)의 수상 별장 베란다에서 손을 맞잡고 찍은 사진도 보였다.

르클레르는 아래층으로 내려가면서, 1시간 30분 전 미지의 상대와 맞서기 위해 계단을 내려갈 때 호프만의 기분이 어땠을까 하는 생각을 했다. 그는 핏자국을 우회한 다음 곧바로 서재로 들어갔다. 벽 한쪽이 전부 책으로 뒤덮여 있었다. 손에 닿는 대로 한 권을 꺼내 책등을 보았다. 지그문트 프로이트의 《꿈의 해석》. 그는 책을 펼쳐보았다. 1900년 라이프치히와 비엔나 출간. 초판. 다른 책들도 꺼내 보았다. 귀스타브 르 봉의 《군중심리》. 1895년 파리 출간. 쥘리앵 오프루아 드 라 메트리의 《인간기계론》. 1747년 레이덴 출간. 역시 초판이었다. 희귀 서적에 대해서야 문외한이지만 적어도 이 장서들이 수백만 달러의 가치가 있다는 정도는 알 수 있었다. 집 여기저기 화재감지기가 박혀 있을 수밖에 없었다. 도서의 주제는 대개 과학 분야였다. 사회학, 심리학, 생물학, 인류학…. 돈에 대한 책은 그 어디에도 보이지 않았다.

그는 책상으로 건너가 호프만의 골동품 캡틴 의자(captain's chair)에 앉았다. 바로 앞의 대형 화면에 조금씩 물결이 치면서 그에 따라 엄청난 양의 수치들이 바뀌었다. -1.06, -78, -4.03%, -$0.95. 그로서는 로제타 석(rosetta stone)의 고대어들만큼이나 해독이 불가능했다. 해독의 열쇠만 찾을 수 있으면 이 친구처럼 부자가 될 수 있는 걸까? 몇 년 전 노후를 준비하라는 돌팔이 투자 자문가의 꼬드김에 넘어가 투자를 했는데 지금 상태는 정확히 반 토막이었다. 이대로라면 은퇴 후 일용직이라도 해야 할 판이었다. 백화점 경비 팀장? 뭐가 되었든 죽을 때까지 일할 수밖에. 아버지도 할아버지도 이 지경은 아니었건만! 맙소사, 30년을 경찰로 일했는데 고향에서 살아갈 형편도 못 되다니! 도대체 이 값비싼 부동산의 주인들은 뭐하는 인간들이야? 대부분이 돈세탁용이라는 정도는 그도 알고 있었다. 이른바 '새로운 민주주의'의 대통령, 중앙아시아 공화국 정당의 실력자, 러시아의 독재자, 아프리카의 전쟁 영웅, 아프간 비정규군의 지도자, 무기상, 그리고 그들의 여편네와 딸년들…. 요컨대 그들이 진짜 범죄자들이다. 그리고 그자들이 돈 버는 동안 그는 철도역사 주변을 어슬렁거리는 알제리의 십대 마약 밀매꾼들이나 쫓으며 인생을 탕진했다. 그가 끙, 소리를 흘리며 자리에서 일어나 다른 방으로 건너갔다. 이런 쓸데없는 잡념들!

부엌에 들어가서는 아일랜드 식탁에 기대서서 칼을 살펴보았다. 그의 지시에 따라 모두 비닐 주머니에 넣어 봉인한 상태였다. 지문에 대한 기대가 없지는 않았으나 이 부분에 대한 호프만의 설명은 아무래도 이해가 가지 않았다. 침입자의 목표가 납치라면 미리 무기를 준비해야 당연한 이치 아닌가? 공범도 하나는 있어야 했다. 호프만은 여전히 젊고 체격도 좋다. 당연히 저항을 예상했어야 했다. 절도가 목적이라면? 아니. 단순 절도범들은 최대한 신속하게 들어가 최대한 많이 훔쳐서 최대한 빨리 빠져나온다. 이 집에는 작고 값비싼 물건들이 얼마든지 있지 않은가. 어느 모로 보나 이번 사건의 범인은 정신적으로 문제가 있다는 얘기다…. 그런데 폭력 성향의 정신병자가 어떻게 출입 암호를 알았지? 도무지 풀리지 않는 수수께끼였다. 저택 내에 잠기지 않은 통로가 하나는 있어야 했다.

르클레르는 복도로 나가 왼쪽으로 꺾었다. 집 뒤쪽으로 빅토리아풍의 대형 온실이 있었다. 그림 작업실로 쓰는 모양이었지만 솔직히 형사가 아는 상식으로 보아도 그런 작업실과는 거리가 멀었다. 그보다는 엑스레이 촬영실이나 유리 공방처럼 보였다. 온실의 외벽은 디지털, 적외선, 엑스레이 등 인체의 단편적인 전자 이미지들과 다양한 조직, 수족, 근육의 해부도들로 도배가 되어 있었다.

다양한 크기와 두께의 무반사 유리판 및 아크릴 수지들이 나무 선반마다 쌓여 있었다. 양철 트렁크 안에는 10여 개의 파일이 들어 있는데 파일마다 컴퓨터 이미지들이 가득하고, 모두 상세한 꼬리표가 붙었다. '두개골 MRI 스캔, 1-14 시상봉합, 축각(軸角), 두정(頭頂).' '남성, 박편, 가상병원, 시상봉합 및 두정.' 작업대 위에는 라이트 박스(light box)와 소형 바이스(vice)가 놓여 있고 잉크병 세트와 조각 세트, 붓 등이 어지럽게 흩어져 있었다. 고무로 된 검은색 스탠드에는 핸드드릴이 걸려 있으며, 바로 그 옆 암청색 양철통에는 드릴헤드가 가득 들어 있었다. 원래 '테일러 헤러게이트, 얼그레이 차'를 담던 통이다. 그리고 〈인체의 미학〉이라는 제목의 전시회 브로슈어가 한 더미 보였는데 플랑팔레 광장의 어느 화랑에서 바로 오늘부터 전시할 예정이었다. 브로슈어 안에 짧은 약력 소개가 있었다. '가브리엘 호프만은 영국 요크셔에서 태어나 셀퍼드 대학교에서 미술과 프랑스어로 학위를 받았으며 런던 왕립미술대학에서 석사 학위를 받았다. 제네바의 UN 본부에서 다년간 근무했다.' 그는 브로슈어 한 부를 원통에 말아 주머니에 챙겨 넣었다.

작업대 옆 가대(架臺) 위에 작품 한 점이 세워져 있었다. 아주 깨끗한 유리판에 각각 20여 개의 단면도를 그려 3D 스캔 이미지를 만들었는데, 주제는 태아였다. 르클레르는 상체를 숙이고 그림을 살펴보았다. 머리가 신체에 비해 터무니없이 크고, 가늘고 긴 다리를 몸통 쪽으로 잔뜩 구부린 자세였다. 옆에서 보면 깊이가 있었으나 앞쪽으로 시점을 옮기는 순간 그림은 점점 소멸하다가 완전히 사라졌다. 완성작인지 아닌지는 알 길이 없었다. 솔직히 말해 어떤 힘이 느껴지기는 했지만 계속 보고 싶지는 않았다. 이거야 수족관에 떠 있는 파충류 화석을 보는 기분이 아닌가. 아내도 분명 역겹다며 인상을 찌푸렸으리라.

온실 문은 다시 정원으로 이어져 빗장이 걸리고 자물쇠까지 잠겼으나 주변 어디에도 열쇠는 없었다. 두꺼운 유리창 밖으로 호수 너머 제네바의 불빛이 아른거렸다. 헤드라이트 한 쌍이 몽블랑 부두를 따라 외로이 달려갔다.

르클레르는 온실에서 복도로 돌아왔다. 그쪽 통로에는 방이 두 개 더 있었다. 하나는 구식의 대형 변기가 딸린 화장실이라 르클레르도 잘됐다 싶은 마음에 볼일을 보았다. 다른 방은 창고였으며 호프만 부부가 전에 살던 집에서 가져온 듯한 폐품들로 가득했다. 노끈으로 묶은 카펫들, 제빵 기계, 접의자들, 크로켓 세트…. 그리고 드디어 제일 구석 자리에서 아이 요람과 기저귀 침대, 별과 달 모양의 태엽 모빌이 나타났다. 조금도 사용하지 않은 상태로.

03 상처 입은 야수

의심은 두려움의 자식이며 야수들의 대표적 특성이다.

_찰스 다윈, 〈인간의 유래〉(1871)

제네바 긴급 구조대가 차후 제출한 기록에 따르면, 구급차는 새벽 5시 22분에 호프만 저택을 떠난다고 무전기로 보고했다. 그 시간대면 제네바의 텅 빈 중심가에서 병원까지 기껏 5분 거리였다.

호프만은 구급차 뒤에 탔지만 침대에 누워야 한다는 규칙을 끝내 어기고 일어나 앉아, 다리를 옆으로 올린 채 고민하고 저항했다. 그는 학자이지 부자다. 사람들이 공손히 그의 말을 경청하는 데 익숙하다는 뜻이다. 그런데 갑자기 더 가난하고 열등한 땅으로 추방당하고 있지 않는가. 병자와 하층민의 왕국으로….《인간과 동물의 감정 표현》을 보여줬을 때 가브리엘과 르클레르가 그를 바라보던 표정이라니…. 맙소사, 그 표정이 떠오를 때마다 미칠 것만 같았다. 고서와 습격 사이의 명백한 인과관계 또한,

머리 다친 한 남자의 환각으로 치부되고 말았다. 책을 가져온 이유도 그 때문이었다. 그는 책을 무릎에 올려놓고 초조하게 손가락으로 두드려 댔다.

구급차가 모퉁이를 돌 때 그가 쓰러지지 않도록 여자 요원이 손으로 받쳐 주었다. 호프만은 그녀에게 잔뜩 인상을 써 보였다. 제네바의 경찰이든 정보기관이든 도무지 신뢰가 가지 않았다. 아니, 자신을 제외한 그 누구도 믿지 않았다. 그가 잠옷 주머니를 뒤져 휴대전화를 찾았다.

"뭐하려고?" 가브리엘이 물었다. 그녀는 맞은편 구급 요원 옆에 앉아 있었다.

"휴고한테 전화해야겠어."

그녀가 두 눈을 굴렸다. "맙소사, 여보…."

"왜? 그 친구도 상황을 알아야 해." 아무튼 신호음을 들으면서 아내의 손을 다독여 주기는 했다. "걱정하지 마. 훨씬 괜찮아졌으니까."

마침내 쿼리가 전화를 받았다. "알렉스? 무슨 일인가?" 평소의 늘쩍지근한 목소리에 근심이 가득했다. 동이 트기 전에 걸려 온 전화이니 어떻게 희소식일 수 있겠는가.

"이렇게 일찍 전화해서 미안하네. 집에 누군가가 침입했어."

"오, 이런, 두 사람 다 괜찮은 거야?"

"가브리엘은 무사하지만 난 머리를 얻어맞았어. 지금 구급차로 병원에 실려 가는 중이네."

"어느 병원이지?"

"대학 병원일 것 같은데?" 호프만이 가브리엘을 보았다. 그녀가 고개를 끄덕였다. "그래, 대학 병원 맞아."

"지금 출발하지."

몇 분 후 구급차는 거대한 대학 병원 진입로로 빨려 들어갔다. 호프만은 반투명 유리를 통해 언뜻 그 규모를 보았다. 10층짜리 거대한 건물에 환히 조명을 밝히니 마치 어둠 속의 공항 터미널처럼 보였다. 곧이어 누군가가 건물 앞에 장막이라도 내린 듯 조명이 사라졌다. 구급차는 굽은 지하 통로를 내려가다가 어느 순간 갑자기 멈춰 섰다. 엔진이 꺼지면서 순간 정적이 치고 들어왔다. 가브리엘이 격려의 미소를 지어 보였다. 문득 "이곳에 오는 자들이여, 모두 희망을 버릴지어다."라는 글귀가 떠올랐다. 구급차의 뒷문이 활짝 열리자 너무나도 깨끗한 지하 주차장이 나타났다. 멀리 누군가의 목소리가 콘크리트 벽을 따라 메아리쳤다.

침대에 누우라는 요청이 다시 있었다. 이번에는 그도 저항하지 않았다. 시스템에 들어온 이상 이곳의 절차에 복종해야 했다. 그가 길게 눕자 침대가 낮아지더니 이내 공장 복도처럼 생긴 통로를 따라 이동하기 시작했다. 그는 끔찍한 무력감에 짓눌린 채 형광등들을 올려다보기만 했다. 이동식 침대는 잠시 후 리셉션 앞에 잠시 멈춰 섰다. 동행 경관이 서류를 데스크에 건넸다. 호프만은 자신의 신상 정보를 기록하는 장면을 지켜보다가 혼잡한 병실 저 너머를 향해 고개를 돌렸다. 알코올과 마약 중독자들이 멍한 표정으로 TV 뉴스를 보고 있었다. TV 화면은 일본인 거래자들이 공포와 절망에 빠진 채 휴대전화를 귀에 댄 모습들을 다양한 각도로 보여주었는데, 미처 내용을 파악하기도 전에 이동식 침대가 다시 움직였고 이내 짧은 복도를 지나 비어 있는 칸막이 안으로 들어갔다.

가브리엘은 플라스틱 의자에 앉자마자 콤팩트를 꺼내 재빨리 립스틱을 바르기 시작했다. 신경질적인 손놀림. 불현듯 아내가 이방인처럼 보였다. 얼굴을 씻는 고양이처럼 너무 어둡고 깔끔하고 새침했다. 생-즈니-푸이이의 호텔 파티에서 처음 봤을 때에도 정확히 지금과 똑같은 모습이었다. 지친 표정의 젊은 터키인 의사가 회람판을 들고 왔다. 하얀 가운에 붙은 플라스틱 이름표엔 무하메트 셀릭 박사라고 적혀 있었다. 그가 기록을 확인하더니, 호프만의 눈에 불을 비추고 작은 망치로 무릎을 때리고 미국 대통령의 이름을 묻고 100에서 80까지 거꾸로 셀 것을 주문했다.

호프만은 어려움 없이 대답했다. 의사는 흡족해하며 수술 장갑을 꼈다. 그리고 임시 처치한 붕대를 벗기고 머리카락을 헤쳐 상처를 확인한 다음 손가락으로 가볍게 눌러 보았다. 어쩐지 이라도 잡는 기분이었다. 그 이후의 대화는 전적으로 그의 머리 위에서 이루어졌다.

"출혈이 심해요." 가브리엘이 말했다.

"머리 부상은 늘 출혈이 많습니다. 아무래도 몇 바늘 꿰매야겠는데요."

"상처가 깊은가요?"

"깊지는 않아도 부기가 꽤 광범위해요. 여기, 보이시죠? 둔탁한 흉기였나요?"

"소화기예요."

"오케이. 그것도 기록해야겠군요. 우선 두개골 촬영을 해야겠습니다."

셀릭은 몸을 낮추어 호프만의 얼굴과 마주보았다. 그가 미소를 지으며 호프만의 눈을 크게 벌리고는 아주 천천히 말했다. "자, 됐습니다, 호프만 씨. 상처는 후에 봉합하기로 하고 지금은 아래층으로 내려가 머리 사진을 몇 장 찍어 보죠. 속칭 고양이 스캐너라는 기계인데 들어 보신 적 있나요?"

"컴퓨터 단층 촬영(CAT)은 회전식 검출기와 엑스레이를 이용해 단층 방사선 이미지를 수집합니다. 1970년대 테크놀로지로, 대단한 물건은 아니죠. 그리고 저는 호프만 씨가 아니라 호프만 박사입니다."

엘리베이터로 이동하는 동안 가브리엘이 투덜댔다. "그렇게 무례할 필요는 없었어. 자기를 돕는 분이잖아."

"어린애 대하듯 말해서 그런 거야."

"그럼 애들처럼 행동하지 말아야지. 여기, 이것 좀 들고 있어." 그녀가 옷가방을 그의 무릎에 올려놓고 먼저 걸어가 엘리베이터 버튼을 눌렀다.

가브리엘은 방사선과로 가는 길을 알고 있었다. 사실 그 때문에 호프만도 은근히 짜증이 났다. 지난 2년 동안 병원의 의료진이 그녀의 작업을 도와주었다. 사용하지 않을 때면 병원 스캐너도 쓰게 해 주고, 근무가 끝난 후에도 그녀가 원하는 영상을 만들어 주려고 늦게까지 남기도 했다. 이미 그녀의 친구도 여러 명이었다. 호프만이 고마워해야 할 일이었지만 별로 그럴 마음은 없었다. 문이 열리고 아래층의 어두운 복도가 나왔다. 그가 기억하기에도 이곳엔 스캐너가 많았다. 스키장의 중상자들을 헬리콥터로 실어 나르는 병원이 바로 이곳이다. 샤모니, 메제브, 심지어 쿠슈벨의 스키장에서도 왔다. 호프만은 어둠 속으로 끝도 없이 이어져 있는 듯한 진료실과 장비들을 보았다. 작은 응급실을 제외하고는 방사선과 전체가 조용하고 황량했다. 검고 긴 곱슬머리의 젊은이가 성큼성큼 다가왔다.

"가브리엘! 드디어 진짜 환자를 모셔 온 겁니까? 기분 전환을 위해?" 그는 가브리엘의 손에 입을 맞추고 나서야 호프만을 내려다보았다.

"남편이에요. 알렉산더 호프만. 알렉스, 이 분은 파비안 탤론. 담당 기술자셔. 기억나지? 왜, 여러 번 얘기했잖아."

"아니, 못 들어 봤어." 호프만이 젊은이를 올려다보았다. 탤론은 검고 반짝이는 눈에 입이 컸다. 치아가 무척이나 하얬으며 수염은 하루 정도 깎지 않은 듯했다. 셔츠는 필요 이상으로 풀어 제쳐 럭비 선수만큼이나 넓은 가슴을 드러냈다. 가브리엘이 이자와 관계를 가졌을까? 갑자기 그런 생각이 들었다. 애써 망상을 밀어내려 했지만 그런 일이 맘대로 될 리 없었다. 마지막으로 질투심을 느껴본 지가 벌써 몇 년 전이라 고통이 이렇게 혹독한 줄도 몰랐다. 그가 두 사람을 번갈아 보며 말했다. "그간 가브리엘을 위해 힘써 주신 데 감사드립니다."

"저도 큰 기쁨이었는걸요, 알렉스. 우선 한번 볼까요?" 그는 이동식 침대를 슈퍼마켓 카트처럼 가볍게 밀고 통제 구역을 지나 고양이 스캐너가 있는 방으로 들어갔다. "자, 일어나 보세요."

호프만은 이번에도 절차에 기계적으로 순종했다. 탤론은 외투와 안경을 빼앗고 기계에 부착된 침대 끄트머리에 앉으라고 지시했다. 머리 붕대도 제거했다. 호프만은 머리를 스캐너 쪽으로 향하고 침대 위에 똑바로 누웠다. 탤론이 목을 편안하게 조정해 주었다. 고개를 들어 보니 혼자였다. 방사선실 끝의 두꺼운 유리창을 통해 가브리엘이 보였다. 가브리엘도 그를 지켜보았다. 그때 탤론이 그녀에게 접근해 서로 무슨 말인가를 속삭였다. 그에게는 들리지 않았다. 잠시 후 딸깍 소리가 나고 스피커를 통해 탤론의 목소리가 들렸다.

"엎드리시겠어요, 알렉스? 움직이지 마시고요."

호프만은 시키는 대로 했다. 윙 소리가 들리더니 침대가 뒤로 미끄러지며 스캐너의 커다란 드럼을 통과했다. 과정은 두 번 반복했다. 한 번은 간단하게 위치를 정하고 두 번째는 조금 더 천천히 움직이며 이미지들을 촬영하는 식이다. 하얀 플라스틱 덮개 아래를 통과할 때에는 방사능에 오염된 차량처럼 세척당하는 기분이었다. 침대가 멈추더니 방향을 바꾸었다. 세상 그 어느 것도 숨길 수 없는 정화의 빛이 뇌 속을 환히 들여다보고 있었다. 오염이 낱낱이 노출되어 그 빛 속에서 소멸해 갔다.

다시 딸깍 하고 스피커가 꺼졌다. 그 순간 가브리엘이 소곤대는 목소리가 조금 섞여 들어왔다. 지금 속삭이는 것 맞지? 다시 스피커가 켜지더니 탤론이 말했다. "수고하셨습니다, 알렉스. 다 끝났어요. 잠시 그대로 계세요. 제가 꺼내 드리죠." 그러고는 가브리엘과의 대화를 이어 갔다. "하지만 그건…." 스피커가 꺼졌다.

호프만은 한참을 누워 있었다. 적어도, 지난 몇 달 동안은 가브리엘이 바람을 얼마든지 피울 수 있겠다는 생각을 하기에 충분한 시간이었다. 그녀는 작업에 필요한 사진들을 얻는다는 명분으로 뻔질나게 병원을 드나들었다. 그동안 그도 VIXAL을 개발하느라 툭하면 사무실에서 밤을 지새웠다. 두 사람을 묶어 줄 자식이 없는데, 7년이 넘는 결혼 생활 동안 둘 사이에 더 이상 뭐가 남아 있단 말인가. 갑자기 해묵은 감정이 되살아났다. 유치하고도 달콤한 자기 연민의 고통. 이런 세상에, 지금 울고 있는 건가?

"괜찮습니까, 알렉스?" 탤론이 불안한 듯 침대 위로 얼굴을 들이댔다. 죽이고 싶을 정도로 잘생긴 얼굴….

"괜찮아요."

"정말 괜찮으세요?"

"괜찮다고 했잖소." 호프만은 잠옷 소매로 재빨리 눈물을 훔치고 안경을 썼다. 합리적인 차원에서라면 이런 식의 감정적 동요가 머리 부상에 따른 외상 증후군이라고 치부하겠으나 사실 그런다고 증후군이 사라지는 것도 아니다. 그는 이동식 침대에 타기를 거부하고 두 다리를 침대 밖으로 꺼낸 뒤 심호흡을 몇 번 했다. 옆방으로 걸어갔을 때쯤엔 마음도 어느 정도 가라앉았다.

"알렉스, 이분은 방사선과 뒤포 박사님이세요." 가브리엘이 소개했다.

그녀는 컴퓨터 앞에 앉아 있는 짧은 회색 머리의 자그마한 여성을 가리켰다. 뒤포가 돌아서서 기계적으로 고개인사를 하고 다시 스캔 결과를 살폈다.

"접니까?" 호프만이 모니터를 보며 물었다.

"네, 선생님." 박사는 고개를 돌리지도 않았다.

호프만은 담담하게 자신의 머릿속을 보았다. 솔직히 실망스럽기도 했다. 화면의 흑백사진은 형체도 모호했다. 원격 수중 카메라로 촬영한 산호초 단면, 달 표면, 원숭이 얼굴…. 뭐라 해도 믿을 정도였다. 너무나 지저분하고 모호하고 못생긴 그림에 기분까지 덩달아 우울해졌다. 이것보다 더 잘 만들 수 있잖아? 이게 최종 산물일 리는 없어. 그저 진화의 한 단계에 불과하다고 말해. 가스가 유기체를 만들어 냈듯 다음 세대를 위해 준비하는 게 우리 인간의 의무 아니겠어? 인공 지능, 아니, 그보다 그가 선호하는 이름인 AMR(자율적 기계 사고 – 옮긴이)는 지난 15년 동안, 어쩌면 그보다 더 오랫동안 그의 중대 관심사였다. 어리석은 인간들은 대중매체에 휘둘린 채, AMR의 목표가 인간 정신을 대체해 우리 자신의 디지털 버전을 생산하는 데 있다고 생각했다. 하지만 실제로 이렇게 나약하고 무기력한 무지렁이들을 뭐하러 복제한단 말인가? 더욱이 부품들도 하등 쓸모가 없다. 심장이나 간 따위의 보조 부품에 사소한 오작동이라도 발생할 경우 중앙 처리 장치가 완전히 망가질 수도 있다. 그야말로 플러그 고장 탓에 크레이 슈퍼컴퓨터와 그 안의 데이터 모두를 날리는 짓거리나 진배없다.

박사가 뇌를 위아래로 기울이자 고개인사라도 하는 듯 보였다. 외부 세계로부터의 환영 인사. 그녀가 뇌를 돌리고 양 옆으로 비틀었다.

"골절 흔적은 없네요. 융기도 없고. 융기가 제일 중요한 요소니까…. 그런데 이건 뭐죠?"

두개골에 호두 껍데기를 뒤집어 놓은 듯한 그림이 나타났다. 굵기가 들쭉날쭉한 흰색 선이 뇌의 회색 해면 물질을 에워쌌다. 호프만도 상체를 숙여 자세히 보았다.

"여기, 이 하얀 점들 보이시나요? 빛나는 별들 같죠? 뇌세포에 가벼운 출혈이 있어요."

"심각한가요?" 가브리엘이 물었다.

"아뇨, 꼭 그런 건 아니에요. 이런 형태의 부상에 흔히 나타나는 증상이죠. 그러니까, 머리에 상당한 타격을 가하면 뇌가 진동을 하고 약간의 출혈이 발생해요. 지금은 멈춘 것 같네요." 그녀가 안경을 추켜올리더니 보석을 살피는 보석상처럼 얼굴을 화면 가까이로 가져갔다. "그래도 검사는 해 봐야 할 거예요."

너무나도 자주 상상했던 순간이다. 비인간적인 대형 병원, 의외의 실험 결과, 냉혹하기 짝이 없는 의학적 선고, 무기력과 죽음으로 영락하는 돌이킬 수 없는 첫걸음…. 그녀의 선언이 또 하나의 심기증(hypochondria: 자신의 건강에 대하여 필요 이상으로 염려하는 상태 – 옮긴이)적 공상이 아님을 깨닫는 데는 약간의 시간이 걸렸다.

"어떤 검사죠?"

"MRI를 찍어 보고 싶어요. 연부 조직이 훨씬 더 선명하게 보일 테니까 기존 병력이 있는지 판단할 수 있을 거예요."

'기존 병력….'

"얼마나 걸립니까?"

"검사 자체는 금방 끝나요. 기계가 비어 있는지가 문제죠." 그녀는 새 파일을 불러내 여기저기 클릭해 보았다. "정오에 사용이 가능할 것 같네요. 응급 환자만 없으면."

"우린 응급이 아니에요?" 가브리엘이 물었다.

"그럼요. 위급할 것이 전혀 없는 걸요."

“그렇다면 그만 두겠습니다.” 호프만이 말했다.

“바보 같은 소리. 검사는 당연히 받아야지.” 가브리엘이 눈을 흘겼다.

“받기 싫어.”

“그런 말도 안 되는 고집이….”

“이런 망할, 내가 받고 싶지 않다고 하잖아!”

잠시 충격과 정적이 뒤를 이었다.

“알렉스, 언짢으시겠지만 가브리엘에게 그런 식으로 말씀하실 필요는….”

“내 아내한테 어떤 말을 하든 말든 당신이 무슨 상관이야?” 호프만이 손으로 이마를 짚었다. 손바닥이 무척이나 차갑고 목도 따끔거렸다. 되도록 빨리 병원에서 나가야 했다. 그는 침을 꿀꺽 삼킨 다음 간신히 입을 열었다. “미안합니다. 하지만 검사는 싫어요. 오늘 급하게 처리해야 할 일도 있고.”

“선생님, 강한 타격에 장시간 의식을 잃은 환자들은 누구나 스물네 시간 이상은 병원에서 안정을 취해야 합니다. 관찰이 필요해서죠.” 뒤포 박사가 단호하게 말했다.

“죄송하지만, 그건 어렵습니다.”

“중요한 일이 뭔데? 오늘 사무실에 나갈 것도 아니잖아?” 가브리엘이 의혹의 눈길로 쏘아보았다.

“아니, 사무실에 나가야 해. 당신도 전시회 첫날이니까 화랑에 가야지.”

“알렉스….”

“아니, 전시회에 가. 그것 때문에 몇 달씩 고생했잖아. 당신이 쏟아부은 시간과 노력이 얼만데…. 오늘 밤엔 당신의 성공을 위해 축배를 들자고.” 문득 목소리가 다시 높아지고 있다는 생각에 애써 마음을 다독였다. “그자가 집에 들어왔다고 우리 삶까지 침범당할 수는 없어. 우리가 허락하지 않는 한은 안 돼. 나를 봐. 정말 괜찮아. 당신도 봤잖아. 골절도 융기도 없는 거." 호프만이 말했다.

"그뿐인가? 먹고 죽을 상식도 없잖아." 등 뒤에서 영국인의 목소리가 들렸다.

"휴고, 당신의 사업 파트너도 살과 피로 만든 인간이라는 사실 좀 깨우쳐 주실래요? 우리처럼 말예요." 가브리엘이 돌아보지도 않고 애원했다.

"알렉스가 사람이었던가요?" 쿼리는 문 옆에 서 있었다. 외투는 풀어헤치고 목에 체리색 울 스카프를 둘렀으며 손은 주머니에 넣은 채였다.

"사업 파트너요? 동생이라면서요?" 그를 데리고 온 셀릭 박사가 의심스러운 목소리로 말했다.

"알렉스, 망할 검사부터 받아. 프레젠테이션은 미뤄도 되잖아."

"맞아요." 가브리엘이 맞장구를 쳤다.

"약속할게. 검사는 받겠어. 단 오늘은 안 돼. 괜찮죠, 선생님? 당장 쓰러지는 것도 아니잖습니까?"

"뭘 하고 말고는 전적으로 선생님 마음입니다만, 적어도 상처는 꿰매야 합니다. 그리고 떠나실 경우 병원에 책임이 없다는 서류에 사인도 하셔야 해요. 나머지는 선생께 달렸습니다." 회색 머리의 방사선과 의사였다. 어제 오후부터 업무에 시달린 터라 그녀도 은근히 짜증이 났다.

"좋아요. 상처를 꿰매고 양식에 사인도 하겠습니다. 그리고 나중에 여유로울 때 다시 와 MRI도 받죠. 그럼 됐지?" 그가 가브리엘에게 물었다.

그녀가 대답하기 전에 익숙한 전자음이 들렸다. 알렉스는 잠시 멍하니 있다가 문득 자기 휴대전화 알람임을 깨달았다. 6시 30분에 맞춰 놓았건만 그동안 이미 한 생을 다 살아 버린 기분이었다.

▼ ▼ ▼

호프만은 아내를 휴고 쿼리에게 맡겨 두고 리셉션에서 빠져나와 상처를 꿰매기 시작했다. 의사는 국부마취 주사를 놓고(세상에, 어찌나 따끔하던지!) 1회용 플라스틱 면도칼로 상처 부위의 머리카락을 조금 깎아 냈다. 봉합 과정은 불편하다기보다 기묘했다. 머리 가죽을 벗기는 기분이 그럴 것 같았다. 잠시 후 셀릭 박사가 작은 거울을 꺼내 호프만에게 자기 솜씨를 자랑했다. 실로 꿰매 놓으니 상처 부위가 희고 두툼한 입술이 씰룩이는 것처럼 보였다. 거울 속 상처가 호프만에게 추파를 던졌다.

"마취가 풀리면 아플 겁니다. 진통제를 처방해 드리죠." 셀릭이 쾌활하게 말했다. 그가 거울을 치우자 추파도 사라졌다.

"반창고도 안 붙입니까?"

"네. 노출해야 더 빨리 낫습니다."

"잘 됐군요. 그럼, 떠나도 되죠?"

셀릭이 어깻짓을 했다. "그야 선생님 권리지만 서류에 사인은 하셔야 합니다."

호프만은 서류에 사인하고("본인은 의료진의 조언에 반하는 퇴원을 하고자 합니다. 위험 사항에 대해서는 충분히 교육을 받았으며, 따라서 그로 인한 책임은 모두 본인에게 있습니다.") 옷 가방을 집은 뒤 셀릭을 따라 작은 샤워장으로 들어갔다. 셀릭이 불을 켜 주고 뒤로 돌아서며 거의 들리지 않는 목소리로 "병신."이라고 중얼거렸다. 어쨌든 호프만은 그렇게 들었지만 그가 대꾸하기 전에 문이 닫히고 말았다.

의식을 회복한 뒤 혼자 남은 건 그때가 처음이었다. 한동안은 혼자라는 사실이 기쁘기도 했다. 그는 가운과 파자마를 벗고 안쪽 거울 앞에 서서 잠시 자신의 나신을 비춰 보았다. 네온 형광등이 무자비하게 머리를 두드려 댔다. 창백한 살갗, 늘어진 뱃살, 사춘기 소녀처럼 도드라진 젖꼭지…. 가슴 털도 벌써부터 희끗희끗해지기 시작했다. 왼쪽 엉덩이에 검은 멍이 길게 나 있었다. 그는 옆으로 몸을 틀어 손끝으로 살갗을 훑다가 가볍게 성기를 쥐었다. 반응이 전혀 없었다. 머리를 다치면 고자가 되는 건가? 차가운 타일 바닥을 내려다보니 살짝 벌리고 선 두 발에 핏줄이 너무 많이 드러나 보였다. 이런 게 세월이구나. 내 미래로구나. 그는 충격을 받았다. 어쩐지 루시안 프로이트의 초상화를 닮았다는 생각도 들었다. 가브리엘이 사고 싶어 했던 그림…. 가방을 집기 위해 상체를 숙이는데 방이 잠시 흔들렸다. 어지러웠다. 그는 하얀 플라스틱 의자에 앉아 머리를 무릎 사이에 처박고 말았다.

잠시 후 정신을 차린 그는 천천히 조심스럽게 옷을 입기 시작했다. 트렁크, 티셔츠, 양말, 청바지, 흰색 긴소매 셔츠, 스포츠 재킷…. 하나씩 입을 때마다 조금씩 힘이 나고 무기력감도 줄어들었다. 가브리엘이 재킷 주머니에 지갑을 넣어 놓았다. 확인해 보니 새 돈으로 3000프랑이 들어 있었다. 그는 자리에 앉아 데저트 부츠를 신었다. 자리에서 일어나 다시 거울 속의 모습을 보니 위장(僞裝)이 꽤 만족스러웠다. 옷은 절대로 그에 대해 발설하지 않는다. 그는 특히 그 점이 마음에 들었다. 요즘 100억달러의 자산 관리를 주무르는 헤지 펀드 매니저 정도는 우편배달부만큼이나 흔했다. 이런 점에서 다른 이유가 없다면 돈, 특히 거금, 비자금, 드러낼 필요 없는 자금은 이미 민주적이라 하겠다.

노크 소리에 이어 뒤포 박사의 목소리가 들렸다. "호프만 선생님? 괜찮으세요?"

"네, 고맙습니다. 훨씬 좋아졌어요." 그가 대답했다.

"제 근무 시간은 끝났는데 선생님께 드릴 물건이 있어요."

그가 문을 열자, 그녀가 새 플라스틱 케이스에 CD를 넣어 그의 손에 넘겨주었다. "여기, 선생님 스캔 결과예요. 제 소견을 말씀드리면, 가능한 한 빨리 주치의한테 보여주세요."

"당연히 그래야죠. 감사합니다."

그녀가 미심쩍은 표정을 지었다. "정말이시죠? 꼭 하셔야 해요. 뭔가 문제가 있다면 저절로 없어지지는 않으니까요. 절대 곪아 터질 때까지 기다리지 말고 당장이라도 맞서서 해결해야 합니다."

"그러니까… 문제가 있다는 말씀이신가요?" 그는 자신의 목소리가 맘에 들지 않았다. 가련하고 애처로운 말투.

"모르겠어요. 알아내려면 MRI 스캔을 해 봐야죠."

"가능성이 뭐죠? 종기?" 호프만이 머뭇머뭇 되물었다.

"아뇨, 그런 건 아녜요."

"그럼?"

그가 그녀의 눈치를 살폈으나 그곳엔 지독한 권태뿐이었다. 나쁜 소식을 너무 많이 전한 사람의 눈.

"아무것도 아닐지 몰라요. 물론, 추측에 불과합니다만, 다발성 경화증이나 노인성 치매 가능성이 아예 없는 건 아녜요. 대비가 최선이니까 부디 주치의를 만나세요. 허투루 듣지 마시고요. 모를 때가 제일 두려운 법이랍니다." 그녀가 그의 손을 다독여 주었다.

04

미래의 회사

주어진 시기 및 계절에 있어, 경쟁 상대를 향한 우위가 아무리 사소하고 또 주변 물리적 환경에 대한 적응도의 차이가 아무리 미미하다 하더라도, 결국 그 차이가 균형을 깨뜨릴 것이다.

_찰스 다윈, 〈종의 기원〉(1859)

엄청난 부자들의 은밀한 모임 내에서도, 호프만이 왜 쿼리를 호프만 투자 테크놀로지의 동급 주주로 만들었는지에 대해 의문을 제기하는 사람들이 있었다. 결국 이익을 창출하는 핵심은 물리학자 호프만의 알고리듬이며, 회사도 그의 이름을 내걸었으니 말이다. 하지만 자신은 뒤로 숨고, 보다 외향적인 사람을 내세우는 방식이야말로 호프만의 기질이었다. 게다가 파트너 쿼리가 아니면 회사도 없다는 사실 정도는 그도 알고 있었다. 호프만과 달리 쿼리는 금융 세계에 경험이 있고 연줄도 많았다. 호프만이 아무리 애를 써 봐야 얻을 수 없는 장점도 하나 있었는데, 바로 사람을 다루는 재능이었다.

그의 재능은 단지 인간적인 매력에 그치지 않았다. 동시에 인간을 더 큰 대의명분으로 끌어들이는 능력이기도 했다. 전쟁이 있었다면 쿼리는 야전사령관의 완벽한 직속 부관이 되었으리라. 사실, 그의 증조부와 고조부가 영국군으로 복무할 당시 실제 보직이 그랬다. 명령 이행을 확인하고, 사기를 북돋우고, 교묘한 계략을 만들어서 후퇴조차 부하들 자신의 선택이라고 믿게 만들며, 지역 최고의 요새를 임시사령부로 징발하고, 하루 열여섯 시간의 싸움을 끝낸 후엔 시기심이 많은 경쟁자들을 저녁 식사에 초대해 특별히 고른 와인을 제공하는 최고의 부관들…. 쿼리는 옥스퍼드에서 정치학, 철학, 경제학을 우등으로 졸업했다. 전처와 세 아이는 남부 서리 우중충한 계곡의 암울한 루티엔스 저택에 안전하게 처박아 두고, 정작 자신은 어떤 애인이 걸리든 주말마다 샤모니에 있는 스키 별장으로 함께 휴가를 떠났다. 주로 영리하고 아름답고 날씬한 여자들을 끌어들인 다음 산부인과와 변호사가 필요하기 전에 후다닥 내버리는 식이었는데, 가브리엘은 그 때문에 그를 죽도록 혐오했다.

그럼에도 불구하고, 이번 위기는 두 사람을 잠정적 동지로 만들었다. 호프만이 상처를 꿰매는 동안 쿼리는 복도 자판기에서 달콤한 밀크커피를 뽑아 그녀에게 가져다주었다. 리셉션에는 딱딱한 의자들이 놓여 있었고 천장에는 플라스틱 별 무더기가 반짝였다. 그는 적절한 순간을 틈타 그녀의 손을 잡고 어루만지며 그녀의 상황 설명에 귀를 기울였다. 사고 직후 호프만의 기이한 행동들에 대해 설명할 때에도 모두 다 잘될 거라며 다독여 주기까지 했다.

"생각해 봐요, 가브리엘. 그 친구가 언제 정상적인 때가 있었습니까? 제일 좋았을 때조차 말예요. 어쨌든 여기 정리부터 하죠. 걱정 붙들어 매고 나한테 10분만 줘요."

그는 자기 비서를 불러 운전사 딸린 차를 즉시 병원에 대기시켰다. 그리고 회사의 보안 컨설턴트 모리스 즈누를 깨운 다음, 한 시간 내에 사무실에서 비상 회의가 있을 테니 반드시 참석하고, 호프만의 저택에도 당장 사람을 보내도록 지시했다. 마지막으로 르클레르 형사를 간신히 찾아내, 호프만이 퇴원하다 해도 경찰 본부에 출석해 진술하는 불상사만은 막아 달라고 요청했다. 르클레르도 이미 사건의 일관성을 확보할 만큼 충분히 기록을 해 둔 터라, 필요하면 오늘 내로 언제든 수정하고 서명하면 된다고 확인해 주었다.

가브리엘은 그동안 그런 쿼리를 지켜보며 감탄해 마지않았다. 그는 알렉스와 완전히 달랐다. 분명 미남이었지만, 스스로 그 사실을 너무나 잘 알고 있었다. 영국 남부식 예절 또한 북부 출신에 장로교 신자인 그녀의 신경을 건드렸다. 그녀는 이따금씩 그가 게이일지도 모른다는 생각을 했었다. 그 잘난 여자들은 그러니까 실제라기보다는 쇼에 불과하다고.

"휴고, 부탁 하나 할게요. 남편이 오늘 사무실에 가지 못하게 해 줄래요?" 그가 마지막 통화를 마치자 가브리엘이 심각한 목소리로 말했다.

쿼리가 다시 그녀의 손을 잡았다. "가브리엘, 내 말이 먹힌다고 생각했다면 벌써 했습니다. 알다시피, 뭐든 하겠다고 마음먹으면 어떻게든 하는 친구잖아요."

"그런데, 정말 그렇게 중요한 일이에요? 오늘 할 일이?"

쿼리가 그녀의 손을 놓지 않은 채 자기 손목을 살짝 비틀어 시계를 보았다. "네, 그래요. 물론, 그 친구 건강이 위기라면 뭐든 연기해야죠. 하지만 솔직하게 말해서 지금으로서는 예정대로 진행하는 쪽이 최선이에요. 그 친구를 만나러 아주 먼 곳에서 오니까요."

그녀가 손을 빼내며 말했다. “그러다 여러분의 황금 거위를 죽이겠어요. 조심하시지그래요? 그래 봐야 사업에 별로 도움이 되지 않을 테니까.”

“그야 모를 리가 있겠습니까? 이렇게 하죠. 행여 한순간이라도 저 친구한테 무리라는 생각이 들면 15분 내에 강제로 집으로 모시고 가서 침대에 눕힐게요. 하늘에 대고 맹세.” 쿼리가 경쾌하게 말했다. 깊고 푸른 눈가에 미소가 빚어 낸 주름이 꽃을 피웠다. 눈썹도 머리와 같은 모래색이었다. 그가 그녀의 어깨 너머를 보았다. “자, 내 눈이 멀지 않았다면 저기 친애하는 황금 거위가 오는군요. 깃털이 절반쯤 뽑힌 터라 기분은 엉망으로 보이지만.”

쿼리가 곧바로 자리에서 일어나 그에게 다가갔다. “내 친구 알렉스, 기분이 어떤가? 얼굴이 창백한데?”

“당장 여기서 나가면 훨씬 좋아질 거야.” 호프만은 가브리엘이 보지 못하도록 CD를 외투 주머니에 감추었다. 그가 아내의 뺨에 키스했다. “다 괜찮으니까 걱정할 것 없어.”

▼ ▼ ▼

세 사람은 원무과에 들른 뒤 병원 밖으로 나왔다. 오전 7시 반. 아침이 밝은 지도 한참이었다. 흐리고 춥고 께름칙한 아침…. 병원 건물 위쪽으로 잿빛 먹구름이 뇌세포만큼이나 우중충해 보였다. 적어도 호프만에게는 그랬다. 어디를 가든 고양이 스캔 화면이 눈앞에 어른거렸다. 갑자기 돌풍이 나타나 원형 광장을 가로질렀다. 레인코트가 두 다리를 휘감았다. 흡연자, 흰 가운의 의사, 환자복 차림의 환자 몇 명이 때아닌 5월 추위에 너 나 할 것 없이 출입구 앞에 올망졸망 모여 서 있었다. 담배 연기가 나트륨등 아래에서 소용돌이치다가 빗방울 사이로 사라졌다.

쿼리가 차를 찾아냈다. 메르세데스 벤츠. 헤지 펀드 거래 중인 제네바 리무진 서비스가 보유 중인 승용차로, 지금은 장애인용 구역에 서 있었다. 그들이 다가가자 콧수염을 기른 덩치가 얼른 운전석에서 내려 뒷문을 열어 주었다. 전에도 호프만을 태운 적이 있는 남자였다. 호프만은 간신히 그의 이름을 기억해 냈다.

"조르주! 좋은 아침이오, 조르주." 그가 느긋하게 인사를 챙겼다.

"안녕하십니까? 사장님." 운전사가 미소를 지으며 손으로 모자를 건드려 인사했다. 가브리엘과 쿼리가 차례로 뒷좌석에 앉는 동안 운전사가 조용히 호프만에게 속삭였다. "죄송합니다만, 제 이름은 클로드입니다."

쿼리가 호프만 부부 사이에 앉아 동시에 두 사람의 무릎을 건드렸다. "자, 여러분, 어디로 모실까요?"

"사무실."

"집이요."

호프만과 가브리엘이 동시에 대답했다.

"사무실. 그다음에 사모님을 집으로 모셔다 드려요." 호프만이 다시 말했다.

도시 중심으로 들어가는 도로는 벌써부터 막히기 시작했다. 메르세데스 벤츠가 데 라 클리즈 대로에 들어서면서 호프만은 언제나처럼 침묵에 빠져들었다. 다른 사람들이 내 착오를 눈치채면 어쩌지? 도대체 왜 그런 바보 같은 착각을 한 걸까? 평소에 운전사가 누구인지 신경 쓴 것도 아니지 않나? 그런데 하물며 인사라니! 차를 타면 대개 아이패드를 가지고 놀았다. 기술 관련 사이트를 검색하거나, 〈파이낸셜 타임스〉나 〈월 스트리트 저널〉처럼 가벼운 읽을거리를 읽었다. 창밖을 내다보는 경우도 거의 없었다. 그런데, 특별히 관심을 끄는 것도 없건만 지금 시선이 거리를 향하고 있었다. 역시 기이하기 짝이 없는 노릇이다. 예를 들어, 버스정류장에 사람들이 늘어서서 하루를 시작하기 전부터 지친 표정을 짓거나, 모로코나 알제리 혈통의 젊은이 무리가 거리 모퉁이에서 어슬렁거리는 모습들인데, 처음 스위스에 왔을 때만 해도 보지 못했던 장면들이었다. 하지만 저 애들이 저러고 있는 것도 당연하잖아? 제네바의 저런 모습은 애초에 내가, 아니면 쿼리가 만들어 낸 세계화의 부산물이 아닌가.

리무진이 속도를 줄이며 좌회전했다. 종소리가 울리더니 트램(tram)이 옆으로 따라붙었다. 호프만은 불 밝힌 창문에 갇힌 얼굴들을 무심코 올려다보았다. 멍하니 앞을 보는 사람들도, 꾸벅꾸벅 조는 사람들도 있었다. 한 사람은 〈제네바 트리뷴〉을 읽고 있었다. 그리고 마침내 마지막 창문에서 50대 남자가 눈에 들어왔다. 머리가 크게 벗겨지고 잿빛의 성긴 장발을 귀 뒤로 넘겨 길게 묶은…. 남자는 한순간 호프만과 평행을 이루었다. 하지만 트램이 갑자기 속도를 내더니 옅은 푸른색 불꽃을 일으키며 유령은 떠났다.

너무나 순식간에 일어난 일인 데다 마치 꿈을 꾼 듯해서 호프만은 자신의 눈조차 믿지 못했다. 쿼리는 그가 움찔하는 걸 느꼈거나 숨 삼키는 소리를 들은 모양이었다. 쿼리가 돌아보며 물었다. "괜찮나, 알렉스?" 하지만 호프만은 너무 놀라 대답할 수 없었다.

"무슨 일 있어?" 가브리엘도 쿼리의 머리 너머로 남편을 바라보았다.

"아무것도 아냐. 마취가 풀리는 중인가 봐." 호프만은 간신히 목소리를 되찾고는 다시 창밖을 내다보았다. "라디오 좀 틀어 주겠소?"

여자 앵커의 목소리가 차 안을 가득 채웠다. 대본이 익숙지 않은지 당혹스러울 만큼 밝은 목소리였다. 아마겟돈이 날아와도 미소 지으며 보도할 기세였다.

“어젯밤 그리스 정부는 은행 직원 세 명이 목숨을 잃었음에도 불구하고 긴축 정책의 유지를 천명했습니다. 아테네에서 일어난 임금 삭감 반대 시위 도중, 시위대가 화염병으로 은행을 공격하다가 벌어진 참사였습니다.”

호프만은 자신이 환각을 봤는지 아닌지의 여부를 판단해야 했다. 환각이 아니라면 당장 르클레르에게 전화하고 운전사한테도 경찰이 올 때까지 트램을 쫓아가라고 다그쳐야 했다. 하지만 만약 헛것을 보았다면? 결국 그에 뒤따를 굴욕에 움츠러들고 말았다. 더 심각한 문제는, 이제 더 이상 자신의 뇌에서 보내오는 신호를 믿지 못할 수도 있다는 사실이었다. 다른 건 몰라도 절대 미치고 싶지는 않았다. 또 다시 그렇게 되느니 차라리 죽는 게 나았다. 결국 아무 말도 못한 채 다른 사람들의 시선을 피하기만 했다. 그의 눈에 박힌 당혹감을 들킬 것이 두려웠다. 라디오가 계속 떠들어 댔다.

“지난주 유럽과 미국에서의 주가 대 폭락의 여파로 오늘 아침 금융 시장은 하락세로 출발할 것으로 보입니다. 유로존의 한두 국가가 파산할 수 있다는 두려움 때문에 위기의식이 더욱 가중되는 가운데, 지난밤 극동 지역에서도 가파른 하락세가 이어져….”

내 머리가 알고리듬이라면 당장 격리하고 폐쇄하리라.

“영국은 새 정부의 탄생을 위한 선거를 치릅니다. 중도 좌파 노동당 정부가 13년의 집권 끝에 실권할 것으로 예상되는 바….”

“부재자 투표 했어요, 가브리엘?” 쿼리가 불쑥 물었다.

“네, 당신은?”

“아뇨, 안 했습니다. 신경 쓰고 싶지도 않아요. 어느 당 찍었어요? 아, 잠깐… 어디 보자… 녹색당인가요?”

“비밀선거예요.” 그녀가 짧게 대답하고 시선을 돌렸다. 그가 맞추었다는 사실이 언짢았다.

호프만의 헤지 펀드 사무실은 호수 바로 남쪽의 오-비브에 위치했다. 이 지역을 설계한 19세기의 스위스 사업가들만큼이나 튼튼하고 믿을 만한 곳이다. 육중한 석조 건물, 프랑스풍의 넓은 도로와 거미줄처럼 얽힌 트램 케이블, 잿빛 거리에 흰색과 진홍색 꽃을 소나기처럼 뿌리는 체리 나무들…. 그리고 1층의 상점과 레스토랑 위로 차분하게 자리 잡은 7층짜리 사무실과 아파트…. 이 부르주아적 위용 사이에서 호프만 투자 테크놀로지가 빅토리아풍의 좁은 외관을 세상에 드러냈다. 사실 엔트리폰 위의 작은 이름표만이 그 존재를 드러내고 있기에 일부러 찾지 않으면 눈에 잘 띄지도 않았다. 보안 카메라가 달린 철제 셔터 램프가 지하 주차장까지 이어졌다. 한쪽으로 찻집, 다른 한쪽으로 심야 영업 슈퍼마켓이 자리 잡았으며, 멀리 유라 산맥이 아직도 희미한 눈 모자를 쓰고 있었다.

"조심하겠다고 약속해." 리무진이 멈추자 가브리엘이 다짐을 받았다.

호프만은 쿼리의 등 뒤로 손을 뻗어 그녀의 어깨를 토닥였다. "금방 좋아질 거야. 당신은 어때? 집으로 돌아가도 괜찮겠어?"

"즈누가 사람을 보내기로 했네." 쿼리가 대답했다.

가브리엘이 호프만에게 익살맞은 표정을 해 보였다. 그녀 나름의 휴고 흉내였는데, 입꼬리를 내리고 혀를 내밀고 눈을 굴리는 수준이었다. 호프만은 자신도 모르게 웃음을 터뜨리고 말았다.

"휴고가 모두 알아서 하잖아, 언제나처럼. 그렇죠, 휴고? 난 괜찮아. 집에 있지도 않을 거야. 물건만 챙겨 화랑으로 도망갈 테니까." 그녀는 어깨에 놓인 남편의 손에 키스했다.

운전사가 문을 열었다

"좋아. 행운을 빌어. 그리고 나도 가능한 한 빨리 가서 상황을 살펴보도록 할게." 호프만은 마지못해 그녀를 보냈다.

"그럼 고맙지."

가브리엘은 남편이 차에서 내리자 문득 다시는 보지 못할 것만 같았다. 기분이 어찌나 생생한지 통증이 느껴질 정도였다. "우리 둘 다 모든 걸 취소하고 하루 쉬면 좋겠는데…. 당신은 분명 안 된다고 하겠지."

"안 돼. 오늘은 분명 우리 둘에게 좋은 날이 될 거야."

"자, 힘내요, 가브리엘." 쿼리는 그렇게 말하며 잘생긴 엉덩이를 문 쪽으로 끌고 가 차에서 내렸다. "미리 고백하자면, 나도 가서 당신 작품 하나를 구입할 생각이에요. 우리 리셉션에 잘 어울릴 겁니다."

리무진이 떠난 후에도 가브리엘은 고개를 돌려 두 남자를 보았다. 쿼리가 왼팔로 알렉스의 어깨를 안고 인도를 가로질렀다. 오른손으로 어떤 동작을 취했는데 의미는 몰라도 농담이라는 정도는 알 수 있었다. 잠시 후 두 사람이 시야에서 사라졌다.

▼ ▼ ▼

호프만 투자 테크놀로지 사무실은 방문객들에게는 철저히 의도된 마술 무대처럼 보였다. 우선, 육중한 불투명 유리문이 자동으로 열리면 낮은 천장에 복도만큼이나 좁은 리셉션이 나타났다. 벽은 갈색 화강암이고 조명은 흐렸다. 얼굴을 카메라에 대고 3차원 안면 인식 스캔 과정을 거쳐야 했는데, 계량 기하학 알고리듬이 인상착의와 데이터베이스를 비교하기까지 채 1초가 걸리지 않았다. 물론 그 과정 내내 자연스러운 표정을 유지해야 했다. 만일 방문객이라면 딱딱한 표정의 보안 요원에게 이름을 제시하는데, 신분 확인 절차가 끝나면 관 모양의 철제 회전문을 통과하고 다시 좁은 복도를 지나 왼쪽으로 돌아갔다. 그럼 갑자기 햇빛 찬란한 대형 공간이 나타났다. 놀랍게도 세 개 층을 하나로 만든 곳으로, 석재로 된 뒷벽을 허물고 8층 높이의 알프스 빙벽 같은 통유리로 대체했다. 유리창 너머 분수와 정교한 대형 화분들로 장식한 안뜰이 내려다보였다. 엘리베이터 두 대가 방음 유리관 안에서 소리 없이 오르내렸다.

9개월 전 처음 그 장소를 본 순간, 흥행사이자 장사치 쿼리가 떠올린 발상이었다. 호프만은 컴퓨터 시스템을 맡았다. 외부 햇볕과 호응하며 자동으로 조절되는 조명, 온도 조절을 위해 자동 개폐가 되는 창, 에어컨 없이 공간 전체에 신선한 공개를 제공하는 천장 통풍구, 지열을 이용한 열 펌프 시스템, 화장실용의 10만 리터들이 탱크가 딸린 빗물 재활용 장치…. 그들은 이 건물을 '탄소 배출을 최소화한 종합 디지털 자동 통제 시스템'이라고 홍보했다. 화재가 나더라도 통풍 시스템의 제동기가 작동해 연기의 확산을 막고, 엘리베이터는 사람들이 타지 못하도록 모두 지상 층으로 내려간다. 무엇보다 건물을 유럽에서 제일 빠른 GV1 광섬유 관과 연결했는데, 그것만으로도 건물의 가치는 확실했다. 호프만은 5층 전체를 임대했다. 5층 위아래로 세를 든 회사들… 디지시스템, 에코테크, 유로텔은 이름만큼이나 정체가 모호했는데, 호프만의 직원들 또한 상대 회사의 존재조차 모르는 듯 보였다. 엘리베이터에 올라타 가려는 층 번호를 부를 때 외에는(음성 인식 시스템은 24개 국어의 지역 억양까지도 잡아낸다.) 내내 삭막한 정적뿐이었다. 호프만은 프라이버시를 맹신하고 잡담을 혐오하는 터라 당연히 이런 분위기가 마음에 들었다.

5층은 왕국 안의 왕국이었다. 터키색의 불투명한 버블 유리벽이 엘리베이터로부터의 접근을 막았다. 입구로 들어오려면 먼저 안면을 스캐너에 바쳐야 했다. 안면 인식 장치가 여닫이문을 작동하면 유리가 가볍게 물러나며 호프만의 전용 리셉션이 나타났다. 검정색과 회색의 작은 정육면체들을 아이들의 블록처럼 쌓고 배열해 의자와 소파를 만들어 놓았고, 크롬과 유리 소재의 커피 테이블이 있었다. 조정 콘솔에 터치스크린 컴퓨터를 장착해 약속 시간을 기다리는 방문객들이 웹서핑을 하도록 배려했는데, 컴퓨터의 화면 보호기는 하얀 바탕에 붉은 글씨로 회사의 모토를 홍보했다.

미래의 회사는 종이를 사용하지 않습니다.

미래의 회사는 명세서를 요구하지 않습니다.

미래의 회사는 전적으로 디지털로 움직입니다.

드디어 미래의 회사가 도래했습니다.

리셉션에 잡지나 신문 따위는 없었다. 회사의 정책 자체가 가능한 한 어떠한 종류의 인쇄 매체나 필기용 종이도 문간을 넘어오지 못하도록 했기 때문이다. 손님들한테까지 강요할 수는 없었으나, 고위직 파트너를 포함해 직원들은 누구나 실리콘과 플라스틱 대신 잉크와 종이를 소유하고 있다가 걸릴 경우, 10프랑의 벌금을 내고 회사 인트라넷에 이름을 올려야 했다. 놀랍게도 그 간단한 규칙만으로 직원들은 순식간에 습관을 바꾸었다. 심지어 쿼리까지도. 빌 게이츠가《광속의 기업》에서 종이 없는 사무실 헌장을 역설한 지 10년, 호프만은 어느 정도 이상을 실현한 셈이었다. 그리고 이해하기는 어렵지만, 그는 다른 업적만큼이나 이 성과를 자랑스럽게 여겼다.

따라서 그가《인간과 동물의 감정 표현》초판을 들고 리셉션을 통과한 사실은 지극히 이례적이라 할 수 있었다. 다른 사람이 그랬다면, 프로젝트 구텐베르크(전자책 온라인 도서관 – 옮긴이) 또는 다윈 온라인 사이트

(Darwin.online.org: 영국 케임브리지 대학교가 진행한 한 프로젝트에서 찰스 다윈의 원고 전체를 올려놓은 사이트 – 옮긴이) 등을 통해 책의 원문을 얼마든지 읽을 수 있다고 야단치고, 도대체 VIXAL-4 알고리듬보다 독서 능력이 뛰어나다고 생각하는 근거가 어디 있냐며 따져 물었을 것이다. 그에게는 직장 내에 책을 금하는 것과 집에 초판 희귀본들을 전시하는 열정 사이에 어떠한 이율배반도 없었다. 과거의 유품들이 다 그렇듯 책들 역시 골동품이다. 베네치아 촛대를 수집하는 사람이나, 전구나 수세식 변기를 사용한다는 이유로 리젠시 기업을 욕하는 이들과 뭐가 다르단 말인가. 어쨌든 호프만은 외투 안에 책을 숨기고는 미안한 마음으로 소형 보안 카메라를 올려다보았다.

"자신이 만든 규칙을 깰 셈인가, 선생? 하긴 비싼 물건이긴 해." 쿼리가 스카프를 벗으며 비아냥거렸다.

"깜빡했을 뿐이야."

"어련하시겠나. 자네 방? 아니면 내 방?"

"모르겠군. 상관있나? 좋아…. 자네 방으로 가지." 쿼리의 사무실에 가려면 증권 거래소를 지나야 했다. 일본 증권 시장은 15분 후에 마감하고 유럽 거래소는 아홉 시에 개장하지만, 네 무리의 퀀트, 즉 금융 전문가들은 이미 출근해서 열심히 일하고 있었다. 대화라고 해 봐야 속삭임 수준이고, 대부분은 아무 말 없이 여섯 개의 화면으로 배열된 현황판을 올려다보았다. 대형 플라스마 TV들은 음소거를 한 채 CNBC(미국 NBC의 재정 · 비즈니스 · 스포츠 케이블 프로그램 서비스 – 옮긴이)와 블룸버그에 나온 정보들을 제공했다. 그 아래로 디지털시계의 빨간색 선들이 도쿄, 베이징, 모스크바, 제네바, 런던, 뉴욕의 무자비한 시간들을 소리 없이 기록해 나갔다. 바로 2010년대에 돈을 만들어 내는 소리다. 이따금 키보드를 두드려 대는 가벼운 소음이 이곳에도 사람이 있다는 사실을 고발하고 나섰다.

호프만은 손을 뒤통수에 대고 빌어먹을 상처를 건드려 보았다. 다른 사람들 눈엔 어떻게 보일까? 차라리 야구 모자라도 하나 구해서 써 볼까? 지금은 면도도 안 한 데다 안색까지 창백했다. 어쨌든 직원들의 시선을 피하려 했는데, 그가 지나가도 고개 드는 사람이 거의 없어서 별로 어렵지는 않았다. 호프만의 퀀트 군단은 열에 아홉이 남자였으나 이유는 그도 잘 몰랐다. 정책적인 의도는 없었다. 그저 지원한 이들 중에 남자가 많았을 것이다. 대개 학계에서의 이중 고통, 즉 낮은 연봉과 높은 업무량으로부터의 도피자들로, 직원 중 여섯은 LHC 연구원 출신이었다. 호프만은 수학이나 물리학 박사 학위가 없는 사람은 아예 채용 대상으로 고려하지 않았다. 박사 논문 또한 동료 평가가 상위 15퍼센트 이내여야 했다. 국적과 연줄은 전혀 고려하지 않은 탓에, 때때로 아스페르거 증후군(Asperger's syndrome: 자폐증과 비슷한 정신 발달 장애 – 옮긴이)에 대한 UN 회의를 지켜보고 있는 듯한 기분이 들기도 했다. 쿼리는 이를 '잡탕 천국'이라고 불렀다. 지난해 평균 보너스는 거의 50만달러에 달했다.

개인 사무실이 있는 사람은 상급 매니저 다섯 명뿐이었다. 재무, 위기관리, 운영 파트의 수장들, 그리고 회사 대표인 호프만 자신과 CEO 쿼리였다. 사무실은 모두 방음 유리로 차단하고, 하얀색 베니션 블라인드, 베이지색 카펫, 연한 색의 목재와 크롬 소재의 스칸디나비아 가구들로 장식했다. 쿼리의 사무실 창밖으로는 거리가 내려다보였다. 거리를 가로지르면 사설 독일 은행이 두꺼운 망사 커튼 뒤에 숨어 있었다. 쿼리가 비아레지오의 베네티 사에 65미터짜리 슈퍼 요트를 주문해 놓은 터라, 청사진 액자와 각종 스케치 들이 사무실 벽을 두르고 책상 위에는 작은 모형까지 놓여 있었다. 갑판 바로 아래에 조명 전선을 둘러 부두에서 식사하는 동안 원격 조정기로 켜고 끄는 것은 물론 색까지 바꾸는 모델로, 쿼리는 이미 요트 이름을 '트레이드 알파'라고 지어 놓았다. 호프만은 호비 캣(호비캣 사에서 만든 비교적 작은 요트－옮긴이)으로도 충분히 행복한 터라, 고객들이 그런 식의 허세를 보고 그들이 이익을 너무 많이 챙기는 증거로 받아들일까 걱정했지만, 쿼리는 언제나처럼 고객들의 심리를 제대로 꿰뚫고 있었다. "아니, 아니야. 오히려 맘에 들어 할 거야. 고객들은 돌아가서 이렇게 말할 거라고. '그 친구들이 돈을 얼마나 많이 버는지 알아?' 어떻게든 우리와 함께하려 들 테니 걱정 마. 고객은 애들이야. 아무것도 모르는 군중이라고."

쿼리는 요트 모형 뒤에 앉아, 요트에 딸린 세 개의 수영장 너머로 호프만을 지켜보다가 말했다. "커피? 아침?"

"커피." 대답과 함께 호프만은 곧바로 창가로 갔다.

쿼리가 버저를 눌러 비서를 불렀다.

"블랙커피 두 잔. 지금 바로. 알렉스, 물을 조금 마시지그래? 탈수 현상이 있을지도 모르니까." 그가 호프만의 등에 대고 제안했지만 호프만은 듣지 않았다. "마실 물도 부탁해. 난 바나나와 요구르트 조금 가져다주고. 즈누는 아직 안 왔나?"

"아직 안 오셨습니다."

"오는 대로 들여보내." 쿼리가 버저에서 손을 뗐다. "밖에 무슨 일 있나?"

호프만은 두 손을 창턱에 대고 거리를 내다보았다. 길 맞은편 사람들이 신호등이 바뀌기를 기다렸지만 어느 쪽에도 차량은 보이지 않았다. 호프만은 한동안 그 사람들을 바라보다가 쓸쓸히 중얼거렸다. "빌어먹을 스위스 놈들…."

"그래, 그 빌어먹을 스위스 놈들이 내는 8.8퍼센트 세율 덕분에 우리가 먹고 산다네. 그 생각을 하면 놈들이 좋아질 걸세."

잘빠진 주근깨 아가씨가 노크도 없이 들어왔다. 가슴 부분이 깊게 파인 스웨터 차림에 어두운 빨간색 머리카락이 찰랑거렸다. 휴고의 비서였다. 호주 여성이었는데 이름이 기억나지 않았다. 휴고의 무수한 여자 친구 중 하나일 것이다. 비서로서의 정년인 서른한 살을 넘겼지만 그보다 가벼운 업무에서 적성을 찾아낸? 여자는 손에 쟁반을 들었다. 그녀 뒤로 검은 슈트에 검은 넥타이를 한 남자가 팔에 황갈색 레인코트를 걸친 채 숨어 있었다.

"즈누 씨가 오셨습니다. 좀 괜찮으세요, 호프만 박사님?" 그녀가 걱정스러운 목소리로 덧붙였다.

호프만이 쿼리를 돌아보며 말했다. "벌써 얘기한 거야?"

"응, 병원에서 전화했어. 아니면 차를 누가 준비했겠어? 문제가 되나? 비밀도 아니잖아, 응?"

"괜찮다면, 회사 사람들 모두에게 떠벌리지는 말아 주게나."

"그러지, 자네가 원한다면야. 앰버, 아무한테도 말하지 마, 오케이?"

"물론입니다, 사장님." 그녀가 당혹스러운 얼굴로 호프만을 보았다. "죄송합니다, 호프만 박사님."

호프만은 손을 들어 괜찮다고 한 뒤, 쟁반에서 커피를 집어 들고 창가로 돌아갔다. 아까 그 보행자들은 이미 횡단보도를 건넜는지 보이지 않았다. 트램이 덜컹거리며 멈추더니 문을 열고 승객들을 잔뜩 토해 냈다. 그 광경이 마치 끝에서 끝까지 칼로 갈라 내장을 드러내는 것처럼 보였다. 호프만은 승객들의 표정을 보고 싶었으나 너무 많은 데다 또 너무 순식간에 흩어져 버렸다. 커피를 홀짝이고 돌아서니, 즈누가 사무실 안에 있었고 사무실 문은 닫혔다. 두 사람이 그에게 무언가 얘기하고 있었던 모양인데 그는 모르고 있었다. 그 바람에 어설픈 정적이 사무실 안을 가득 채웠다.

"응?"

즈누가 참을성 있게 다시 말했다. "사장님께 보고 중이었습니다, 호프만 박사님. 제네바 경찰서의 옛 동료들과 얘기했는데 범인의 인상착의를 배포했다더군요. 법의학 팀이 현재 박사님 댁에 있습니다."

"담당 형사 이름이 르클레르라던데." 호프만이 말했다.

"네, 아는 분입니다만 불행히도 쫓겨날 위기에 처해 있죠…. 이 사건 때문에도 벌써 호되게 혼이 난 모양입니다." 즈누가 머뭇거렸다. "죄송하지만… 박사님, 다 말씀하셨죠? 그 사람한테 숨겨 봐야 좋을 게 없어 드리는 말씀입니다만…."

"물론 다 얘기했지. 망할, 숨길 게 어디 있다고." 호프만은 평소와 다르게 자신의 말투에 신경 쓰지 않았다.

쿼리가 끼어들었다. "클루조 반장(영화 〈핑크팬더〉 시리즈에 등장하는 형사-옮긴이)이 어떻게 생각하든 상관없어. 문제는, 이 미친놈이 어떻게 알렉스네 보안 시스템을 뚫었지? 한 번 뚫으면 두 번도 가능하다는 얘기 아닌가? 게다가 집을 뚫었으니 사무실이라고 불가능하단 법도 없고. 우리가 당신한테 돈을 주는 이유가 그 때문이잖아, 모리스? 보안 말이야."

즈누의 홀쭉한 두 뺨이 빨개졌다. "이 건물 보안 시스템은 제네바 최고 수준입니다. 호프만 박사님 댁은 대문, 현관문, 도난경보기까지 암호가 모두 침입자에게 노출되었다는군요. 이 세상 어떤 보안 시스템도 암호 노출 앞에서는 어쩔 수 없습니다."

"오늘 밤엔 암호를 바꾸고, 다른 누가 암호를 알고 있는지는 나중에 알아내겠소." 호프만이 말했다.

"장담하건대, 호프만 박사님, 우리 회사에서는 단 둘만 알고 있습니다. 저와 기술자 한 명이죠. 우리 쪽에서 노출은 불가능합니다." 즈누가 단언했다.

"그쪽에서야 그렇게 말하겠지만, 그자가 어디서든 번호를 알아내지 않았겠소?"

"좋아, 암호는 당분간 이대로 두자고. 중요한 건, 범인이 잡힐 때까지 알렉스가 온당한 보호를 받았으면 하네. 어떻게 하면 좋겠나?" 쿼리가 나섰다.

"댁에 24시간 내내 경호원을 두겠습니다. 현재 직원 한 명이 나가 있고, 오늘 밤에는 최소 두 명이 근무를 설 겁니다. 하나는 외부를 순찰하고, 하나는 아래층 실내에 남아 있죠. 호프만 박사님께서 시내에 나가실 때면 대테러 훈련을 받은 운전사와 보안 요원 한 명을 동승토록 할 생각입니다."

"무장해서?"

"박사님께서 원하시면요."

"자네 생각은 어떤가, 알렉스?"

한 시간 전이라면 이런 식의 예방을 당연히 허튼 짓으로 치부했겠으나 트램의 유령 때문에라도 이미 크게 흔들린 뒤였다. 두려움이 작은 산불처럼 마음속을 계속 휘젓고 다녔다.

"가브리엘도 보호해야겠어. 그놈이 나를 노린다고 가정하는데, 만일 대상이 아내라면 어떻게 하겠소?"

즈누는 개인 수첩에 메모했다. "네, 조치하겠습니다."

"단 그자가 체포될 때까지만. 그다음엔 우리도 일상으로 돌아가야지."

"사장님은 어떻게 하시겠습니까? 사장님도 경호 조치를 취할까요?"

쿼리가 웃으며 말했다. "내 불면 이유는 양육권 소송 걱정뿐이라네."

▼ ▼ ▼

"좋아. 이제 프레젠테이션 얘기를 할 차례인가? 어때 정말 할 수 있겠나?" 즈누가 떠난 뒤 쿼리가 말했다.

"물론이야."

"오케이, 다행이야. 투자자는 아홉일세. 합의한 대로 현재 고객 모두야. 기관 넷, 초 재벌 셋, 가문 자산 관리가 둘. 그리고 신의 가호 하나."

"신?"

"오케이, 신은 없어. 인정하지." 쿼리는 기분이 무척이나 좋았다. 기질의 4분의 3이 도박사라면 나머지 1은 장사치였는데, 바로 그 장사치의 기질이 다시 고개를 들고 있었다. 꽤나 오랜만의 일이다. "기본 규칙은 다음과 같아. 첫째, 투자자들은 우리 독점 소프트웨어와 관련해 기밀 유지 협약을 맺어야 하네. 둘째, 투자자들은 각자 지정한 전문 조언자와 동행할 수 있는데, 이제 1시간 반이면 들이닥칠 걸세. 그러니 도착하기 전에 자네도 샤워와 면도를 해치우게나. 이렇게 말해도 좋을지 모르겠네만, 그 친구들이 자네한테서 바라는 인상은 넋 나간 얼간이가 아니라 총명한 괴짜야. 자네가 원칙을 설명하고 하드웨어를 보여줘야 하네. 난 당연히 바람잡이가 되어야겠지. 그다음엔 우리 둘이 함께 보-리바쥬 호텔에서 고객들께 점심을 대접해야 하네."

"얼마나 끌어 모을 수 있겠나?"

"10억으로 시작해서 7억5000만에 낙찰할 생각이야."

"커미션은? 어떻게 결정했더라? 2에 20이었나?"

"아니야?"

"모르겠네. 자네가 부른 거니까."

"시세보다 높으면 탐욕스러워 보이고, 낮으면 우리를 존경하지 않을 테니까. 현재까지의 업적으로 보면 판매자 시장이지만, 그렇다 해도 2에 20은 고수하고 싶어." 쿼리가 의자를 뒤로 밀더니 노련한 동작으로 단번에 두 발을 책상 위에 올렸다. "오늘은 대단한 날이 될 거야, 알렉스. 이걸 보여주기 위해 1년을 기다렸으니…. 이제 저 친구들이 매달려 애원하게 만들자고."

10억달러일 경우, 연간 관리비 2퍼센트는 2000만달러였다. 단지 아침에 출근한다는 이유만으로. 그리고 10억달러 투자액에 대한 성과급 20퍼센트는, 호프만이 예상하기에 최소 20퍼센트 수익률로만 환산한다 해도, 연간 4000만달러였다. 다시 말해, 아침 두어 시간 일하고 고급 레스토랑에서 두 시간쯤 잡담하는 것만으로, 10억달러당 연봉 6000만달러라는 얘기다. 그 정도 액수라면, 아무리 호프만이라도 바보들을 얼마든지 참아 줄 수 있다.

"그래서 정확히 누가 오는 건가?"

"늘 같은 인물들이라네." 쿼리는 10분 동안 고객들을 하나하나 설명해 주었다. "아무튼 걱정할 필요 없어. 그쪽은 내가 다룰 테니까. 자네는 고귀한 알고리듬에 대해 설명만 하면 되네. 그러니 가서 휴식이나 취하라고."

05

하등의 상관이 없는

인간의 지능이 진화하는 데 있어 '집중'보다 중요한 것은 거의 없다. 동물은 이 능력을 분명하게 드러낸다. 예를 들어, 고양이가 구멍 안을 노려보며 먹잇감에게 뛰어들 준비를 할 때가 그렇다.

_찰스 다윈, 〈인간의 유래〉(1871)

호프만의 사무실은 쿼리와 비슷했지만 요트 사진은 없었다. 장식이라고는 사진 액자 세 개가 전부였다. 하나는 가브리엘의 사진이며 2년 전 생-트로페의 팡플론느 비치에서 점심 식사 중에 찍었다. 그녀는 카메라를 똑바로 보며 웃고 있었다. 햇살이 얼굴을 비추었는데, 그날 아침 긴 시간 바다 수영을 즐긴 터라 뺨에 마른 소금이 길게 남았다. 그렇게 생기 넘치는 사람은 본 적이 없었기에 호프만은 지금도 그 사진을 볼 때면 기운이 나곤 했다. 다른 사진은 2001년의 호프만 자신이었다. 노란색 안전모를 쓰고 서 있는 모습…. 바로 지하 175미터의 터널, LHC의 싱크로트론

건설 부지에서였다. 세 번째는 야회복 차림의 쿼리였다. 장소는 런던. 노동당 정부의 장관으로부터 그해의 알고리듬 헤지 펀드 매니저 상을 수상했다. 말할 것도 없이, 호프만은 당시 행사에 참여하지 않았다. 그 점에 대해서는 쿼리도 동의했다. 그의 말에 따르면 회사의 신비주의에 도움이 되기 때문이었다.

호프만은 문을 닫고 이중유리 벽을 돌아다니며 블라인드를 모두 내렸다. 그리고 레인코트를 옷걸이에 걸고 주머니에서 고양이 스캔 CD를 꺼내 케이스를 입으로 가져가 이로 툭툭 건드렸다. 그 물건을 어떻게 처리할지 아직 결심하지 못한 터였다. 책상에는 여섯 개의 화면으로 된 블룸버그 현황판, 키보드, 마우스, 전화기를 제외하면 아무것도 없었다. 2000달러짜리 등 높은 회전의자는 척추 교정용으로, 기압식 경사 조절 모듈과 오트밀색 쿠션을 장착했다. 그는 의자에 앉아 제일 아래 서랍을 열고 CD를 보이지 않게 깊숙이 집어넣었다. 서랍을 닫은 다음엔 컴퓨터 스위치를 켰다. 도쿄 225개 회사의 닛케이 지수는 3.3퍼센트 하락세로 마감했다. 미쓰비시 5.4퍼센트, JAPEX 4퍼센트, 마즈다 모터스 5퍼센트, 니콘 역시 3.5퍼센트 떨어졌다. 상하이 종합 주가도 4.1퍼센트 떨어져서 지난 8개월 간 최저치를 기록했다. 이러다가 폭동이라도 일어나겠군.

갑자기 눈앞의 화면이 흐릿해졌다. 호프만은 자기도 모르게 울기 시작했다. 두 손이 걷잡을 수 없이 떨리고 목에서는 이상한 기음이 새어 나왔다. 상체가 발작적으로 흔들렸다. 온몸이 산산조각 날 것 같아…. 호프만은 절박한 심정에 이마를 책상 위에 갖다 댔다. 그런데 동시에 발작으로부터 묘하게 초연하다는 생각이 들었다. 마치 높은 곳에 올라가 자신을 지켜보기라도 하는 기분이었다. 탈진한 동물처럼 빠르게 헐떡이고 있다는 사실도 의식할 수 있었다. 잠시 후 발작은 가라앉고, 다시 호흡을 회복하기 시작했다. 기분도 전보다 훨씬 좋아졌다. 심지어 가벼운 쾌감까지 있었다! 울음이 가져다준 값싼 카타르시스. 소위 말하는 중독이 어떤 식으로 작동하는지 이해할 수도 있을 것 같았다. 그는 바르게 앉아 안경을 벗고는 떨리는 손으로 눈물을 훔치고 손등으로 코를 닦아 냈다. 그리고 푸우, 하고 한숨을 내뱉으며 혼잣말로 중얼거렸다. "신이시여, 오, 신이시여."

기력을 완전히 회복할 때까지 2분 정도 꿈쩍 않고 앉아 있었다. 이윽고 옷걸이로 가서 레인코트에서 다윈의 책을 꺼내 다시 돌아와 자리에 앉았다. 138년 묵은 헝겊 장정과 살짝 헤진 책등이 사무실 분위기와 완전히 이질적이라는 생각이 들었다. 이곳에서는 가장 오래된 물건이라고 해 봐야 6개월도 채 되지 않았다. 그는 머뭇머뭇 책장을 넘겼다. 자정 직후에 읽었던 부분. '제12장: 놀람, 충격, 두려움, 공포.' 그는 네덜란드 서적상의 쪽지부터 꺼냈다. '로셍아르던 & 니헨하위세, 과학 및 의학 고서적 전문. 1911년 설립.' 그는 전화기에 손을 대고 잠시 최선인지 여부를 따져 본 다음, 암스테르담의 서점으로 전화를 걸었다.

신호음이 받는 사람 없이 한참을 울었다. 이제 겨우 오전 8시 30분이니 어쩌면 당연한 노릇이었다. 어쨌거나 호프만이 시간에 구애받는 사람은 아니었다. 그가 책상에 앉은 이상, 다른 사람들도 당연히 자기 책상에 도착해야 했다. 그는 전화벨이 그곳에 울리기를 기대하며 암스테르담 생각을 했다. 과거에 두 번 방문했는데 우아하고 유서 깊은 곳이었다. 분위기도 무척이나 지적이었다. 호프만은 이번 일이 끝나면 가브리엘을 데리고 암스테르담에 가야겠다고 생각했다. 거기에서는 카페에서 마리화나를 피울 수 있었다. 물론 암스테르담 사람들이 다 마리화나를 피우지는 않으리라. 마리화나를 피운 다음엔 최고급 호텔의 우아한 침실에서 오후 내내 사랑을 나누고 싶었다. 그는 신호음에 귀를 기울이며 어느 더러운 책방에서 울리는 전화벨을 상상해 보았다. 작고 두꺼운 빅토리아풍의 유리창 밖으로 자갈 깔린 도로와 가로수, 그리고 그 너머로 운하가 내다보이는 곳. 위태로운 사다리를 타고 올라가야 겨우 손이 닿는 키 큰 책장들. 육분의와 현미경. 번쩍이는 청동 소재의 정교한 과학 장비들. 열쇠로 문을 따고 책상을 향해 달리는 늙고 머리가 벗겨진 꼽추 남자 서적상. 전화벨은 계속 울리고….

"후데모르헌, 로셍아르던 엔 네인하위서. (*Goedemorgen. Rosengaarden en Nijenhuise.*: 좋은 아침입니다. 로셍아르던 & 니헨하위세입니다.)"

늙은 남자가 아니라 젊은 여자였다. 노래하듯 쾌활한 목소리.

"혹시 영어하십니까?" 그가 물었다.

"네, 뭘 도와드릴까요?"

호프만은 목청을 가다듬고 자세도 바로 했다.

"그저께 제 앞으로 책을 보내신 듯합니다. 제 이름은 알렉산더 호프만, 제네바에 살고 있습니다."

"호프만? 네, 호프만 박사님! 당연히 기억하죠. 다윈 초판. 기가 막힌 책이에요. 벌써 받으셨어요? 배송 중에 문제는 없었는지 모르겠네요."

"네, 받았습니다. 그런데 메모가 하나도 없어서 도대체 누가 그 책을 사서 보냈는지 알 수가 없네요. 제가 좀 알 수 없을까요?"

잠시 침묵.

"성함이 알렉산더 호프만 씨라고 하셨죠?"

"네, 그렇습니다."

이번엔 정적이 조금 더 길어졌다. 이윽고 다시 입을 열었을 때 여자는 당혹스러운 목소리였다. "직접 구매하셨는데요, 호프만 박사님."

호프만이 두 눈을 감았다. 다시 눈을 뜨자 사무실 전체가 축을 중심으로 살짝 기울어진 듯한 기분이었다. "그럴 리가 없습니다. 제가 사지 않았으니까요. 아마도 누군가가 제 신분을 도용한 모양이군요."

"하지만 직접 지불하신 걸요. 혹시 깜빡 잊으신 건 아닌가요?"

"어떻게 지불했죠?"

"계좌 이체였어요."

"얼마를 지불했습니까?"

"1만유로."

호프만은 빈손으로 책상 끄트머리를 움켜잡았다. "잠깐만요. 그게 어떻게 가능하죠? 누군가가 서점에 찾아와 나라고 말하던가요?"

"서점은 없습니다. 벌써 5년이나 된 걸요. 지금은 인터넷 판매만 해요. 로테르담 외곽의 창고를 사용하고 있죠."

"이런, 적어도 나한테 전화는 했어야 하는 것 아닌가요?"

"아뇨, 고객과의 통화는 아주 이례적인 경우입니다. 주문이 모두 메일로 이루어지니까요."

호프만은 턱과 어깨 사이에 전화를 끼우고 메일 계정에 접속해, 보낸 편지함을 스크롤하기 시작했다. "내가 메일을 보낸 날짜가 언제입니까?"

"5월 3일."

"지금 그 날짜 메일을 보고 있는데 5월 3일에 보낸 건 하나도 없습니다. 주문한 계정 주소가 어떻게 되죠?"

"A.Hoffmann@HoffmannInvestmentTechnologies.com이네요."

"내 주소 맞아요. 하지만 그쪽에게 보낸 메일은 없어요."

"혹시 다른 컴퓨터로 보내신 게 아닐까요?"

"아뇨, 그럴 리 없습니다." 하지만 그 말을 하면서도 목소리에서 확신이 빠져나가고 있었다. 온몸에 물리적인 통증이 올 정도의 두려움…. 그의 발밑에 심연이라도 열린 기분이었다. 방사선과 의사가 고양이 스캐너에 걸린 흰 점의 원인으로 치매를 꼽았었다. 휴대전화나 노트북, 아니면 집 PC를 사용하고 완전히 잊은 걸까? 아니… 그렇다고 해도 기록은 이곳에도 남아야 하지 않나? "내가 보낸 메일이 정확히 어떤 내용이었죠? 읽어 줄 수 있나요?"

"메일은 없습니다. 구매 과정이 자동이에요. 고객이 온라인 카탈로그 제목을 클릭하고 전자 주문서를 작성합니다. 이름, 주소, 지불 방법 같은 것들…." 그의 목소리가 흔들리고 있음을 느꼈는지 여자는 훨씬 조심스러워졌다. "설마 주문을 취소하실 생각은 아니죠?"

"아뇨. 그저 확인을 하는 겁니다. 계좌 이체로 송금했다고 했는데 지불 계좌 번호가 어떻게 됩니까?"

"그건 공개하기 어렵습니다."

호프만은 젖 먹던 힘까지 짜냈다. "잘 들어요. 난 지금 심각한 사기 피해를 입었습니다. 이건 신분 도용이에요. 그 경우 주문을 취소하고 이 빌어먹을 사건을 경찰과 변호사 손에 넘길 수밖에 없습니다. 당장 계좌 번호를 확인하고 도대체 어떻게 된 영문인지 알아야겠어요."

잠시 정적…. 마침내 여자가 입을 열었다. "전화로 알려드릴 수는 없지만 주문하신 메일 계정으로는 가능합니다. 지금 당장이라도…. 그래도 괜찮으시겠어요?"

"네, 고맙습니다."

호프만이 전화를 끊고 숨을 내쉬었다. 그리고 양쪽 팔꿈치를 책상에 대고 머리를 손으로 받친 채 컴퓨터 화면만 물끄러미 바라보았다. 시간이 너무도 느리게 지나갔지만 실제로 받은 편지함이 새 메일의 도착을 알린 건 불과 20초 후였다. 기대한 대로 서점에서 보낸 메일이었다. 각설하고,

스무 자리 숫자와 글자 한 줄. 그리고, 계좌 명의: A. J. 호프만. 그는 버저를 눌러 비서를 불렀다. "마리-클로드, 내 개인 예금 계좌 목록 좀 메일로 보내 줘요, 지금 당장."

"알겠습니다."

"그리고 우리 집 보안 암호들 기록 있어요?"

"네, 있습니다, 호프만 박사님." 마리-클로드 뒤라스는 50대 중반의 활기찬 스위스 여성으로 호프만과는 이미 5년째였다. 어떤 식으로든 그녀가 불법 행위와 관련 있다고는 상상조차 할 수 없었다.

"어디에 보관해 왔죠?"

"제 컴퓨터, 그리고 박사님 개인 파일에요."

"누가 암호를 물어본 적이 있나요?"

"아뇨."

"다른 사람과 얘기해 본 적도?"

"당연히 없습니다."

"남편은?"

"제 남편은 작년에 저세상으로 간 걸요."

"오, 이런, 미안해요. 아무튼… 어젯밤에 우리 집에 침입자가 있었어요. 경찰이 당신한테 몇 가지 물어볼지도 몰라요. 미리 알아야 할 듯해서…."

"네, 호프만 박사님."

그녀가 준비하는 동안 그는 다윈을 다시 잡고는 색인 페이지에서 '의혹'을 찾아 해당 페이지를 펼쳤다.

> (…) 인간은 최악의 증오 및 의혹으로 심장을 채우거나 질투와 질시에 침식당할 수 있다. 그런 감정들은 당장 행동으로 나타나지 않고 대개 일정

기간 이어지는데, 그동안 외적으로는 전혀 징후가 드러나지 않으며 (…)

호프만은 다윈을 존중하지만, 이 부분은 경험으로 볼 때 거짓이었다. 그의 감정은 지금 최악의 의혹으로 가득하지만 그 사실이 얼굴에 분명하게 드러나 있었다. 입술은 늘어지고 시선은 어둡게 흔들렸다. 신분을 도용한 도둑이 피해자에게 선물을 사 보낸 사건이 이 세상 또 어디에 있단 말인가. 누군가가 그를 엿 먹이려 들고 있다…. 바로 그 점이 사건의 본질이었다. 스스로 정신 상태를 의심하게 만들고 어쩌면 살해할 수도 있다. 어쨌든 음모든 자신이든 둘 중 하나는 분명 미쳐 가고 있었다.

그는 애써 자리에서 일어나 사무실을 배회하다가, 블라인드를 젖히고 직원들을 내다보았다. 저 밖에 적이 있는 걸까? 60명의 퀀트는 팀으로 나뉘어져 있었다. 알고리듬을 만들고 실험하는 부화 팀, 기본 알고리듬을 상용 도구로 만드는 기술 팀, 실제 거래를 감독하는 집행 팀…. 그중에는 당연히 괴짜들도 있다. 당연하다. 예를 들어 헝가리 출신의 임레 서보…. 복도를 걸을 때마다 문고리를 모조리 건드리는 친구다. 어떤 친구는 비스킷, 감자 칩을 비롯해 모든 음식을 나이프와 포크로 먹었다. 호프만은 그런 기벽에도 불구하고 그들을 하나하나 직접 고용했다. 그렇다고 잘 알지는 못했다. 친구가 아닌 직장동료들이기 때문인데, 지금에 와서는 다소 후회스러웠다. 그는 블라인드를 내리고 컴퓨터 앞으로 돌아갔다.

받은 편지함에서 은행 계좌 목록이 그를 기다리고 있었다. 모두 여덟 개…. 프랑, 달러, 파운드, 유로, 당좌, 정기, 국외, 공동. 고서의 구매 계좌와 일일이 대조해 보았지만 일치하는 계좌는 없었다. 그는 잠시 손가락으로 책상을 두드리다가 수화기를 들고 회사의 재무 담당 매니저 린 주-롱을 불렀다.

"LJ? 나 알렉스요. 계좌 번호 하나 조회해 봐요. 내 이름으로 되어 있는데 도통 모르겠거든. 어쨌든 우리 시스템에 있는지 알고 싶어서 그래요." 호프만은 서점에서 보낸 메일을 보내 주었다. "지금 보냈으니까 확인해 봐요."

잠시 시간이 흘렀다.

"네, 박사님, 받았습니다. 우선 말씀드린다면… 'KYD'로 시작하네요. 'KYD'는 US달러 계좌의 케이맨 제도 식별 코드입니다."

"회사 계정인가?"

"시스템을 돌려 보죠. 무슨 문제가 있습니까?"

"아니, 그냥 확인이 필요해서 그래요. 어쨌든 우리 둘만 아는 얘기로 해 둡시다."

"네, 알겠습니다. 사고 얘기는 들었…."

호프만이 얼른 그의 말을 끊었다. "괜찮아요. 큰 피해 없으니까."

"네, 다행입니다. 그런데 가나와 통화하셨습니까?"

가나는 가나파시 라야마니, 위기관리 담당 매니저였다.

"아니, 왜요?" 호프만이 되물었다.

"어젯밤에 P&G에 빅 쇼트(big short: 시장 붕괴에 거는 대형 거래 – 옮긴이)를 승인하셨습니까? 주당 62달러에 총 200만이더군요."

"그래서?"

"가나가 걱정하고 있습니다. 위기 한계를 넘어섰다고 하더군요. 위기 관리 위원회를 소집하겠답니다."

"음, 그 얘기는 휴고와 하라고 해요. 결과는 나한테도 보고하고, 오케이?"

호프만은 너무 피곤해 아무것도 할 수 없었다. 그는 다시 마리-클로드를 불러 한 시간 동안 아무도 들이지 말라고 지시했다. 휴대전화도 껐다.

그리고 소파에 누워 도대체 어떤 자가 이름까지 도용해 가면서 빅토리아 시대의 자연사 희귀본을 선물했을지 상상해 보았다. 그것도 케이맨 제도 달러 계좌를 이용해서? 그가 풀기에는 수수께끼가 너무 어려웠다. 잠시 후에는 곧바로 잠에 빠져들었다.

▾ ▾ ▾

경찰서장은 시간 엄수에 까다롭기로 소문난 사람이다. 오전 9시 정각이면 어김없이 칼-포그트 가의 본부에 도착하고, 출근 후 제일 먼저 간밤에 주에서 발생한 사건 요약 정보를 읽는다는 것 정도는 르클레르 형사도 알고 있었다. 때문에 9시 8분에 사무실 전화벨이 울렸을 때 발신자가 누구인지 충분히 예상할 수 있었다.

팔팔한 목소리. "장-필립?"

"안녕하십니까, 서장님."

"미국인 금융업자 호프만 사건 말이야."

"네, 서장님."

"어디까지 왔지?"

"피해자는 대학 병원에서 퇴원하고 법의학 팀이 현재 그의 저택에 있습니다. 구체적인 인상착의는 확보했습니다. 현재 우리 아이 한 명이 그곳을 감시 중이죠. 이상."

"심한 부상은 아니니다?"

"전혀 아닙니다."

"이상하군. 자네 생각은 어때?"

"말도 안 되죠. 저택이 거의 요새 수준인데 침입자는 아주 쉽게 들어왔더군요. 사전에 계획했다는 뜻이죠. 게다가 현장에서 칼을 다룬 것으로 보이는데 그냥 피해자의 머리만 때리고 달아난 점도 석연치 않습니다. 도난당한 물건도 없고요. 호프만이 뭔가 숨기고 있다는 생각도 들지만, 의도적인지 기억하지 못하는지는 잘 모르겠습니다."

서장은 잠시 아무 말도 하지 않았다. 누군가가 움직이는 소리가 수화기를 통해 르클레르의 귀에 들렸다.

"그럼 이제 퇴근하는 건가, 르클레르?"

"지금 막 하려는 참입니다, 서장님."

"음, 미안하지만 초과 근무 좀 하지그래. 조금 전에 재무부 장관 전화를 받았는데 상황을 알고 싶대. 아무래도 자네가 나서서 챙겨 줘야겠어."

"재무부 장관이요? 그분이 왜 관심을 갖는 거죠?"

"뭐, 빤한 얘기 아니겠어? 부자와 빈자의 법이 따로 있으니까 말이야. 아무튼 진전이 있는 대로 빨리빨리 알려 달라고."

르클레르는 전화를 끊은 뒤 속으로 욕설을 마구 퍼부어 댔다. 그는 성큼성큼 복도 저편의 커피 자판기로 걸어가 아주 까맣고 진한 에스프레소 한 잔을 뽑았다. 눈이 모래라도 들어간 듯 따갑고 근육도 욱신거렸다. 그는 이런 일을 하기는 자신이 너무 늙었다는 생각이 들었다. 이런 사건이라면 사실 할 수 있는 일도 많지 않았다. 이미 형사 한 명을 보내 보험사 더부살이와 면담하게 한 상태였다. 리클레르는 사무실로 돌아갔다. 아내한테 전화를 걸어 오후에나 들어가겠다고 보고하고는 우선 인터넷 창부터 열었다. 물리학자이자 헤지 펀드 매니저인 알렉산더 호프만 박사에 대해 이것저것 알아볼 참이었는데, 놀랍게도 그 어떤 정보도 찾아볼 수 없었다. 위키피디아나 기사에 걸리지도 않고 온라인으로 사진 한 장조차 구할 수가 없었다. 재무부 장관이 직접 개인적으로 관심을 표하는 인물이건만!

어쨌든 빌어먹을 헤지 펀드가 도대체 뭔지 검색해 보았다. '(…) 일종의 사모 펀드로, 다양한 범주의 자산에 투자하거나 다양한 투자 전략을 채택하여 투자자들을 하락장세의 손실로부터 보호하는 한편 상승장의 배당금을 최대치로 가져갈 수 있도록 헤지 포트폴리오를 구성 및 유지한다. (…)'

"도대체 이게 다 무슨 개소리야?" 그는 중얼거리며 수첩을 꺼내 메모한 내용들을 다시 살펴보았다. 조사한 바에 따르면 호프만은 지난 8년 동안 금융 분야에서, 그 전 6년간은 LHC 개발자로 근무했다. 어쩌다 보니, 옛 동료가 현재 CERN의 보안 팀에서 일하고 있다는 사실도 알게 되었다. 르클레르는 옛 동료에게 전화를 걸어 통화를 하고는 15분 후, 자신의 소형 르노 운전대를 잡고 천천히 아침 출근길에 끼어들었다. 메이랭 가를 따라 공항의 북서쪽을 지나서 지메이사(Zimeysa)의 황량한 산업 지대를 통과하는 길이었다.

멀리 CERN 건물이 산맥을 병풍처럼 두른 채 아렴풋이 모습을 드러냈다. 적갈색의 거대한 나무공이 들판에서 떠오르는 외관이 르클레르에겐 엄청난 시대착오처럼 보였다. 미래의 모습을 1960년대 취향으로 각색하면 저렇게 될까? 르클레르는 반대편에 주차를 하고 본관으로 들어가 신분을 밝힌 다음, 방문자 배지를 받아 스포츠 점퍼에 부착했다. 그리고 안내자를 기다리는 동안 리셉션에 있는 작은 전시장을 살펴보았다. 발밑 지하에 27킬로미터 길이의 원형 터널이 깔려 있으며 그 터널에 각각의 무게만 30톤에 달하는 초전도 자석 1600개가 설치되어 있고 그 자석들이 터널 주변으로 미립자 광선들을 마구 쏘아 대는 중이라고 했다. 광선은 초당 1만 1000회의 빠른 속도로 회로를 돌며 양성자당 7조의 전자볼트 에너지로 충돌하는데, 바로 그 운동을 통해 우주의 기원을 밝히고 새로운 차원을 발견하며 암흑 물질(dark matter)의 본질을 밝힐 계획이라고 적혀 있었다. 뭐가 어찌 되었든 르클레르의 머리로는 그 어느 것도 금융 시장과 하등의 상관이 없었다.

▼ ▼ ▼

쿼리가 초대한 사람들은 오전 10시 직후부터 도착하기 시작했다. 56세의 제네바 시민 에티엔 뮈사르와 그의 여동생 클라리스 뮈사르가 제일 먼저 버스로 도착했다. 쿼리가 예언한 그대로였다. "남매가 제일 먼저 등장할 거야. 언제나 그러니까." 둘 다 추레한 옷차림에 미혼이며, 지금은 랑시 교외에 부모가 물려 준 방 세 칸짜리 작은 집에서 함께 살았다. 운전도 하지 않고 휴일에도 쉬지 않으며 레스토랑에서 식사하는 경우도 거의 없지만, 쿼리의 계산에 따르면 므슈 뮈사르의 재산은 7억유로, 그리고 마담 뮈사르의 재산은 5억5000만유로에 달했다. 두 사람의 증조부 로버트 파지는 개인 은행을 소유했다가 1980년대에 매각했는데, 세계 2차 대전 당시 나치가 유태인들의 자산을 강탈해 파지 은행에 예치한 사실이 추문으로 번진 탓이었다. 남매는 가족 변호사 맥스-앨버트 갤런트를 대동했다. 그의 변호사 사무실은 호프만 투자 테크놀로지의 소송 문제를 다루기도 하는데, 쿼리가 뮈사르 남매를 소개받은 것도 갤런트를 통해서였다. "그 사람들, 나를 자기네 아들로 아나 봐. 무례하기 짝이 없는 데다 입만 열면 불평불만이라니까." 쿼리의 논평이었다.

이 재미없는 남매 뒤에 등장한 인물은 호프만의 고객 중에서도 가장 독특했다. 엘미라 굴잔. 서른여덟 살에 카자흐스탄 대통령의 딸이니 왜 아니겠는가. 그녀는 파리의 체류 외국인이자 퐁텐블로의 INSEAD, 즉 유럽 최고의 경영 대학원에 다니는 학생이다. 동시에 굴잔 가문의 해외 재산도 관리했는데, 2009년 CIA의 추산에 따르면 무려 190억달러에 달했다. 쿼리는 발디제르의 스키 파티에서 그녀에게 의도적으로 접근해 현재 1200만달러를 헤지 펀드로 끌어들였고, 지금도 액수를 두 배로 늘릴 계획을 세우는 중이었다. 쿼리는 또한 슬로프에서 그녀의 오랜 연인 프랑수아 드 공바르-토넬과 친분을 만들기도 했다. 그는 물론 파리의 변호사 자격으로 오늘도 그녀의 옆을 지키고 있었다. 굴잔은 방탄 메르세데스 벤츠를 타고 왔는데 에메랄드색의 실크 프록코트 차림에 검은 머리는 같은 색의 스카프로 가볍게 치장했다. 쿼리는 로비에서 기다렸다가 그녀를 환영했다. "속지 마. 지금은 딴 짓 하느라 바쁜 척하지만 언제라도 골드만 자리를 차지할 수 있는 인물이니까. 아버지를 조종해서 자네 손톱을 모조리 뽑아 버릴 수도 있다네." 쿼리의 경고였다.

다음 인물은 미국인 남성 2인조로, 호수 반대편 프레지당 윌슨 호텔의 리무진을 타고 등장했다. 두 사람은 이번 발표회를 위해 일부러 뉴욕에서 비행기를 타고 날아왔다. 에즈라 클라인. 140억달러 규모의 모태 펀드 윈터베이 신탁회사의 수석 분석가. 모태 펀드란 설립 취지 그대로 '채권이나 주식에 투자하는 대신 다양한 관리 포트폴리오에 투자하는 방식으로, 위험 요인을 완전히 제거하고 고배당을 노리는 펀드'를 말한다. 클라인은 머리가 비상한 인물로도 유명했다. 보통 사람보다 두 배 빠르게 말하고 (평균적으로 초당 여섯 단어를 말한다. 언젠가 부하 직원들이 몰래 재 본 기록이다.) 세 번째 단어는 항상 금융 전문 용어나 약어를 사용하는 습관 덕분에 그의 머리가 더욱 빛을 발했다. 쿼리는 이렇게 평가했다. "에즈라는 가시권이야. 그 친구, 와이프도 없고 자식도 없어. 내가 아는 한 생식기도 없네. 윈터베이라면 1억달러 정도는 더 뽑아낼 수 있는데, 어디 두고 보자고."

에즈라 옆의 덩치 큰 인물은 월 스트리트의 정통 복장인 검은색 트리플 슈트에 빨간색과 흰색 줄무늬 타이 차림이었는데, 클라인의 난해한 용어들을 듣는 척도 안 했다. 바로 미국 금융 복합 기업 암코의 빌 이스터브룩이었다. "자네도 본 적이 있어. 기억하지? 올리버 스톤 영화에서 방금 걸어 나온 공룡 같은 친구. 그 후로 암코 대안 투자라는 독립 법인을 신설해 자리를 옮겼는데, 기본적으로는 감사 기관을 속이기 위한 유령 회사 같은 거야." 쿼리 자신도 런던에서 10년간 암코의 일을 했기에 이스터브룩과는 오래전부터 안면이 있었다. "아주, 아주 오래전이야." 그가 꿈을 꾸듯 중얼거렸다. 세월에 모두 씻겨 나갈 만큼 오래전이라는 뜻이다. 1990년대 코카인과 콜걸이 판치던 시절의 이야기…. 쿼리가 호프만과 일하기 위해 암코를 나왔을 때, 이스터브룩은 커미션을 받는 조건으로 둘에게 최초의 고객 몇 명을 소개하기도 했다. 이제 암코 대안 투자는 호프만 투자 테크놀로지의 최대 투자자로, 10억달러에 가까운 금액을 맡긴 상태였다. 물론 쿼리가 몸소 로비에 나가 환영해야 할 두 번째 참석자이기도 했다.

이제 모두 도착했다. 방년 27세의 암셸 헤르크스하이머. 쿼리와는 옥스퍼드 동창이라고 했다. 헤르크스하이머 금융 및 무역 제국의 여식으로, 지금은 가문의 200년 묵은 자산을 관리하기 위해 훈련 중이었다. 벽창호 이언 몰드. 과거 답답하기 짝이 없는 파이프 주택 금융 조합을 이끌었으나, 금세기 초에 주식을 상장하면서 3년 만에 부채가 스코틀랜드 GDP 절반에 육박하는 통에 영국 정부가 개입하기까지 했다. 억만장자 미에치슬라브 우카신스키. 전직 수학과 교수이자 폴란드 공산당 청년 연맹 위원장으로 현재 동유럽 서열 3위의 보험 회사를 소유하고 있었다. 그리고 마지막으로 중국의 실업가 리웨이 수와 치 장이 도착했다. 상하이 기반 투자 은행을 대표하는 인물들로, 검은 슈트 차림의 수행원 6인을 대동했다. 두 사람은 그들이 변호사라고 주장했으나 쿼리의 판단에는 분명 컴퓨터 전문가들이었다. 호프만의 사이버 보안을 확인하려는 수작이었지만 쿼리의 공손한 제지를 받고 마지못해 떠날 수밖에 없었다.

쿼리의 초대를 거부한 투자자는 한 명도 없었다. 그는 이렇게 분석했다. "두 가지 이유 때문이야. 첫째, 지난 3년간 금융 시장이 전반적으로 불황이었지만 우린 저 사람들한테 83퍼센트의 이익을 안겨 줬어. 이 세상 어디에도 이렇게 지속적으로 성공을 거두는 헤지 펀드는 없으니까… 당연히 궁금했겠지. '도대체 뭐하는 인간들이야?' 하지만 우리는 투자액에서 단 한 푼도 뒤로 빼돌리지 않았어."

"그럼 두 번째 이유는?"

"오, 다 알면서 왜 이래?"

"아니, 모르겠는데."

"자네 때문 아닌가, 이 능구렁이 친구야. 저 사람들은 자네를 보고 싶어 해. 자네가 어떤 일을 해냈는지 알고 싶고, 옷자락이라도 한 번 건드려 보고 싶은 거라네. 자기 손이 황금으로 변하는지 확인하고 싶어서. 자넨 이미 전설이야. 응?"

▾ ▾ ▾

호프만을 깨운 사람은 마리-클로드였다.

"호프만 박사님? 박사님? 사장님께서 찾으세요. 다들 회의실에서 기다리신답니다."

꿈을 꿀 때는 분명 생생했건만 눈을 뜨는 순간 영상들이 비눗방울 터지듯 사라졌다. 그를 내려다보는 비서의 얼굴이 순간적으로 어머니처럼 보이기도 했다. 마리-클로드와 어머니 둘 다 회색이 감도는 녹색 눈과 매부리코에 지적이면서도 수심에 찬 얼굴이었다.

"고마워요. 곧 간다고 전해요." 호프만이 일어나 앉으며 충동적으로 덧붙였다. "남편 얘기는 미안하게 됐어요. 잠시 다른 생각을 하느라…."

"별말씀을요. 전 괜찮습니다."

화장실은 사무실 맞은편에 있었다. 그는 찬물을 틀어놓고 두 손으로 받아 연거푸 얼굴에 끼얹었다. 정신부터 차려야 했다. 면도할 시간은 없었다. 턱과 입 주변의 피부가 부드럽고 매끄럽던 평소와 달리 짐승의 가죽처럼 뻣뻣하고 거칠게 느껴졌다. 그런데 이상하게도 기운이 샘솟기 시작했다. 분명 부상에 뒤따르는 비정상적 동요일 것이었다. 우선 죽음의 목전에서 살아남았으니 그 자체만으로도 기분 좋은 일인데, 휴고의 말에 따르면, 어떻게든 그의 옷깃이라도 건드려 미다스의 기적을 나눠 받으려는 탄원자들로 회의실이 가득하다니 어찌 기운이 샘솟지 않겠는가. 지상의 거부들이 보트와 풀장과 경마장을 등지고 맨해튼의 거래실과 상하이의 회계실을 빠져나와 이곳 스위스로 몰려들었다. 휴고의 말에 따르면, 호프만 투자 테크놀로지의 전설적인 창업자 알렉산더 호프만이 전하는 미래의 비전을 경청하기 위해서! 그의 신화를 듣고, 그가 전파하는 복음을 찬양하기 위해서!

호프만은 부상당한 머릿속을 그런 상념들로 가득 채우며 얼굴을 닦고 어깨를 젖히고 당당히 회의실로 향했다. 거래소를 지나는데, 위기관리 담당 매니저 가나파시 라야마니가 미끄러지듯 다가와 그를 막아섰다. 호프만은 손짓으로 그를 물렸다. 어떤 문제가 있는지는 모르겠지만 나중에 처리할 일이다.

06

이 세계의 주인

지나친 부는 사람을 쓸모없는 수벌(drone)로 만드는 경향이 있다. 하지만 부자의 수는 많지 않으며 어느 정도의 개체 수 조절도 발생한다. 부자들이란 언제나 바보와 난봉꾼인지라 매일매일 자신의 부를 탕진하기 때문이다.

_찰스 다윈, 〈인간의 유래〉(1871)

회의실도 매니저의 개인 사무실과 마찬가지로 기업의 몰인격을 닮았다. 바닥까지 늘어진 베니션 블라인드와 방음 유리벽이 바로 그 증거였다. 화상 통화를 위한 대형 화면이 안쪽 벽 대부분을 차지하고, 옅은 색의 스칸디나비아 나무로 만든 타원형의 대형 테이블이 내려다보였다. 호프만이 회의실 안으로 들어섰을 때 열여덟 개의 의자 중 한 개만 남고 나머지는 모두 주빈과 수행원들이 차지했다. 빈 의자는 상석의 쿼리 옆자리였다. 호프만이 회의실 가장자리를 따라 돌아 들어가는 동안 쿼리는 내내 안도의 눈빛으로 그를 지켜보았다.

"신사, 숙녀 여러분, 드디어 등장하셨습니다. 호프만 투자 테크놀로지의 창업자 알렉산더 호프만. 보시다시피 머리가 대단히 크지 않습니까? 모자 값도 남보다 두 배가 더 든답니다. 미안, 알렉스. 농담일세. 사고를 좀 당해서 아직 꿰맨 자국이 있지만…. 그래도 지금은 괜찮지, 알렉스?"

사람들이 모두 고개를 돌렸다. 호프만과 가까이 앉아 있는 사람들은 몸까지 돌려 그를 올려다보았다. 하지만 호프만은 사람들의 시선이 당혹스럽기만 했다. 쿼리 옆에 앉아서도 두 손을 모아 테이블 위에 가지런히 내려놓고 그 손만 뚫어져라 쳐다보았다. 쿼리가 그의 어깨를 잡았는데 마침 자리에서 일어나는 참이라 그만큼 누르는 힘도 강했다.

"자, 그럼 시작할까요? 제네바에 오신 걸 환영합니다. 알렉스와 내가 함께 사업을 시작한 지도 거의 8년이 지났군요. 알렉스의 머리와 내 외모를 활용해 오직 알고리듬 거래에 바탕을 둔 아주 특별한 투자 펀드를 만들었죠. 처음에는 기껏해야 관리 자산 1억달러를 살짝 넘는 정도였는데, 그마저 대부분 저기 앉아 있는 옛 친구, 암코의 빌 이스터브룩의 호의였답니다. 환영합니다, 빌. 빌은 바로 그 첫해에 이익을 냈고 지금도 매년 기록을 갈아치우는 중이죠. 그리고 그 덕분에 저희의 관리 자산도 이제 창업 당시의 100배인 100억달러에 달했습니다.

기록을 자랑할 생각은 없습니다. 제 바람도 그럴 필요는 없다는 쪽이에요. 여러분 모두 분기 보고서를 받으셨으니 우리가 함께 어떤 성취를 이루었는지 아십니다. 어쨌든 통계 자료 하나는 말씀드리고 싶군요. 2007년 10월 9일, 다우존스 산업 평균은 14,164로 마감했습니다. 어제 사무실을 떠나기 전에 확인해 보니 10,866이었죠. 말인즉슨 2년 반 만에 거의 4분의 1이 날아갔습니다. 상상해 보세요! 불쌍한 개미들이 찬란한 은퇴 계획과 퇴직금을 쏟아 부었건만 순식간에 25퍼센트를 잃고 만 겁니다. 하지만 여러분은요? 동일 기간 우리를 신뢰한 덕분에 순 자산 가치가 83퍼센트 상승하지 않았던가요? 신사 숙녀 여러분, 이제 우리에게 돈을 가져온 선택이야말로 기가 막힌 신의 한 수였다는 사실을 다들 실감하시리라 믿습니다."

호프만은 조금 용기를 내어 테이블을 둘러보았다. 쿼리의 손님들은 모두 경청하는 분위기였다. "세상에서 제일 재미있는 일이 두 가지 있네. 다른 사람의 성생활과 내 돈." 언젠가 쿼리가 한 말이다. 심지어 에즈라 클라인조차 마드라사(madrasa: 이슬람교 고등교육 시설 – 옮긴이)의 학생처럼 조용히 몸을 앞뒤로 흔들었고, 미에치슬라브 우카신스키의 특유의 포동포동한 얼굴에선 미소가 떠나질 않았다.

쿼리는 오른손으로 계속 호프만의 어깨를 짚었다. 왼손은 대수롭지 않다는 듯 계속 주머니 속에서 나오지 않았다.

"이 바닥에서 시장 성과와 펀드 성과의 차이를 '알파'라고 부릅니다. 지난 3년간 호프만은 112퍼센트의 알파를 창출해 냈고, 바로 그 때문에 파이낸셜 트레이드 프레스는 우리를 두 번씩이나 올해의 알고리듬 헤지 펀드로 선정했습니다.

자, 이런 지속적인 성과가 단지 운이 좋아서일까요? 장담하건대 아닙니다. 호프만은 연간 연구에만 3200만달러를 투자했으며, 지상에서 가장 똑똑하고 과학적인 인재들을 60명이나 고용하고 있습니다. 아, 똑똑하다는 건 들은 얘기입니다. 저는 그 친구들이 하는 얘기를 단 한 마디도 알아듣지 못하니까요."

그가 애처로운 웃음을 이끌어냈다. 영국 은행가 이언 몰드가 특히 큰 소리로 키득거렸는데, 호프만은 그것만으로도 그가 멍청이라고 확신했다. 쿼리는 두 손을 테이블 위에 올리고 상체를 숙이더니, 갑자기 심각한 표정을 지었다.

"8개월 전, 알렉스와 그의 팀은 대단한 기술적 성취를 달성했습니다. 그리고 그로 인해 저희는 어려운 결정을 내려 펀드를 강제 마감해야 했습니다." '강제 마감'이란 기존 고객으로부터도 더 이상의 추가 투자를 받지 않는다는 뜻이다. "제가 알기로는 오늘 참석하신 분들은 다들 당시 결정이 실망스러우셨고 당혹스러우셨을 겁니다. 그래서 죄송한 마음에 오늘 여러분을 이 자리에 모셨지만…, 어쨌든, 당시 그 일에 대해 정말로 화가 나신 분도 계시겠죠."

쿼리는 테이블 반대편 끝의 엘미라 굴잔을 힐끗 보았다. 당시 엘미라 굴잔이 쿼리에게 전화를 걸어 펀드에서 가문의 자금을 회수하겠다며 소리치고 협박했다는 얘기는 호프만도 들은 바 있다. ("굴잔 가문을 동결해요? 그럼 굴잔 가문도 당신네들을 동결할 겁니다.")

"에… 그 점에 대해서는 크게 사과드립니다. 허나 저희로서는 당시의 자산 규모에 기초한 새로운 투자 전력을 준비하고 실행하는 데 총력을 기울일 수밖에 없었습니다. 여러분도 아시리라 믿지만, 어느 종류의 펀드이든 규모의 증가를 성과 감소로 해석할 위험은 상존합니다. 우리는 절대 그런 일이 일어나지 않도록 만전을 기하고 싶었던 것뿐입니다.

이제 바로 그 새로운 시스템, 일명 VIXAL-4에 대해 말씀드리고자 합니다. 이 새로운 시스템이 포트폴리오 확대에 대처할 능력이 충분하다고 보는 것이 저희들 견해입니다. 실제로 지난 6개월간 달성한 알파는, 과거 초기 알고리듬에 의존했을 때보다 매우 컸습니다. 따라서 여러분께 자랑스럽게 선언하는 바, 오늘부터 호프만 투자 테크놀로지는 강제 마감에서 내부 공모 포지션으로 전환하여 오직 현존 고객의 추가 투자만을 받고자 합니다."

그는 잠시 말을 끊고 물을 한 모금 마시며 자신의 연설이 먹혀들기를 기다렸다. 장내는 무덤처럼 조용했다.

"박수도 없습니까, 여러분? 좋은 소식 아닌가요?" 그가 밝은 목소리로 말했다.

긴장은 웃음으로 바뀌었다. 호프만이 들어온 후 처음으로 고객들이 거리낌 없이 서로를 바라보았다. 저 사람들, 비밀 클럽이 된 거야. 비밀 정보를 공유함으로써 똘똘 뭉친 프리메이슨. 공모자들의 미소가 테이블을 일순했다. 선택받은 자들의 비밀 의식.

"이 시점에서 여러분을 여기 알렉스에게 넘겨드릴까 합니다. 지금부터 기술적인 측면에 대한 설명이 있을 겁니다." 그가 자리에 앉았다가 다시 일어났다. "이번에는 저도 무슨 말인지 이해할 수 있기를 바라마지 않습니다만… 어렵겠죠?"

다시 웃음. 이제 무대는 호프만의 차지가 되었다.

호프만은 대중 연설과 거리가 먼 인물이다. 미국을 떠나기 전 프린스턴에서 강좌 몇 개를 맡기는 했지만 결국 강사와 학생 모두에게 고문이었다. 하지만 지금 이 순간 그는 기묘한 열정과 지력이 채워지고 있음을 느꼈다. 그는 손으로 머리의 상처를 가볍게 건드리고 심호흡을 두 번 한 다음 자리에서 일어났다.

"신사 숙녀 여러분, 이 회사에서 하는 구체적인 일에 대해서는 비밀을 지켜 주셔야 합니다. 경쟁사에 아이디어를 빼앗기지 않으려는 노력이긴 한데, 아시다시피 일반적인 원칙이 대단한 미스터리는 못 됩니다. 우리는 200여 가지의 서로 다른 상품을 확보하고 24시간 주기로 거래합니다. 컴퓨터에 입력한 알고리듬은 다우, S&P500 등의 과거 경향과 미래 유동성은 물론, 브렌트 원유, 천연가스, 금, 은, 동, 밀 등 익숙한 상품들의 추이를 면밀히 분석한 결과를 바탕으로 향후 취해야 할 포지션을 선택합니다. 우리는 또한 고빈도 매매 전략도 구사하는 바, 이 경우 포지션은 1000분의 몇 초 기준으로 급변합니다. 뭐, 그렇게 복잡한 과정은 아닙니다. 심지어 S&P의 200일 이동 평균은 시장 예측에 매우 신뢰할 만한 가늠자가 될 수 있으니까요. 현재의 지수가 과거의 평균보다 높으면 시장은 낙관적입니다. 낮으면 당연히 약세장이 되겠죠. 또한 20년간의 데이터에 기초해, 주식이 어느 정도의 가격이고 엔이 어느 정도의 가치라면, 닥스 지수가 어느 수준일 가능성이 희박하다는 예견이 가능합니다. 물론 작업을 수행하기 위해 평균 쌍은 훨씬 더 많아야 합니다. 수백만 쌍 정도? 하지만 원칙만은 간단하게 말씀드릴 수 있죠. 미래를 위해 가장 신뢰할 만한 지침은 과거입니다. 과거 장세를 55퍼센트만 제대로 분석해도 우리는 이익을 얻을 수 있습니다.

처음 시작했을 때만 해도 알고리듬에 기초한 거래가 얼마나 중요한지 예견한 사람은 많지 않았습니다. 이 사업의 개척자들은 종종 퀀트, 사이코, 얼간이로 치부되기 일쑤였죠. 네. 우리도 여성들에게 매력적인 댄스 파트너 상대는 못 됩니다."

"지금도 그래요." 쿼리가 끼어들었다.

호프만이 손짓으로 개입을 차단했다. "어쩌면요. 하지만 이 회사에서 이룩한 성취는 스스로를 대변합니다. 휴고가 지적했듯, 다우 지수가 25퍼센트 가까이 하락하는 동안 우리는 83퍼센트의 가치 성장을 이루었습니다. 어떻게 이런 일이 가능했을까요? 아주 간단합니다. 시장은 2년간 공황 상태였지만, 우리의 알고리듬은 공황을 먹고 성장하니까요. 인간이란 존재는 두려움에 빠지는 순간 언제나 예측 가능한 방식으로 행동하기 때문이죠."

그가 두 손을 들었다. "천국은 벌거벗은 존재들로 가득합니다. 벌거벗은 남자들, 벌거벗은 여자들이 허공을 질주하며 돌풍과 눈바람을 일으키고 있습니다. 천국이 들끓는 소리를 들어 보셨나요? 거대한 새들이 하늘 높이 날갯짓하는 굉음은요? 바로 벌거벗은 인간들의 두려움입니다. 바로 벌거벗은 인간들의 비상입니다."

그가 잠시 말을 멈추고 고객들의 얼굴을 돌아보았다. 몇 명은 모이를 달라는 아기 새처럼 입을 벌렸다. 그러나 정작 자신은 입안이 타들어 가는 기분이었다. "제가 지어 낸 말은 아닙니다. 에스키모 성인의 가르침을 엘리아스 카네티가《군중과 권력》에서 인용했는데, 저도 VIXAL-4를 디자인하면서 화면 보호기로 활용했었죠. 휴고, 물 한 잔만 주겠나?" 쿼리가 에비앙 생수병과 잔을 건넸다. 호프만은 잔은 받지 않고 플라스틱 뚜껑을 돌려 딴 다음 병째로 들이켰다. 자신이 청중들에게 어떤 영향을 미치고 있는가에 대해서는 알지도 못하고 또 개의치도 않았다. 그가 손등으로 입을 훔쳤다.

"기원전 350년경, 아리스토텔레스는 인간을 '이성적 동물(zoon logon echon)'이라고 규정했습니다. 보다 정확히는 '언어를 사용하는 동물'이라는 뜻이죠. 언어야말로 다른 무엇보다 지상의 여타 피조물과 우리 인간을 구분하는 경계선입니다. 언어의 발달 덕분에 우리는 물질세계에서 벗어나 상징의 우주를 만들었죠. 하등 동물들도 원시적인 방식으로 소통을 합니다. 그들에게 우리 인간이 사용하는 기호 일부를 가르칠 수도 있을 겁니다. 예를 들어, 개한테 '앉아.', '이리 와.'라고 지시하지 않던가요? 하지만 지난 4만 년간 오직 인간만이 이성적 동물, 즉 언어를 지닌 동물이었습니다. 그런데 그 명제는 더 이상 사실이 아닙니다. 이제 우리의 세계를 컴퓨터와 공유하고 있으니까요."

"컴퓨터…." 호프만이 물병으로 거래소를 가리키는 바람에 테이블에 물이 쏟아졌다. "사실 얼마 전만 해도 컴퓨터, 즉 로봇이 우리 생활에서 허드렛일을 떠맡게 되리라고 상상했습니다. 그러니까 로봇 가정부가 앞치마를 입고 돌아다니며 집안일을 해치우고 우리는 자유롭게 여가를 즐긴다는 얘기였죠. 그런데 실제로는 그 반대 현상이 일어나고 있습니다. 그런 식의 단순한 육체노동, 그것도 저임금 장시간 노동에 적합한 무지한 잉여 인력은 얼마든지 있습니다. 그래서 컴퓨터는 유식자 계층을 대체하기 시작합니다. 통역사, 의료 기술자, 법정 서기, 회계사, 금융 거래자들 같은 계층 말입니다.

컴퓨터는 통상 및 기술 분야에서 점차 신뢰 가능한 통역사로 성장하고 있습니다. 의학에서는 환자의 징후를 듣고 진단하고 심지어 처방까지 하죠. 법 분야에서도 분석가 대신 엄청난 양의 복잡한 자료를 검색하고 평가합니다. 음성 인식 덕분에 알고리듬 또한 문자 언어뿐 아니라 음성 언어의 의미까지 추출할 수 있으며 신문 기사는 실시간으로 분석이 가능합니다.

휴고와 제가 펀드를 시작했을 때 우리가 활용한 데이터는 오로지 디지털화한 금융 통계였고 다른 출처는 거의 없었습니다. 그러던 중 지난 2년간, 완전히 새로운 형태의 정보 바다가 레이더에 잡혔습니다. 이제 곧 인간이 보유한 사소한 지식 하나하나부터 수천 년 동안 보존해 온 잡다한 사상들까지, 세상의 모든 정보가 디지털로 접근이 가능하게 될 것입니다. 지상의 모든 길이 지도에 실리고, 건물을 촬영할 것이며, 우리 인간이 어디를 가고 무엇을 사고 어느 웹사이트를 검색하든 간에 민달팽이가 남긴 흔적처럼 선명하게 디지털 자취를 남길 것입니다. 당연히 그런 데이터들 역시 컴퓨터로 검색하고 분석하고, 아직은 상상도 하지 못하는 방식들로 가치를 뽑아 낼 수 있겠죠.

대부분의 사람들은 실제로 어떤 일이 일어나고 있는지 거의 깨닫지 못합니다. 그럴 이유가 어디 있겠습니까? 여러분들이 이 건물을 나가 거리를 따라 걸어도 세상은 늘 그랬듯 예전과 같아 보일 것입니다. 100년 전에 살던 남자가 걸어 나와 이곳 제네바를 걷는다 해도 여전히 불편하지 않겠죠. 하지만 물리적 외관의 이면, 이 대리석과 벽돌과 유리 이면의 세상은 흡사 혹성이 다른 차원으로 진입하기라도 한 듯, 왜곡되고 비틀리고 오그라든 상태랍니다. 작은 예를 하나 말씀드리죠. 2007년, 영국 정부는 2500만 국민의 기록을 잃어버렸습니다. 세금 코드, 계좌 기록, 주소, 출생 기록 등등 전부를 말입니다. 하지만 정부가 잃어버린 물건은 트럭 두 대 분량의 서류가 아니라 달랑 CD 두 장이었습니다. 아무것도 아니죠. 언젠가 구글이 지금까지 출간된 책 모두를 디지털화하고 나면 그때는 더 이상 도서관도 필요 없어집니다. 여러분한테는 손에 들고 다닐 단말기만 있으면 되는 거죠.

하지만 여기 핵심이 있습니다. 인류는 여전히 아리스토텔레스와 같은 속도로 글을 읽습니다. 미국의 평범한 대학생은 분당 150개의 단어를 읽고 정말 똑똑한 친구들이라면 800개까지도 가능합니다. 약 두 페이지 분량이죠. 하지만 지난해 IBM의 발표에 따르면, 미국 정부를 위해 현재 초당 2000경의 계산을 수행하는 컴퓨터를 제작 중입니다. 종족으로서 인간이 수용할 수 있는 정보에는 물리적 한계가 있습니다. 지금이 이미 정점이죠. 그와 반대로 컴퓨터가 수용할 수 있는 정보는 무한합니다.

그리고, 대상과 기호의 대체물로서의 언어 또한 우리 인간에게 커다란 약점이 있습니다. 그리스의 철학자 에픽테토스는 2000년 전에 이미 이 문제를 깨닫고 이렇게 썼죠. '인간을 당혹스럽고 위태롭게 만드는 건, 대상이 아니라 대상에 대한 인간의 견해와 오해다.' 언어는 상상력을 촉발하고, 그로 인해 루머와 공황과 두려움이 일어납니다. 하지만 알고리듬에게는 상상력이 없습니다. 그러니 공황에 빠질 일도 없겠죠. 금융 거래에 완벽하게 적응한 것도 그 덕분입니다.

차세대 알고리듬 VIXAL-4를 통해 우리가 노리는 바는, 오직 예측 가능한 인간 행동 패턴으로부터 가격 요인을 도출하고 분리하고 측정해서 우리의 시장 분석 요소를 계산해 내는 것입니다. 예를 들어, 긍정적 결과를 예상하고 주가가 올랐는데, 결과가 기대 이하일 경우 거의 예외 없이 이전 주가 이하로 곤두박질치는 이유가 뭘까요? 주가 하락과 손실 증가에도 불구하고 거래자들이 특정 주식에 매달리는 이유는 또 뭘까요? 종합 주가가 떨어진다는 이유만으로 우량주마저 함부로 내던지면서 말입니다. 알고리듬이 이런 미스터리까지 감안해 전략을 수정할 수 있는 수준에 오르면 실로 엄청난 경쟁력을 갖게 됩니다. 그리고 우리는 이제 바로 그 수준에 올랐다고 믿고 있습니다. 변수까지 예측하고 그로부터 이익 창출이 가능한 데이터를 확보해 내는 수준 말입니다."

의자를 앞뒤로 흔드는 속도가 빨라지는가 싶더니 마침내 에즈라 클라인이 더 이상 참지 못하고 불쑥 내뱉었다. "그거야 그냥 행동재무학 아닙니까? 좋아요. 어차피 EMH(효율적 시장 가설)는 실패했습니다. 그럼 어떻게 행동재무학으로 툴을 만들고 노이즈를 걸러 낸다는 겁니까?" 마치 호프만이 이단이라도 설파한다는 투였다.

"일정 주식의 가치를 시간 추이에 따라 산출할 방법이 있다면 단 하나 행동효과뿐입니다."

"그렇지만 어떤 요인이 행동효과를 야기했는지 어떻게 알죠? 말 그대로 전 우주의 역사를 파악해야 가능한 일 아닌가요?"

"에즈라, 그 말씀에 동의합니다. 시장에서 인간 행동의 양상을 모두 분석하려면 지난 20여 년의 세월을 건드려야겠죠. 아무리 많은 데이터를 디지털화하고 하드웨어가 아무리 빨리 검색을 한다 해도 마찬가지일 겁니다. 그래서 우리는 처음부터 초점을 좁혀 나가기로 하고 가설을 세웠죠. 그렇게 해서 우리가 얻어 낸 해결책은 특정한 정서 하나를 천착하는 방법이었습니다."

"그래서 그게 어떤 정서입니까?"

"두려움."

가벼운 동요가 일었고 관중들이 술렁이기 시작했다. 호프만은 일부러 어려운 용어를 사용하지 않으려 했다. 행동재무학, 효율적 시장 가설이라니… 진부하기 짝이 없는 얼간이 클라인 같으니! 하지만 적어도 관심을 끄는 데는 성공했다. 호프만이 말을 이어 나갔다. "두려움은 경제 역사상 가장 강력한 정서입니다. 대공황 시대의 프랭클린 루즈벨트를 생각해 보세요. 금융사에서 이보다 유명한 명언이 또 있던가요? '우리가 두려워해야 할 대상은 두려움 그 자체뿐이다.' 사실 두려움은 인간사에서도 가장 강력한 감정입니다. 새벽 4시에 행복감 때문에 잠에서 깨어나는 사람은 없습니다. 너무도 강렬한 정서이기에 다른 정서적 요인에서 비롯된 노이즈를 걸러내고 이 신호에만 집중하는 일은 오히려 상대적으로 쉬웠습니다. 예를 들어, 우리는 최근의 시장 동요 추세와 매체에 나타난 '두려움'과 관련된 어휘, 즉 테러, 비상, 공황, 공포, 혼란, 불안, 위협, 탄저, 핵 등의 빈도를 대비하는 작업을 했습니다. 그래서 얻어 낸 결론은 두려움이 세상을 움직인다는 사실이었죠. 그 어느 때보다도 강력하게."

엘미라 굴잔이 한마디 했다. "알-카에다 때문이에요."

"그 이유도 있겠죠. 하지만 1950년대와 1960년대의 냉전 시대에 서로를 향했던 파괴와 협박보다 알-카에다가 더 큰 위협이 되는지는 모르겠군요. 재밌는 건 그때야말로 위대한 성장과 안정의 시대였다는 사실입니다. 우리는 결론을 내렸습니다. 디지털화. 디지털 스스로 두려움의 전염병을 만들어 냅니다. 에픽테토스도 그 점을 제대로 지적했죠. '우리는 실체가 아닌, 견해와 오해의 세상에 살고 있다.' 우리가 판단하기에 시장 변동성은 디지털화가 만들어 낸 기능입니다. 인터넷을 통해 정보를 전파함으로써 인간의 정서적 동요를 극대화하는 것입니다."

"그리고 우리는 그 점을 이용해 돈 버는 방법을 찾아냈습니다." 쿼리가 기쁘게 덧붙이고는 고갯짓으로 호프만에게 계속 할 것을 종용했다.

"다들 아시다시피, 시카고 옵션 거래소(CBOE)는 S&P500 변동성 지수, 즉 VIX(Volatility Index)를 운영합니다. 이런저런 형식으로 벌써 17년째 유지하고 있는데, 현재 S&P500에서 거래 중인 주식에 대한 옵션가, 즉 콜 옵션과 풋 옵션을 추적하는 일종의 시세표입니다. 용어는 맘에 들지 않습니다만… 공식을 원하신다면 VIX 지수란 30일간의 S&P500 지수를 표준편차로 계산해 연간 단위로 표시한 값입니다. 공식을 원치 않으시면 그저 익월의 시장 변동 가능성을 보여준다고 생각하시면 됩니다. 변동성 지수는 분마다 오르내립니다. 지수가 높을수록 시장의 불확실성은 커지죠. 거래자들은 '피어 인덱스(Fear Index)'라고 부르지만 물론 그 자체로 유동적입니다. 따라서 거래 가능한 VIX 옵션과 선물이 있고 우린 그 상품을 거래합니다.

VIX는 우리의 출발점입니다. 1933년까지의 유용한 데이터를 한 보따리 안겨 주기 때문인데, 그 자료를 우리가 편집한 행동 지수와 대조한 다음 현 방법론을 대입할 수 있습니다. 초기에는 VIX를 통해 우리의 기본 알고리듬인 VIXAL-1의 이름을 얻었죠. 그리고 그 알고리듬 덕분에 VIX

자체에서 많이 떨어져 나왔음에도 불구하고 모든 변수를 꿰뚫어 볼 수 있었습니다. 이제 우리는 네 번째 단계에 이르렀으며, 상상력이 부족한 나머지 결국 VIXAL-4라는 이름을 붙였습니다."

클라인이 다시 뛰어들었다. "VIX가 말하는 변동성은 하락 국면뿐 아니라 상승 국면까지도 포함합니다."

"그 점도 고려했습니다. 우리 기준으로, 낙관주의는 두려움의 결여에서 두려움에 대한 저항까지 어느 수준으로도 측정이 가능합니다. 두려움이 반드시 시장의 전반적 공황과 안전 자산 선호 현상으로 이어지지는 않습니다. 비합리적인 이유로 일정 주식을 고수하는 소위 '집착 효과'는 물론, 주식 가치가 급격히 상승하는 '아드레날린 효과'도 있으니까요. 시장 충격을 규명하고 우리의 모델을 다듬기 위해 이들 다양한 범주 모두를 연구 중입니다." 이스터브룩이 손을 들었다. "네, 빌?"

"이번 알고리듬이 이미 작동 중인가요?"

"그 문제는 이론보다는 실전 문제이니까 휴고가 대답할 겁니다."

쿼리가 나섰다. "계획의 출발은 2년 전쯤 VIXAL-1의 사후 검증 때였습니다. 당연히 실제 시장 노출을 배제한 간단한 모의실험에 불과했죠. 2009년 5월 우리는 1억달러의 종자돈으로 VIXAL-2를 작동했습니다. 그리고 같은 해 11월에 초기 문제를 해결한 후 VIXAL-3으로 넘어가서 10억달러를 돌렸는데, 대단한 성공을 거뒀습니다. 그래서 1주일 전, VIXAL-4에게 펀드 전체를 맡기기로 결정했습니다. 대략 100억달러쯤 됩니다."

"그래서 결과는?"

"마지막에 자세한 수치를 보여드리겠습니다. 제 기억으로 VIXAL-2는 6개월의 거래 기간 동안 1200만달러를 벌어들였고, VIXAL-3은 1억

1800만달러를 벌어들였습니다. 그리고 어제까지 VIXAL-4가 벌어들인 돈은 7970만달러였습니다."

이스터브룩의 미간이 좁아졌다. "내 기억엔 일주일밖에 돌리지 않았다고 들었는데?"

"네, 그렇습니다."

"하지만 지금 그 말은…."

그때 에즈라 클라인이 머릿속에서 셈을 마치고 벌떡 자리에서 이어났다. "그 말은… 100억달러짜리 펀드일 때 연간 41억4000만달러의 이익을 낼 수 있다는 뜻이오."

"그리고 VIXAL-4는 자율적 기계 학습 알고리듬입니다. 데이터를 더 많이 모으고 분석할수록 효율도 더 커질 수밖에 없죠." 호프만이 덧붙였다.

휘파람과 속닥거림이 테이블을 일순했다. 중국인 둘도 서로 속삭이기 시작했다.

"투자액을 올리기로 결정한 이유를 아실 겁니다. 누군가가 짝퉁 전략을 개발하기 전에 최대한 뽑아낼 필요가 있기 때문이죠. 신사 숙녀 여러분, 제 생각에, 여러분께서 VIXAL의 작동 원리를 직접 보시는 편이 좋을 듯싶군요."

▼ ▼ ▼

사무실로부터 3킬로미터 떨어진 콜로니에서 법의학 팀이 호프만 저택 조사를 마무리 지었다. 학생이나 연인으로 보이던 2인조 현장 요원도 장비를 챙겨 떠났다. 무장 경관 한 명이 진입로에 차를 세워 두고 따분한 표정으로 앉아 있었다.

가브리엘은 스튜디오에서 태아의 사진을 분리해 내고, 나무 밑판에서 유리판을 하나씩 꺼내 화장지와 버블랩으로 차례로 포장한 다음 마분지 상자 안에 넣었다. 그러다가 문득 비극의 블랙홀에서 이토록 엄청난 창작력이 샘솟고 있다는 생각에 마음이 착잡해졌다. 호프만 부부는 2년 전에 아기를 잃었다. 임신한 지 5개월 반 만이었다. 유산으로 끝난 임신이 처음은 아니었지만 임신 기간이 가장 길었기에 그만큼 충격도 컸다. 부부가 걱정하자 병원에서 그녀에게 MRI 사진을 내주었는데 물론 이례적인 경우였다. 그 후 가브리엘은 스위스에 혼자 남지 않고 호프만의 사업 여행을 따라 옥스퍼드로 건너갔다. 그리고 남편이 랜돌프 호텔에서 박사들과 면담하는 동안, 박물관을 어슬렁거리다가 페니실린의 3D 구조를 만났다. 1944년 노벨 화학상 수상자 도러시 호지킨이 아크릴 유리판들로 구성한 모델이었다. 순간 뇌리를 스치는 생각이 있었다. 제네바 집에 돌아왔을 때 그녀는 자신의 자궁 MRI 필름에 같은 기술을 시도해 보았다. 아기한테서 남은 건 그 필름뿐이었다.

일주일간의 시행착오를 겪은 후 200장의 횡단면 이미지 중 어느 것을 인쇄해 어떻게 유리에 배치해야 하며, 어떤 잉크를 써야 번지지 않는지 알아낼 수 있었다. 날카로운 유리에 손을 벤 것도 한두 번이 아니지만, 어느 날 오후, 배열에 성공해서 꼭 감아쥔 아기 손가락과 굽은 발가락 등의 윤곽을 처음으로 만들어 냈을 때는 영원히 잊지 못할 기적과 마주한 기분이었다. 작업하는 동안 아파트 창밖의 하늘이 까맣게 변하고 산 너머로 연노랑의 번개가 갈라졌다. 가브리엘은 그 사실을 아무에게도 말하지 않았다. 누군가가 믿기에는 너무나 극적이었다. 마치 원초적인 힘에 빨려 들어가 주검을 희롱한 기분이었으니 말이다. 호프만은 퇴근 후 그림을 보고는 10분이 넘도록 당혹스러워했다.

그 후, 그녀는 과학과 예술을 결합해 생명의 이미지를 만들어 내는 가능성에 몰두했다. 대개는 자신을 모델로 했다. 병원 방사선과를 찾아가 머리부터 발끝까지 엑스레이도 찍었다. 해부와 배열이 가장 어려운 부위는 뇌였다. 무엇보다 실비우스 도관, 대대뇌정맥의 물 저장소, 소뇌 천막, 골수 등, 추적에 가장 적합한 선부터 찾아야 했다. 가장 마음에 드는 부분은 단순한 형태와 그 형태가 전하는 이율배반이었다. 선명성과 신비감, 몰개성과 친밀감, 포괄적인 동시에 지극히 독특한 매력. 그날 아침 알렉스가 고양이 스캐너를 통과할 때 문득 그의 초상을 만들고 싶다는 생각을 했다. 그런데 의사들이 남편의 필름을 내줄까? 아니, 알렉스가 작업을 허락하기는 할까? 그녀는 조심스레 남은 유리판과 밑판을 포장하고 두터운 갈색 테이프로 마분지 상자를 밀봉했다. 무엇보다 작품을 전시회에 내놓는 결심이 제일 어려웠다. 누군가가 사는 날에는 영원히 보지 못하겠지만… 그래도 해야 했다. 그건 가브리엘이 생각하는 창작의 핵심이었다. 작품에 독립된 삶을 주는 것. 그리하여 세상에 내보내는 것.

가브리엘은 상자를 들어 제물이라도 되는 양 복도로 들고 나갔다. 복도에 늘어선 문고리와 벽에 청백색 가루가 남아 있었다. 경찰이 지문을 찾는답시고 여기저기 발라놓은 탓이었다. 홀 바닥에 떨어진 피는 깨끗이 닦아 냈지만 알렉스가 누워 있던 곳에는 아직 물기가 남아 있었다. 그녀는 일부러 그 장소를 돌아서 지나갔다. 그때 서재에서 이상한 소리가 들렸다. 온몸에 소름이 돋았다. 곧이어 문가에 거대한 남자 그림자가 나타났을 때 그녀는 비명을 지르고 말았다. 자칫 상자까지 떨어뜨릴 뻔했다.

아는 사람이었다. 보안 컨설턴트 즈누. 처음 이사 왔을 때 경보 시스템의 사용법을 가르쳐 주었었다. 다른 남자도 있었는데 레슬러처럼 덩치가 컸다.

"부인, 놀라게 해 드렸다면 죄송합니다. 박사님께서 오늘 하루 부인을 지켜 달라고 하셔서 사람을 좀 불렀습니다. 이 친구 이름은 카미유입니다." 즈누가 전문가다운 태도로 남자를 소개했다.

"그럴 필요는 없…." 가브리엘은 경호를 거부하고 싶었지만 충격이 컸던 탓에 기운이 없었다. 결국 경호원이 그녀의 손에서 상자를 빼앗아 대기 중인 메르세데스 벤츠로 가져갔다. 가브리엘은 직접 운전해서 화랑에 가겠다고 했지만 즈누는 안전을 이유로 허락하지 않았다. "박사님을 공격한 범인이 잡힐 때까지만 참으세요, 부인." 결국 고집을 꺾지 못하고 시키는 대로 해야 했다.

▼ ▼ ▼

"오늘 기가 막혔어!" 회의실을 떠나며 쿼리가 호프만의 팔꿈치를 잡고 속삭였다.

"그래? 저 사람들, 잘 이해하지 못하는 것 같던데…."

쿼리가 호프만을 앞장세웠다.

"이해야 아무렴 어떤가. 저치들이 가려워하는 부분을 잘 긁어 줬잖아. 중요한 건 그거라고. 그리스 철학도 다들 상당히 맘에 들어 하는 모양이더군. 맙소사, 에즈라 영감이 헛발질을 조금 했지만 그래도 마지막에 암산할 때만큼은 키스라도 해 주고 싶던데?"

고객들은 끈기 있게 거래소 끄트머리에서 기다렸다. 다만 젊은 헤르크스하이머와 폴란드 처녀 우카신스키만 예외였는데, 둘 다 무리를 등진 채 휴대전화로 뭔가 열띤 토론 중이었다. 쿼리가 호프만과 시선을 교환했다. 호프만은 가볍게 어깻짓을 했다. 사실 저 사람들이 비밀 유지 협약을 어긴다 해도 대책 따위가 있을 리 없었다. 증거를 남길 리도 없으니, 그때쯤이면 이미 엎질러진 물이었다.

"자, 이쪽으로." 쿼리가 여행 가이드처럼 손을 하늘 높이 들었다. 그의 손짓에 따라 고객들은 악어 새끼들이 한 줄로 기어가듯 커다란 방을 가로질렀다. 헤르크스하이머와 우카신스키도 황급히 통화를 끊고 대열에 합류했다. 커다란 선글라스의 엘미라 굴잔이 자연스럽게 선두로 나섰고, 카디건과 헐렁한 바지 차림의 클라리스 뭐사르는 마치 하녀라도 되듯 총총거리며 그녀를 쫓았다. 호프만은 본능적으로 CNBC 현황판을 올려다보고 유럽 시장 상황을 점검했다. 마침내 한 주간의 지루한 하락세도 멈춘 듯 보였다. FTSE 100 지수도 0.5% 수준까지 오른 상태였다.

그들은 집행 팀의 모니터 주변을 에워쌌다. 퀀트 하나가 사람들이 더 잘 볼 수 있도록 자기 책상을 치웠다. 호프만은 뒤로 물러나 투자자들이 단말기 가까이 갈 수 있도록 유도했다.

"자, 이놈이 현재 작동 중인 VIXAL-4입니다. 알고리즘이 거래를 선택하는데, 거래 현황은 화면 좌측의 보류 주문 파일에 나타납니다. 오른쪽이 이행 주문이죠." 그가 수치를 확인하기 위해 단말기에 가까이 다가갔다. "예를 들어, 여기 보면…." 순간 그가 거래 규모에 놀라 자기도 모르게 입을 다물었다. 한동안은 소수점이 잘못 찍힌 줄 알았다. "음, 여기 150만 달러의 엑센추어 선물이 있습니다. 주당 52달러에 실행하는 거죠."

"와우, 매도 쪽에 엄청난 도박이 벌어지고 있는 모양입니다. 엑센추어에 대해 우리가 모르는 다른 정보라도 알고 있는 겁니까?" 이스터브룩이 탄성을 흘렸다.

"이사분기 이익이 3퍼센트 하락했으니 주당 60센트를 벌었다는 얘긴데…. 대단하지는 않지만 포지션의 논리를 이해할 수 없군." 클라인이 기억을 더듬으며 중얼거렸다.

쿼리가 끼어들었다. "논리는 분명 있습니다. 아니면 VIXAL이 옵션을 취했을 리가 없으니까요. 알렉스, 다른 거래도 보여드리지그래?"

호프만이 화면을 바꿨다. "오케이. 여기… 보이시죠? 오늘 아침 우리가 제시한 또 다른 매도 주문입니다. 주당 28유로, 비스타 항공, 모두 1250만 주 옵션입니다."

비스타 항공은 저비용 고효율의 유럽 항공사이므로 투자자 중 어느 누구도 이 항공사를 이용하지는 않는다.

"1250만? 시장으로서는 엄청난 액수일 텐데…. 두 분의 프로그램이 배짱 하나는 대단하군요. 그 점 하나는 인정하겠습니다." 이스터브룩이 혀를 내둘렀다.

"물론입니다, 빌. 이게 위험해 보이시나요? 요즘 항공사 주식은 어느 곳이나 취약하죠. 그 포지션이라면 전 너무나 잘 알고 있습니다." 하지만 그의 대답은 다분히 수세적이었다. 호프만이 보기에, 유럽 시장이 상승세임을 쿼리도 알아챈 듯했다. 기술적 회복이 대서양을 횡단할 경우, 자칫 밀물에 휩쓸려 황급히 옵션을 팔게 될 위험도 있었다.

클라인이 나섰다.

"비스타 항공은 마지막 분기에 승객이 12퍼센트 증가했고 개정된 이익 전망도 9퍼센트 올랐습니다. 얼마 전에는 새 항공기단을 인수하기도 했죠. 저 포지션 역시 이해하기가 어렵군요."

"윈 리조트. 124달러에 102만 주 매도." 호프만이 다음 화면을 읽으며 미간을 좁혔다. 당혹스러웠다. 하향 국면에 이런 식의 대규모 베팅은 VIXAL의 평소 헤지 거래 패턴과 상당히 달랐다.

"음, 저건 솔직히 놀랍군요. 윈 리조트는 일사분기에 7억4000만에서 9억900만으로 성장했고, 주당 25센트의 현금 배당이 이루어졌죠. 그리고 마카오에 거대한 새 리조트를 열었는데 이는 그야말로 돈을 찍어 내는 허가를 받은 겁니다. 게다가 일사분기에만 테이블 게임에서 200억의 매상을 올렸죠. 제가 좀 볼까요?" 클라인은 허락도 구하지 않고 상체를 숙이더니 마우스를 잡고 최근 거래를 여기저기 클릭하기 시작했다. 그의 슈트에서 세탁소 냄새가 나는 바람에 호프만은 얼른 고개를 돌렸다. "P&G, 62에 600만…. 엑셀론, 4150에 300만 매도…. 거기에 온갖 옵션까지…. 맙소사! 호프만, 소행성이 지구와 충돌하기라도 한답니까?"

클라인은 말 그대로 얼굴을 모니터에 붙이다시피 하더니 갑자기 안주머니에서 수첩을 꺼내 수치를 휘갈겨 적기 시작했다. 쿼리가 손을 뻗어 재빨리 수첩을 낚아챘다. "곤란합니다, 에즈라. 이곳이 종이 없는 사무실이라는 건 알죠?" 그는 해당 페이지를 뜯어낸 뒤 구겨서 자기 주머니에 넣었다.

이번엔 엘미라의 연인, 프랑수와 드 공바르-토넬이 나섰다. "알렉스, 이런 식의 빅 쇼트는… 그러니까 알고리듬이 전적으로 주문합니까? 아니면 사람이 개입해 실행을 지시합니까?"

호프만은 먼저 화면의 거래 상황부터 지웠다. "전적으로 알고리듬이 맡습니다. 우선 알고리듬이 거래 희망 주식을 결정하고 그다음 지난 20일간 해당 주식의 거래 패턴을 분석하죠. 그리고 시장을 자극하거나 주가에 영향을 미치지 않는 방식으로 직접 주문을 넣게 됩니다."

"모든 과정이 정말로 단지 자동 조종이라는 겁니까? 당신의 거래자들은 점보제트기의 비행사 신세고요?"

"정확합니다. 시스템이 직접 실행 브로커의 시스템에 지시하고, 우리는 그들의 시스템을 이용해 거래를 마무리하죠. 이젠 브로커에게 전화하지 않습니다. 적어도 우리 회사에서는요."

"그래도 어느 시점에는 인간의 감시가 개입하겠죠?" 이언 몰드였다.

"네, 점보제트기에 조종실이 있듯 이곳에서도 지속적인 감시가 이루어지긴 합니다. 하지만 뭔가 잘못된 조짐이 보이지 않는 한 개입은 거의 없습니다. 께름칙한 주문이 발생할 경우엔 물론 집행 팀 직원이 진행을 끊고 나 또는 휴고, 적어도 매니저의 지시를 기다립니다."

"그런 일이 있었던가요?"

"아뇨. VIXAL-4의 경우는 없었습니다. 아직까지는."

"시스템이 하루에 처리하는 주문량이 얼마나 됩니까?"

대답은 쿼리한테서 나왔다. "800건 정도."

"그런데 모두 알고리듬으로 결정한다고요?"

"네, 제가 직접 거래해 본 적도 까마득한 옛날인 걸요."

"오랜 친분을 감안한다면, 박사님의 프라임 브로커는 암코겠죠?"

"요즘은 프라임 브로커도 여럿입니다. 암코뿐이 아니죠."

"더욱 불행한 일이로군." 이스터브룩이 너털웃음을 흘렸다.

"빌을 언짢게 할 생각은 없지만, 어느 증권 회사든 한곳에 그들의 전략 모두를 헌정할 생각은 하지 않을 겁니다. 지금도 대형 은행과 전문 기관을 섞고 있죠. 주식에 셋, 실물 자산에 셋, 그리고 확정 이자부에 다섯. 자, 이제 하드웨어를 보러 가실까요?"

무리가 떠나자 쿼리가 호프만을 한쪽으로 데려갔다. "내가 뭔가 놓친 게 있나? 아니면 포지션이 크게 어긋난 건가?"

"보통 때보다 다소 노출한 듯해도 걱정할 정도는 아니야. 지금 생각났는데, LJ가 위기관리 위원회를 소집해야 한다고 했었어. 그래서 자네와 상의해 보라고 했지."

"맙소사! 그 친구가 말한 게 위기관리 위원회였어? 시간이 없어서 답신도 못 했는데…. 젠장!" 쿼리는 시계를 보고 다시 현황판을 올려다보았다.

유럽 시장은 초기 상승폭을 버텨 내고 있었다. "좋아. 저 사람들 커피 마시는 동안 5분만 빼내자고. 가나한테는 내 사무실로 오라고 전할 테니까 자네는 저기 가서 잘 구워삶게나."

컴퓨터를 비치한 곳은 거래소 맞은편의 창 없는 넓은 방이었다. 이번에는 호프만이 길을 이끌었다. 그는 얼굴 인식 카메라 앞에 서서 빗장이 딸깍, 하고 풀리기를 기다렸다가 출입문을 밀었다. 극소수만이 접근 가능한 내부 성소…. 출입문은 견고한 내연재로 만들었다. 중앙 유리창은 강화 유리, 사방 문틈은 고무 진공재로 마감했다. 문이 훅, 하고 가벼운 숨소리와 함께 열리자 고무 진공재가 하얀 타일 바닥을 쓸었다.

호프만이 먼저 들어가고 고객 군단이 뒤를 따랐다. 거래소의 정적에 비하면 컴퓨터실의 바쁜 소음은 거의 공장 수준이었다. 장비들은 모두 철제 선반에 장착했는데 빨간색과 초록색의 데이터 처리 지시등이 일렬로 늘어서서 바쁘게 깜빡거렸다. 컴퓨터실 안쪽으로 안전유리로 제작한 길쭉한 진열장이 있고, IBM TS3500 테이프 로봇이 VIXAL-4의 데이터 저장 및 검색 지시에 따라 한쪽 끝에서 반대편 끝까지, 뱀이 쥐를 공격하듯 모노레일의 위아래를 빠른 속도로 오갔다. 컴퓨터실의 실내 온도는 건물의 다른 지역보다 몇 도쯤 낮았다. 중앙 처리 시스템의 과열을 막기 위해 강력한 에어컨을 설치해 놓은 탓이었다. 에어컨의 소음과 마더보드의 자체 팬에서 나는 소음 때문에 대화는 불가능한 수준이었다. 호프만은 자랑스럽게 한 손으로 선반을 짚고는, 뒤쪽 사람들을 위해 목소리를 높였다.

"혹시 감동하신 분들이 계실까 봐 노파심에 말씀드리면 과거 제가 몸담았던 CERN의 CPU 농장에 비하면 이곳은 고작 그곳의 4퍼센트 규모 불과합니다. 그래도 원칙은 동일합니다. 우리는 100기에 가까운 표준 CPU를 보유하고 있습니다. 여러분 댁에 있는 PC와 마찬가지로 각각 2에서 4코어입니다만 케이스는 다릅니다. 서버 케이스 회사에서 용도에 맞게 다시 제작해 주었죠. 우리가 판단하기로는, 이러한 구성이 슈퍼컴퓨터에 투자하는 것보다 안정적이고 경제적이며 업그레이드를 시행할 때도 용이합니다. 다들 무어의 법칙은 알고 계시죠? 집적 회로에 설치한 트랜지스터의 수는 기본적으로 메모리 크기와 처리 속도를 뜻하며, 18개월마다 성능은 두 배가 되고 비용은 절반이 됩니다. 무어의 법칙은 1965년 이후로 놀랄 만한 일관성을 보여주었으며 지금도 여전히 유효하죠. 1990년대에 CERN는 크레이 X-MP/48 슈퍼컴퓨터를 보유했는데 당시 가격이 1500만달러였지만 위력은 지금의 200달러짜리 마이크로소프트 엑스박스의 절반에도 미치지 못했습니다. 그런 경향이 미래에는 어떻게 나타날지 상상이 가십니까?"

엘미라 굴잔이 두 팔로 몸을 끌어안고 온몸을 부르르 떨었다. "그런데 여긴 왜 이렇게 추운 거예요?"

"처리 장치는 상당한 열을 발생합니다. 고장을 피하기 위해 냉각은 어쩔 수 없는 과정이죠. 만일 에어컨을 끈다면 기온은 1분당 섭씨 1도씩 올라가고 20분 후면 견디지 못할 지경이 됩니다. 그리고 30분이면 완전히 셧 다운(shut down)이죠."

"전기 공급이 끊기면 어떻게 됩니까?" 에티엔 뮈사르였다.

"단기간의 정전이라면 자동차 배터리로 전환합니다. 10분 후에도 주전력이 들어오지 않으면 지하실의 디젤 발전기가 치고 들어와요."

"화재가 나면요? 테러리스트들이 공격할 수도 있지 않나요?" 우카신스키가 물었다.

"당연히 시스템 전체를 백업했습니다. 거래 프로세스야 어차피 끊어지지 않겠지만 테러 같은 일은 없으니까 걱정하지 않으셔도 됩니다. 보안 및 안전에도 상당한 투자를 하고 있습니다. 스프링클러 시스템, 화재경보기, 방화벽, 비디오 감시 장치, 경호원, 사이버 보안…. 그리고 잊지 마세요. 여긴 스위스예요."

대부분이 미소를 지었으나 우카신스키는 예외였다.

"자체 보안인가요? 아니면 외부에 의뢰하나요?"

호프만은 폴란드인이 보안에 왜 그렇게 신경을 쓰는지 이해할 수 없었다. 돈 가진 자의 망상일 것이다. "외부 업체입니다. 모두 아웃소싱이죠. 보안, 소송, 회계, 운송, 요식, 기술 지원, 청소까지…. 사무실도 임대하고 가구도 모두 대여했습니다. 우리 회사는 디지털 시대에 돈을 버는 데 그치지 않고 우리 자신이 디지털이 되기를 원합니다. 요컨대, 가능한 한 마찰을 줄이고, 재고는 제로 기반이라는 뜻입니다."

"박사님의 개인 보안은 어떤가요? 머리에 상처… 어젯밤에 댁에서 습격을 당하셨다고 들었는데…."

호프만은 묘한 죄의식과 당혹감을 느꼈다. "어떻게 아셨죠?"

우카신스키가 아무렇지도 않게 대답했다. "누가 알려 줬어요."

엘미라가 호프만의 팔에 손을 얹고 부드럽게 속삭였다. 적갈색의 기다란 손톱이 마치 야수의 발톱처럼 보였다. "오, 알렉스. 정말 안됐어요."

"그게 누구죠?" 호프만이 되물었다.

"제가 말씀드리죠." 쿼리가 불쑥 끼어들었다. 어느새 사람들 몰래 들어온 모양이었다. "알렉스의 일은 회사 문제와 아무런 상관이 없습니다. 그저 맛이 간 부랑자였지만 곧 경찰이 잡아내야죠. 그리고 미치에슬라브 양의 질문에 답하자면, 문제가 해결될 때까지는 알렉스를 철저히 보호할 겁니다. 자, 하드웨어에 관한 질문은 더 이상 없으십니까?" 침묵이 흘렀다. "없습니까? 그럼, 다들 얼어 죽는 신세가 되기 전에 이곳을 빠져나가시죠.

회의실에 따뜻한 커피를 마련해 놨습니다. 먼저 가 계시면 저희도 곧바로 쫓아가겠습니다. 알렉스와 잠깐 할 얘기가 있거든요."

▼ ▼ ▼

그들이 거래소 복도를 중간쯤 지날 때였다. 때마침 대형 TV를 등진 위치였는데 퀀트 하나가 헉, 하고 숨을 크게 삼켰다. 언제나 속삭이듯 대화를 하는 곳이라 숨소리는 도서관에 울린 총성처럼 건물을 진동했다. 호프만이 걷다 말고 돌아보니 직원들 절반이 자리에서 일어나 의자 밖으로 빠져나오고 있었다. 블룸버그와 CNBC의 영상 때문이었다. 바로 옆의 물리학자는 손을 입으로 가져갔다.

두 곳의 위성 채널 모두 같은 영상을 보여주고 있었는데 아무래도 휴대전화로 촬영한 듯 보였다. 승객을 태운 여객기 한 대가 공항에 착륙 중이었다. 문제는 착륙 속도가 너무 빠른 데다 각도가 이상했다. 한쪽 날개가 훨씬 높은 데다 날개에서 연기까지 새어 나왔다.

누군가가 리모컨을 잡고 소리를 키웠다.

여객기는 관제탑 뒤로 사라졌다가 다시 나타나더니 모래색의 어느 낮은 건물 지붕 바로 위를 훑었다. 격납고? 그 뒤로 전나무 숲이 보였다. 여객기는 동체 아랫부분으로 건물을 애무하듯 훑다가 갑자기 폭발하며 화염과 함께 거대한 황색 공을 만들었다. 공은 계속 커지면서 구르고 또 굴렀다. 한쪽 날개는 아직 엔진을 매단 채 허공으로 솟구치며 우아하게 재주넘기를 했다. 카메라가 그 뒤를 쫓았다. 그리고 한순간 여객기가 화면에서 사라지더니 폭음과 충격파가 카메라를 때렸다. 거친 비명과 경악하는 소리가 터져 나왔는데 호프만도 잘 모르는 언어였다. 러시아어? 곧이어 화면이 안정을 되찾으며 이번에는 짙은 연기를 비추었다. 오렌지색과 노란색의 불길이 미친 듯 공항 위로 번져 나갔다.

마침내 영상에서 기자의 당혹스러운 목소리가 들려 왔다. 미국인이고 여성이었다.

"네, 불과 몇 분 전의 장면이었습니다. 98명을 태운 비스타 항공 여객기가 모스크바 도모데도보 공항에 착륙 중 충돌…."

"비스타 항공? 지금 비스타 항공이라고 했나?" 쿼리가 홱 하고 몸을 돌려 호프만을 보았다.

순간 십여 명의 목소리가 거의 동시에 터져 나왔다.

"맙소사, 오전 내내 그 주식을 팔아치우고 있었어."

"어떻게 이런 일이…."

"미치고 환장할 노릇이로군."

"누가 저것 좀 꺼 버려!" 호프만이 외쳤다. 하지만 아무도 반응이 없자 성큼성큼 책상 사이를 지나가 퀸트 손에서 리모컨을 낚아챘다. 이미 장면은 계속 반복되고 있었다. 보나마나 세상 사람들이 지긋지긋해할 때까지 하루 종일 저 장면을 틀어 줄 것이다. 마침내 그가 음소거 버튼을 누르자 거래소는 다시 조용해졌다. "됐어요. 이제 우리 일을 합시다."

그는 리모컨을 책상 위에 던진 다음 고객들에게 돌아갔다. 이스터브룩과 클라인은 이 바닥에서 닳고 닳은 터라 벌써 가까운 단말기로 달려가 주가를 확인하고 있었다. 다른 사람들은 당혹스러운 표정으로 꼼짝도 하지 않았는데 마치 초자연적 현상을 목격한 순진한 농부들처럼 보였다. 사람들의 눈이 호프만에게 박혔다. 클라리스 뮈사르는 아예 성호까지 그었다.

"맙소사, 불과 5분 전 일인데 비스타 주가가 벌써 15퍼센트 빠졌어. 말 그대로 추락이로군." 이스터브룩이 화면에서 돌아서며 중얼거렸다.

“곤두박질.” 클라인이 초조하게 키득거렸다.

쿼리가 제어하고 나섰다. “진정하세요, 여러분. 이곳엔 민간인도 있습니다. 9·11 아침 골드만에서도 비행 보험을 공매도한 거래자가 둘 있었죠. 첫 번째 비행기가 충돌했을 때 둘은 사무실 한가운데에서 하이파이브를 했습니다. 물론 그들도 몰랐습니다. 우리도 모릅니다. 그냥 일어난 거예요.”

클라인의 눈은 시장 데이터를 떠나지 못했다. 그가 중얼거렸다. “와우! 알렉스, 당신네 블랙박스가 정말 대박을 친 모양입니다.”

호프만도 클라인의 어깨 너머를 보았다. 비스타 항공 주식을 추락 이전가로 매도하는 옵션으로 VIXAL이 이익을 보면서 실행 항목의 수치들도 급격하게 바뀌고 있었다. 손익 분기점도 이미 달러로 변환된 상태에서 순이익으로 요동쳤다.

다시 이스터브룩이 나섰다. “이 한 건만으로 여러분들이 얼마나 벌어들였는지 알아요? 2000만? 3000만? 맙소사! 휴고, 이제 조사관들이 개떼처럼 몰려들 거요.”

“알렉스, 아무래도 위원회에 참석해야 할 것 같은데?” 쿼리가 말했다.

호프만은 그 말을 듣지 못했다. 거래 화면에서 눈을 뗄 수가 없었다. 머리는 미칠 정도로 욱신거렸다. 상처에 손을 가져가 꿰맨 자리를 만져 보았다. 어찌나 빡빡하던지 당장이라도 모두 뜯어져 나갈 것만 같았다.

07

이상한 초대

영원한 것은 없다. 기하급수의 본질은 강제로 밀어내 결국 소멸하게 만드는 데 있다.
_고든 무어, '무어의 법칙'(2005)

호프만 투자 테크놀로지의 위기관리 위원회는 오전 11시 57분에 열렸다. 위기관리 담당 매니저 가나파시 라야마니가 작성한 보고서에 따른 조치였다. 보고서에는 상급 매니저 5인 모두가 참석하도록 되어 있었다. 회사 대표인 알렉산더 호프만 박사, CEO인 휴고 쿼리, 재무 담당 린 주-롱, 운영 담당 피터르 판 데르 질, 그리고 라야마니.

사실 들리는 것만큼 그렇게 공식적인 자리는 아니었기에, 쿼리의 사무실에 모인 간부들은 자리에 앉는 대신 여기저기에 서 있었다. 쿼리는 자신의 책상 끄트머리에 걸터앉아 계속 컴퓨터 화면을 확인했다. 호프만은 전처럼 창가 자리를 차지하고 이따금씩 블라인드를 젖혀 거리의 분위기를 살폈다. 사실, 모두가 너무도 혼란스러웠다.

"좋아, 빨리 끝내지. 지금 1000억달러가 회의실에 방치되어 있어. 빨리 돌아가야 해. 문 닫아 주겠소, LJ?" 그는 누군가가 엿들을 가능성이 제거될 때까지 기다렸다. "상황은 다들 봐서 알 테고…. 첫 번째 질문은, 공식 수사를 받느냐의 여부야. 주가가 붕괴되기 직전에 비스타 항공의 하락에 대규모 배팅을 했으니 당연한 건가, 가나?"

"간단하게 말하자면, 네, 당연합니다." 라야마니는 깔끔하고 정확한 젊은이로, 자신의 중요성을 분명하게 알고 있었다. 펀드의 위기 수준을 감시하고 법에 저촉이 되지 않도록 관리하는 일인데, 6개월 전 쿼리가 그를 FSA(런던 금융 감독청)에서 빼내 와서 지금은 마네킹처럼 써먹고 있었다.

"그래? 어떤 일이 일어날지 몰랐을 수 있는데도?" 쿼리가 되물었다.

"전 과정이 자동입니다. 조사관의 알고리듬은 주가 폭락 직전 항공사 주위의 이상 현상을 감지했을 겁니다. 모르긴 몰라도 지금쯤 우리를 지목하고 있을 가능성이 큽니다."

"하지만 우리가 불법을 저지른 건 아니잖아?"

"우리가 여객기를 파괴하지 않았다면…. 그러니까 사보타주(sabotage: 일반적으로는 적의 사용을 막기 위해 또는 무엇에 대한 항의의 표시로 장비, 운송 시설 등을 고의로 파괴하는 것을 의미함-옮긴이)가 아니라면… 네, 아닙니다."

쿼리가 사람들을 돌아보았다. "우리 짓이 아니오. 그러니까… 독창적인 사람을 좋아하기는 하지만…."

"하지만 바로 그 순간 우리가 1250만 주를 공매도한 이유를 알려고 들 겁니다. 호프만 박사님, 어리석은 질문이겠지만… VIXAL이 시장보다 먼저 여객기 추락 소식을 확보할 가능성이 있습니까?"

호프만은 마지못해 블라인드를 닫고 동료들을 돌아보았다. "VIXAL은 로이터로부터 직접 디지털 뉴스를 수신해요…. 그래서 사람보다 1~2초

빠를 수는 있겠지만… 그 정도는 다른 알고리듬 시스템들도 대부분 하는 수준이지."

판 데르 질이 나섰다. "게다가 그 순간에 맞춰 그렇게 빨리 움직일 수도 없습니다. 우리 회사 정도 규모의 포지션이면 정보를 조합하는 데만도 몇 시간이 필요하니까요."

"언제 옵션을 확보하기 시작했지?" 쿼리가 물었다.

"유럽 시장이 개장하자마자입니다. 9시." 주-롱의 대답이었다.

"이런 얘기 이제 그만 두는 게 어때? VIXAL이 그 주식을 매도한 이유는 하락 가능성을 봤기 때문이야. 그 정도는 아무리 멍청한 조사관이라도 5분이면 설명할 수 있지 않나? 그냥 우연의 일치였소. 특별할 것도 없고. 그러니 집어치웁시다."

"음, 전직 멍청한 조사관 출신으로서 말씀드리면, 우선 박사님 의견에 동의합니다. 그보다 문제는 패턴이죠. 기억하시겠지만 오늘 아침 일찍부터 말씀드리려 했던 상황입니다."

"그래, 미안해요. 보고회에 늦어서 그랬어." 호프만이 생각하기에, 쿼리가 이 친구를 영입한 건 실수였다. 한 번 조사관은 영원한 조사관이고, 사투리와 마찬가지로 출신은 완전히 지울 수 없는 법이니까.

"정말로 신경 써야 할 일은 시장이 회복할 경우에 우리의 리스크가 어느 수준이냐의 문제입니다. P&G, 엑센추어, 엑셀론 등, 항목이 10여 개에 화요일 밤 이후로 수백만 달러입니다. 지금껏 우리가 취해 온 단방향 배팅으로서는 가장 대규모죠." 라야마니가 말했다.

"게다가 VIX에 노출될 가능성도 있습니다. 벌써 며칠 전부터 께름칙한 터라 지난주에 보고까지 했었죠. 기억나십니까, 사장님?" 판 데르 질. 한때 델프트 기술 대학교에서 공학을 가르친 교수 출신으로 여전히 현학적인 태도를 버리지 못했다.

“그래서, VIX에는 우리가 얼마나 올라가 있죠? 프레젠테이션 준비 때문에 바빠서 최근엔 거의 확인하지 못했어요.”

“마지막으로 확인했을 때 2만 건이었습니다.”

“2만?” 쿼리가 얼른 호프만을 보았다.

“지난 4월에 VIX 선물을 모으기 시작했습니다. 그때 지수가 18이었죠. 그 주에 조금 일찍 팔았더라면 꽤 재미를 봤을 겁니다. 제 생각도 그랬는데, 실제로는 논리 추이에 따라 파는 대신 계속 사들이고만 있더군요. 어젯밤 25달러에 4000건을 추가 매입했습니다. 내재 변동성 수준이 위험할 정도예요.” 주-롱이 대답했다.

“솔직히, 너무 불안합니다. 우리 기준은 완전히 엉망이 되었습니다. 금을 매수하고 달러를 매수하고 주가 지수 선물은 모조리 팔아 버리고 있으니….”

호프만은 사람들을 하나하나 돌아보았다. 라야마니, 주-롱, 판 데르질…. 문득 그들이 사전에 모의했다는 생각이 들었다. 이는 기습이다. 재정적 관료주의자들의 기습…. 그들에게는 퀀트로서의 자격이 없었다. 그런 생각을 하자 호프만도 혈압이 오르기 시작했다. “그래서, 어떻게 했으면 좋겠나, 가나?”

“아무래도 포지션 일부를 정리해서 현금화하고 재정비를 해야 할 듯싶습니다.”

“듣다 보니 별 희한한 소리를 다 듣겠군! 세상에! 가나, 우린 지난주에만 8000만 가까이를 벌었고, 오늘 아침에는 4000만을 벌었어. 그런데 VIXAL의 분석을 무시하고 임의 거래로 되돌아가자고?” 화가 난 호프만이 손등으로 블라인드를 내리쳤다. 그 바람에 블라인드가 유리에 부딪치며 잘그락 소리를 냈다.

"무시하자는 게 아닙니다."

쿼리가 조용히 끼어들었다. "진정하게, 알렉스. 그저 단순한 제안이었어. 리스크 걱정이 저 친구 일 아닌가."

"아니, 진정할 생각 없어. 현 시점에서 엄청난 알파를 보여주는 데도 그 전략을 포기하자는 얘기 아닌가? 그야말로 성공에 대한 비논리적이고 비상식적인 반응인 데다 그 원인이 바로 두려움이야. VIXAL의 핵심이 바로 그 점이란 말일세! 시장을 주무르는 데 있어서, 알고리듬이 인간보다 우월하다는 사실을 믿지 못한다면 저 친구는 애초에 잘못 들어온 거야!"

회사 대표의 비난에도 라야마니는 당혹스러워하지 않았다. 골드만을 그만두고 FSA에 있을 때 그의 별명은 지대공 미사일이었다. "우리 회사의 투자 설명서에 보면, 고객들을 20퍼센트 이상의 연간 변동성에 노출하지 않는 조항이 있습니다. 전 그 점을 상기해 드릴 임무가 있고요. 법적 위기 한도를 넘을 가능성이 있을 경우 저도 개입할 수밖에 없습니다."

"무슨 뜻이지?"

"노출 수준을 회복하지 않으면 투자자 위원회에 알릴 수밖에 없다는 뜻입니다. 정말로 투자자 위원회와 대화를 해야 합니다."

"이건 내 회사야."

"그리고 투자자의 돈이죠. 거의 대부분."

침묵이 이어졌다. 호프만은 손가락으로 관자놀이를 문지르기 시작했다. 진통제가 필요했다. "투자자 위원회? 난 그 망할 위원회에 누가 있는지도 몰라." 그가 중얼거렸다. 그가 아는 한 그 집단은 순전히 기술적 법인이며, 세금 문제로 케이맨 제도에 등록되어 있었다. 물론 표면적으로는 고객의 돈을 통제하고 헤지 펀드를 단속하거나 성과 보수를 지급하는 역할을 했다.

“오케이, 어쨌든 아직 거기까지 갈 필요는 없네. 전쟁터에서 말하듯, 지금은 냉정하게 자기 할 일을 해 나갈 때야.” 쿼리가 특유의 기막힌 미소를 지으며 방을 둘러보았다.

“법적인 이유 때문에라도, 제 우려를 기록으로 남겨 주시기를 요청 드립니다.” 라야마니가 단호하게 말했다.

“좋아. 회의록을 작성하게. 사인할 테니까. 하지만 자네는 신입이고 이곳은 알렉스의 회사라는 사실을 명심하라고. 나도 지분이 없지는 않네만, 우리 둘 다 알렉스 때문에 여기 있는 거야. 그가 VIXAL을 믿는다면 다들 믿어야 하고. 맙소사, 우린 VIXAL의 결함조차 아직 한 번도 보지 못했어! 어쨌든 위기 수준을 체크해야 한다는 자네 의견을 인정하지. 계기판을 지켜보지 않으면 여객기가 산등성이에 처박히기밖에 더하겠나? 알렉스, 자네도 알지, 응? 자, 이번 주식 대부분이 미국 장이니까, 3시 반에 미국 장이 개장할 때 이곳에서 다시 모이는 게 어때? 그때 상황을 다시 보도록 하자고.”

라야마니는 여전히 단호했다. “그러면 저도 변호사를 대동하는 편이 좋겠습니다.”

“좋아. 맥스 갤런트에게 점심 식사 후 대기하라고 해 두지. 자네도 괜찮지, 알렉스?”

호프만이 맥없이 손을 저어 동의를 표했다.

정확히 12시 8분, 위원회가 해산했다.

▾ ▾ ▾

“아 참, 깜빡했는데, 지시하신 계좌 번호 말씀입니다. 시스템에 있던데요." 간부들이 헤어질 때 문간에서 주-롱이 알렉스를 붙잡았다.

"계좌라니, 무슨 계좌?" 쿼리가 물었다.

"오, 아무것도 아니야. 내가 부탁한 게 있었지. 곧 따라가겠네."

매니저 세 사람은 각자의 사무실로 돌아갔다. 라야마니가 제일 먼저 자리를 박차고 나갔다. 잠시 후, 셋을 내보낼 때의 사람 좋은 표정은 쿼리의 얼굴에서 사라지고 경멸과 조롱이 그 자리를 대신했다. "건방진 떠버리 새끼 같으니. '정말로 투자자 위원회와 대화를 해야 합니다.', '그러면 저도 변호사를 대동하는 편이 좋겠습니다.'" 그가 라야마니의 유려한 영어를 흉내 내고는 손으로 총 모양을 만들어 사라진 라야마니의 뒤통수를 겨냥했다.

"자네가 고용한 놈이야." 호프만이 투덜댔다.

"그래, 좋아, 인정하지. 그리고 해고할 놈도 내가 될 테니 걱정하지 말게나." 삼인조가 모퉁이를 돌아 사라지기 전에 그가 다시 상상의 방아쇠를 당겼다. "맥스 갤런트를 불러서 시간당 2000프랑이나 안기라고? 저 놈 똥구멍을 핥아 주기 위해? 미친놈, 지랄하고 자빠졌네." 쿼리가 순간 목소리를 낮추었다 "그런데, 괜찮은 거지, 알렉스? 내가 걱정할 일인가? 아까 저기 있는데 잠시 암코에 있을 때와 똑같은 기분이 들더군. 부채 담보부 증권을 팔 때였지."

"그게 어떤 기분인데?"

"매일매일 부자가 되고는 있는데 영문을 모르겠는 기분."

호프만이 놀란 표정으로 그를 보았다. 8년 동안 쿼리가 불안감을 드러낸 적은 한 번도 없었다. 호프만은 아침부터 일어난 다른 일들만큼이나 혼란스러웠다. "휴고, 자네가 원한다면 오늘 오후 VIXAL 계획을 모두 철회하지. 사업은 늦추고 돈은 투자자들에게 돌려주면 돼. 어차피 처음 이

게임에 들어온 것도 자네 때문이었으니까. 기억하지?"

"하지만 자네 생각은? 자네도 끝내고 싶은 건가? 물론 할 수는 있네. 알다시피… 평생을 흥청거릴 정도로 벌었으니까. 더 이상 고객들한테 알랑방귀 뀔 이유도 없고 말일세." 쿼리가 말했다.

"아니, 포기하지 않겠어. 이곳엔 지금껏 아무도 시도해 보지 못한 기술이 있고 그 일을 할 수 있는 인력이 있어. 하지만 자네가 손 떼고 싶다면 보상은 충분히 해 주지."

이제 당혹스러운 쪽은 쿼리였지만 오히려 그는 씩 웃었다. 약해질 때만큼이나 재빨리 기운을 회복한 모양이었다. "이런 몹쓸 사람 같으니! 그렇게 쉽게 날 떼어 내겠다고? 아니, 그럴 수 없지. 이미 오랫동안 몸담았던 회사야. 여객기 때문인가? 덕분에 나도 조금 겁이 났지만, 자네가 괜찮다면 나도 괜찮네. 자, 그럼… 소위 고객이라 불리는 저 저명한 사이코 범죄자 집단으로 돌아가 보실까?" 그가 손을 내밀어 호프만에게 앞장설 것을 권했다.

"자네가 가게. 난 더 이상 할 말도 없어. 돈을 더 넣겠다면…, 그건 좋아. 싫다고 하면, 쫓아 버리라고."

"저 사람들이 보러 온 사람은 내가 아니라…."

"그 정도면 실컷 봤어."

쿼리가 실망스러운 표정을 지었다.

"그래도 점심 식사는 참석할 거지?"

"휴고, 난 정말 저 사람들을 참을 수가…." 하지만 쿼리의 표정이 너무나 절박한 터라 호프만도 고집을 꺾고 말았다. "이런 빌어먹을. 그렇게 중요한 일이라면 도리 없지. 참석하겠네."

"보-리바쥬. 1시." 쿼리는 더 할 말이 있는 듯했으나 시계를 보고는 깜짝 놀랐다. "망할, 저 사람들 버려둔 지가 벌써 15분이야." 그가 회의실을 향해 걷다가 뒤로 돌아서더니 다시 뒷걸음질로 이동하며 엄지를 치켜세웠다. "1시야. 고맙네." 다른 손으로는 이미 휴대전화를 들고 번호를 입력 중이었다.

호프만은 뒤돌아 반대 방향으로 향했다. 복도에는 아무도 없었다. 그는 재빨리 벽면의 오목하게 파인 공간에 숨어서 고개를 내밀고 공용 부엌을 엿보았다. 그곳에는 커피 자판기, 전자레인지, 대형 냉장고가 있고 사람은 보이지 않았다. 몇 걸음 더 걸어가니 주-롱의 사무실 문이 닫혀 있었다. 비서는 보이지 않았다. 호프만은 노크를 한 다음 대답을 기다리지 않고 안으로 들어갔다.

아무래도 십대 아이들이 컴퓨터로 포르노를 보는 현장을 급습하기라도 한 모양이었다. 주-롱, 판 데르 질, 라야마니가 황급히 모니터에서 물러났고, 다시 주-롱은 얼른 마우스를 클릭해 화면을 바꾸었다.

"장세를 확인 중이었습니다." 판 데르 질이 황급히 변명을 하고 나섰다. 이목구비가 얼굴에 비해 다소 큰 덕분에, 마치 지적이면서도 애처로운 가고일(gargoyle)처럼 보였다.

"그래서?"

"유로는 달러에 비해 약세로 돌아섰네요."

"기대했던 바가 아닌가?" 호프만이 문을 활짝 열었다. "자, 이제 볼일들 보러 가지그래요."

"사장님…." 라야마니가 무슨 말을 하려 들었으나 호프만이 제지했다.

"LJ와 할 애기가 있어서 왔네…. 둘이서." 그는 두 사람이 빠져나가는 동안 앞만 바라보았다. 그들이 떠난 후 호프만이 먼저 용건을 꺼냈다. "그래, 계좌가 시스템에 있다고?"

"거래 내역이 두 번 검색됩니다."

"그러니까 우리 계좌라는 뜻? 사업용인가요?"

주-룽의 매끄러운 이마에 갑자기 깊은 주름이 새겨졌다. "아뇨. 사실, 박사님의 개인 용도로 보입니다."

"이유는?"

"박사님께서 지원 팀에 연락하셔서 4200만달러를 그쪽으로 계좌 이체하셨거든요."

호프만은 한참 동안 상대의 얼굴을 살폈다. 농담을 한다고 생각해서였지만 쿼리 말마따나 주-룽은 장점이 많기는 해도 유머 감각은 완전히 바닥이었다.

"이체를 요청한 때가 언제죠?"

"11개월 전입니다. 제가 원본 메일을 보내 확인도 시켜 드렸습니다."

"오케이, 확인해 보죠. 거래가 두 번 있다고 했는데?"

"그렇습니다만, 돈은 지난달에 정리하셨습니다. 이자까지 해서."

"그런데 나한테 한 번도 상의를 안 한 겁니까?"

"네, 박사님. 그럴 이유가 없었으니까요. 말씀하신 것처럼 이곳은 박사님 회사입니다."

"그래, 맞는 말이오. 고맙소, LJ."

"별말씀을요."

호프만이 문가에서 돌아섰다. "가나와 피터르한테도 이 얘기를 했나요?"

"아뇨." 주-룽이 무죄를 주장하듯 두 눈을 크게 떴다.

호프만은 황급히 사무실로 돌아왔다. 4200만달러? 그런 액수의 계좌 이체를 요구한 적은 맹세코 없었다. 잊었을 리 없으니 당연히 사기라는 얘기다. 그는 마리-클로드를 지나 곧바로 자기 책상으로 향했다. 그녀는 사무실 밖 자기 자리에 앉아 열심히 일하는 중이었다. 곧바로 컴퓨터를 켜고 받은 편지함을 열어 확인했더니 지난해에 정말로 그가 내린 지시가 있었다. 지난해 6월 17일. 로열 그랜드 케이맨 은행에 42,032,127.88달러를 입금할 것. 바로 그 아래 올해 4월 13일자로 동일 계좌에서 43,188,037.09달러를 변제했다는 헤지 펀드 은행의 통보도 보였다.

머릿속으로 계산을 해 보았다. 도대체 어떤 사기꾼이 피해자에게서 훔친 거액을 되갚는다는 말인가? 그것도 정확히 2.75퍼센트 이자까지 더해서?

그는 다시 자신의 원본 메일이라는 놈을 살펴보았다. 인사말도 사인도 없이 이러저러한 금액을 이러저러한 계좌로 이체하라는 일상적인 지시뿐이었다. LJ라면 단 1초의 주저 없이 시스템에 입력했을 것이다. 회사의 인트라넷은 돈으로 구입할 수 있는 최상의 방화벽 내에서 보호받으며, 해당 계좌들은 어쨌든 적절한 과정을 통해 전자적으로 처리한다. 만일 그 액수가 금괴나 돈 가방 형태였다면 좀 더 신중했겠지만, 불행히도 물리적인 의미에서의 돈이 아니라 일련의 녹색 기호들에 불과했다. 원형질만큼이나 실체가 없다는 뜻이다. 사실 호프만과 그의 동료들이 배짱 있게 일을 처리하는 이유도 거기에 있었다.

계좌 이체를 지시한 시간을 확인했더니 정확히 자정이었다.

그는 상체를 뒤로 젖히고 천장의 화재감지기를 멍하니 바라보았다. 이따금 사무실에서 늦게까지 일했지만 맹세코 자정까지는 아니다. 이 메일이 진짜라면 집에 있는 컴퓨터에서 보냈을 확률이 높았다. 집 서재에 있는 컴퓨터를 확인하면 메일 기록과 네덜란드 서적상에게 보낸 주문 메일 기록을 찾을 수 있을까? 정말로 지킬과 하이드 증후군에라도 걸려서 머리 절반이 하는 일을 다른 절반이 전혀 모르기라도 한 건가?

그는 충동적으로 책상 서랍을 열어 CD를 꺼내 컴퓨터에 넣었다. 잠시 후 프로그램이 돌아가더니 화면에 그의 두개골 내부를 그린 200여 개의 흑백 이미지 색인이 가득 찼다. 그는 황급히 이미지들을 클릭해 내려갔다. 방사선과 의사의 관심을 받았던 이미지를 찾고 싶었지만 가망은 없었다. 이미지들을 빠르게 확인하다 보니, 뇌가 마치 무(無)에서 솟아나 먹구름처럼 부풀었다가 다시 무로 돌아가는 것만 같았다.

버저를 눌러 비서를 불렀다. "마리-클로드, 내 개인 디렉터리에서 장 폴리도리 박사 항목을 확인하고 박사와 내일 약속을 잡아 줘요. 급하다고 전하고."

"네, 호프만 박사님, 몇 시로 할까요?"

"아무 때나. 그리고 집사람 전시회를 보러 가고 싶은데, 화랑 주소 알죠?"

"네, 박사님, 언제 가세요?"

"지금 곧. 차를 준비해 줘요."

"현재 운전사가 대기 중입니다. 즈누 씨 배려로."

"오, 그렇지. 깜빡했군. 오케이, 지금 내려간다고 전해 줘요."

그는 CD를 빼내 서랍 속 다윈 책 옆에 넣고 레인코트를 집었다. 거래소를 통과하며 힐끗 회의실을 보았더니 블라인드 일부가 제대로 닫히지 않은 탓에 틈새로 엘미라 굴잔과 그녀의 변호사 애인이 보였다. 그리고 두 사람이 열심히 아이패드로 무언가를 확인하는 모습을 쿼리가 팔짱 낀 자세로 지켜보고 있었다. 쿼리는 거만한 표정이었다. 에티엔 뮈사르의 거북이처럼 굽은 등도 보였다. 커다란 휴대용 계산기를 두들겨 댔지만 노인답게 무척이나 느린 속도였다.

반대편 벽의 블룸버그와 CNBC의 붉은 화살표들은 하나같이 하락세를 가리켰다. 유럽 시장은 초기 수익을 버티지 못하고 빠른 속도로 추락하기 시작했다. 이 정도면 미국 장에 부정적인 영향을 미칠 수밖에 없으므로, 덕분에 오후 3~4시쯤엔 헤지 펀드가 손실에 노출될 확률도 크게 줄어들 것이다. 호프만은 안도감에 마음이 가벼워졌다. 자부심으로 가슴이 벅차오르기까지 했다. 보라, VIXAL이 다시 한 번 인간들보다 영리함을 스스로 증명하였도다! 심지어 자신의 창조주보다 위대하지 않은가!

엘리베이터를 타고 1층으로 내려가서 모퉁이를 돌아 로비로 나갈 때까지만 해도 그 기분을 유지할 수 있었다. 싸구려 검은색 슈트 차림의 거한이 일어나 그에게 인사했다. 부자들의 그러한 기만을 여러 번 보았지만 호프만은 회의실이나 레스토랑 밖에 경호원이 앉아 있는 것만큼 얼빠져 보이는 일도 없다고 생각했었다. 주주나 가족이라면 또 몰라도, 도대체 누가 부자들을 공격한단 말인가. 하지만 오늘은 갱 같은 인상의 남자가 공손한 표정으로 다가오자 이상하게도 반갑기까지 했다. 경호원은 신분증을 꺼내 보이며 자신을 경호원 올리비에 파카르라고 소개했다.

"잠깐만요, 호프만 박사님." 파카르는 한 손을 들어 조용히 해 줄 것을 요청하고 잠시 허공을 노려보았다. 한쪽 귀에 수신기가 매달려 있었다. "됐습니다, 가시죠."

그가 재빨리 입구로 달려가 손바닥으로 버튼을 누르자, 거의 동시에 짙은 색 메르세데스 벤츠가 갓길에 다가와 섰다. 병원에서 호프만을 태웠던 바로 그 운전사였다. 파카르가 먼저 나가 차의 뒷문을 열고 재빨리 호프만을 태웠다. 그의 손바닥이 잠깐 주인의 목덜미를 쓸었다. 그리고 호프만이 자리를 잡기도 전에 파카르가 앞자리에 미끄러져 들어왔고, 차 문이 모두 잠겼으며, 차는 어느새 정오의 도로 안으로 접어들었다. 이 모든 과정이 불과 10초도 채 걸리지 않았다.

호프만이 탄 차는 타이어 소리까지 내며 급히 왼쪽으로 꺾고 어둑한 샛길을 따라 질주했다. 샛길 끝으로 호수와 그 너머 아련한 산들이 보였다. 태양은 여전히 구름 뒤에 숨어 있었다. 제토 분수의 하얀 물줄기가 잿빛 하늘을 배경으로 140미터나 치솟아 올랐다가, 꼭대기의 물줄기가 다시 차가운 폭우로 변해 어두침침한 호수 표면을 향해 쏟아져 내렸다. 그 아래 관광객들이 서로 사진을 찍어 주느라 카메라 플래시들이 흐린 날 속에서도 환한 빛으로 깜빡였다.

차는 정지 신호까지 무시하고 달리다가 다시 좌회전을 했다. 중앙 분리대가 있는 간선 도로였으나 곧바로 어느 영국식 공원 앞에 멈춰 서야 했다. 뭔가 보이지 않는 장애가 나타난 모양이었다. 파카르가 고개를 내밀고 무슨 일인지 확인했다.

해결해야 할 문제가 있을 때면 이따금 나와 조깅을 하는 곳이었다. 여기에서 오-비브 공원까지 갔다가 되돌아오는 코스였는데, 어떨 때는 해답을 찾을 때까지 두세 번 왕복하기도 했었다. 물론 아무와도 얘기하지 않았고 아무것도 보지 않았다. 제대로 구경한 적도 없었던 터라, 호프만은 지금 낯익은 창밖을 내다보며 새삼 감탄을 금하지 못했다. 파란색 미끄럼틀이 있는 놀이터, 나무 그늘이 있는 야외 카페, 횡단보도를 건너는 행인들…. 그래, 저곳에서 신호등이 바뀌기를 기다리며 제자리 뛰기를 한 적도 있었지…. 오늘만 벌써 두 번째로 마치 자신의 인생에 손님으로 초대된 기분이 들었다. 불현듯 차를 세우고 바깥으로 뛰쳐나가고 싶다는 생각이 들었지만 거의 동시에 차가 앞으로 나가기 시작했다. 차는 몽블랑 다리 남단의 혼잡한 도로에 끼어들었다가 몇 초 후 재빨리 빠져나와, 느린 트럭과 버스 사이를 누비며 플랑팔레 광장의 화랑과 골동품 거리를 향해 달려갔다.

08 배려하는 마음

어느 유기체든 예외 없이 본능적으로 높은 비율로 번식하고자 한다. 따라서 파괴하지 않을 경우 지구는 금세 단 하나의 종족으로 뒤덮이고 말 것이다.

_찰스 다윈, 〈종의 기원〉(1859)

'인체의 미(美) -가브리엘 호프만 작품전'은 가이 베르트랑 현대 미술관에서 단 일주일 동안만 열기로 했다. 뒷골목에 있는 작고 하얀 화랑으로, 과거엔 시트로엥 자동차 수리 센터였다. 그곳에서 모퉁이를 돌아가면 제네바 최고의 근현대 미술관 맘코(MAMCO)가 나온다.

5개월 전, 만다린 오리엔탈 호텔에서 크리스마스 자선 경매를 개최했을 때 가브리엘은 알렉스 없이 혼자 갔다가, 우연히 화랑 주인, 가이 베르트랑 옆에 앉게 되었다. 그리고 다음날 그가 그녀의 작업을 보겠다며 스튜디오를 찾아와서는 10분간 열띤 찬사를 늘어놓더니 그녀가 비용을 지불하는 조건으로, 총 매출의 50퍼센트와 전시 공간을 제공하겠다고 제안했다. 물론 그의 주된 관심이 그녀의 재능이 아니라 알렉스의 돈에 있다는 정도는 가브리엘도 곧바로 눈치챘다. 지난 2년간 자본이 어떤 식으로 보이지 않는 자석이 되어 사람들을 밀고 당기고 정상적인 행동 패턴을 벗어나게 하는지 신물이 나도록 목격했지만, 동시에 그렇게 사는 법도 배웠다. 사람들의 행동 하나하나가 진실한지 아닌지 확인하려 들다가는 곧바로 미쳐 버릴 것이다. 게다가 그녀는 전시회를 하고 싶었다. 평생 그보다 더 간절하게 원한 것은 없었다. 아기를 빼고는.

베르트랑은 사람들의 관심도 끌고 명성도 얻을 수 있으니 전시회 첫날 저녁에 파티를 열자고 제안했다. 가브리엘은 거절했다. 남편은 그런 행사를 싫어하기에 듣자마자 끙끙 앓는 소리를 할 게 빤했다. 오전 11시, 조용히 문이 열리고, 하얀 블라우스와 검은 미니스커트 차림의 행사 요원 두 명이 문가에 서서 전시회를 찾는 사람들에게 폴 로저 샴페인과 카나페 접시를 나눠주기 시작했다. 가브리엘은 아무도 오지 않을까 봐 걱정했는데 다행히 그렇지는 않았다. 우선 화랑의 단골손님들이 메일 전시 광고를 보고 찾아왔고 행인들도 무료 음료에 혹해 발길을 돌렸다. 가브리엘의 친구와 지인들도 왔다. 옛날 주소록을 뒤져 몇 년간 얼굴도 못 본 사람들한테까지 전화를 하고 메일을 보냈는데, 모두들 찾아온 것이다. 결국 정오쯤에는 100명이 넘는 인파가 들어오지 못하고 화랑 밖 인도의 흡연 구역에 모여 대기할 정도였다.

가브리엘은 두 번째 샴페인 잔을 반쯤 비우다가 문득 자신이 실제로 이 순간을 즐기고 있음을 깨달았다. 작품은 모두 27점으로, 지난 3년간 작업한 분량이었다. 최초의 자화상은 제외했다. 알렉스가 집에 두고 싶다고 해서 그냥 응접실 커피 테이블 위에 세워놓았다. 그런데 작품을 한데 모아놓고 적절한 조명을 밝히자, 특히 유리 조각 작품들은 정말로 전문가의 걸작 못지않아 보였다. 적어도 지금껏 드나들었던 여느 전시회 오프닝 만큼 인상적이었으며 비웃는 사람들도 없었다. 관람객들은 찬찬히 살펴보고 의미 있는 논평을 내놓았는데 대부분 호의적이었다. 〈제네바 트리뷴〉의 젊고 열정적인 기자는 그녀가 단순한 선을 강조했다며 자코메티의 두상학과 비교하기까지 했다. 이제 그녀에게 남은 근심은 작품을 사는 사람이 아무도 없다는 문제뿐이었다. 그녀는 고집스럽게 고가를 매긴 베르트랑이 원망스러웠다. 베르트랑은 아주 작은 짐승 머리의 고양이 스캔에 4500프랑 즉 5000달러를, 대형 MRI 초상화 〈투명인간〉에는 1만8000달러를 붙여 놓았다. 전시회 첫날에 한 점도 나가지 않는다면 그보다 더 한 굴욕도 없을 것 같았다.

그녀는 걱정을 밀어내고 어느 남자의 말에 귀를 기울였다. 소음 때문에 잘 들리지 않았다. 그녀는 그의 팔을 건드려 말을 끊고, "죄송하지만 성함이 뭐라고 하셨죠?"라고 되물었다.

"밥 월턴. CERN에서 알렉스와 함께 일했습니다. 두 분이 저희 집 파티에서 처음 만나시지 않았느냐고 물었죠."

"오, 맙소사! 맞아요. 잘 지내셨나요?" 그녀는 탄성을 지르며 악수를 나눈 뒤, 처음으로 남자의 인상을 살폈다. 마르고 크고 단정하고 창백하고…. 그녀는 그가 금욕적인 남자일 거라고 단정했다. 수사 같기도 했고, 나이가 많고 권위가 묻어나 수도원장처럼 보이기도 했다. "우스운 일이죠. 그냥 얼떨결에 친구들 따라 파티에 갔거든요. 그런데 우리가 정식으로 소개를 받았던가요?"

"아닐 겁니다."

"네…. 어쨌든 늦게나마 감사드려요. 제 인생을 바꿔 놓으셨잖아요."

그는 미소 짓지 않았다.

"알렉스를 본 지도 몇 년 되었습니다. 오늘 오겠죠?"

"저도 바라는 바인걸요." 그녀는 다시 한 번 문 쪽으로 고개를 돌렸다. 알렉스가 들어올지 모른다는 바람 때문이었으나, 지금까지 남편이 자신의 첫 전시회를 위해 한 일이라곤 무뚝뚝한 경호원을 딸려 보낸 것뿐이었다. 경호원은 지금 클럽의 문지기처럼 입구에 서서 이따금 자기 소매와 대화를 나누었다.

"그런데, 여긴 웬일이신가요? 이 화랑의 단골이신가요? 아니면 지나시다가?"

"아뇨, 알렉스의 초대를 받았습니다."

세상에, 말도 안 돼.

"알렉스가요? 제가 알기로 남편은 초대장을 보내지 않았는걸요. 그런 일을 할 사람이 못 돼요."

"사실 저도 조금 놀랐습니다. 마지막으로 만났을 때 의견 차이가 조금 있었거든요. 그래서 화해라도 할까 해서 왔는데 보이지 않는군요. 아, 신경 쓰지 않으셔도 됩니다. 부인의 작품도 마음에 드니까요."

가브리엘은 남편이 정말로 자기 손님을 그녀에게 알리지도 않고 전시회에 초대했을지 생각해 보았다. 적응이 쉽지 않았다.

"감사합니다. 원하시는 작품이라도?"

밥 월턴이 처음으로 미소를 지었다. 너무도 귀하기 때문에 더욱 더 따뜻한 미소…. 마치 흐린 하늘의 햇살과도 같은….

"솔직히 CERN의 봉급으로는 부담스러운 가격이랍니다. 혹시 입자물리학으로 작품을 만들어 보고 싶어지면 전화 주세요." 그가 명함을 내밀었다.

로버트 월턴 교수

전산 센터장

CERN – 유럽 원자핵 공동 연구소

1211 제네바 23, 스위스

가브리엘이 명함을 주머니에 넣었다.

"와, 정말 멋진 아이디어네요. 감사합니다. 그렇게 할게요. 알렉스와는…."

"가브리엘, 정말 대단하세요!" 등 뒤에서 여자 목소리가 들리더니 누군가가 가브리엘의 팔꿈치를 잡았다. 돌아보니 제니 브링커호프의 넓고 창백한 얼굴과 크고 창백한 눈이 그녀를 기다리고 있었다. 가브리엘과 마찬가지로 헤지 펀드 매니저와 결혼한 30대의 영국 여성이었다. 제네바가 저런 사람들로 넘쳐나겠어. 런던의 경제인 이민자들. 영국의 50퍼센트 세율을 피해 도망 온 망명자들. 저들이 하는 얘기라고는 온통 좋은 학교를 찾기가 힘들다는 투정뿐이지.

"제니, 와 줘서 정말 고마워." 가브리엘이 인사를 했다.

"오히려 초대해 주셔서 영광인걸요."

그녀의 뺨에 입을 맞추고 돌아서서 소개하려 했으나 월턴은 이미 자리를 옮겨 〈제네바 트리뷴〉 기자와 얘기 중이었다. 이런 게 바로 칵테일파티의 문제다. 대화하고 싶은 사람을 눈앞에 두고 지긋지긋한 여자한테 잡혀 있다니…. 맙소사, 제니가 아이들 얘기를 꺼내기까지 얼마나 걸릴지.

"이런 일을 할 여유가 남아 있다니 얼마나 부러운지 모르겠어요. 아이 셋을 키우면서 절대로 불가능한 일이 있다면 바로 창작의 열정…."

제니의 어깨 너머로 전혀 어울리지 않는 인물이 화랑 안으로 들어서고 있었다. 낯설면서도 낯익은 인물.

"미안, 제니. 손님이 와서. 르클레르 형사님?" 그녀는 제니한테서 빠져나와 문 쪽으로 걸어갔다.

"호프만 부인." 르클레르가 공손하게 악수를 청했다.

형사는 아직도 새벽 네 시에 입던 옷 그대로였다. 암청색 스포츠 점퍼에 흰색 셔츠. 셔츠 옷깃은 이미 짙은 회색으로 변색했다. 넥타이는 그녀의 아빠처럼 멋없게 두꺼운 쪽에서 매듭을 지었다. 면도를 하지 않아 아래턱에 은색 곰팡이가 핀 듯했고, 눈 바로 아래쪽은 어두운 그림자가 점령한 상태였다. 물론, 화랑과 더할 나위 없이 이질적인 분위기였다. 행사 요원이 샴페인 쟁반을 들고 다가왔다. 가브리엘은 르클레르가 거절할 거라고 생각했지만 그는 환한 표정으로 "오, 너무 고맙군요."라고 인사까지 챙기며 잔을 집었다. 행여나 깨뜨리기라도 할까 봐 너무나 조심스러운 태도였다. 근무 중에 경찰이 술 마시면 안 되지 않나? 당연히 거절해야지…. 하지만 형사는 한 모금을 홀짝거리고 입맛까지 다셨다. "기가 막히네요. 이게 뭐죠? 한 병에 80프랑은 하겠죠?"

"저도 몰라요. 남편 회사에서 준비했거든요."

〈제네바 트리뷴〉 사진 기자가 다가와 두 사람이 나란히 서 있는 사진을 찍었다. 르클레르의 스포츠 점퍼에서 묵은 곰팡내가 났다. 그는 사진 기자가 떠난 다음에야 용건을 꺼냈다. "에, 우리 법의학 팀이 부인의 휴대전화와 부엌칼에서 유용한 지문을 뽑아냈는데 불행히도 경찰 기록에는 일치하는 지문이 없더군요. 침입자는 전과가 없는 인물입니다. 적어도 스위스에서는요. 귀신이 곡할 노릇이죠. 지금은 인터폴을 확인하고 있습니다." 그가 지나가는 쟁반에서 카나페를 집어 통째로 삼켰다. "남편께서는? 여기 계신가요? 아무리 찾아도 안 보이던데."

"아직 안 왔어요. 왜요? 남편을 만나러 오셨나요?"

“아뇨, 당연히 부인 작품을 보러 왔죠.”

가이 베르트랑이 가만히 다가왔다. 가택 침입 얘기를 해 둔 터라 그도 호기심이 동한 모양이었다. “무슨 문제라도 있습니까?” 그가 물었다. 가브리엘은 무의식중에 형사를 화랑 주인에게 소개했다. 베르트랑은 젊고 살집이 많았으며 머리에서 발끝까지 검은색 실크로 차려입은 모습이었다. 아르마니 티셔츠, 재킷, 바지, 젠 슬리퍼…. 그와 르클레르는 서로 이해가 불가능한 사람들이었다. 그만큼 종족 자체가 달랐다.

“형사라…. 그럼 〈투명인간〉에 관심이 있겠군요.” 베르트랑이 말했다. 너무나 경이롭다는 듯한 말투였다.

“〈투명인간〉?”

“제가 보여드릴게요.” 가브리엘이 제안했다. 둘을 떼어놓을 절호의 기회가 너무도 고마웠다. 그녀는 르클레르를 데리고 제일 큰 작품 쪽으로 건너갔다. 유리 진열장 바닥에 조명을 밝히고 그 안에 벌거벗은 남자를 전시했는데 마치 허공에 떠 있는 것처럼 보였다. 파란색의 가는 거미줄로 짜 놓은 모양새라 어딘가 섬뜩하고 혼란스러운 느낌도 들었다. “이 남자가 투명인간 짐이에요.”

“짐이 누구죠?”

“살인자요. 제임스 듀크 존슨.” 르클레르가 깜짝 놀라 그녀를 보았다. 가브리엘은 형사의 그런 반응이 마음에 들었다. “1994년 플로리다에서 처형당했죠. 죽기 전에 교도소 목사의 설득에 넘어가 신체를 과학 연구에 기증했다더군요.”

“거기에 대중 전시까지?”

“그런 셈이죠. 놀라셨나요?”

“네, 솔직히.”

"다행이네요. 내가 원했던 반응이거든요."

르클레르가 심호흡을 하고는 샴페인 잔을 내려놓은 뒤 그는 유리 진열장에 가까이 다가가 물끄러미 바라보았다. 바지 위로 넘쳐흐른 배를 보니 달리의 흐물거리는 시계 생각이 났다.

"이렇게 허공에 떠 있는 효과는 어떻게 만들어 냅니까?" 그가 물었다.

가브리엘이 웃었다. "사업 비밀…. 좋아요. 농담이에요. 사실은 아주 간단하답니다. MRI 필름에서 부위들을 분리해 아주 깨끗한 유리 사이에 넣고 흔적을 새겨요. 2밀리미터 두께의 미로가드는 세상에서 가장 깨끗한 유리인데 이따금 펜과 잉크 대신 치과 드릴을 이용해 선을 따기도 해요. 그럼 밝은 대낮엔 거의 안 보이지만 적절한 각도로 인공조명을 비추면… 네, 바로 이런 효과를 연출할 수 있답니다."

"재미있군요. 박사님께서는 이 일에 대해 어떻게 생각하십니까?"

"내가 지나치게 집착한다고 생각해요. 하지만 남편에게도 어차피 나름의 집착이 있는걸요. 우리가 아주 이상한 부부라고 생각하시죠?" 그녀는 샴페인 잔을 마저 비웠다. 주변이 하나같이 선명하고 기분 좋았다. 색, 소음, 감각….

"그럴 리가요, 부인. 부인께서 상상하시는 것보다 훨씬 이상한 사람들을 만나는 직업인걸요. 죄송하지만 한두 가지 여쭈어도 되겠습니까?" 갑자기 그가 정색을 하며 그녀를 돌아보았다.

"그럼요."

"호프만 박사님을 처음 만난 때가 언제였죠?"

"그렇잖아도 그 생각을 하던 참이었어요. 생-즈니-푸이이의 파티였을 거예요. 8년 전쯤."

"생-즈니-푸이이…. CERN 과학자들이 그 근처에 많이 살고 있다고 들었습니다." 르클레르가 말했다.

"그때는 그랬어요. 저기, 키 큰 은발 남자 보이죠? 이름이 월턴인데 바로 그의 집에서였어요. 그 후 알렉스의 집에 갔지만 지금 기억으로도 집에 온통 컴퓨터뿐이었어요. 언젠가는 컴퓨터에서 나는 열이 경찰 헬리콥터 적외선 모니터에 나타나는 바람에 마약 팀 습격을 받기까지 했다더군요. 마리화나를 재배한다고 오해했대요."

그녀가 회상의 미소를 짓자 르클레르도 씩 웃었다. 형식적인 미소. 그녀가 생각하기에도 얘기를 계속하게 만들려는 의도였다. 도대체 꿍꿍이가 뭘까?

"부인도 CERN에서 일하셨습니까?"

"오, 아뇨. 전 UN 사무관으로 있었어요. 미래는 어둡고 프랑스어는 조금 할 줄 아는 전형적인 미대 졸업생. 그게 나였죠." 문득 말이 너무 빠르고, 또 너무 자주 웃는다는 생각이 들었다. 형사는 그녀가 취했다고 여길 것이다.

"호프만 박사님을 만나셨을 때 그분이 CERN에 계셨나요?"

"그때는 회사를 차리려고 떠날 준비를 하던 참이었어요. 휴고 쿼리라는 파트너와 함께였죠. 신기하게도 우리 셋 다 같은 날 처음 만났답니다. 이런 얘기가 중요한가요?"

"혹시 박사님께서 CERN을 떠난 이유가 뭔지 정확히 아십니까?"

"남편한테 물어보시지 그러세요. 휴고나."

"그럴 생각입니다. 미국인인가요? 휴고라는 분?"

그녀가 웃었다. "아뇨, 영국인이에요. 아주 전형적인 영국 분이죠."

"듣기로는 호프만 박사님께서 CERN을 떠난 이유가 돈을 더 많이 벌기 위해서라고 하던데요."

"아니, 꼭 그렇지는 않아요. 돈에 구애받는 사람은 아니었어요. 적어도 그때는요. 자기 회사가 있으면 하고 싶은 분야를 보다 쉽게 연구할 수 있다고 했었죠."

"어떤 분야입니까?"

"인공 지능. 하지만 자세한 얘기는 역시 남편한테 들으셔야 해요. 제 머리로는 도저히 상상이 가지 않는 얘기들이니까."

르클레르가 잠시 뜸을 들였다.

"남편께서 정신과에 도움을 청하신 적이 있으신가요?"

가브리엘은 깜짝 놀랐다. "제가 아는 한은 없는데…. 그건 왜 물으시죠?"

"CERN에 계실 때 신경쇠약으로 고생하셨다는 얘길 들었습니다. 그쪽 사람 얘기로는 그래서 회사를 떠나셨던데 혹시 재발이 있었는지 궁금해서요."

그녀는 자신도 모르게 입을 벌렸다가 얼른 다물었다.

르클레르는 그런 그녀를 뚫어져라 바라보았다. "죄송합니다. 괜한 말을 했군요. 부인도 모르셨던 모양인데…."

그녀는 간신히 정신을 차리고 거짓말을 했다. "아뇨. 당연히 알죠. 자세히는 아니라도." 그녀가 생각하기에도 너무나 미덥지 않은 말투였다. 하지만 어쩔 수 없었다. 남편에 대해서 거의 아는 바가 없다고, 그의 마음을 사로잡는 문제야말로 언제나 가장 어려운 과제였다고 인정할 수는 없었다. 그 미지의 성역이 처음에는 거부할 수 없는 매력이었으나 그 후로는 내내 두려움의 대상이었다고 실토할 수는 없었다. 결국 그녀의 목소리에 가시가 돋쳤다. "그래서 이제 남편 뒤를 쫓는 건가요? 남편을 공격한 남자가 아니라?"

"지금은 뭐든 조사해야 합니다, 부인. 범인이 과거에 박사님께 불만이 있었는지도 모르니까요. 전 그저 CERN에서의 친분 관계를 조사했을 뿐입니다. 아, 비밀은 지킵니다. 약속드리죠."

"그런데 남편이 신경쇠약 증세였다고 하던가요? 그래서 미지의 침입자 얘기가 완전히 날조라고요?"

"아뇨, 다만 상황을 이해하려고 노력 중입니다. 이런… 죄송합니다. 전시회 때문에 바쁘실 텐데…." 그가 잔을 단숨에 비웠다.

"한 잔 더 드려요?"

그는 손으로 입을 가리고 딸꾹질을 막았다.

"아뇨, 가 봐야 합니다. 감사합니다. 정말 멋진 작품들이군요." 그는 옛날 방식으로 가볍게 고개를 숙여 인사를 하고 유리에 갇힌 사형수를 다시 바라보았다. "저 친구, 정확히 어떤 짓을 저지른 거죠?"

"노인을 죽였어요. 전기담요 훔치는 현장을 목격했다고 총을 쏘고 칼로 찔렀죠. 12년간 사형수 감방에 있다가 독극물 주사를 맞았어요. 마지막 선처 호소는 거부되었고요."

"야만적이로군." 르클레어가 중얼거렸다. 하지만 그가 야만적이라고 지칭한 대상이 범행인지 처형인지, 아니면 그녀가 만든 작품인지는 가브리엘도 알 수 없었다.

▼ ▼ ▼

르클레르는 도로 맞은편 자기 차에 앉아 무릎 위에 수첩을 올려놓고 지금까지 들은 이야기들을 기억나는 대로 적어 내려갔다. 화랑 창문을 통해 보니 가브리엘의 주변으로 사람들이 몰려들고 있었다. 그녀의 작고 어두운 모습이 카메라 플래시가 터질 때마다 화려하게 꽃을 피웠다. 솔직히 호감 가는 여자였지만 전시회에 대해서라면 또 얘기가 달라질 수밖에 없었다. 유리 조각 몇 개에 말 두개골을 긁어 놓고 3000프랑을 달라고? 그는 훅, 하고 바람을 내뿜었다. 맙소사, 그 돈이면 진짜 말을 사겠다. 그 절반 값이면 두개골이 아니라 전체를 살 수도 있어!

그는 기록을 마치고 수첩을 앞뒤로 넘겨 보았다. 그런 식으로 마구 뒤지다 보면, 지금껏 미꾸라지처럼 빠져나갔던 단서 꼬투리라도 잡을지 모를 일이다. CERN의 친구가 호프만의 인사 파일을 재빨리 훑어 줄 때 그중 중요한 부분들을 적어 놓았다. 호프만이 LHC의 전신인 LEPC(대형 전자 · 양전자 충돌기) 운영 팀에 합류한 건 27세 때였는데, 당시만 해도 미국인을 해당 프로젝트에 배속하는 경우는 극히 드물었다. 팀장은 그를 현장에서 최고로 총명한 수학자 중 하나로 여겼다. 그 후에는 LHC 팀으로 옮겨 수십억 건의 실험 결과 데이터를 분석하기 위한 소프트웨어와 컴퓨터 시스템을 디자인했는데, 과로 누적으로 행동 이상 증세를 보인 탓에 동료 연구원들의 불만이 커졌다. 결국 보안과의 요청으로 팀에서 나왔고 장기간의 병가 끝에 계약이 만료했다.

남편의 정신과 쪽 병력은 가브리엘 호프만도 몰랐던 사실이다. 의심의 여지가 없었다. 르클레르는 그녀의 매력을 또 하나 찾아냈다는 생각을 했다. 거짓말을 못 하는 성격. 그건 호프만이 모든 이에게 수수께끼 같은 존재라는 뜻이기도 했다. 동료 과학자, 금융 세계, 심지어 자기 부인한테까지. 르클레르는 휴고 쿼리의 이름에 동그라미를 그렸다.

생각의 흐름을 깨뜨린 건 강력한 엔진 소음이었다. 도로 맞은편을 보니 검정색의 대형 메르세데스 벤츠가 헤드라이트를 켠 채 화랑 밖에 주차하고 있었다. 잠시 후 차의 엔진이 꺼지기도 전에 보조석에서 검은 슈트 차림의 황소가 뛰어나오더니 도로 이곳저곳을 살핀 다음에야 뒷문을 열었다. 술잔과 담배를 들고 인도에 나와 있던 사람들이 고개를 돌렸지만 곧바로 흥미를 잃고 외면해 버렸다. 낯선 남자가 에스코트를 받으며 빠르게 문 안으로 들어갔다.

09

미지의 남자

혼자 있을 때조차 다른 사람들이 자신을 어떻게 생각하는지 고민한다. 그리고 결과가 호의적이냐 아니냐에 따라 기뻐하거나 고통스러워하는데, 이 과정은 예외 없이 가장 기본적인 기능인 사회적 본능, 즉 공감에서 비롯한다. 사회적 본능이 부족한 사람은 끔찍한 괴물이 될 것이다.

_찰스 다윈, 〈인간의 유래〉(1871)

호프만이 지금까지 대중에게 알려지지 않은 데에는 나름의 노력이 있었다. 호프만 투자 테크놀로지의 초창기, 회사의 관리 자금이 기껏 20억 달러에 불과했을 때였다. 그는 스위스에서 가장 유서 깊은 홍보 회사의 파트너들을 프레지당 윌슨 호텔의 오찬에 초대해 거래를 제안했다. 그때 조건은 단 하나였다. '내 이름이 신문에 실리지 않을 경우 매년 20만프랑을 지불하겠음. 어떤 식으로든 이름이 언급될 때마다 수수료에서 1만프랑씩을 삭감하겠음. 따라서 연간 20회 이상 위반할 경우 도리어 그쪽에서 벌금을 지불해야 함.' 오랜 논쟁 끝에 홍보 회사는 조건을 수락했고, 평소 고객들에게 하던 조언들을 모두 뒤집었다. 공개적인 자선 기부는 절대로 하지 않는다. 갈라 디너쇼 및 사업 관련 시상식 등에도 참석하지 않고, 기자와 가까이하지 않으며, 신문의 재벌 리스트에 오르지 않기 위해 노력한다. 호프만은 정당 후원도 삼가고, 교육 기관에 증여하는 일도 피했다. 강연 및 연설도. 이따금 호기심 많은 기자들이 헤지 펀드의 프라임 브로커들에게 배경 설명을 요구하기도 했으나, 그들은 예외 없이 공을 쿼리에게 돌렸다. 그마저도 끈질기게 물고 늘어질 경우의 얘기다. 덕분에 홍보회사는 수수료를 모두 챙기고, 호프만도 익명으로 살아갈 수 있었다.

때문에 아내의 첫 전시회 참석이야말로 그에게는 특별한 경험이자, 솔직히 시련이기도 했다. 차에서 내려 혼잡한 인도를 지나 떠들썩한 화랑에 들어서는 순간부터, 호프만은 당장 돌아서서 달아나고 싶은 심정이었다. 과거에 한 번은 만났음 직한 사람들이나 가브리엘의 친구들이 불쑥 나타나 말을 걸었다. 하지만 그는 소수점 다섯 자리의 암산을 해치울지언정 얼굴 외우는 능력은 완전히 꽝이었다. 특별한 재능을 얻은 대가로 뇌의 한쪽을 떼어 내기라도 한 듯싶을 정도였다. 사람들이 빤하고 진부하고 무의미한 인사말들을 내뱉었으나 호프만의 머릿속에 들어올 리가 없었다. 대답이랍시고 어쩔 수 없이 몇 마디 중얼거려 봤지만 그마저도 부적절하거나 이상하게만 들렸다. 누군가가 샴페인 잔을 내밀었을 때에 그는 물잔을 들었다. 밥 월턴을 본 건 바로 그때였다. 맞은편에서 옛 상사가 호프만을 빤히 바라보고 있었다.

월턴! 맙소사, 다른 인간도 아니고!

하지만 미처 피하기도 전에 옛 상사가 무리를 뚫고 다가왔다. 손을 내민 자세가 어떻게든 대화를 할 모양이었다. “알렉스, 오랜만이네.”

“밥, 다시 보게 될 줄은 몰랐군요. 일자리를 제안했을 때 나보고 영혼을 훔치러 온 악마라고 하지 않았던가요."

"설마, 그런 식으로 말하기야 했겠나."

"아니라고요? 퀀트로 변절한 과학자들을 당신이 어떻게 생각하는지에 대해 분명하게 말했던 것으로 아는데요?"

"그랬나? 그랬다면 사과하지." 월턴이 손에 든 잔으로 방 한쪽을 가리켰다. "어쨌든 자네 하는 일이 잘되어 나도 기뻐. 이건 진심일세, 알렉스."

월턴의 말이 따뜻해서 호프만은 자신의 적대심 가득했던 반응이 되레 미안해졌다. 아는 사람 하나 없이 달랑 옷가방 두 개와 프랑스어 사전 한 권 들고 프린스턴에서 제네바로 건너왔을 때, 월턴은 CERN의 소속 팀장이었다. 월턴 부부는 그를 따뜻하게 품어 주었다. 일요일에는 점심 식사에 초대했다. 아파트를 구해 주고 직장까지 태워다 주었다. 심지어 여자 친구를 만들어 주려고도 했다.

호프만은 애써 친근한 태도를 보였다. "힉스 입자 연구는 잘됩니까?"

"아, 거의 완성 단계야. 자네는 어떤가? 난 도통 모르겠던데…. 자율적 기계 사고라는 성배 말일세."

"마찬가지입니다. 얼마 남지 않았어요."

월턴이 눈썹을 세우며 놀란 표정을 지었다. "그래? 아직 그 일을 하고 있다는 얘긴가?"

"물론이죠."

"세상에, 용감하군. 머리는 괜찮고?"

"괜찮습니다. 바보 같은 사고였죠." 그가 가브리엘을 건너다보았다. "아무래도 아내한테 가서 인사라도 해야…."

"아, 이런 미안하네. 그래, 만나서 반가웠네, 알렉스. 조만간 다시 연락하세나, 내 메일 주소가 있을 테니까."

호프만이 그의 등 뒤에 대고 외쳤다. "사실, 저한테 없습니다."

월턴이 돌아섰다. "그럴 리가. 나한테 초대장을 보내지 않았나."

"초대장이라뇨?"

"이 전시회 초대장."

"아뇨. 누구한테도 초대장을 보낸 적이 없습니다."

"지우지 않았으니 남아 있을 거야. 잠깐만…."

호프만은 월턴 특유의 학자적 현학성이 떠올랐다. 자신이 잘못한 일에조차 사사건건 따지고 확인하는 습관…. 그런데 그가 블랙베리 핸드폰을 보여주는 순간 호프만은 놀라지 않을 수 없었다. 호프만의 계정으로 보낸 초대장이 있었다.

자신의 잘못을 인정하지 못하는 성격이라면 호프만도 다를 바 없었다. 대답이 쉽지 않았다. "오, 네. 미안해요. 깜빡한 모양입니다. 곧 다시 뵙죠."

그는 당혹감을 감추기 위해 재빨리 등을 돌리고 가브리엘을 찾았다. 그녀가 먼저 인사를 했다. 다소 뾰루퉁한 목소리.

"안 오는 줄 알았는데?"

"최대한 빨리 빠져나온 거야." 그가 아내의 입술에 키스했다. 입술에서 시큼한 샴페인 맛이 났다.

누군가가 그를 불렀다. "여기예요, 호프만 박사님." 그리고 카메라 플래시가 펑, 하고 터졌다. 불과 1미터도 되지 않는 거리였다.

호프만은 얼굴에 염산을 뿌리기라도 한 것처럼 본능적으로 고개를 돌리고는 애써 미소를 유지한 채 아내에게 물었다. "도대체 밥 월턴이 여긴 왜 온 거야?"

"내가 어떻게 알겠어. 당신이 초대했는데?"

"그래, 나한테 증거까지 보여주더군. 하지만 맹세코 그런 적 없어. 내가 왜 그래야 하지? CERN에 있을 때 내 연구를 폐기한 사람이야. 몇 년간 본 적도 없고…."

그때 화랑 주인이 불쑥 옆에 나타났다. "자랑스러우시겠습니다, 호프만 박사님."

"뭐요?" 호프만은 여전히 저편의 옛 상사를 보고 있었다. "아… 네, 네. 당연히 자랑스럽죠." 그는 애써 월턴을 머릿속에서 밀어내고 가브리엘에게 할 말부터 챙겼다. "나간 작품은 있어?"

"고맙지만, 알렉스, 알다시피 돈 벌자고 하는 일은 아니야."

"아, 당연하지. 그냥 물어본 거야."

"아직 시간은 많습니다." 베르트랑이었다. 그때 그의 휴대전화가 모차르트를 노래하기 시작했다. 그가 놀라 메시지를 확인하더니 "실례합니다."라고 중얼거리며 다른 곳으로 떠났다.

호프만은 아까 터진 카메라 플래시 탓에 아직까지도 눈이 침침했다. 덕분에 초상화의 중앙이 뻥 뚫린 것 같았지만 그래도 칭찬은 제대로 하고 싶었다. "한꺼번에 보니 괜찮네. 당신, 정말로 세상을 보는 눈이 달라. 껍데기 속에서 진짜 의미를 보고 있잖아."

"머리는 어때?" 가브리엘이 물었다.

"좋아. 지금 말하기 전까지만 해도 까맣게 잊고 있었는걸. 저 작품 정말 마음에 든다. 당신이지?" 그가 가까운 육면체를 가리켰다.

그 작품을 위해 가브리엘은 하루를 꼬박 스캐너 앞에 폼페이의 희생자처럼 웅크리고 앉아 있었다. 두 무릎을 가슴까지 끌어당기고 머리는 두 손으로 붙잡고 입은 비명을 지르다 얼어붙은 사람처럼 잔뜩 벌린 채로…. 완성품을 처음 보여주었을 때 호프만은 솔직히 태아를 묘사한 작품만큼이나 충격적이었다. 마치 태아의 자의식적 메아리 같았기 때문이다.

"아까 르클레르가 왔었어. 조금만 빨랐어도 만날 수 있었는데."

"범인 잡았대?"

"아니, 아직은."

그녀의 말투에 호프만도 긴장했다. "그럼 왜 왔지?"

"당신이 CERN에서 일할 때 신경쇠약에 걸린 적이 있는지 묻더라고."

호프만은 먼저 자기 귀부터 의심했다. 사람들이 떠드는 소리가 사방의 벽을 울리는 통에 시끄러운 컴퓨터실에라도 와 있는 기분이었다. "CERN 하고 뭘 얘기해?"

"신경쇠약 얘기. 나로서는 처음 듣는 얘기이기도 하고."

호프만은 누군가에게 얻어맞은 듯 숨을 쉬기도 힘들었다. "신경쇠약하고는 달라. 도대체 이 일에 CERN을 끌어들이는 이유를 모르겠군."

"그럼 뭐였는데?"

"지금 꼭 그런 얘기 해야겠어?" 하지만 그녀의 표정은 꼭 해야겠다는 쪽이었다. 호프만은 그녀가 샴페인 잔을 얼마나 비웠는지 궁금해졌다. "좋아, 그때 우울증 증세가 조금 있었어. 그래서 휴가를 얻어 정신과 상담을 받았고 그 후로는 좋아졌어. 그게 다야."

"정신과 의사를 만났다고? 우울증 치료를 받고? 그런데 8년 동안 나한테 아무 얘기도 안 했어?"

옆에 서 있던 부부가 두 사람을 돌아보았다.

"쓸데없는 일로 소란 피우지 마. 맙소사, 게다가 당신을 만나기 전의 일이잖아. 바보같이 굴지 좀 마." 이내 다시 부드러운 목소리로 말했다. "이런…. 가브리엘, 좋은 날이잖아. 망치지 말자, 응?"

그녀가 언성을 높일 줄 알았다. 저렇게 턱을 들어 그를 겨냥할 때는 예외 없이 폭풍이 휘몰아쳤다. 충혈된 두 눈…. 그러고 보니 잠도 거의 못 잤을 것이다. 다행히도 그때 누군가가 금속으로 유리 두드리는 소리를 냈다.

베르트랑이 샴페인 잔을 손에 들고 포크로 두드리고 있었다. 놀랍도록 효과적인 방법이었다. 혼잡한 화랑이 순식간에 쥐죽은 듯 고요해졌다. 그가 잔을 내려놓았다. "신사 숙녀 여러분. 아, 긴장하지 마세요. 연설할 생각 없습니다. 더군다나 예술가들에겐 말보다 상징이 더 설득력이 있는 법이죠."

그의 손에 뭔가 들려 있었는데 호프만의 눈에는 잘 보이지 않았다. 베르트랑은 자화상, 즉 가브리엘이 침묵의 비명을 지르는 작품으로 다가가더니 손바닥에 감춰 두었던 빨간 동그라미 스티커를 작품 라벨에 힘껏 붙였다. 사람들이 웅성거리는 소리가 화랑을 한 바퀴 돌았다.

"가브리엘, 축하해요. 드디어 명실공히 프로 작가가 되셨습니다."

여기저기에서 박수갈채가 터지고 사람들은 일제히 샴페인을 들어 경의를 표했다. 가브리엘의 얼굴은 긴장감이 사라지면서 특유의 아름다움을 되찾았다. 호프만은 그 순간을 노려 그녀의 손목을 잡고 복싱 챔피언처럼 손을 머리 위로 번쩍 들어 주었다. 다시 한 번 환호성이 터졌다. 카메라 플래시도 터졌지만 이번에는 호프만도 애써 미소를 유지했다. "잘 했어, 가브리엘. 당신, 충분히 자격이 있어." 호프만이 속삭여 주었다. 가브리엘은 행복한 미소로 답했다. 사람들의 건배에도 화답했다.

"모두들 고맙습니다. 특히 제 졸작을 사 주신 분께 감사드립니다. 알렉스, 당신도 고마워."

그때 베르트랑이 끼어들었다. "잠깐, 아직 끝나지 않았습니다."

자화상 옆에는 시베리아 호랑이 머리가 있었다. 지난해 세르비옹 동물원에서 죽은 녀석으로, 가브리엘은 시신을 냉동해 두개골을 끊어 낸 다음 MRI 스캐너에 넣었다. 베르트랑은 유리에 식각을 넣고 아래로부터 피처럼 붉은 조명을 비추었다. 베르트랑은 그 작품의 라벨에도 스티커를 붙였다. 시베리아 호랑이는 4500프랑에 팔렸다.

호프만이 속삭였다. "계속하다가는 나보다 돈을 더 많이 벌겠는데?"

"오, 알렉스, 돈 얘기 좀 그만 해." 하지만 기분 나쁜 표정은 아니었다. 베르트랑이 자리를 바꾸어 또 다시 동그란 스티커를 붙였다. 1만8000프랑짜리 〈투명인간〉, 이번 전시회의 꽃이었다. 그녀가 기뻐서 손뼉을 쳤다.

후에 돌이켜보건대, 그때 거기에서 멈추기만 했어도 전시회는 충분히 대성공이었다. 베르트랑은 왜 그 정도도 생각하지 못했을까? 보다 장기적인 안목에서 그때 끝을 내면 어땠을까? 그러나 그는 당당하게 화랑을 순회하며 가는 길마다 빨간 스티커를 붙였다. 매독, 역병, 전염병의 고름 든 물집들이 순백의 벽을 가로질러 하나씩 발진하고 있었다. 말의 머리, 베를린 민속 박물관의 어린 미라, 들소의 두개골, 새끼 영양, 그 밖의 자화상 여섯 점, 거기에 태아까지…. 그자는 작품이 소진할 때까지 멈추는 법을 몰랐다.

관객들의 반응은 기이했다. 처음에는 빨간색 동그라미가 늘어날 때마다 기뻐했다. 하지만 시간이 흐를수록 환호는 잦아들었고 어색한 기운이 차츰차츰 화랑을 뒤덮기 시작했다. 그리하여 마침내 베르트랑이 스티커를 모두 붙였을 때에는 거의 완벽한 정적만 남았다. 그러니까… 처음에는 재미있다가 뒤로 갈수록 따분해지고 잔혹해지는 장난을 지켜보는 기분이었다. 그런 식의 지나친 선물에는 뭔가 섬뜩한 구석이 있는 법이다. 가브리엘의 표정도 행복감에서 점점 당혹감으로 변했는데, 호프만 역시 지켜보기가 괴로울 정도였다. 그녀의 마음이 어떨지 감히 상상을 넘어 두렵기까지 했다.

그가 안타까운 마음으로 말을 걸었다. "아무래도 당신을 숭배하는 사람이 있나 보군."

그녀는 그의 말을 듣지 못한 모양이었다. "이걸 전부 한 사람이 샀다고요?"

"그렇습니다." 베르트랑은 활짝 웃으며 손바닥을 비볐다.

사람들이 다시 웅성거리기 시작했다. 대부분 낮은 목소리로 말했지만 미국인 한 명은 예외였다. "이런, 망할! 이거야 어디 코미디도 아니고."

가브리엘도 믿을 수가 없었다. "도대체 누구죠?"

베르트랑이 슬쩍 호프만의 눈치를 보았다. "죄송하지만 밝힐 수 없습니다. 그냥 익명의 수집가 정도로 해 두죠."

가브리엘이 베르트랑의 시선을 알아채고 호프만을 보았다. 잠시 심호흡을 하고 나서 입을 열었는데 목소리는 너무나 차가웠다. "당신이야?"

"말도 안 돼."

"행여나 그렇다면…."

"난 아냐!"

잠시 후 차임벨 소리가 들리고 문이 열렸다. 호프만이 어깨 너머를 돌아보니 사람들이 떠나고 있었다. 선두 그룹의 월턴은 추운 날씨 탓에 재킷 단추를 여미고 있었다. 베르트랑도 그제야 상황을 파악하고는 행사 요원들에게 손짓해 음료 제공을 중지하게 했다. 파티는 구심점을 잃었다. 더 이상 남으려는 사람은 없었다. 여자 둘이 가브리엘에게 다가와 인사를 했다. 그녀도 기꺼이 축하를 받아들이는 척했다.

"나도 한 점 살까 했는데 기회가 없었네요." 한 여자가 말했다.

"정말, 이상했어요."

"이런 일은 난생 처음 보네요."

"다시 전시회 할 거죠? 그래 줘요, 제발."

"약속할게요."

사람들이 모두 떠나자 호프만이 베르트랑에게 말했다. "이런 젠장, 최소한 내가 아니라는 것만이라도 말해 줘요."

"불가능합니다. 솔직히 저도 모르니까요. 거래 은행에서 메일을 보냈는데 이 전시회와 관련해 전자 이체가 있었다는군요. 사실, 액수 때문에 놀란 것도 사실입니다. 계산기를 꺼내 전시 작품의 가격을 모두 더해 보니 총 19만2000프랑이었는데 이체 금액과 정확히 일치했습니다."

"전자 이체?" 호프만이 되물었다.

"네, 그렇습니다."

"돈을 그 사람에게 돌려주세요. 내 작업이 이런 식으로 취급받는 건 싫어요." 가브리엘이 말했다.

나이지리아 출신의 덩치 큰 사내가 그녀를 향해 솥뚜껑만 한 손바닥을 흔들었다. 검정색과 황갈색이 섞인 두꺼운 전통 토가(toga)를 걸치고 그와 같은 원단으로 만든 모자를 쓰고 있었는데, 은네카 오소바라는 이름의 화랑 직원이었다. 그는 제국주의에 대한 저항의 표시로 서구 산업 폐기물을 이용해 부족 전통의 가면을 만드는 일을 전문으로 하고 있었다. "잘 가요, 가브리엘! 오늘 멋졌습니다!" 그가 소리쳤다.

"네, 고마웠어요." 그녀가 애써 미소를 지었다. 다시 차임벨 소리가 들렸다.

베르트랑이 미소를 지으며 말했다. "친애하는 가브리엘, 이건 법과 관련된 문제랍니다. 경매에서 망치를 내리치는 순간 물건의 주인은 바뀝니다. 화랑도 마찬가지예요. 작품이 팔리면 그것으로 끝이죠. 팔기 싫으면 전시를 하지 말았어야죠."

"두 배를 지불하리다. 50퍼센트 커미션이라고 들었는데, 10만프랑 정도죠? 아니, 좋아요. 작품을 돌려주면 20만프랑을 지불하겠소." 호프만이 절박하게 호소했다.

"그러지 마, 알렉스." 가브리엘이 말리고 나섰다.

"그건 불가능한 일입니다, 호프만 박사님."

"좋아요, 다시 두 배로 합시다. 40만프랑."

베르트랑이 신고 있던 젠 슬리퍼를 좌우로 흔들었다. 문득 윤리와 탐욕의 갈등이 그의 반질거리는 얼굴을 때리고 지나갔다. "에, 무슨 말씀을 드려야 할지…."

"그만! 제발 그만 해! 알렉스와 당신 둘 다! 도저히 듣고 있을 수가 없다니까!"

"가브리엘…."

가브리엘은 남편이 내미는 손을 뿌리치고는 마지막 손님들과 함께 문밖으로 나가 버렸다. 호프만이 무리를 밀쳐 내며 그녀의 뒤를 쫓았다. 마치 악몽을 꾸는 기분이었다. 아내는 몇 번이고 그의 손을 뿌리쳤다. 손가락 끝이 단 한 번 그녀의 등에 닿았을 뿐이다. 거리로 빠져나와 십여 걸음을 달려간 후에야 간신히 아내의 팔목을 잡을 수 있었다. 호프만이 그녀를 다시 화랑 쪽으로 이끌었다.

"가브리엘, 들어 봐…."

"싫어." 가브리엘은 남은 손을 버둥거렸다.

"들어 보라니까!" 호프만이 소리치며 그녀를 잡고 흔들었다. 그는 힘이 셌고, 그녀는 더 이상 저항할 수 없었다. "자, 진정하고…. 그래, 고마워. 제발… 잘 들어 봐…. 지금… 아주 이상한 일들이 일어나고 있어. 당신 전시회를 산 놈이 누구인지는 모르겠지만 분명 다윈 책을 보낸 자와 동일인일 거야. 누군가가 내 머리를 쥐고 흔들고 있다고."

"제발, 그만 둬. 알렉스, 제발! 당신이 모두 사들였잖아. 내가 그 정도도 모를 것 같아?" 그녀가 몸을 틀어 빠져나가려 하자 호프만이 다시 세게 흔들었다. 하지만 문득 자신이 공격적으로 변하고 있다는 생각에 애써 마음을 가다듬었다. 이게 모두 두려움 때문이리라.

"아니야, 내 말 들어. 약속해. 내가 아니야. 놈은 다윈의 책도 똑같이 인터넷 전자 이체로 구매했어. 장담하는데, 지금 당장 저 안으로 돌아가 베르트랑한테 구매자의 계좌 번호를 확인해 봐. 분명 나한테 다윈 책을 보낸 번호와 똑같을 테니까. 당신이 알아야 할 사실은, 계좌가 내 이름으로 되어 있다 해도 절대 내가 아니야. 아직은 뭐가 뭔지 잘 모르겠지만, 끝까지 파헤치고 말겠어. 약속할게. 자, 여기까지. 난 하고 싶은 얘기 다 했어." 그가 그녀를 놓아주었다.

가브리엘은 남편을 바라보며 팔을 천천히 문질렀다. 그녀는 조용히 울고 있었다. 호프만은 아내를 아프게 했다는 사실을 깨달았다. "미안해, 가브리엘."

그녀는 눈물을 삼키며 하늘을 올려다보다가 간신히 마음을 가다듬었다. "당신은 몰라. 이 전시회가 나한테 얼마나 중요했는지."

"아냐, 알고 있어…."

"다 망쳤어. 그것도 당신 때문에."

"이런…. 가브리엘… 어떻게 그렇게 말할 수가 있어?"

"사실이니까. 나한테 호의를 베풀겠다는 정신 나간 생각으로 전시회를 통째로 사들였든… 아니면 당신 말대로 당신 머리를 쥐고 흔들려는 자가 있든… 당신 때문이라는 사실에는 변함이 없어."

"말도 안 돼."

"그럼 그 미지의 남자가 누구지? 분명 나하고는 아무 상관없는 사람 아니야? 당신의 경쟁사 사람인가? 아니면 고객? CIA?"

"바보 같은 소리."

"아니면 휴고? 휴고가 지금 유치한 장난을 치는 거야?

"휴고는 아니야. 그것만은 분명해."

"그래, 당연히 아니겠지. 어떻게 고귀한 휴고가 이런 짓을 할 수 있겠어, 응?" 그녀는 더 이상 울지 않았다. "원하는 게 정확히 뭐야, 알렉스? 르클레르가 묻더라고. CERN을 떠난 이유가 돈 때문이 아니냐고. 아니라고 했지만, 당신 요즘 자기 마음에 귀 기울여 본 적이 있기는 해? 20만프랑… 40만프랑… 필요도 없는 집에 6000만달러…."

"그 집을 살 때는 그런 얘기 없었잖아. 스튜디오가 마음에 든다고도 했고."

"그래. 그렇게 말해야 당신 마음이 편할 테니까! 내가 정말로 좋아했다고 생각해? 끔찍한 대사관에서 사는 기분인데?" 문득 가브리엘의 머릿속에 어떤 생각이 떠올랐다. "그런데, 정말 돈이 얼마나 많아?"

"그만 해, 가브리엘."

"아니, 알고 싶어. 얼마나 돼?"

"나도 몰라. 계산을 어떻게 하느냐에 따라 다르니까."

"그래도 해 봐. 대충이라도."

"달러로? 대략? 나도 잘은 몰라. 10억? 12억?"

그녀는 한동안 입을 열 수 없었다. 자신의 귀를 믿을 수 없었다. "10억달러? 대략? 맙소사…. 아니, 아니야. 그만 둬. 이제 끝났어. 지금은 그냥 이 도시에서 달아나고 싶을 뿐이야. 온통 돈 밖에 모르는 이 끔찍한 세상에서."

그녀가 돌아섰다.

"끝나다니? 뭐가?" 그녀의 팔을 다시 잡았지만 이제 호프만에게는 확신도 힘도 없었다. 그녀가 돌아서더니 그의 뺨을 때렸다. 그리 아프지는 않았다. 그저 경고의 의미지만 결국 손을 놓아야 했다. 지금껏 이랬던 적은 한 번도 없었건만.

"다시는, 절대로 이런 식으로 잡지 마." 그녀는 손가락으로 그의 얼굴을 가리키며 경고했다.

그리고 끝이었다. 그녀는 가 버렸다. 성큼성큼 거리 끝으로 걸어가 모퉁이를 돌더니 그대로 사라져 버렸다. 호프만은 손을 뺨에 댄 채 멍하니 서 있었다. 도무지 이해할 수가 없었다. 어떻게 순식간에 이렇게 모든 것이 엉망이 될 수 있지?

▼ ▼ ▼

르클레르는 편안히 차 안에 앉아 광경을 모두 지켜보았다. 자동차 극장에라도 와 있는 기분이었다. 지금도 그가 지켜보는 가운데 호프만이 천천히 돌아서서 화랑으로 돌아가고 있었다. 경호원들이 팔짱을 끼고 서 있다가 그중 하나가 무슨 말인가를 하자, 호프만이 힘없이 손짓을 해 보였다. 아내를 따라가 보라는 신호였는지 남자는 곧바로 가브리엘이 사라진 방향으로 떠났다. 호프만은 안으로 들어가고 남은 경호원이 뒤를 따랐다. 안에서 일어나는 상황을 지켜보는 것도 아주 쉬웠다. 대형 유리창을 통해 사람들이 떠나 텅 빈 화랑의 내부가 훤히 들여다보였다. 호프만은 베르트랑에게 다가가 화를 내기 시작했다. 휴대전화를 꺼내 면전에 대고 흔들기도 했다. 베르트랑이 두 손을 내저으며 항변하자 호프만은 그의 재킷 깃을 잡고 벽 쪽으로 밀어붙였다.

"이런 빌어먹을. 또 뭐야?" 르클레르가 중얼거렸다. 베르트랑이 빠져나오려 낑낑거렸지만 호프만은 그를 잡아당겼다가 다시 한 번 벽에 밀쳤는데 이번에는 충격이 더 컸다. 르클레르는 이를 부득부득 갈며 욕을 내뱉고는 차 문을 열었으나 뻣뻣한 몸을 끌어내다가 그만 발목을 삐끗했다. 절룩거리며 도로 맞은편 화랑으로 향하는데, 괜스레 인생 참 엿 같다는 생각까지 들었다. 나이 육십이 내일모레인데 아직까지 이런 짓을 해야 하다니.

안으로 들어가 보니 이미 호프만의 경호원이 고객과 화랑 주인 사이를 단단하게 틀어막고 있었다. 베르트랑은 재킷을 여미며 호프만에게 욕설을 퍼부어 댔고 호프만도 다르지 않았다. 두 사람 뒤에서 살인마 사형수가 유리 진열장 속에서 무덤덤한 눈으로 지켜보고 있었다.

"자, 자, 여러분, 그만들 진정하시죠. 고맙습니다." 그가 신분증을 흔들자 경호원이 가볍게 눈을 굴렸다. "자, 호프만 박사님, 이러시면 안 됩니다. 오늘 하루 그렇게 고생하셨는데 또 체포당하셔야 쓰겠습니까? 제 입장도 생각해 주셔야죠. 도대체 무슨 일입니까?" 르클레르가 호프만을 말렸다.

"아내가 크게 화를 냈는데, 모두 이자가 말도 안 되는 짓을 했기 때문…." 호프만이 투덜대자, 베르트랑도 말을 끊고 들어왔다

"정신 나간 소리! 말도 안 되는 짓이라고? 당신 부인 좋으라고 작품을 전부 팔아 줬어. 그것도 전시회 첫날에! 그런데 남편이라는 자가 나를 때려?"

"구매자 은행 계좌를 알려 달라고 했을 뿐이야!" 호프만이 자신을 변호했지만 르클레르의 귀에는 히스테리에 불과했다.

"그래서 안 된다고 한 겁니다! 구매자 정보는 비밀에 부치게 되어 있으니까요." 베르트랑이 르클레르에게 하소연했다.

르클레르가 호프만을 돌아보았다. "계좌 번호가 왜 그렇게 중요한 겁니까?"

호프만도 애써 목소리를 가라앉혔다. "누군가가 나를 파괴하려 하고 있어요. 어젯밤에 책을 보낸 계좌 번호를 확보했는데 나를 겁주려는 음모가 분명해요. 이 휴대전화에 번호가 있습니다. 아내의 전시회를 망가뜨린 계좌와 분명히 똑같을 거요. 내 이름으로 되어 있을 테고."

"망가뜨려? 요즘엔 팔았다는 얘기를 그렇게 하나 보군요!" 베르트랑이 비웃었다.

"하지만 통째로 샀잖아. 누군가가 한 번에 전부 사들였어. 그게 말이나 된다고 생각해?"

"헛소리 집어 치워!" 베르트랑이 답답하다는 몸짓을 해 보였다.

르클레르가 두 사람을 보며 한숨을 내쉬었다. "미안하지만 나한테 계좌 번호를 보여줘야겠소, 베르트랑 씨."

"그럴 수 없어요! 그럴 이유도 없고!"

"보여주지 않으면 수사 방해죄로 체포하겠소."

"감히 나를 체포한다고?"

르클레르가 그를 빤히 바라보았다. 비록 나이가 들기는 했지만 베르트랑 같은 친구는 손가락 하나로도 제압할 수 있었다.

결국 베르트랑이 중얼거렸다. "알았소, 사무실로 가시죠."

"호프만 박사님, 죄송하지만 휴대전화 좀…."

호프만이 휴대전화를 꺼내 메일을 보여주었다. "서적상에게 요청해서 받은 겁니다. 계좌 번호가 적혀 있어요."

"여기 계세요."

르클레르는 휴대전화를 받아들고 베르트랑을 따라 안쪽의 작은 사무실로 들어갔다. 사무실은 낡은 카탈로그, 액자 더미, 화랑에서 사용하는 연장들로 혼잡했으며 시큼하니 커피와 아교를 섞어 놓은 듯한 냄새가 났다. 낡아 빠진 책상 위에 컴퓨터가 놓여 있고 그 옆의 커다란 못에는 편지와 영수증들이 꽂혀 있었다. 베르트랑은 컴퓨터 화면 위로 마우스를 움직이더니 어딘가를 클릭했다. "여기, 거래 은행의 메일이 있습니다. 체포하겠다는 협박 따위가 무서워서가 아니라, 순전히 스위스 시민으로서 협조하는 겁니다, 네?" 그가 입을 삐죽거리며 의자를 비워 주었다.

"협조 고맙소." 그는 모니터 앞에 앉아, 호프만의 휴대전화를 옆에 두고 두 개의 계좌번호를 꼼꼼히 살폈다. 문자와 숫자가 일치하고 계좌 개설자의 이름도 분명 A.J. 호프만이었다. 그가 수첩을 꺼내 계좌 번호를 기록했다. "또 다른 메시지는 없었소?"

"없었습니다."

그는 화랑으로 돌아와 호프만에게 휴대전화를 돌려주었다. "박사님 말씀이 맞습니다. 번호는 똑같아요. 하지만 박사님을 공격한 사건과 어떤 관계가 있는지는 여전히 모르겠습니다."

"당연히 관계가 있습니다. 오늘 아침에도 얘기하려고 했는데… 도대체 경찰이 내 일에 관심이 있기는 합니까? 빌어먹을. 문 안으로 들어올 생각도 안 했잖아요. 게다가 CERN에서의 일은 왜 캐고 다니는 거죠? 놈을 잡는 겁니까? 아니면 내 뒷조사를 하겠다는 겁니까?"

호프만의 얼굴은 초췌했다. 두 눈은 함부로 비비기라도 한 듯 시뻘겋게 충혈되어 있었다. 수염도 하루 종일 깎지 않아 영락없는 도망자의 모습이었다.

"계좌 번호를 금융 팀에 넘겨 조사해 보겠습니다. 계좌 번호라면 스위스가 전공이니 뭐든 나오겠죠. 어쨌든 명의 도용은 위법이니까요. 결과가 나오는 대로 연락드릴 테니, 박사님은 우선 진찰부터 받고 댁으로 돌아가셔서 좀 쉬시는 편이 나을 듯합니다." 그리고 부인 잘 위로해 주세요. 르클레르는 그렇게 덧붙이고 싶었지만 아무래도 주제넘은 짓일 듯싶어 꿀꺽 삼켰다.

10

유령의 그림자

종족의 본능은 자신이 속한 종족만을 위해 존재한다.
내가 아는 한 애타적인 본능이란 애초에 창조된 적조차 없다.

_찰스 다윈, 〈종의 기원〉(1859)

호프만은 차의 뒷좌석에 앉아 가브리엘에게 전화했으나 결국 음성 사서함 목소리뿐이었다. 맑고 쾌활한 목소리에 가슴만 더 아렸다. '안녕? 가브리엘이에요. 끊기 전에 꼭 메시지 남겨 주셔야 해요.'

문득 아내가 영원히 떠나 버렸다는 끔찍한 생각이 들었다. 어떻게든 상황을 수습한다 해도 오늘 이전의 아내는 더 이상 만나지 못할 것 같았다. 말 그대로 지금 막 세상을 떠난 사람의 녹음 목소리를 듣는 기분이었다.

삐- 소리가 들렸다. 그는 그러고도 한참 후에야 말을 했는데 아내가 들으면 이상하게 생각했을 것이다. "전화해 줘. 얘기부터 해." 그러고는 더 할 말이 없었다. "음…. 전화해. 끊을게. 안녕."

그는 전화를 끊고 휴대전화를 물끄러미 바라보았다. 마치 그러고 있으면 답신이 온다고 믿는 사람 같았다. 말을 더 했어야 했나? 전화 말고 연락할 방법은 없는 건가? 그가 파카르에게 물었다. "당신 동료가 아내를 잘 따라가고 있나?"

파카르는 앞쪽의 도로를 주시하다가 어깨 너머로 대답했다. "아닙니다. 도로 끝까지 쫓아갔지만… 이미 사라지신 후였답니다."

"빌어먹을, 어떻게 이놈의 도시엔 간단한 일 하나 제대로 해내는 인간이 없는 거야?" 호프만은 한숨을 쉬고는 등을 기댄 채 창밖을 내다보았다. 최소한 한 가지는 확실했다. 그가 가브리엘의 전시회를 통째로 사지 않았다는 사실. 그럴 시간조차 없었다. 아무튼 아내한테 설명하는 일이 쉽지는 않으리라. 머릿속에 다시 그녀의 목소리가 들렸다. '10억달러? 대략? 맙소사…. 아니, 아니야. 그만 둬. 이제 끝났어.'

론 강 너머로 금융 지구가 보였다. BNP 파리바, 골드만삭스, 바클레이스 자산 관리…. 금융 지구는 넓은 강 북단과 중앙 섬을 차지했다. 제네바에서 다루는 자산은 총 1조달러 이상의 규모였다. 그중 호프만 투자 테크놀로지가 다루는 돈은 기껏 1퍼센트에 불과하며, 또 그의 재산은 그 10분 1에도 미치지 못했다. 비율로만 생각해 본다면, 10억이라는 숫자에 가브리엘이 그렇게 화낼 만한 이유가 없다. 달러, 유로, 프랑…. 그가 실험의 성패 여부를 가늠하는 단위들이다. CERN이 테라 전자볼트, 나노 초, 마이크로 줄을 사용하는 것과 마찬가지로. 물론 둘 사이에는 한 가지 커다란 차이점이 있고 호프만도 잘 알고 있다. 나노 초와 마이크로 줄로는 아무것도 살 수 없다. 하지만 돈은 그의 연구가 빚어 낸 유독성 부산물이다. 이따금 마리 퀴리가 방사능에 오염되었듯 그 역시 조금씩 중독되는 기분이었다.

처음에는 부를 외면하기도 했다. 그래서 회사에 재투자하거나 은행에 처박아 두었다. 에티엔 뮈사르처럼 자신의 부에 짓눌려 인간을 혐오하는 자가 되고 싶지는 않았다. 아주 최근에는 쿼리를 흉내 내어 돈을 소비해 보기도 했는데, 콜로니의 화려하기 짝이 없는 저택을 구입하고 책과 골동품으로 가득 채운 것도 그 때문이었다. 필요도 없으면서 이중 삼중의 보안 시스템을 요구하는 값비싼 쓰레기들. 덕분에 종종 저택이 산 자를 위한 파라오의 무덤처럼 느껴졌다. 아직 기회가 남아 있다면 집을 포기할 생각도 있다. 그 정도면 가브리엘도 받아들일 것이다. 문제는 자선 행위조차 오염이 될 수 있다는 사실이다. 수억 달러를 분배하려면 누군가 책임을 지고 물고 늘어져야 한다. 이따금 잉여 수익이 종이돈으로 바뀌어 24시간 내내 불타 없어지는 환상에 빠지기도 했다. 정유소도 남아도는 가스를 태워 제네바의 밤하늘을 푸른색과 초록색의 불꽃으로 밝히지 않는가.

차가 강을 건너고 있었다.

가브리엘 혼자 거리를 헤맨다는 생각은 하고 싶지 않았다. 그보다 불안한 건 그녀의 충동적인 성격이었다. 그녀는 한번 화가 나면 무슨 짓이든 할 수 있었다. 며칠 동안 사라질 수도 있고, 영국의 친정으로 날아갈 수도 있었다. '아니, 아니야. 그만 둬. 이제 끝났어.' 그 말이 무슨 뜻일까? 뭐가 끝났다는 거지? 전시회? 화가 경력? 두 사람의 대화? 아니면 결혼? 호프만의 머릿속에 불안감이 다시 들끓었다. 아내 없는 삶은 생각도 하기 싫다. 도저히 살 자신도 없다. 그는 차가운 유리에 이마를 대고 어둡고 혼탁한 강물을 내려다보았다. 어지러웠다. 심연 속으로 떨어지는 느낌…. 수천 킬로미터 상공에서 찢긴 여객기 동체 밖으로 튕겨져 나가는 기분이 이럴까?

차는 몽블랑 부두에서 방향을 틀었다. 어두운 호수 주변에 잔뜩 웅크리고 앉은 탓에, 도시는 머나 먼 유라 산의 회색 바위를 깎아 만든 것처럼 너무나 음울해 보였다. 맨해튼이나 런던의, 유리와 강철로 지은 동물적 윤택함과도 거리가 멀었다. 그 두 도시야 마천루들이 솟아올랐다가 무너지며 등락이 반복하겠지만, 교활한 제네바는 잔뜩 몸을 낮춘 채 영원히 살아남을 것이다. 보-리바쥬 호텔은 넓은 가로수길 중앙에 멋지게 자리 잡았으며 벽돌과 대리석의 가치를 잘 구현해 냈다. 1898년 이후로는 흥미로운 사건도 없었다. 당시 오스트리아 왕비가 점심 식사를 마치고 호텔을 떠나자마자 이탈리아 무정부주의자의 칼에 찔려 죽었는데, 그 사건은 항상 호프만의 마음 한구석을 불편하게 만들었다. 왕비가 칼에 찔렸음을 깨달은 건 코르셋을 떼어 낸 다음이었는데, 그땐 이미 내출혈로 반쯤 사망한 상태였다. 제네바에서는 암살조차 신중하다.

차는 도로 맞은편에 섰다. 파카르가 손을 들어 다른 차들을 세우고 호프만이 횡단보도를 건너도록 호위해 주었다. 둘은 계단을 올라 합스부르크를 흉내 낸 웅장한 실내로 들어갔다. 문지기가 호프만의 등장에 긴장했는지는 모르겠지만, 파카르로부터 친애하는 박사님을 인계받아 계단 위 레스토랑으로 안내하는 동안 미소 외의 기색은 전혀 없었다.

커다란 문 안쪽의 분위기는 19세기 살롱과 똑같았다. 그림, 골동품, 금장 의자, 황금빛의 꽃무늬 커튼…. 오스트리아의 왕비도 이곳에서만큼은 편하게 지냈을 듯싶었다. 쿼리는 프랑스식 창가 옆에 기다란 테이블을 예약해 놓고, 창밖의 호수를 등진 채 자리에 앉아 입구만 노려보았다. 젠틀맨스 클럽 스타일로 옷깃에 냅킨을 끼웠지만, 호프만이 등장하자 얼른 빼내 의자 위에 올려놓았다. 그리고 룸의 가운데까지 걸어 나와 파트너를 영접했다.

"오, 알렉스." 그는 다른 사람들이 듣도록 밝은 목소리로 부른 다음, 은밀히 한쪽으로 끌고 가서는 곧바로 목소리를 낮추었다. "빌어먹을, 도대체 어디에 있다가 온 건가?"

호프만이 변명하려 했으나 쿼리는 듣지도 않고 말을 막았다. 지금은 거래를 마감하느라 잔뜩 흥분한 상태였다. 두 눈마저 번들거렸다.

"오케이, 좋아, 상관없네. 중요한 건 저 친구들이 들어올 것 같아, 거의 모두. 직감이지만 아무래도 7억5000만이 아니라 10억에 훨씬 가깝겠어. 자네가 이제부터 마이스트로가 되어 60분 동안 저들에게 기술적 확신을 심어 주라고. 가능하다면 어느 정도는 공격적으로 나가도 괜찮을 걸세." 그가 테이블을 향해 손짓을 했다. "자, 앉게나. 그루누이 드 발로르베(개구리 요리 –옮긴이)는 놓쳤지만 필레 미뇽 드 보 또한 기가 막히네."

호프만은 꼼짝도 않고 의혹의 눈길부터 보냈다. "자네가 가브리엘의 작품을 모조리 사들였나?"

"뭐?" 쿼리가 멈춰 서서 그를 흘겨보았다. 크게 당황한 표정이었다.

"누군가가 내 이름으로 개설한 계좌를 이용해 전시 작품 모두를 사들였네. 아내는 자네 짓으로 알고 있어."

"이봐, 난 그림 한 점 보지 못했어. 게다가 내가 왜 자네 계좌를 갖고 있겠나. 애초에 불법인데!" 그가 어깨 너머로 고객들을 보고 다시 호프만을 보았다. 완전히 난감하다는 표정이었다. "자, 자, 이 문제는 나중에 따져 보기로 하세."

"그러니까 분명히 자네 짓은 아니지? 장난이라도? 행여 자네가 했다면 솔직하게 말해 주게."

"난 그런 장난 안 쳐. 몰라서 그래?"

"알아, 내 생각도 그래." 호프만은 불안한 듯 재빨리 레스토랑 안을 둘러보았다. 고객들, 웨이터들, 출구 둘, 높은 창문과 그 너머의 발코니. "휴고, 누군가가 나를 노리고 있어. 하나씩 하나씩 파괴할 모양이야. 아니, 사실 이미 파먹고 있다네."

"그래, 그런 것 같군. 머리는 어떤가?"

호프만이 손을 두개골에 대고 꿰맨 자국을 가볍게 만져 보았다. 딱딱하고 낯설기만 한 감촉. 문득 머리가 지끈거린다는 사실을 깨달았다. "다시 아프기 시작했어."

"그렇군. 그래서 자네 생각은 어때? 아무래도 병원으로 돌아가야겠지, 응?" 쿼리가 천천히 물었다. 다른 때였다면 영국인의 뻣뻣한 윗입술이 호프만의 참담한 비극을 비웃고 있다고 생각했을 것이다.

"아니, 자리에 앉겠네."

쿼리가 호프만의 팔을 잡고 테이블 쪽으로 이끌었다. "우선 뭐라도 좀 들게나. 하루 종일 아무것도 안 먹었지? 기분이 이상한 건 그래서일지도 몰라. 자리는 내 맞은편으로 하자고. 그래야 지켜볼 수 있으니까. 자리는 나중에 바꾸면 돼. 아, 그리고 월 스트리트에서 좋은 소식이 있네. 다우가 아주 크게 떨어져서 개장한 것 같더군." 그가 방백하듯 덧붙였다.

호프만은 웨이터의 도움을 받아 프랑수와 드 공바르-토넬과 에티엔 뮈사르 사이에 앉았다. 쿼리의 양옆은 그들의 파트너, 엘미라 굴잔과 클라리스 뮈사르가 차지하고, 중국인들은 테이블 한쪽 끝에 자기들끼리 모여 앉았다. 미국인 은행가 클라인과 이스터브룩은 그 반대편, 중간이 헤르크스하이머, 몰드, 우카신스키였다. 변호사들과 고문들은 공짜 음식을 즐기면서 짭짤한 보수를 챙기는 사람들답게 느긋함을 한껏 발산하는 참이었다. 웨이터가 두꺼운 린넨 냅킨을 펼쳐 호프만의 무릎 위에 올려놓았다. 와인 담당 웨이터가 2006년산 루이 자도 몽라쉐 그랑 크뤼와 1995년

산 샤또 라투르 중 선택하라고 했지만 호프만은 물을 달라고 했다.

드 공바르-토넬이 먼저 입을 열었다. 그는 얘기를 하는 도중에도 기다란 손으로 롤빵을 조금씩 잘라 쉬지 않고 입에 집어넣었다. "세율에 대해 토론 중이었습니다, 알렉스. 유럽은 옛 소련을 따라가는 것 같더군요. 프랑스는 40퍼센트, 독일은 55퍼센트, 스페인은 47퍼센트, 영국은 50퍼센트…."

"50퍼센트!" 쿼리가 분개한 목소리로 내뱉었다. "아, 제 뜻은… 오해는 하지 마십시오. 저 또한 누구 못지않게 애국자입니다. 하지만 HMG(여왕 폐하의 정부-옮긴이)와 50 대 50으로 나누고 싶으냐고요? 절대 아닙니다." 쿼리는 터무니없다는 표정을 지었다.

"더 이상 민주주의는 없어요. 국가는 전례 없이 통제를 강화하고 자유는 실종 상태인데, 누구 하나 신경 쓰는 사람이 없네요. 금세기 가장 실망스러운 게 있다면 바로 그 점이에요." 엘미라 굴잔이었다.

"제네바조차 44퍼센트인걸요." 드 공바르-토넬이 계속 세율을 읊어댔다.

"설마 여러분들도 44퍼센트를 내시지는 않겠죠?" 이언 몰드가 물었다.

쿼리가 미소를 지었다. 흡사 어린애한테 질문을 받기라도 한 표정이었다. "이론적으로는 여러분들도 1년 수입의 44퍼센트를 내셔야 합니다. 하지만 수입을 배당금으로 처리하고 사업을 해외에 등록할 경우, 배당금의 5분의 4는 법적으로 면세죠. 그래서 5분의 1에 대해서만 44퍼센트를 냅니다. 따라서 한계 최고 세율은 8.8퍼센트가 되죠. 제 말이 맞나요, 암셀?"

헤르크스하이머가 고개를 끄덕였다. 그녀의 본가는 체어마트에 있었지만 실제로는 대부분 건지 섬에서 지냈다.

"8.8퍼센트. 그나마 다행이로군." 몰드가 인상을 잔뜩 찌푸렸다.

이스터브룩이 테이블 아래를 내려다보며 중얼거렸다. "나도 제네바에서 살아야겠어."

"좋지요. 하지만 샘 아저씨한테 먼저 얘기해 봐요. 미국 여권이 있는 한 국세청이 지구 끝까지 쫓아올 겁니다. 혹시 미국 시민권을 없애려고 해 본 적 있어요? 그것도 어려워요. 1970년대의 이스라엘로 이민 가려던 소련의 유태인 짝이 날 겁니다." 클라인이 우울한 목소리로 대답했다.

"자유가 없어요. 국가가 모든 걸 빼앗아 갑니다. 행여 저항이라도 할라치면 정치적인 이유로 체포하겠죠." 엘미라 굴잔이 투덜댔다.

대화가 주변을 오가는 동안 호프만은 테이블보만 빤히 바라보았다. 그리고 비로소 자신이 왜 부자들을 그토록 싫어했는지 기억해 냈다. 바로 그들 특유의 자기 연민 때문이다. 다른 사람들이 날씨와 스포츠 얘기를 하듯, 그들은 일상적으로 박해를 언급한다. 역겨운 인간들.

"역겨운 인간들." 실제로도 입 밖으로 내뱉었지만 아무도 관심을 보이지 않았다. 부당한 고세율과 범죄자 직원들을 향한 불평에 푹 빠져 있었던 것이다. 문득 그런 생각도 들었다. 그래, 나도 어쩌면 한통속이 된 거야. 그래서 이렇게 편집증을 보이겠지? 그는 테이블 밑에서 자신의 손바닥과 손등을 차례로 만져보았다. 어쩌면 괴물의 흉한 털이 반쯤은 자랐을지도….

그 순간 문이 활짝 열리면서 연미복 차림의 웨이터 여덟 명이 들이닥쳤다. 모두 반구형의 은 뚜껑을 씌운 접시 두 개씩을 들었다. 웨이터들은 배정받은 사이에 자리를 잡고 양쪽 손님들 앞에 각각 접시를 내려놓고는, 지배인의 신호에 맞춰 하얀 장갑을 낀 손으로 동시에 뚜껑을 들어올렸다. 메인 요리는 필레 미뇽 드 보, 즉 곰보버섯과 아스파라거스를 곁들인 송아지 고기였다. 엘미라 굴잔은 구운 생선, 그리고 에티엔 뮈사르는 햄버

거과 감자 칩이었다.

"난 송아지 고기를 먹지 않아요. 불쌍한 송아지, 얼마나 고통스러웠을까?" 엘미라가 고자질하듯 투덜대며 테이블 맞은편의 호프만 쪽으로 상체를 기울였다. 그 바람에 연한 갈색의 가슴골이 살짝 드러났다.

"오, 전 오히려 고통을 겪어 낸 음식을 좋아한답니다." 쿼리가 나이프와 포크를 휘저으며 열심히 설명했다. "두려움이 신경조직에서 아주 특별한 화학물질을 뽑아내 육질을 알싸하게 만들어 주거든요. 송아지 커틀릿, 로브스터 테르미도르, 푸아그라…. 죽음이 끔찍할수록 맛이 좋습니다. 제 철학이죠. 고통이 없으면 얻는 것도 없다."

엘미라가 냅킨 끝으로 쿼리를 가볍게 쳤다. "휴고는 정말 사악하군요. 안 그래요, 알렉스?"

"네, 아주 사악한 친구입니다." 호프만이 인정했다. 그는 포크로 음식을 접시 끝으로 밀어 놓았다. 식욕이 전혀 없었다. 쿼리의 어깨 너머로 분수가 마치 물로 만든 탐조등처럼 무거운 하늘을 찔러 댔다.

우카신스키가 테이블 너머로 새 펀드에 대한 기술적인 질문들을 던지기 시작하자, 쿼리가 나이프와 포크를 내려놓고 대답해 주었다.

"투자금은 1년간 회수할 수 없습니다. 그리고 상환은 1년에 네 번입니다. 5월 31일, 8월 31일, 11월 30일, 2월 28일. 상환은 항상 45일간의 고지 기간을 필요로 합니다. 펀드의 구조는 전과 마찬가지고요. 투자자들은 LLC(유한 책임 회사)에 소속되고, 회사는 세금 문제로 케이맨 제도에 등록합니다. 그래야 호프만 투자 테크놀로지의 자산 관리가 가능해지니까요."

"언제까지 대답해야 하죠?" 헤르크스하이머가 물었다.

"이달 말쯤 다시 펀드를 강제 마감할 생각입니다." 쿼리가 대답했다.

"그러니까 3주?"

"그렇죠."

갑자기 테이블의 분위기가 심각해졌다. 잡담을 그치고 모두들 귀를 기울였다.

"음, 난 지금 당장 대답할 수 있소. 내가 왜 당신을 좋아하는지 알죠, 호프만?" 이스터브룩이 호프만 쪽으로 포크를 흔들었다.

"아뇨, 빌. 이유가 뭔가요?"

"틀에 박힌 얘기 대신 숫자로 말하니까요. 아까 여객기가 추락하는 순간 마음을 정했습니다. 실사도 해야 하고 온갖 쓸데없는 얘기들도 해야겠지만, 기본적으로 내 입장은 암코가 판돈을 두 배로 늘리는 쪽이오."

쿼리는 재빨리 호프만을 힐끗 보았다. 쿼리의 파란 눈이 더욱 커지고, 마른 입술에는 침을 묻혔다. "그럼 10억달러입니다, 빌." 쿼리가 신중한 목소리로 말했다.

"10억달러라는 건 아네, 휴고. 그 액수가 큰돈이었던 때도 있었지."

듣고 있던 사람들이 웃음을 터뜨렸다. 그들은 이 순간을 오래도록 기억할 것이다. 앙티브의 부둣가와 팜비치에서 향후 몇 년 동안 회자할 기막힌 이야깃거리가 아닌가. 암코의 빌 이스터브룩이 점심 식사 도중 10억달러를 투자하면서 껌 값이라며 큰소리를 치던 날의 이야기. 이스터브룩의 얼굴 표정 또한 사람들이 지금 무슨 생각을 하고 있는지 다 안다고 말하고 있었다. 실제로 그가 큰소리를 친 것도 바로 그 때문이었다.

"빌, 정말 대범하십니다. 알렉스와 저는 크게 감동했습니다." 쿼리가 목멘 소리로 답하며 테이블 건너편을 보았다.

"네, 대단하십니다." 호프만도 인사를 챙겼다.

"윈터베이도 투자하겠습니다. 정확히 얼마일지는 모르겠지만… 빌 수준까지는 아니더라도 상당한 금액이 될 거라 확신합니다." 클라인이 덧붙였다.

“저도 하겠어요.” 우카신스키가 말했다.

“아버지한테 얘기를 해야겠지만 어차피 알아서 하라고 하실 거예요.” 엘미라였다.

“오늘 모임의 분위기를 다들 투자할 계획이 있으시다는 뜻으로 받아들여도 되겠습니까?” 쿼리의 물음에 그렇다는 식의 웅성거림이 테이블을 한 바퀴 돌았다. “아, 기쁜 소식이군요. 그럼 질문을 다르게 한번 해 보겠습니다. 혹시 투자액을 늘리지 않기로 결정하신 분이 계신가요?” 고객들은 서로 눈치를 보았고, 몇 명은 어깻짓을 했다. “에티엔 씨께서는?”

에티엔 뮈사르그가 햄버거를 먹다 말고 짜증스러운 표정을 지으며 말했다. “네, 네, 투자합니다. 내가 왜 안 하겠어요? 하지만 그렇다고 낱낱이 까발릴 이유야 없지요. 솔직히 말하자면, 전통적인 스위스 방식으로 일을 처리하는 쪽이 좋아요.”

“불 끄고 옷 입자는 말씀이시군요.” 쿼리가 고객들의 웃음을 유도하며 자리에서 일어났다. “여러분, 아직 식사 중이심은 알지만 러시아식의 자발적 건배가 가능하다면… 용서하십시오, 미치에슬라브 양…. 지금이 바로 그때가 아닌가 싶군요.” 그가 목청을 가다듬었다. 당장 감격의 눈물이라도 쏟을 사람처럼 보였다. “신사 숙녀 여러분, 먼저 여러분의 참여와 우정, 영예로운 신뢰에 감사드립니다. 확신하건대, 우리는 지금 전 세계 자산 관리의 새로운 차원이 열리는 순간을 목격하고 있습니다. 최첨단 과학과 공격적 투자가 획기적으로 결합한 결과죠. 아니, 하느님과 부의 신 맘몬(Mammon)의 합작이라고 불러도 좋습니다.” 사람들이 더 크게 웃었다. “이 행복한 순간, 기적을 가능하게 만든 천재에게 어찌 건배를 바치지 않을 수 있겠습니까? 아니, 아니, 제가 아닙니다.” 쿼리가 호프만을 향해 환히 웃어 보였다. "VIXAL-4의 아버지 알렉스를 위해 건배!"

투자자들도 자리에서 일어나 호프만과 건배했다. 의자 끄는 소리, "알렉스를 위하여!", 유리잔이 쨍그랑 부딪히는 소리…. 호의적인 시선들…. 심지어 에티엔 뮈사르까지 흐뭇한 미소를 짓고 있었다. 다들 다시 자리에 앉으면서도 그를 향해 고갯짓과 미소를 잊지 않았는데, 그래서 호프만은 우울한 기분일지언정 사람들이 인사말을 기다리고 있다는 사실을 깨달아야만 했다.

"오, 이런, 아닙니다." 그가 사양을 했다.

그러자 쿼리가 재촉했다. "이런, 알렉스, 한두 마디면 돼. 그럼 앞으로 한 8년 동안은 괴롭히지 않을게."

"정말 할 말 없는데…."

하지만 여기저기서 "안 됩니다!" "어서 하시죠."라는 주문이 빗발치는 통에 호프만도 얼떨결에 자리에서 일어나고 말았다. 냅킨이 무릎에서 미끄러져 카펫 위로 떨어졌다. 그는 한 손으로 테이블에 기대어 중심을 잡고 어떤 말을 할지부터 고민했다. 그러다가 무심결에 창밖을 내다보았다…. 사람들이 한참을 추켜세운 터라 마음이 들뜬 탓에 강 건너편, 대형 분수, 호수의 검은 물빛뿐 아니라 오스트리아 여왕이 습격당했던 호텔 바로 아래의 산책길까지 한눈에 들어왔다. 몽블랑 부두는 오늘따라 더 넓어 보였다. 작은 공원 안에는 라임 나무, 벤치, 잘 손질한 잔디, 벨 에포크 시대의 가로등, 그리고 짙은 녹색의 관상목 등이 어우러져 있었다. 반원형의 제방이 부두에서 페리 선착장까지 이어지면서 물그림자를 그리고, 하얀 철제 부스 앞에 10여 명이 페리 티켓을 구매하기 위해 줄을 서 있었다. 빨간 야구 모자를 쓴 젊은 여자가 롤러블레이드를 타고 지나갔고, 청바지 차림의 남자 둘이 커다란 검은색 푸들과 산책 중이었다. 마침내 호프만의 시선이 갈색의 낡아 빠진 가죽 외투 차림의 비쩍 마른 유령에 가 닿았다. 남자는 연두색 라임 나무 아래에 서 있었는데, 마치 지금 막 구토를 하거나 기절했다 깨어난 사람처럼 안색이 너무나 하얗고 창백했다. 두 눈은 불룩 튀어나온 이마 깊숙이 틀어박히고 머리카락은 뒤로 바짝 당겨 단단히 묶었다. 지금은 창문을 사이에 두고 호프만을 똑바로 올려다보고 있었다.

호프만은 두 다리가 휘청거렸다. 몇 초 동안은 아예 움직일 수조차 없었다. 잠시 후에 뒷걸음질을 치다가 의자까지 넘어뜨렸다. 쿼리가 놀란 눈으로 지켜보다가 "맙소사, 쓰러질 것 같은가?"라며 자리에서 일어나려 했지만 호프만이 손을 들어 만류했다. 그는 다시 한 걸음 물러서다가 넘어진 의자에 걸려 또 다시 휘청거렸다. 다행히 넘어지지는 않았다. 그 순간 마법이 풀리기라도 한 듯 호프만은 의자를 발로 차 버리고, 돌아서서 문을 향해 달려 나갔다.

등 뒤에서 탄성이 커졌지만 거의 의식하지 못하고 쿼리가 부르는 소리도 듣지 못했다. 그는 거울 벽의 복도로 나간 뒤 계단을 재빠르게 뛰어 내려갔다. 층계참에서는 난간을 잡고 모퉁이를 빠르게 돌자마자 마지막 계단 몇 개는 그냥 뛰어내렸다. 그리고 문지기와 잡담 중이던 경호원을 뒤로 하고 곧바로 산책길로 빠져나갔다.

11
생존을 위한 투쟁

(생존을 위한) 투쟁은 거의 예외 없이 동종의 개체 사이에서 가장 심각하다. 왜냐하면 서식지와 주식이 거의 동일하며, 항상 같은 위험에 노출되기 때문이다.
_찰스 다윈, 〈종의 기원〉(1859)

넓은 고속도로를 가로질러 라임 나무 아래쪽 인도로 달려갔지만 이미 사라지고 난 뒤였다. 호프만은 길게 늘어선 수화물 사이에 서서 좌우를 살폈다. 입에서 저절로 욕이 튀어나왔다. 문지기가 쫓아 나와 택시가 필요한지 물었다. 호프만은 그를 무시하고 곧바로 호텔 앞을 지나 거리 모퉁이로 나갔다. 앞쪽으로 HSBC 개인 은행 간판이 있었고 왼쪽으로는 보-리바쥬 호텔 벽면과 나란히 알프레드-빈센트 일방통행로가 이어졌다. 어차피 대안이 없는 터라 우선 천천히 50미터쯤 달려갔다. 공사장을 지나고 일렬로 세워 둔 오토바이들과 작은 교회도 지났다. 도로 끝에 교차로가 있었는데 그는 그곳에서 다시 멈춰 섰다.

한 블록 너머에서 갈색 가죽 외투의 그림자가 길을 건너는 중이었다. 갈색 가죽 외투는 길을 건넌 다음 잠시 멈춰 힐끔 호프만을 보았다. 분명 그자였다. 의심의 여지가 없었다. 하얀 밴이 둘 사이로 지나갔다. 그리고 다시 그가 보이지 않았다. 옆길로 빠져나간 모양이었다.

호프만이 다시 달리기 시작했다. 위대한 정의의 기운이 몸 안에서 흘러넘쳤고, 다리는 평소보다 더 멀리 더 빠르게 움직였다. 놈이 사라진 장소에 와서 보니 다시 일방통행로였다. 놈은 보이지 않았다. 호프만은 다음 갈림길까지 달려갔다. 길이 좁고 조용했으며, 다니는 차보다 주차한 차가 훨씬 많았다. 다음은 작은 상점들로 가득한 골목길이었다. 미용실, 약국, 술집 등등…. 사람들이 점심시간을 활용해 분주히 쇼핑을 하고 있었다. 그는 절박한 심정으로 오른쪽으로 돌았다가 또 다시 오른쪽으로 꺾으며 좁은 미로의 일방통행로를 닥치는 대로 헤집고 다녔다. 어느새 주변 풍경도 달라졌다. 처음에는 뛰느라 정신이 없어서 몰랐는데, 건물들은 점점 더 허름해졌고 벽은 온갖 그래피티로 가득했다. 마치 다른 도시에 와 있는 것처럼 이전과는 전혀 다른 풍경이었다. 십 대 흑인 소녀가 꽉 끼는 스웨터와 비닐 소재의 미니스커트 차림으로 그를 향해 소리쳤다. 흑인 소녀는 맞은편에 '비디오 클럽 XXX'라고 적힌 보라색 네온사인 간판 앞에 서 있었다. 그 앞 갓길 주변에도 창녀 셋이 어슬렁거렸는데 모두 흑인이었다. 포주들은 입구에서 담배를 피우거나 길모퉁이에 서서 여자들을 감시했다. 올리브색 피부에 머리를 빡빡 깎은 작고 깡마른 젊은이들로, 북아프리카 아니면 알바니아 출신으로 보였다.

호프만은 걸음을 늦추고 상황을 정리해 보았다. 아무래도 코르나뱅 기차역의 홍등가까지 달려온 모양이었다. 결국 그는 널빤지로 지은 나이트클럽 앞에 멈춰 섰다. 벽에 덕지덕지 붙은 불법 광고지 조각들이 피부병에 걸린 것처럼 벗겨져 있었다. '검은 고양이(XXX, 영화, 여자, 섹스).' 그는 멈칫하고 두 손을 엉덩이로 가져갔다. 옆구리에 갑작스러운 통증이 일었다. 그는 홈통에 기대 호흡을 골랐다. 아시아인 창녀 하나가 3미터쯤 떨어진 상점 안에서 창문 밖으로 그를 지켜보았다. 여자는 검은 코르셋과 스타킹 차림으로, 붉은색 다마스크 의자에 다리를 꼬고 앉아 있었다. 그녀가 다리를 바꿔 꼬며 미소와 손짓을 보냈는데, 잠시 후 누군가의 손이 창문에 블라인드를 쳤다.

그는 창녀들과 포주들이 지켜보고 있다는 생각에 자세를 바로 했다. 생쥐 인상에 곰보 얼굴을 한 남자가 그를 보며 휴대전화로 통화하고 있었다. 남자는 다른 사람들보다 나이가 많아 보였다. 호프만은 왔던 길로 돌아가면서 다시 양쪽의 골목과 마당을 훑었다. 놈이 저들 중 하나인 척 숨어들었을 수도 있다. 호프만은 성인용품점 '바람피우기 좋은 날'을 다시 살폈다. 한 번 지나쳤던 곳인데 창문에 역겨운 상품들(바이브레이터, 가발, 야한 속옷 등)을 전시하고, 검은 팬티들에 구멍을 내고 잔뜩 늘여 핀으로 꼽아 놓았는데 그 광경이 마치 죽은 박쥐의 무덤처럼 보였다. 문은 열려 있었지만, 총천연색의 플라스틱 커튼 때문에 안이 보이지는 않았다. 새벽녘의 침입자는 호프만의 집에 수갑과 재갈을 남겨 두었다. 르클레르 말에 따르면 이런 곳에서 구입했을 것이다.

그때 휴대전화가 울리더니 문자가 들어왔다. '베른 가 91번지 68호실.'

그는 몇 초 동안 문자를 들여다보았다. 조금 전에 베른 가를 지나지 않았던가? 돌아보니 바로 등 뒤였다. 파란 이정표를 읽을 수 있을 정도로 가까운 곳. 메시지를 다시 확인했는데 발신자 이름과 번호가 없었다. 누군가 감시자가 있는지 주변을 둘러보는데, 플라스틱 커튼이 벌어지며 살찐 대머리 남자가 나타났다. 더러운 조끼 위에 멜빵을 걸쳤다.

"케 불레-부, 므슈? (*Que voulez-vous, monsieur?*: 뭘 찾으시오, 손님?)"

"리엥(*Rien.*: 아닙니다)."

호프만은 뒤를 돌아 베른 가 쪽으로 갔다. 거리는 길고 더러웠지만 조금 전보다 지나다니는 사람들이 많아 조금 마음이 놓였다. 도로는 2차선에 트램 케이블이 허공에 가득했다. 교차로에는 과일과 채소 가게가 가판대를 늘어놓았다. 그 옆으로 작고 한적한 카페의 알루미늄 의자와 테이블들이 인도를 점령했지만 손님은 보이지 않았다. 담배 가게에는 '공중전화카드, 비디오 X, DVD X, 미국 잡지 X' 등의 광고판이 나붙었다. 번지수를 확인해 보니 길 왼편의 건물들 번지수가 앞으로 갈수록 올라갔다. 호프만은 그 길을 따라 걸어갔다. 도로는 30초도 지나지 않아 북유럽 분위기에서 지중해 남부의 분위기로 바뀌었다. 레바논과 모로코 풍의 레스토랑들, 가게 간판을 가득 채운 아랍 글자, 작은 스피커를 통해 빽빽거리는 아랍 음악…. 기름진 케밥 냄새에 속이 울렁거렸다. 거리에 쓰레기가 없다는 사실만이 이곳이 스위스임을 확인해 주었다.

베른 가의 북쪽 끝에서 91번지를 찾아냈다. 아프리카 옷 가게 맞은편의 황폐한 7층 건물이었다. 노란 회벽이 벗겨지는 모양새가 적어도 100년은 더 지난 듯싶었다. 철제 덧문의 창은 창문 네 개 간격으로 모두 녹색으로 칠했다. 건물 옆 간판은 거의 꼭대기에서 바닥까지 내려오고 글자는 하나하나씩 벌어져 모두 거리 밖에까지 돌출했다. 디오다티 호텔. 덧문은 대부분 닫혀 있었다. 몇 개는 졸린 눈처럼 반쯤 올라가기도 했으나 희끄무레한 꽃무늬 망사 커튼 때문에 안을 들여다볼 수는 없었다. 1층의 낡고 무거운 나무 문을 보며 호프만은 어울리지 않게 베니스를 떠올려야 했다. 문은 분명 건물보다도 나이가 많았으며 프리메이슨 상징 비슷한 모양의 문양이 정교하게 조각되어 있었다. 갑자기 문이 안쪽으로 열리더니 어둑한 실내로부터 남자 하나가 나왔다. 청바지에 운동화 차림이며 얼굴은 후드에 가려 보이지 않았다. 남자는 두 손을 주머니에 넣고 어깨를 잔뜩 움츠리고는 곧바로 거리를 따라 걷기 시작했다. 잠시 후 문이 다시 열렸다. 이번에는 젊고 날씬한 여자였다. 산발 머리는 오렌지색으로 염색하고 흑백 체크무늬 미니스커트를 입었다. 여자는 잠시 멈추더니 숄더백을 열어 선글라스를 찾아 쓰고 후드 쓴 남자와 반대 방향으로 떠났다.

안으로 들어갈지 말지 고민할 상황이 아니었다. 그는 길을 건너 잠시 서성거리다가 마침내 문을 밀고 안으로 들어갔다. 퀴퀴한 냄새. 어딘가에서 선향(線香)이 타는 냄새가 났지만 악취를 감추기보다 더하는 쪽이었다. 작은 로비도 있었는데 카운터에는 아무도 없었고, 리셉션에는 다리와 팔걸이 부분이 나무로 된 빨간색과 검정색 소파들이 보였다. 어둠 속에서 작은 수족관이 밝게 빛났지만 물고기는 없었다.

호프만은 문지방을 넘어 몇 걸음 더 들어가 보았다. 누가 시비를 걸면 방을 구한다고 말하면 그만이다. 주머니에 돈도 있으니 지불도 어렵지 않다. 보아하니 시간당으로 계산할 듯싶었다. 등 뒤에서 문이 닫히며 거리의 소음을 차단했다. 위층에서 어슬렁거리는 소리와 음악 소리가 새어 나왔는데, 베이스의 묵직한 선율이 건물의 얇은 벽을 타고 흘렀다. 호프만은 썰렁한 리셉션을 지나 소형 엘리베이터로 향했다. 바닥은 비닐 장판이고 복도는 아주 좁았다. 버튼을 누르자 마치 기다리기라도 했다는 듯 문이 곧바로 열렸다.

엘리베이터는 두 명이 겨우 들어갈 정도로 좁았으며 구식 캐비닛처럼 음침한 벽엔 긁힌 자국이 가득했다. 문이 닫혔을 땐 폐소공포 때문에 숨이 막힐 지경이었다. 버튼은 7층까지 있었다. 그는 6번을 눌렀다. 아련하게 모터 소리가 들리더니 엘리베이터가 덜컹거리며 아주 느린 속도로 올라가기 시작했다. 지금의 심정은 위험하다기보다는 비현실적이라는 쪽이었다. 매일 반복적으로 꾸면서도 기억하지 못하는 꿈에 갇힌 기분…. 꿈에서 깨어나는 방법은 출구를 찾아낼 때까지 계속 가는 수밖에 없다.

엘리베이터는 느려도 너무 느렸다. 도대체 6층에 뭐가 기다리고 있는 걸까? 마침내 엘리베이터가 멈추자 그는 두 손을 내밀어 방어 자세부터 취했다. 문이 덜컹하고 열리며 6층 복도가 드러났다.

복도는 비어 있었지만 선뜻 발을 내딛기가 힘들었다. 그러다가 문이 닫히는 통에 얼떨결에 다리 하나를 내밀었다. 엘리베이터에 다시 갇히고 싶지는 않았다. 문이 부르르 떨다가 다시 열렸다. 그는 조심스럽게 밖으로 나왔다. 복도는 로비보다 어두웠기에 눈부터 적응해야 했다. 벽에는 그 어떤 장식도 없이 아래와 마찬가지로 퀴퀴한 냄새가 났다. 아니… 퀴퀴하다기보다는 공기 자체에서 악취가 나는 것 같았다. 수천 번 숨을 쉬거나 문과 창문을 열어 두어도 익숙해지거나 지워지지 않을 그런 악취. 공기도 더웠다. 바로 맞은편에 방이 두 개 있고 좌우 복도를 따라 방이 몇 개 더 이어졌다. 갖가지 색깔의 활자를 붙여 만든, 장난감 가게에서 구입했을 법한 플라스틱 이정표가 68호실이 오른쪽임을 일러 주었다. 등 뒤에서 갑자기 엘리베이터가 덜컹거리는 바람에 깜짝 놀라 제자리에서 펄쩍 뛰고 말았다. 엘리베이터가 아래층까지 내려가는 소리가 들렸다. 잠시 후 문이 열리고 닫히는 소리를 끝으로 복도엔 다시 정적이 흘렀다.

호프만은 오른쪽으로 두 걸음쯤 걸어가 조심스레 모퉁이 너머 복도를 힐끗 보았다. 68호실은 복도 맨 끝에 정면으로 보이고 문은 닫혀 있었다. 가까운 곳에서 리드미컬한 쇳소리가 들렸다. 처음에는 톱질을 하는 소리인가 했는데, 알고 보니 침대 용수철 소리였다. 쿵, 하는 소리에 이어 한 남자가 고통스러운 듯 신음을 흘렸다.

호프만은 경찰에 신고하기 위해 휴대전화를 꺼냈다. 그러나 제네바의 중심가이건만 이상하게도 신호가 안 잡혔다. 그는 휴대전화를 주머니에 넣고 비척비척 복도 끝으로 걸어갔다. 두 눈은 68호실의 핍홀과 정확히 같은 높이였다. 귀를 기울여 봤지만 아무 소리도 들리지 않았다. 그는 문을 두드린 다음 다시 귀를 갖다 댔다. 역시 들리는 소리는 없었다. 삐걱거리던 침대 소리도 그쳤다.

그는 검은색의 플라스틱 손잡이를 잡아 돌려 보았다. 문은 열리지 않았지만, 고작 원통형 자물쇠 하나가 걸려 있고 문설주는 다 삭아서 쉽게 부서질 것 같았다. 그는 손톱으로 스펀지 같은 나무를 긁어 내고 성냥 크기의 오렌지색 쐐기들을 파냈다. 그리고 한 걸음 뒤로 물러서서 등 뒤를 확인한 다음 어깨로 있는 힘껏 문에 부딪쳤다. 문이 안으로 조금 밀렸다. 이번에는 두 걸음 물러났다가 부딪쳤다. 무언가 쪼개지는 소리가 들리면서 문이 2센티미터 정도 열렸다. 두 손을 틈에 밀어 넣은 다음 재차 밀자 퍽, 하는 소리와 함께 문이 열렸다.

안은 어두웠다. 희미한 잿빛 햇살이 조금 열린 겉창의 아래쪽을 조금 비출 뿐이었다. 그는 더듬더듬 카펫을 가로질러 커튼 아래에서 스위치를 찾아 눌렀다. 겉창이 시끄러운 소리를 내며 올라가기 시작했다. 창밖으로, 50미터쯤 떨어진 건물 단지와 단지 마지막 건물의 비상구가 내려다보였다. 호텔과의 사이에는 벽돌로 된 벽과 공터가 있고, 공터에는 쓰레기통과 잡초, 잡동사니가 가득했다. 흐릿하게나마 햇빛의 도움으로 방 안을 둘러볼 수 있었다. 바퀴 달린 싱글 침대 위에 지저분하고 우중충한 시트가 빨간색과 검정색 카펫까지 늘어졌다. 작은 경대 위에 배낭 하나가 놓여 있었다. 나무 의자의 갈색 가죽 시트는 너무도 낡아 보였다. 창문 아래쪽에 라디에이터가 하나 있었는데 손을 대지 못할 정도로 뜨거웠다. 퀴퀴한 담배 연기, 남자의 땀, 싸구려 비누 냄새 따위가 방 안에 진동했다. 벽 조명 주변의 벽지에는 까맣게 탄 자국이 선명했다. 작은 욕실 안에는 작은 욕조 주변으로 깨끗한 비닐 샤워 커튼이 드리웠다. 세면기는 초록색과 검정색이 뒤섞인 오물로 더러웠고, 수도꼭지에서 물이 똑똑 흘러내렸다. 변기에도 비슷한 얼룩이 남아 있었다. 나무 선반의 유리잔 안에 칫솔과 파란색 휴대용 플라스틱 면도기가 담겨 있었다.

호프만은 침실로 돌아와, 배낭을 침대로 가져가 지퍼를 열고 내용물을 쏟아 냈다. 대개는 더러운 의복들이었다. 체크무늬 셔츠, 티셔츠, 속옷, 양말…. 그런데 그 사이에 낡은 칼자이스 카메라와 강력한 렌즈들, 그리고 아직 온기가 가시지 않은 노트북이 들어 있었다. 노트북은 대기 모드였다.

그는 노트북을 내려놓고 다시 문으로 돌아갔다. 자물쇠 바깥쪽 문설주가 쪼개지긴 했지만 부러지지는 않았기에, 자물쇠를 제자리에 눌러 놓고 문을 닫을 수 있었다. 반대편에서 힘이 가해지면 당연히 열리겠지만 멀리서 보면 티는 별로 나지 않을 것이다. 문 뒤에 부츠 한 켤레가 놓여 있었다. 그는 엄지와 검지로 부츠를 들고 살펴보았다. 오늘 새벽 그의 집 밖에 놓여 있던 부츠였다. 그는 부츠를 내려놓고 침대로 돌아가 끄트머리에 걸터앉은 다음 노트북을 열었다. 그때 밖에서 덜컹 소리가 들렸다. 엘리베이터가 다시 움직이고 있었다.

호프만은 노트북을 내려놓고 엘리베이터 소리에 귀를 기울였다. 마침내 엘리베이터 문이 덜컹거리며 여닫히는 소리가 들렸다. 그는 재빨리 핍홀에 눈을 갖다 댔다. 남자는 이제 막 모퉁이를 돌아 나왔다. 한 손에는 비닐 가방을 들고 다른 한 손으로 주머니를 뒤지더니 문에 다다를 때쯤 열쇠를 꺼냈다. 핍홀의 광각 렌즈 덕분에 남자의 얼굴이 더욱더 해골처럼 보였다. 순간 호프만의 모골이 송연해졌다.

그는 뒤로 물러나 재빨리 주변을 둘러본 다음 욕실에 숨었다. 잠시 후 열쇠 구멍에 열쇠를 넣는 소리가 들리더니 남자가 놀라는 소리와 함께 문이 활짝 열렸다. 욕실 문과 문설주 틈으로 침실 한가운데가 뚜렷하게 보였다. 호프만은 숨을 죽였다. 잠시 동안은 아무 일도 일어나지 않았다. 남자가 그대로 리셉션으로 돌아가 침입자가 있다고 신고했으면 하는 바람이었건만 순간 남자의 그림자가 호프만의 시선을 가르며 창문을 향해 다가갔다. 그런데 호프만이 달아나야겠다는 생각을 하는 찰나, 남자가 놀라운 속도로 돌아서더니 갑자기 욕실 문을 걷어찼다. 문이 활짝 열렸다.

남자는 두 다리를 벌리고 웅크리고 앉아 기다란 칼날을 호프만의 머리 쪽에 갖다 댔다. 그 모습이 어딘지 모르게 전갈처럼 보였다. 호프만의 기억보다 덩치가 커 보였지만 커다란 가죽 외투 탓일 수도 있겠다. 이제 빠져나갈 방법은 없다. 한참을 서로 바라보다가 마침내 남자가 먼저 입을 열었다. 놀랍도록 차분하고 교양 있는 목소리였다. "추뤼크. 인 디 바데바네. (*Zurück. In die Badewanne.*: 뒤로 돌아. 그리고 욕조 안으로 들어가.)" 그가 칼로 욕조를 가리켰다. 호프만은 고개를 저었는데 실제로 이해를 못 했기 때문이다. "인 디 바데바네." 남자가 칼로 호프만과 욕조를 번갈아 가리켰다. 호프만은 다시 한참을 머뭇거렸지만 지시대로 따르기로 했다. 호프만은 샤워 커튼을 걷고 비틀거리며 욕조 안으로 넘어 들어갔다. 호프만의 데저트 부츠가 욕조의 싸구려 플라스틱 바닥을 밟으며 쿵, 하고 울리는 소리를 냈다. 남자는 좁은 욕실 안으로 조금 더 들어왔다. 어찌나 좁은지 남자가 바닥 공간 전부를 차지할 정도였다. 그가 조명 코드를 당기자 세면대 위의 형광등이 파르르 떨며 켜졌다. 남자가 욕실 문을 닫으며 "아우스지엔(*Ausziehen*)."이라고 했는데, 이번에는 고맙게도 해석을 덧붙였다. "옷 벗어." 가죽 외투를 입은 탓에 도살업자처럼 보였다.

"나인. (*Nein.*: 싫어.)." 호프만이 양손을 들어 보이며 저항했다. 남자는 알지 못할 욕설을 내뱉으며 호프만을 향해 칼을 내리쳤다. 샤워 꼭지 아래쪽 구석에 바짝 붙어 있음에도 불구하고 호프만의 레인코트 앞자락이 잘리며 탁, 하고 무릎을 때렸다. 순간 호프만은 살갗이 잘려 나간 줄 알았다. "아, 알았다, 시키는 대로 한다." 상황 자체가 너무도 기이해 마치 현실에서 한 걸음 물러나 다른 사람의 동작을 지켜보는 기분이었다. 그는 재빨리 양쪽 어깨를 흔들어 코트를 벗었다. 공간이 여의치 않아 소매에서 팔을 빼내지 못한 탓에 코트가 등에 걸렸고, 그 바람에 스트레이트재킷(straitjacket)을 벗기라도 하듯 한동안 쩔쩔매야 했다.

호프만은 뭐든 할 말을 생각해 내려 애썼다. 어떻게든 대화를 시도해 이런 식의 조우를 보다 덜 치명적인 상황으로 바꾸고 싶었다. "독일인이오?" 그가 물었지만 남자는 대답하지 않았다. 호프만은 CERN에 있을 때 배웠던 독일어를 떠올렸다. "지 진트 도이처? (*Sie sind Deutscher?*)" 그래도 대답이 없기는 마찬가지였다.

그는 망가진 코트를 간신히 벗어 발밑에 떨구었다. 재킷은 벗어 건넸으나 남자는 칼을 흔들어 침실 바닥에 던지라는 시늉을 했다. 호프만은 셔츠를 벗기 시작했다. 옷을 모두 벗고 알몸이 되어도 상관은 없으나 놈이 묶으려 하면 기필코 저항할 생각이었다. 필요하다면 싸울 수도…. 무기력한 상태가 되느니 차라리 죽는 게 낫다.

"왜 이러는 건가?" 호프만이 물었다.

남자가 아이처럼 난감한 표정을 짓더니 영어로 답했다. "당신이 초대했으니까."

호프만은 겁먹은 눈으로 그를 바라보며 말했다. "난 초대한 적 없어."

남자의 칼이 다시 번득였다. "벗어, 어서."

"이봐, 이건 옳지 않아…."

호프만은 단추를 모두 풀고 셔츠를 재킷 위에 떨어뜨렸다. 위기와 기회를 가늠하느라 머리가 바쁘게 돌아갔다. 그는 티셔츠 아랫단을 잡고 머리 위로 끌어올렸다. 얼굴이 밖으로 나왔을 때 놈의 굶주린 눈을 보자 온몸에 소름이 돋았다. 그리고 그 순간, 지금이 기회임을 알아챘다. 그는 흰 티셔츠를 공처럼 둘둘 말아 내밀었다. "여기." 남자가 옷을 받기 위해 손을 내미는 동안 몸을 지지할 수 있도록 발을 욕조 뒤쪽에 살짝 대고 자세를 가다듬었다. 그리고 과감하게 상체를 기울였다가 "여기 있다!"라고 외치며 남자를 향해 몸을 날렸다.

그는 있는 힘을 다해 놈을 들이받아 쓰러뜨리는 데 성공했다. 칼은 어디론가 날아가고 두 사람은 한데 엉켜 바닥에 쓰러졌다. 공간이 좁은 탓에 어느 쪽도 주먹을 날릴 수 없었다. 어느 경우이든, 호프만이 바라는 바는 이 더러운 욕실의 끔찍한 폐소공포로부터 달아나는 것뿐이었다. 그는 간신히 몸을 일으켜 세운 뒤, 한 손으로는 세면대를, 다른 손으로는 조명 코드를 잡았으나 둘 다 손아귀에서 미끄러져 나갔다. 욕실은 어두웠다. 뭔가가 그의 발목을 잡고 다시 끌어내리고 있었다. 호프만은 다른 발로 걷어차고 힘껏 짓이겼다. 놈이 고통의 비명을 질렀다. 호프만은 더듬더듬 문고리를 잡은 뒤 한 번 더 힘껏 발을 휘둘렀다. 발끝에 뭔가가 걸렸는데 부디 놈의 두개골이기를 바랐다. 그러고도 호프만은 쓰러진 자를 차고 차고 또 걷어찼다. 타깃이 고통에 흐느끼며 온몸을 동그랗게 말았다. 호프만은 상대가 더 이상 위협이 되지 않은 다음에야 문을 열고 비틀비틀 침실로 빠져나왔다.

그는 나무 의자에 털썩 주저앉았다. 무릎 사이로 시선을 떨구자 곧바로 욕지기가 올라왔다. 방이 더웠는데도 온몸에 오한이 일었다. 안에서 뒤척이는 소리가 들려왔다. 놈이 변기로 기어가는 소리였다. 호프만이 문을 힘껏 밀자 남자가 신음을 흘리며 문에서 비켜났다. 호프만은 그를 넘어가 옷가지를 회수하고 칼도 챙긴 다음 침실로 돌아와 재빨리 옷을 입었다. '당신이 초대했으니까.' 도대체 무슨 뜻이지? 내가 초대했다고? 휴대전화를 확인했지만 여전히 신호는 잡히지 않았다.

욕실에서는 놈이 변기 위에 얼굴을 처박고 있다가 호프만이 들어가자 얼굴을 들었다. 호프만은 칼끝을 그자에게 향한 채 무덤덤한 표정으로 내려다보았다.

"이름이 뭐요?"

남자가 고개를 돌리며 침을 뱉었다. 호프만은 터덜터덜 다가가 30센티미터쯤 떨어진 곳에 웅크리고 앉아 그를 자세히 살펴보았다. 60세 정도로 보였으나 얼굴이 피범벅이 된 탓에 판단이 쉽지는 않았다. 눈 위가 조금 찢어졌다. 호프만은 혐오감을 억누르고 칼을 왼손으로 바꿔 쥐고, 남자의 가죽 외투를 들춰 지갑과 검붉은 색의 유럽연합 여권을 꺼냈다. 독일어. 여권을 펼쳐 보니 사진은 별로 닮지 않았다. 이름은 요하네스 카르프, 1952년 4월 14일 오펜바흐 출생.

"정말로 내가 초대해서 독일에서 왔다는 얘긴가?"

"그렇소."

호프만이 뒤로 물러나왔다. "미쳤군."

"이런, 망할…. 미친 건 당신이야. 나한테 집 출입 암호까지 알려 줬잖소." 독일인은 당장이라도 기절할 것처럼 보였다. 입 가장자리에서 피가 거품처럼 일어났다. 그는 손 안에 치아 하나를 내뱉으며 저주를 퍼부었다. "아인 페어뤼크터 만! (*Ein verrückter Mann!*: 이런, 미친놈!)"

"초대장은 어디에 있지?"

그가 힘없이 옆방을 향해 고갯짓을 했다. "컴퓨터."

호프만이 일어나며 카르프에게 칼을 겨누었다. "꼼짝하지 마, 알았지?"

그는 옆방 의자에 앉아 노트북을 열었다. 노트북이 즉시 켜지며 화면을 호프만 자신의 얼굴로 가득 채웠다. 화소가 형편없는 걸로 보아 감시 카메라 화면을 확대한 듯싶었다. 호프만은 카메라를 올려다보고 있었고 긴장감이 완전히 풀어져 멍한 표정이었다. 하지만 얼굴만 달랑 잘라 냈기에 장소를 알 수는 없었다.

키보드를 몇 번 두드리자 곧바로 하드 디스크 폴더로 들어갔다. 프로그램 이름은 모두 독일어였다. 그는 최근에 확인한 파일 목록을 불러왔다. 가장 최근에 편집한 폴더 제목은 '데어 로텐부르크 카니발(Der Rotenburg Cannibal)'로, 어제 저녁 6시 직후였다. 그 안에는 어도비(Adove) 파일들이 들어 있었는데, 모두 아르민 마이베스(Armin Meiwes) 사건 기사였다. 컴퓨터 기술자이자 인터넷 식인자로, 웹사이트에서 피해자를 꼬드겨 만난 다음 약을 먹이고 식육을 했으며, 현재는 살인죄로 무기 징역을 선고받고 독일에 수감 중이다. 다음 폴더는 소설《데어 메츠게르마이스터(Der Metzgermeister)》의 챕터들로 구성한 듯 보였다. 그러니까…《도살꾼》이라고 해야 하나? 판타지 작품에 나올 법한 수만 단어가 단락 구분 없이 의식의 흐름처럼 이어져 있어서 호프만으로서는 이해가 불가능했다. 그리고 '다스 오퍼(Das Opfer)'라는 폴더가 있었다. 그 정도는 호프만도 뜻을 알았다. 희생자. 파일은 영어로 되어 있고 채팅 창에서 캡처한 내용으로 보였다. 읽어 보니 살인을 꿈꾸는 참여자와, 죽을 때 어떤 기분일지 알고 싶어 하는 참여자 사이의 대화였다. 두 번째 목소리와 문구는 막연하나마 익숙한 느낌이었다. 그러니까 한때 더러운 거미줄처럼 그의 마음을 얽혀 놓았던 일련의 꿈들…. 분명히 깨끗하게 제거했건만… 아니 그마저 그렇게 생각했던 것일까?

이제 거미줄은 면전에서 재결합하여 그를 어두운 회상 속으로 끌고 들어갔다. 컴퓨터 화면에 완전히 몰입한 터라, 빛과 공기의 미세한 변화에 고개를 든 것 또한 기적에 가까웠다. 순간 칼이 번뜩이고 그는 순간적으로 고개를 젖혔다. 칼끝이 호프만의 눈을 가까스로 피해 갔다. 15센티미터 길이의 접이식 칼이었다. 스위치를 누르면 튀어나오는 종류인데, 필경 가죽 외투 주머니에 숨겨 놓고 있었으리라. 독일인이 호프만의 갈비뼈 아래를 걷어차더니 다시 칼을 휘두르며 덤벼들었다. 호프만은 고통과 충격에 비명을 질렀다. 의자가 뒤로 넘어지고 어느 순간 카르프가 그를 타고 앉았다. 칼이 여린 불빛에 반짝였다. 호프만은 왼손으로 남자의 손목을 잡았는데 의식적이라기보다는 본능에 가까운 행동이었다. 칼이 면전에서 파르르 떨었다. "에스 이스트, 바스 지 지히 뷘셴. (*Es ist, was Sie sich wünschen.*: 당신이 원한 거요.)" 카르프가 조용히 속삭였다. 칼끝이 정말로 호프만의 살갗을 건드렸다. 호프만은 간신히 칼을 밀어 냈다. 조금씩 놈의 팔이 밀리기 시작했다. 호프만이 안간힘을 다해 카르프를 밀어젖히자, 그가 침대의 철제 프레임에 부딪혔다. 침대는 잠시 굴러가다가 벽에 닿고서야 멈춰 섰다. 호프만은 왼손으로 카르프의 팔목을 붙들고 늘어졌다. 오른손은 그의 얼굴을 짓눌렀다. 손가락이 눈동자를 파고들고 손바닥은 목을 눌렀다. 카르프가 고통스러운 비명을 지르며 호프만의 손을 떼어 내려 했으나, 호프만은 손아귀에 힘을 주어 남자의 앙상한 성대를 완전히 틀어쥐었다. 놈이 숨이 막혀 꺽꺽거렸다. 호프만은 이제 손아귀에 체중을 온전히 실을 수 있었다. 체중만 아니라 두려움과 분노까지 실은 터라 카르프는 침대에서 꼼짝도 하지 못했다. 독일인의 외투에서 동물 가죽 냄새가 나고 숨 막힐 정도로 퀴퀴한 땀 냄새도 났다. 목에서는 까칠까칠한 털도 만져졌다. 시간관념은 완전히 사라지고 용솟음치는 아드레날린에 쓸려 내려갔다. 그래서일까? 몇 초 지나지도 않았건만, 손을 뿌리치려던 힘이 빠져나가고 마침내 접이식 칼도 덜컥, 하는 소리와 함께 카펫 위로 떨어졌다. 놈의 몸이 축 늘어지더니 호프만이 손을 거두자 그는 옆으로 허물어지고 말았다.

문득 누군가가 벽을 두드리기 시작했다. 잠시 후에는 진득한 억양의 프랑스어로 도대체 무슨 일이냐고 물었다. 호프만은 가까스로 일어나 문을 닫은 다음, 나무 의자를 끌고 가 문 손잡이 아래에 비스듬히 끼워 넣었다. 만약에 대비한 조치였는데, 그 정도 움직임만으로도 두들겨 맞은 곳마다 아프다며 비명을 질러 댔다. 머리, 손, 손가락 관절…. 특히 갈비뼈 아래쪽이 심했다. 심지어 남자의 머리를 걷어찼던 발가락까지 아팠다. 두개골을 만지자 피가 찐득하게 묻어났다. 꿰맨 상처가 싸우는 중에 모조리 벌어진 것이다. 두 손이 작은 상처들로 가득해 흡사 가시밭을 기어 나오기라도 한 사람 같았다. 손가락 관절은 다 벗겨지고 피가 따끔거리며 배어 나왔다. 벽을 두드리는 소리는 그쳤다.

다시 온몸이 떨리고 욕지기도 나왔다. 그는 욕실로 돌아가 화장실 변기에 헛구역질을 했다. 세면기는 벽에서 뜯긴 채 대롱대롱 매달렸지만 수도꼭지는 작동했다. 그는 찬물로 두 뺨을 적신 뒤 침실로 돌아왔다.

독일인은 바닥에 누워 꼼짝도 하지 않았다. 부릅뜬 두 눈이 호프만의 어깨 너머를 노려보았다. 기대감에 찬 듯한 표정이 아직 도착하지 않은 손님을 기다리는 것만 같았다. 호프만은 무릎을 꿇고 독일인의 손목 맥박을 확인했다. 얼굴을 때리고 몸을 흔들어도 보았다. "이봐요, 이러지 말고 일어나." 그가 애원했지만 남자의 머리는 목이 부러진 새처럼 축 늘어지기만 했다.

"사 바? 케스트-세 퀴 세 파세? (*Ça va? Qu'est-ce qui se passe?*: 어이, 무슨 일이야? 괜찮아?)" 누군가가 문을 두드리며 외쳤다. 벽을 두드리며 소리쳤던 바로 그 목소리. 진득한 억양의 프랑스어. 그는 손잡이를 몇 번 돌리다가 다시 노크를 시작했다. 이번에는 더 크고 긴급했다. "알레! 레쎄-무아 랑트레! (*Allez! Laissez-moi rentrer!*: 문 열어! 들어가게 해 줘!)"

호프만은 통증을 참으며 간신히 자리에서 일어났다. 손잡이가 다시 덜그럭거리더니, 급기야 남자가 몸을 부딪기 시작했다. 의자가 밀리긴 했으나 다행히 버텨 주었다. 잠시 후 남자가 포기했는지 조용해졌다. 다시 오기를 기다렸지만 더 이상은 아무 일도 없었다. 호프만은 조용히 핍홀로 다가가 밖을 엿보았다. 복도는 텅 비어 있었다.

그리고 동물적인 두려움이 다시 그의 내면을 채웠다. 두려움은 냉정하고 교활하게 호프만의 충동과 수족을 통제해 그가 도저히 말도 안 되는 행동을 하도록 만들었다. 호프만은 시신의 부츠를 잡고 조용히 양쪽 구두끈을 푼 뒤 둘을 묶어 1미터 길이의 줄 하나로 만들었다. 벽 조명을 살펴보았지만 설비가 너무 허접했다. 샤워 커튼 레일도 분홍색 가루를 토해내며 뜯겨 나왔다. 결국 욕실 문손잡이로 결정했다. 그는 독일인 시신을 끌고 와 욕실 문에 기대고, 구두끈으로 올가미를 만들어 목에 건 다음 한쪽 끝을 손잡이에 묶고 힘껏 잡아당겼다. 생각처럼 쉽지는 않았다. 한 손으로 시신의 겨드랑이를 잡고 시신을 들어올리자 그럭저럭 그럴 듯하게 보이기는 했다. 그는 문고리에 끈을 감아 묶었다.

독일인의 소지품을 다시 배낭에 넣고 침대를 정리하자 침실은 기이하게도 아무 일 없었던 듯 보였다. 그는 카르프의 휴대전화를 주머니에 넣어 주고 노트북을 들고 창문으로 가져가 망사 커튼을 걷었다. 창문이 쉽게 열리는 것으로 보아 종종 사용한 모양이었다. 비상구에는 덕지덕지 엉겨 붙은 비둘기 똥 한가운데에 젖은 담배꽁초가 100개도 넘게 널브러져 있고 맥주 깡통도 20개는 되는 듯했다. 그는 침대를 통해 창틀을 넘어가서 스위치를 눌렀다. 겉창이 등 뒤에서 내려왔다.

내려가는 길이 너무도 길었다. 6층. 철제 계단 소리가 어찌나 크던지 발을 내디딜 때마다 사람들이 모두 쳐다볼 것만 같았다. 게다가 맞은편의 건물이나 호텔 침실에 사람이 서 있다면 곧바로 눈에 띄는 위치였다. 다행히 그가 지나친 창문 대부분이 닫혀 있고, 그 밖에 모슬린 커튼 뒤에 유령처럼 서 있는 사람도 없었다. 디오다티 호텔은 오후의 휴식을 즐기는 중이었다. 그는 쿵쾅거리며 계단을 내려갔다. 지금은 시체와의 거리를 가능한 한 벌려 놓는 것 외에 다른 방도는 없었다.

내려다보니 비상구는 작은 콘크리트 안뜰로 이어졌다. 안뜰을 야외 휴게실로 만들려 했는지 정원용 나무 의자가 몇 개 있었고, 초록색의 색 바랜 파라솔 두 개에는 맥주 광고까지 박혀 있었다. 거리로 나가는 최선의 방법은 호텔을 관통하는 길이나, 바닥에 닿고 보니 유리 미닫이문이 잠겨 있었다. 야생 동물이 들어올까 봐 폐쇄했을 것이다. 그렇다고 옆방에서 나오는 사람과 맞닥뜨리고 싶지는 않았다. 그는 의자 하나를 뒷담으로 가져가 그 위에 올라섰다.

담 너머는 이웃집 마당이며 바닥까지는 2미터 높이였다. 녹슬어 가는 요리 도구들과 낡은 자전거 따위가 지저분한 잡초 속에 반쯤 덮여 있었다. 멀리 안쪽에 대형 쓰레기통이 있는 걸 보면 레스토랑의 안뜰이 분명했다. 부엌 안에서는 하얀 모자를 쓴 요리사들이 이리저리 돌아다녔다. 그들이 소리치거나 쨍그랑거리며 팬을 부딪는 소리도 들렸다. 그는 노트북을 담 위에 올려놓고는 몸을 끌어올려 벽돌 담 위에 걸터앉았다. 멀리서 경찰 사이렌이 울기 시작했다. 그는 노트북을 들고 한 다리를 마저 넘긴 다음 따끔거리는 쐐기풀 위로 쿵 하고 뛰어내렸다. 입에서 저절로 욕이 새어 나왔다. 쓰레기를 버리던 젊은이가 고개를 돌렸는데 손에 텅 빈 쓰레기 양동이가 들려 있었다. 십대 후반의 아랍인 같았으나 면도를 깨끗하게 했다. 그가 놀란 표정으로 호프만을 보았다.

"위 에스트 라 루? (*Oùest la rue?*: 나가는 길이 어딘가?)" 호프만이 아무렇지도 않게 물으며 노트북을 두드려 보였다. 마치 그 한 마디 질문으로 지금의 상황을 모두 설명했다는 투였다.

젊은이는 인상을 찌푸리며 그를 쳐다보다가 입에서 천천히 씹는담배를 꺼내 어깨 너머를 가리켰다.

"메르시. (*Merci.*: 고맙네.)" 호프만은 황급히 좁은 통로와 나무 대문을 지나 거리로 나섰다.

▼ ▼ ▼

가브리엘 호프만은 한 시간 넘게 바스티옹 공원을 배회했지만 화가 가라앉지 않았다. 조금 전 인도에 서서는, 알렉스에게 했어야 할 말들을 머릿속으로 얼마나 돌려봤는지 모른다. 그렇게 서너 번 정원을 돌았을 때였나? 문득 자신이 미친 노파처럼 혼자 중얼거리고 있으며 지나가는 사람들도 쳐다본다는 사실을 깨달아야 했다. 가브리엘은 그 즉시 택시를 불러 집으로 돌아갔다. 순찰차 한 대가 맞은편 거리에 서 있었는데 그 안에 경관 둘이 앉아 있었다. 대문 안쪽에도 경호원 겸 운전사가 휴대전화로 통화하고 있었다. 그녀를 지키라며 알렉스가 보낸 불쌍한 친구였다. 경호원이 전화를 끊고 그녀에게 비난의 눈초리를 보냈다. 빡빡 깎은 대머리에 단단하고 땅딸막한 체구인지라 사악한 부처처럼 보였다.

"아직 차 있어요, 카미유?" 그녀가 물었다.

"네, 부인."

"내가 원하는 곳이면 어디든 데려다 주기로 했죠?"

"그렇습니다."

"그럼 가져와요. 공항으로 갈 테니까."

그녀는 침실로 들어가 옷을 마구 가방에 구겨 넣었다. 머릿속으로는 화랑에서의 굴욕을 미친 듯이 반복 재생했다. 어떻게 그런 짓을 할 수 있지? 전시회를 망친 장본인이 알렉스라는 사실에는 의심의 여지가 없다. 해를 끼칠 의도가 아니라 해도 마찬가지다. 오히려 정말로 화가 나는 건, 이 황당한 참사가 섣부르고 대책 없는 낭만적 구애에서 비롯되었다는 사실이다. 한두 해 전, 프랑스 남부에서 휴가를 보내며, 생-트로페의 어느 터무니없이 값비싼 해산물 레스토랑에서 저녁식사를 할 때였다. 그저 지나가는 말로, 로브스터 수십 마리를 어항에 가둬 놓고 산 채로 삶을 순서를 기다리게 하다니 정말 잔인하지 않으냐고 물었다. 다음 순간 그는 로브스터 전부를 두 배 가격에 사들이고는 모두 바깥으로 운반해 그대로 바다에 쏟아 붇게 했다. 로브스터들이 바다에 떨어지며 허둥지둥 달아날 때의 그 소란이라니! 우스꽝스럽기 그지없는 짓이었지만 남편은 전혀 안중에도 없었다. 그녀는 가방 하나를 더 열고 구두 한 켤레를 던져 넣었다. 오늘의 치욕에 대해서만큼은 절대 용서 못 한다. 적어도 아직은. 진정하려면 며칠은 기다려야 할 것이다.

그녀는 욕실로 내려가다가 우뚝 멈춰 서서 유리 선반에 진열된 화장품과 향수병들을 바라보았다. 얼마나 오래 떠나 있을지, 어디로 떠날지 모른다면, 짐을 얼마나 싸야 하는지도 결정하기 어려운 법이다. 그녀는 거울에 비친 모습을 보았다. 예술가로서 새롭게 태어나는 날을 위해 특별히 선택한 옷이었다. 그녀는 울기 시작했다. 하찮은 자기연민 따위가 아니라 두려움 때문이었다. 오, 신이시여, 제발 그가 아프지 않게 하소서. 그런 식으로 제게서 데려가지 마소서. 잠시 후 그녀는 마음을 진정하고 얼굴을 찬찬히 살펴보았다. 우는 것만으로 사람이 얼마나 추하게 변할 수 있는지 알면 정말 기가 막힐 것이다. 마치 그림에 낙서라도 하는 것 같으니 말이다. 한참 후 휴지를 찾기 위해 재킷 주머니에 손을 넣었는데 휴지 대신 날카로운 명함이 먼저 손에 걸렸다.

로버트 월턴 교수

전산 센터장

CERN –유럽 원자핵 공동 연구소

1211 제네바 23, 스위스

12

회상

다양성은 형성 과정의 종에게서 발생하며, 나는 그 종을 발단종이라 부른다.

_찰스 다윈, 〈종의 기원〉(1859)

휴고 쿼리가 사무실로 돌아온 건 오후 3시가 훌쩍 넘어서였다. 호프만의 휴대전화에 메시지 몇 개를 남겨도 아무 대답이 없던 터라 현재의 행방에 대해 조금씩 불안감이 스멀거렸다. 호프만의 경호원이라는 작자는 리셉션 여자와 수다를 떨고 있었는데, 고객이 호텔을 떠난 사실조차 모르고 있었다. 쿼리는 현장에서 놈을 해고했다.

그럼에도 불구하고 기분은 썩 좋았다. 새로운 투자 계획에 대한 초기 평가액이 두 배로 늘어날 게 거의 확실했다. 20억달러…. 단순 관리 수당만 매년 4000만달러라는 뜻이다. 덕분에 와인을 몇 잔 과음하기까지 했다. 레스토랑에서 돌아오는 길에는 자축할 겸 베네티 사에 전화를 걸어 요트장 뒤에 헬기 착륙장도 의뢰했다.

어찌나 웃었는지 안면 인식 장치가 알아보지 못해 마음을 가다듬기까지 두 번의 시도가 더 필요했다. 그는 유머 감각 제로의 까다로운 로비 보안 카메라 아래를 지나며 엘리베이터를 향해 "5층!"이라고 외쳤다. 유리관 속 엘리베이터를 타고 올라오는 동안에도 내내 콧노래를 흥얼거렸다. 그 옛날 학창 시절에 부르던 노래였는데 물론 가사는 대부분 기억나지 않았다. 노래 중에 문이 열렸다. 그는 잔뜩 찡그린 동료 탑승객들에게 쓰지도 않은 모자까지 건드리며 인사를 했다. 디지시스템, 에코테크 등등, 개미 소굴에서 일하는 답답한 일개미들…. 심지어 회사의 유리 파티션을 밀고 들어갔을 때 제네바 경찰서의 장-필립 르클레르 형사가 리셉션에서 기다리고 있었지만 그럼에도 불구하고 미소를 거둘 수가 없었다. 쿼리는 형사에게 신분증을 요구하고 사진과 눈앞의 늙은 영감을 비교도 했다. 10분 후면 미국 시장이 문을 연다. 절대로 놓칠 수 없는 일이다.

"반장님, 다음에 만나면 안 되겠습니까? 오늘 정말 완전히 녹초가 되어 드리는 말씀입니다만."

"괴롭혀 드려서 죄송합니다. 호프만 박사님과 연락을 하고 싶었습니다만 계시지 않아서요. 그래서 사장님과 몇 가지 상의드릴 게 있습니다. 10분도 채 걸리지 않습니다. 약속드리죠."

영감은 두 다리를 가볍게 벌리고 섰는데 쿼리를 향해 괜한 시간 낭비하지 말라고 경고라도 하는 분위기였다. 쿼리는 얼른 특유의 미소를 지었다. "아, 당연히 수사에 최대한 협조해야겠죠. 자, 제 사무실로 가시죠. 바로 저 끝입니다." 그는 손짓을 해서 형사를 앞세웠다. 문득 오늘 벌써 열다섯 시간 이상 미소만 지었다는 생각이 들었다. 하루 종일 웃느라 안면까지 뻐근했기에, 르클레르가 등을 돌리자마자 얼른 얼굴부터 찌푸렸다.

르클레르는 천천히 거래소를 걸으며 주변을 관심 있게 살폈다. 대형 사무실의 현황판과 타임-존 시계들. 어느 정도는 일반적인 금융 회사의 모습이었다. TV에서 본 적도 있었다. 하지만 직원들은 예외였다. 모두가 젊고, 슈트는커녕 넥타이도 매지 않았다. 게다가 너무도 조용했다. 모두가 책상에 앉아 있었는데 일에 몰두한 탓에 분위기는 차갑고 무거웠다. 차라리 남자 대학교의 실험실이나 신학교를 보는 기분이었다. 그것도 맘몬의 신학교…. 그 생각에 르클레르는 기분이 좋아졌다. 현황판 위로 회사 슬로건도 보였다. 마치 옛 소련처럼 흰 바탕에 붉은 글씨로 쓴 표어들.

미래의 회사는 종이를 사용하지 않습니다.

미래의 회사는 명세서를 요구하지 않습니다.

미래의 회사는 전적으로 디지털로 움직입니다.

드디어 미래의 회사가 도래했습니다.

"자, 뭘 도와드릴까요, 반장님? 차, 커피, 물?" 쿼리가 다시 미소를 지었다.

"영국 분 사무실이니 차가 좋겠군요. 감사합니다."

"앰버, 차 두 잔. 홍차로."

"전화가 많이 왔어요, 사장님." 그녀가 말했다.

"그래, 당연히 많이 왔겠지." 그가 사무실 문을 열고 옆으로 비켜나 르클레르가 먼저 들게 했다. 그리고 곧바로 책상으로 향했다. 유럽 시장은 빠른 속도로 폭락 중이었다. 닥스는 1퍼센트, CAC는 2, FTSE는 1.5가 빠지고 유로는 달러 대비 1센트 이상 떨어졌다. 포지션 모두를 확인할 시간은 없었지만 P&L에 따르면, VIXAL-4는 이미 오늘 하루에만 벌써 6800만달러를 벌어들였다. 당연히 기분 좋은 일이었으나, 그럼에도 불구하고 쿼리는 막연하나마 불길한 생각이 들었다. 당장이라도 태풍이 불어 닥칠 것 같은….

"자, 좋습니다. 그래, 미친놈은 잡으셨나요?" 그가 경쾌하게 책상 의자에 앉으며 물었다.

"아직 아닙니다. 두 분은 8년 동안 함께 일하셨죠? 그렇게 들었습니다만."

"그렇습니다. 2002년에 함께 회사를 세웠죠."

르클레르가 수첩과 펜을 꺼내 앞으로 내밀어 보였다. "메모를 조금 해도…."

"저야 상관없습니다. 알렉스라면 몰라도."

"네?"

"회사 내에서 흑연 기반의 데이터 정보 기록 장치는 사용이 금지되어 있거든요. 간단히 말해서 수첩과 신문 얘기입니다. 회사는 철저히 디지털화되어 있으니까요. 하지만 알렉스가 없으니 걱정 안 하셔도 됩니다. 계속하시죠."

"알다가도 모를 말씀이군요." 르클레르가 신중하게 메모를 했다.

"네, 그렇게도 볼 수 있죠. 알다가도 모를 얘기. 다른 사람이라면 완전히 미쳐 버릴 겁니다. 하지만 현실인걸요. 알렉스니까요. 알렉스는 천재입니다. 천재들은 세상을 보는 방식이 우리와 다르죠. 덕분에 저는 일반인들에게 그 친구의 행동을 설명하는 데 대부분의 시간을 투자하고 있답니다. 사도 요한처럼 제가 그 친구보다 먼저 가는 겁니다. 아니면 나중이거나."

보-리바쥬에서의 점심 초대 생각이 났다. 그는 미친한 지구인들에게 두 번이나 호프만의 행동을 해명해야 했다. 한 번은 30분 동안 나타나지 않았을 때("우선, 사과의 말씀부터 드립니다. 알렉스가 지금 골치 아픈 공식을 궁리 중이거든요."). 그리고 앙트레(entrée: 서양 요리에서 생선 요리와 로스트 사이에 나오는 요리 – 옮긴이)를 하다 말고 갑자기 일어나 달려 나갔을 때였다("에…

여러분, 알렉스가 바로 이런 사람입니다. 또 다시 기막힌 영감이 떠오른 게죠."). 가볍게 투덜대거나 눈을 굴리기는 해도, 고객들은 기꺼이 참아 줄 용의가 있었다. 어차피 호프만이 벌거벗고 나타나 엉덩이를 흔들며 우쿨렐레를 쳐대도 상관없을 사람들이다. 83퍼센트의 배당금만 내 준다면 말이다.

"두 분이 어떻게 만나셨는지 말씀해 주실 수 있겠습니까?" 르클레르가 물었다.

"물론이죠. 함께 사업을 시작할 때였습니다."

"어떻게 인연이 된 겁니까?"

"러브스토리 전부를 원하시나요?" 쿼리가 깍지 낀 두 손을 머리 뒤로 올리더니 편안하게 등을 기대고 두 발은 책상 위에 얹었다. 특별히 좋아하는 자세다. 그리고 벌써 100번, 아니 1000번은 했겠지만 얼마든지 더 들려주고 싶은 얘기이기도 했다. 이미 회사의 전설로 각색되고 굳어지지 않았던가. 시어스가 로벅을 만나고 롤스가 로이스를 만나고 쿼리가 호프만을 만나다….

"2001년 크리스마스 시즌이었죠. 런던에 있는 미국 대형 은행에서 일하고 있었는데, 제 나름의 펀드를 시작하고 싶었죠. 돈을 모을 자신도 있었습니다. 연줄이 있으니 그 정도는 식은 죽 먹기였지만 문제는 오랫동안 버텨 낼 게임 플랜이 없었죠. 이런 사업에선 전략이라는 게 있어야 하거든요. 헤지 펀드의 평균 수명이 3년이라는 사실 아시나요?"

"아뇨." 르클레르가 솔직하게 대답했다.

"네, 사실입니다. 햄스터의 일반적인 수명이죠. 아무튼, 제네바 사무실에 있는 친구가 CERN의 미친 과학자 얘기를 꺼내더군요. 자기도 들은 얘기라면서, 알고리듬 분야에서 아주 기발한 아이디어가 있다고 했습니다. 그래서 퀀트로 고용하려 했지만 그 친구는 꿈쩍도 하지 않았습니다. 우리를 만나려고도 않고 아예 알려고 들지도 않았어요. 당연히 우리도 완전히 그를 미친 책벌레 정도로 생각했고요. 그런데 이 친구한테는 쉽게 떨쳐 내기 어려운 무언가가 있었어요. 글쎄요, 막연한 예감이랄까? 어느 날 휴가라서 스키 여행을 계획했는데, 그때 그 친구를 만나 볼 생각을 했죠."

▼ ▼ ▼

쿼리는 송년의 날에 호프만과 접촉하기로 결심했다. 아무리 괴짜에 은둔형이라 해도 한 해의 마지막 날에는 사람을 만나리라 생각했던 것이다. 그래서 그는 아내 샐리와 아이들을 샤모니의 스키 별장에 처박았다. 윔블던의 끔찍한 이웃인 베이커 가족과 함께 임대한 별장이었다. 가족들은 당연히 그를 원망했으나, 어쨌든 혼자서 계곡을 빠져나와 제네바로 차를 몰았다. 솔직히 도망 나올 핑계가 반갑기도 했다. 달빛 아래 산들이 파란색 빛을 띠었다. 도로는 텅 비었고, 렌터카라 위성 내비게이션이 없었는데 어차피 당시엔 가당치도 않은 일이었다. 제네바 공항에 가까워서는 잠시 도로변에 세우고 헤르츠 지도를 확인했다. 생-즈니-푸이이는 직진해서 CERN을 지나 바로였다. 작은 프랑스 마을의 평평한 경작지마다 서리가 내려 반짝였다. 중앙 광장에는 자갈을 깔았는데, 그곳에서 카페를 지나고 산뜻한 붉은 지붕 집들을 지나자 마침내 콘크리트로 지은 현대식 아파트 단지에 다다랐다. 최근 몇 년 동안 새로 지은 건물들은 하나같이 황토색 페인트를 칠했으며, 발코니에는 풍경을 매달고 철제 접이의자들을 내놓았다. 화분의 꽃들은 모두 말라 죽었다. 한참동안 호프만의 집 초인종을 눌렀지만 대답이 없었다. 문 아래로 희미한 불빛이 새어 나왔기에 안에 누가 있다는 느낌은 들었다. 결국 이웃 한 명이 나와 주경기장 인근의 한 집에서 파티 중이라고 일러 주었다. 그는 가는 길에 바에 들러 코냑 한 병을 산 다음 어두워지는 거리를 달려 마침내 목표물을 찾아냈다.

8년도 더 지난 일이지만 자동차가 철컥, 하고 경쾌한 전자음과 함께 잠기던 순간까지 기억한다. 그는 화려한 크리스마스 조명과 쿵쿵거리는 음악을 향해 걸어갔다. 어둠 속에서 사람들이 삼삼오오 모여 잡담을 하고 있었다. 어쩐지 일이 잘 풀릴 것 같은 기분이 들었다. 이 황량하고 작은 유럽 도시 위로 별들까지 가지런하니 무엇이든 특별한 일이 일어날 것만 같았다. 주인 부부가 문가에 서서 손님들을 맞이했다. 밥 월턴과 매기 월턴. 영국인들이고 손님들보다 나이가 많으며 따분한 성격이었다. 두 사람은 쿼리를 보며 의아해했는데 알렉스 호프만의 친구라고 하니 더욱 난감한 표정이었다. 지금껏 호프만의 친구를 자처한 사람이 한 명도 없었던 걸까? 월턴은 마치 뇌물이라도 되는 양 코냑 병을 거절했다. "떠날 때 도로 가져가시죠." 그다지 달가운 목소리도 아니었다. 솔직히 말해서 쿼리는 파티를 망치고 있는 데다 그 자리에 어울리지도 않았다. 정부의 녹을 먹고 사는 촌뜨기들 사이에 값비싼 스키 재킷이 왔으니 왜 아니겠는가. 호프만이 어디에 있는지 묻자 월턴은 날카로운 표정을 지으며 이렇게 대답했다. "두 분이 정말 친구라면 알아보시지 않겠습니까?"

"그래서요? 알아보셨습니까?" 르클레르가 물었다.

"네, 물론입니다. 미국인이야 어디에서나 눈에 띄지 않나요? 아래층 방에 혼자 서 있었는데 파티는 그의 주변에서 겉돌고 있는 듯했죠. 아주 잘생긴 얼굴이었는데도 다른 사람들의 시선은 전혀 의식하지 않더군요. 완전히 다른 세계에 있는 사람의 표정이었죠. 그러니까… 그곳이 싫어서가 아니라 아예 그 자리에 없는 겁니다. 그 후로는 저도 그 모습에 많이 익숙해졌답니다."

"그때가 처음 대화였습니까?"

"네, 그랬죠."

"무슨 말씀을 하셨나요?"

"호프만 박사님이시죠?"

쿼리가 코냑 병을 흔들며 다가가서 잔 두 개를 가져오겠다고 했으나 호프만은 술은 안 마신다고 대답했다. 그래서 "그럼 왜 송년 파티에 오신 겁니까?"라고 묻자 신경과민의 친구 몇몇이 이런 특별한 날 그가 혼자 있을까 봐 강제로 끌고 왔다는 대답이 돌아왔다. "친구들이 잘못 생각한 겁니다. 혼자 있을 때가 제일 행복하니까요." 그가 덧붙였다. 그러고는 다른 방으로 달아나는 바람에 쿼리도 잠깐 머뭇거리다가 곧 뒤를 따라가야 했다. 전설의 호프만이 지닌 매력을 처음 맛본 순간이었다. 쿼리는 발끈했다. "박사님을 뵈러 100킬로미터를 달려왔습니다. 투덜대는 처자식들을 혹한의 계곡 오두막에 버려두고, 얼음과 눈을 뚫고 차를 몰았단 말입니다. 그런데 기껏 냉대라니요."

"왜 절 만나시려는 거죠?"

"아주 흥미로운 소프트웨어를 개발 중이시라고 들었습니다. 암코에 있는 동기 말이 박사님과 얘기했다더군요."

"네, 은행에서 일할 생각 없다고 분명하게 말씀드렸죠."

"은행은 저도 싫습니다."

그때 처음 호프만의 눈에 손톱만큼의 호기심이 일어났다. "그럼 뭘 원하시는 거죠?"

"헤지 펀드를 만들고 싶습니다.

"헤지 펀드가 뭡니까?"

쿼리는 르클레르를 앞에 두고 고개까지 젖히며 웃었다. 지금 쿼리와 호프만은 100억달러의 관리 자금을 주무르며 곧 120억달러가 될 것이다. 그런데 불과 8년 전만 해도 호프만은 헤지 펀드가 뭔지도 몰랐다!

송년 파티가 설명에 적합한 장소는 아니었건만 쿼리에게도 선택의 여지는 없었다. 그는 호프만의 귀에 대고 큰 소리로 외치기 시작했다. "위험을 최소화하는 동시에 이윤을 극대화하는 방법입니다! 때문에 복잡한 수학이 필요하죠! 컴퓨터도 필요하고!"

호프만이 고개를 끄덕였다. "오케이. 계속하세요."

쿼리는 주위를 둘러보며 대상을 물색했다. "네, 저기 저 여자분 보이시죠? 검은 단발머리? 아까부터 계속 박사님을 보고 있더군요." 쿼리는 그녀에게 코냑 병을 들어 보이며 미소 지었다. "자, 저 여자가 검은 팬티를 입고 있다고 해 보죠. 아무래도 검은 팬티를 좋아할 여자처럼 보이니까요. 네, 그래서 검은 팬티를 입었다는 사실에 전 100만달러를 걸 생각입니다. 정말로 확신할 수 있으니까요. 문제는, 오판일 경우, 난 쫄딱 망한다는 겁니다. 그러니 그녀가 검은색이 아닌 팬티를 입었다는 데도 돈을 걸어야겠죠. 그 가능성에는 95만달러를 건다고 가정하죠. 그게 시장의 적립금이고 헤지입니다. 네, 어느 모로 보나 예시가 좀 조잡합니다만, 잘 들어 보세요. 제가 옳다면 전 5만달러를 법니다. 진다고 해도 5만달러만 잃는 거죠. 헤지에 들었으니까요. 게다가 100만달러의 95퍼센트는 사용하지 않았으니 돈을 보여줄 필요도 없습니다. 위험은 차액에만 존재하니까요. 그럼 그 돈으로 그와 비슷한 배팅을 할 수 있겠죠. 아니면 완전히 다른 곳에 배팅을 하든가요. 핵심은 항상 옳을 필요가 없다는 겁니다. 만일 팬티 색을 맞힐 확률이 55퍼센트만 된다 해도 전 아주 부자가 될 겁니다. 여자가 정말로 박사님을 보고 있는데, 아십니까?"

"지금 내 얘기 하는 건가요?" 그녀가 갑자기 외치더니 대답도 기다리지 않고 친구들에게서 빠져나와 두 남자한테 건너왔다. 환한 미소. "개비라고 해요." 그녀가 호프만에게 손을 내밀었다.

"알렉스입니다."

"전 휴고."

"네, 그쪽은 휴고처럼 생기셨어요."

그녀의 등장 때문에 쿼리만 초조해졌다. 그녀가 호프만만 바라보고 그에게는 관심이 없기 때문만은 아니었다. 아직 공을 던지는 중이 아닌가. 쿼리의 입장에서 본다면 이 상황에서 그녀의 역할은 예시에서 끝나야 했다. 참가자가 아니라.

"지금 아가씨 팬티 색깔에 돈을 걸었습니다." 그가 가볍게 말했다.

지금껏 사교적 실수는 거의 없었지만, 솔직히 말해 그 실수는 치명적이었다.

"그 이후로 가브리엘은 계속 날 싫어했죠."

르클레르가 미소를 지으며 수첩에 기록했다.

"그래서 호프만 박사님과의 관계는 그날 만들어졌나요?"

"네, 맞습니다. 돌이켜 보면, 내가 그런 사람을 찾아다닌 것만큼이나 그도 나 같은 사람을 기다렸던 듯싶습니다."

자정이 되자 손님들은 정원으로 나가 작은 양초에 불을 붙여 종이풍선 안에 넣었다. 10여 개의 종이풍선이 하늘하늘 떠올라 순식간에 찬 바람을 타더니 어느 순간 노란색 달만큼이나 작아졌다. 그때 누군가가 소리쳤다. "소원을 빌어요!" 쿼리, 호프만, 가브리엘은 함께 서서 불빛이 별만큼 작아지고 사라질 때까지 하늘을 바라보았다. 세 사람의 입김이 바람에 부서졌다. 후에 쿼리가 호프만을 집에 태워다 주겠다고 하자 당혹스럽게 가브리엘까지 따라붙었다. 그녀는 뒷자리에 앉아서 아무도 묻지 않았건만 자기 이야기를 줄줄이 늘어놓기 시작했다. 듣도 보도 못한 대학교에서 미술과 프랑스어 전공, 런던 왕립미술대학에서 석사, 아르바이트 생활, UN 등등…. 하지만 호프만의 아파트 안에 들어서면서부터는 그녀도 입을 다물고 말았다.

호프만은 두 사람을 집에 들이지 않으려 했으나 쿼리는 화장실이 급한 시늉을 했다. "말 그대로, 늦은 밤 녹초가 된 상태에서 여자를 꾀는 기분이더군요." 쿼리가 후에 늘어놓은 하소연이었다. 어쨌든 호프만은 마지못해 두 사람을 데리고 계단을 올라가 문을 열었다. 그의 방은 말 그대로 소음과 더위의 사육장이었다. 마더보드들이 사방에서 윙윙대고, 소파 밑, 테이블 뒤, 책장 위, 어디든 빨간색과 초록색 눈이 깜빡거렸으며, 검은색 케이블 뭉치들은 넝쿨처럼 벽을 뒤덮었다. 쿼리는 문득 크리스마스 직전에 읽은 기사 생각이 났는데, 메이든헤드에 사는 남자가 차고에서 악어를 키우더라는 얘기였다. 구석에 온라인 거래자를 위한 블룸버그 현황판도 보였다. 쿼리는 화장실에서 나오면서 침실까지 엿보았지만 그곳에도 컴퓨터들이 침대 절반을 차지했다.

거실로 들어오자 가브리엘은 아예 소파에 자리를 차지하고 구두까지 벗어 던졌다.

"여기가 도대체 뭐하는 곳입니까? 보기엔 우주 비행 관제탑 같은데요?"

처음에는 얘기하지 않으려 했지만 호프만도 곧 조금씩 입을 열기 시작했다. 목표는 자율적 기계 학습 알고리듬이었다. 그러니까 임무를 던지면 기계가 독립적으로 작동하는 동시에 인간으로서는 상상도 못 하는 속도로 자율적 학습을 수행하는 알고리듬을 만들어 낸다는 얘기였다. 호프만은 혼자 연구를 이어 가기 위해 CERN도 떠날 생각이었다. 당연히 LEPC에서 쏴 주는 실험 데이터 접근이 더 이상 불가능했기에 지난 6개월간은 금융 시장의 데이터 스트림을 활용해 왔다. 굉장히 값비싼 사업처럼 보인다는 말에는 호프만도 동의했다. 하지만 가장 큰 비용이 마이크로프로세서 가격은 아니었다. 그는 대부분 쓰레기 부품을 재생해 사용했다. 블룸버그 서비스 비용도 큰 문제는 아니었다. 문제는 바로 전기료였다. 충분한 전력을 유지하는 데에만 매주 2000프랑이 들어갔다. 동네를 정전으로 만든 것도 두 번이나 되었다. 그리고 또 다른 문제는 대역폭이었다.

"괜찮으시다면 비용 문제를 돕고 싶습니다." 쿼리가 조심스럽게 제안했다.

"필요 없습니다. 알고리듬이 비용을 충당해 주니까요."

쿼리로서는 흥분을 감추기 어려운 얘기가 아닐 수 없었다. "정말입니까? 그것 참 대단한 발상이군요."

"네. 기본적인 패턴 분석으로부터 외삽(extrapolation)을 도출해 내는 겁니다." 호프만이 화면을 보여주었다. "먼저 12월 이후로 알고리듬이 제안한 주식들입니다. 지난 5년간의 데이터를 기반으로 두고 가격 분석을 한 결과죠. 그럼 전 브로커에게 전화해 사거나 팔라고 말합니다."

거래 현황을 살펴보니 소액 거래이지만 성공률이 무척 높았다.

"비용 충당 외에 더 많은 일도 하나요? 이윤을 내는 식으로 말입니다."

"네, 이론상으로 가능하지만 그러려면 상당한 투자가 필요합니다."

"투자는 제가 만들어 드릴 수 있습니다."

"솔직히… 돈 버는 데는 별로 관심이 없습니다. 기분 나쁘게 할 생각은 없지만, 돈 버는 의미를 모르겠어요."

쿼리는 자기 귀를 의심했다. 돈 버는 의미를 모르겠다니!

호프만은 마실 것은커녕 자리를 권하지도 않았다. 가브리엘이 유일한 공간을 차지한 탓에 더 이상 앉을 곳도 없었다. 쿼리는 그냥 서서 스키 재킷 안으로 땀만 흘리고 있었다.

"돈을 벌면 연구에 투자할 수도 있지 않습니까? 지금 하시고 계신 작업을 조금 더 거대한 규모로 만드는 겁니다. 무례하고 싶지는 않지만 주변을 둘러보세요. 당신에게는 더 나은 연구실과 더 좋은 기구와…."

"청소기도 필요하겠죠?" 가브리엘이 덧붙였다.

"네, 그래요. 청소기가 해될 건 없잖습니까? 이봐요, 알렉스. 여기 제 명함입니다. 다음 주쯤 사무실에 있을 텐데 좀 더 심도 있는 대화를 하고 싶어요."

호프만은 명함을 보지도 않고 주머니에 넣었다. "생각해 보죠."

쿼리는 문가에서 상체를 숙이고 가브리엘에게 속삭였다. "태워 드릴까요? 샤모니로 돌아가는 길에 시내에 내려드릴 수 있습니다."

"고맙지만 괜찮아요. 난 여기 남아서 여러분들의 내기를 확인할 참이거든요."

"좋으실 대로. 하지만 그 전에 침실부터 확인해 보시죠. 행운을 빕니다."

▼ ▼ ▼

쿼리는 직접 종자돈을 마련하고 연말 보너스를 쏟아부어, 호프만과 그의 컴퓨터 전부를 제네바의 사무실로 옮겼다. 능력 있는 고객들을 데려와 하드웨어로 감동시킬 장소가 필요했다. 아내는 불만이 많았다. "런던에서 개업한다고 말하지 않았어? 런던이 헤지 펀드의 중심이라며?" 하지만 제네바도 매력적인 부분이 있었다. 세금이 적기도 했지만 무엇보다 매끈하게 새 출발을 할 기회였다. 그때까지만 해도 스위스로 이사할 생각은 해 보지 않았었다. 가족들에게도 그렇게 얘기했고 그도 그렇게 생각했다. 하지만 솔직히 말해, 가정사는 더 이상 자신의 포트폴리오를 채워 줄 증권이 되지 못했다. 오히려 지겨웠다. 즉, 모두 팔아치우고 갈아탈 때가 된 것이었다.

쿼리는 회사 이름을 '호프만 투자 테크놀로지'로 정했다. 롱아일랜드에 있는, 짐 사이먼스의 전설적인 퀀트 회사이자 알고리듬 헤지 펀드의 아버지 '르네상스 테크놀로지'에 대한 오마주였다. 호프만은 강하게 거부했다. 익명성에 대한 그의 집착과 처음으로 부딪친 때였다. 쿼리도 고집을 꺾지 않았다. 짐 사이먼스처럼, 수학 천재로서의 신비한 매력이 상품 판매의 중요한 요소임을 간파했기 때문이다. 암코가 프라임 브로커로 나서기로 하자, 쿼리는 관리비 할인과 10퍼센트의 의결권을 조건으로 그의 고객 일부를 떼어 주었다. 쿼리는 미국과 유럽 전역의 도시들을 돌아다니며 투자자들과 만났다. 캐리어를 끌고 공항 세관을 통과한 것만 50번이 넘었다. 사실 그가 좋아하는 역할이었다. 세일즈맨이 되어 혼자 여행하고, 낯선 호텔, 에어컨을 빵빵 틀어 놓은 회의실을 걸어 다니고, 이글거리는 프리웨이를 내려다보거나, 의심 많은 고객들을 설득하는 일. 그가 선호하는 방식은, 고객들에게 호프만 알고리듬의 사후 검증 결과와 군침 도는 배당 계획들을 보여주고, 펀드를 이미 마감했다는 사실을 폭로하는 식이었다. "고객들께 설명 드리는 게 도리이기에 자리를 마련했습니다만, 죄송스럽게도 투자는 이제 받지 않습니다." 그러면 얼마 후 투자자들이 호텔 바에 내려와 그를 찾았다. 거의 언제나 먹히는 전략이었다.

쿼리는 BNP 파리바의 직원 하나를 빼내 비영업 부문을 맡겼고, 총무와 비서도 고용했다. 암코로부터 고정 수입 거래자(fixed-income trader)를 스카우트했는데 몇 가지 규정 문제 때문에 신속히 런던에서 달아나야 하는 프랑스인이었다. 기술 부문에서는 호프만이 CERN의 천체 물리학자를 고용하고, 폴란드인 수학 교수를 불러 퀀트로 근무하게 했다. 그들은 여름 내내 시뮬레이션을 돌려 2002년 관리 자금 1억700만달러로 첫

발을 내디뎠다. 그리고 첫 달에 흑자를 기록해 그 후로 계속 성공 가도를 달렸다.

쿼리는 잠시 얘기를 멈추고 르클레르의 싸구려 볼펜이 얘기를 따라오도록 기다려 주었다.

형사의 또 다른 질문. 아뇨, 가브리엘이 정확히 언제 호프만과 동거를 시작했는지는 모릅니다. 그 친구와 사적으로 만나는 일도 거의 없었거니와 첫 해에는 여행을 많이 다녔거든요. 아뇨, 결혼식에도 참석하지 못했어요. 태평양 해안 어딘가에서 석양을 바라보며 했다는데 철저히 비밀이었다더군요. 가족이나 친구 하나 없이 호텔 종업원 둘만 증인으로 삼았다죠? 아뇨, CERN 근무 당시 호프만이 신경쇠약으로 고생했다는 얘기는 못 들었습니다. 짐작은 했지만요. 처음 그의 아파트 화장실에 들어갔을 때 욕실 찬장을 뒤져 봤었죠. 네, 항우울증 조제약들이 있더군요. 미르타자핀, 리튬, 플루복사민…. 정확히 기억은 못 하지만 상당히 심각해 보였습니다.

"그런데도 함께 사업을 시작한 겁니까?"

"네? 그 친구가 '정상'이 아니어서요? 맙소사, 당연히 문제없죠. 빌 클린턴이 지혜의 샘은 못 되지만 이 경우에 딱 맞는 말을 한 적은 있습니다. '정상은 과대평가되었다. 정상인은 대부분 개자식들이다.'라고요."

"호프만 박사가 지금 어디 계신지 모르십니까?"

"네, 모릅니다."

"언제 마지막으로 보셨죠?"

"점심시간. 보-리바쥬 호텔."

"그런데 아무 말도 없이 떠나신 건가요?"

"알렉스니까요."

"이상한 낌새는 없었나요?"

"글쎄요, 특별한 점은 못 느꼈는데…." 쿼리가 책상 위에서 다리를 내리고 버저를 눌러 비서를 불렀다. "알렉스가 돌아왔나?"

"아뇨, 사장님. 조금 전에 가나 씨가 전화했습니다. 위기관리 위원회 때문에 자기 사무실에서 기다리고 있답니다. 호프만 박사님을 급하게 찾는 걸 보니 문제가 생긴 것 같아요."

"이런, 빌어먹을. 이번엔 또 뭐래?"

"VIXAL이 델타 헤지를 높이고 있다고 전하면 무슨 뜻인지 아실 거라고 했어요."

"오케이, 고마워. 곧 간다고 전해." 쿼리는 버저에서 손을 떼고 심각한 표정으로 인터컴을 바라보았다. "아무래도, 가 봐야겠습니다." 불안감이 쿼리의 늑골 밑으로 자갈처럼 얹혔다. 그런 기분은 처음이었다. 그는 책상 너머로 르클레르를 보았다. 반장도 그를 지켜보던 참이었는데, 문득 너무 많이 나불댔다는 생각이 들었다. 르클레르는 가택 침입이 아니라 호프만을 수사하는 것처럼 보였다.

"중요한 문제인가요? 델타 헤지가?" 르클레르가 인터컴을 향해 고갯짓을 했다.

"어쩌면요. 죄송합니다. 비서가 배웅해 드릴 겁니다."

쿼리는 악수도 없이 훌쩍 자리를 떴다. 르클레르는 이내 비서의 안내를 받아 거래소를 지났다. 가슴 부분이 깊게 파인 스웨터 차림의 빨강 머리 글래머 비서도 서둘러 르클레르를 몰아내려는 눈치였으나, 르클레르는 되도록 걸음을 늦추었다. 주변 분위기가 아까와 사뭇 달랐다. 거래소 주변으로 여기저기 직원들이 삼삼오오 모여 화면을 열심히 확인하고 있었다. 한 사람은 자리에 앉아 마우스를 클릭하고 다른 사람들은 그의 어깨 너머로 화면을 보았는데, 이따금 누군가가 그래프나 수치를 가리키기도 했다. 그러니까 지금은 신학교가 아니라, 환자의 침대 주변에 의사들이 모여 난감한 증세에 대해 대화를 나누는 장면처럼 보였다. 대형 TV 화면에서는 여객기 추락 장면을 계속 내보내고 있었다. 검은 슈트에 타이 차림의 한 남자가 TV 앞에 서서 휴대전화로 열심히 문자 메시지를 보내는 중이었다. 시간이 좀 걸리긴 했지만 르클레르는 그가 누구인지 알아볼 수 있었다.

"모리스 즈누!" 르클레르가 큰 소리로 부르며 다가갔다. 그 소리에 즈누가 고개를 들었다. 그런데, 착각이었을까? 아니면 과거의 망령이 접근하자 정말로 저 얍삽한 면상에 긴장감이라도 돈 걸까?

"르클레르 반장님." 즈누가 신중한 얼굴로 르클레르와 악수를 나누었다.

"모리스 즈누, 살이 좀 쪘나?" 르클레르가 쿼리의 비서를 돌아보았다. "난 괜찮으니 가 봐요, 아가씨. 옛 친구를 만났잖아. 어디 보자. 자식, 이제 진짜 민간인 같은데?"

즈누가 어색하게 웃었다. '내가 성가신 게로군, 자식.' 르클레르도 속으로 웃어 주었다.

"반장님은요? 곧 은퇴하신다고 들었습니다만."

"내년. 빨리 왔으면 좋겠군. 이봐, 이 사람들 여기서 대체 뭘 하는 거야? 자넨 알 거 아냐? 나야 늙어서 머리가 돌아가야 말이지." 르클레르가 거래소를 가리키며 물었다.

"저도 모릅니다. 제 임무야 돈 받고 안전하게 지키는 일인걸요."

"그럼 제대로 못 하고 있군그래." 르클레르가 즈누의 어깨를 툭 치며 말했다. 즈누의 얼굴이 일그러졌다.

"이봐, 농담이야. 인상 풀어. 어쨌든, 어떻게 된 거야? 이상하지 않아?

그렇게 철통같은 보안 시스템을 길거리 부랑자가 뚫고 들어와 공격하다니. 시스템도 자네가 설치했지?"

즈누는 대답하기 전에 입에 침부터 발랐다. 시간을 벌려는 수작이 분명했다. 옛날 칼-포그트에서도 날조하려 들 때면 늘 이런 식이 아니었던가. 즈누가 신참으로 그의 밑에 있을 때조차 믿지 못했었다. 그러니까 이놈은 돈이 되고 법망에 걸리지만 않는다면, 거리끼는 일과 깨뜨리지 못할 원칙은 물론, 깨지 못할 약속도 없고 배신하지 않을 사람도 없었다.

"네, 제가 설치했습니다. 그래서요?" 즈누가 다시 인상을 찌푸렸다.

"그렇게 빡빡하게 나올 필요 없어. 비난하려는 게 아냐. 자네가 세계 최고의 보안 시스템을 다룬다는 거 알아. 하지만 어차피 저 사람들이 사용법을 까먹으면 속수무책이잖아?"

"맞는 말씀입니다. 그런데 죄송하지만, 일을 해야 합니다. 아시다시피 여긴 사교 클럽이 아니어서요. 수다 떨 시간이 없습니다."

"수다를 통해서도 얻을 건 많아."

두 사람은 리셉션으로 이동했다. 르클레르는 단도직입적으로 물었다.

"그래서, 이 사람, 어떤 사람이야? 호프만 박사."

"저도 잘 모릅니다."

"원한 살 사람이 있나?"

"박사한테 직접 물어보시죠."

"들은 얘기 없어? 이 사람을 싫어하는 사람이 있다거나… 아님 해고를 당했다거나…."

즈누는 들은 척도 하지 않았다. "없습니다. 은퇴 준비 잘 하세요, 반장님. 열심히 사셨으니 이제 즐기셔야죠."

13 두려움 지수

멸종은 유기체 세계사에서 매우 중요한 역할을 수행했다. 멸종은 거의 예외 없이 자연선택의 원칙을 따르며 과거의 종들은 새롭게 진화한 종들로 대체될 것이다.
_찰스 다윈, 〈종의 기원〉(1859)

호프만 투자 테크놀로지는 오늘만 벌써 두 번째 위기관리 위원회를 열었다. 16시 25분. 중앙 유럽 표준시로 미국 시장이 열리고 55분 후였다. 참석자는 CEO 휴고 쿼리, 재무 담당 린 주-롱, 운영 담당 피터르 판 데르 질, 그리고 위기관리 담당 라야마니였다. 장소는 라나마니의 사무실을 이용했고 그가 기록까지 담당했다.

라야마니는 의장처럼 자기 책상 의자에 앉았다. 고용 계약 조건에 따르면 그는 연간 보너스를 받지 못한다. 위기에 보다 객관적으로 대처하도록 하기 위해서였지만, 쿼리가 보기에는 그 바람에 합법적인 잔소리꾼으로 탈바꿈해 회사가 큰 이익을 볼 때마다 못마땅해 하는 것 같았다. 네덜란드인과 중국인이 의자 두 개를 차지하고, 쿼리는 소파에 길게 누웠다. 열어 놓은 블라인드 너머로, 앰버가 르클레르를 데리고 리셉션으로 향하고 있었다.

첫 번째 보고 사항은, 회사 대표 알렉산더 호프만 박사의 부재였다. 추가 설명은 없었다. 잔소리 담당관 라야마니가 대표의 직무 유기를 공개적으로 기록하려는 것 또한, 회의를 깐깐하게 진행하겠다는 의지의 표현이리라. 현재 포지션이 얼마나 위태로워졌는지를 설명할 때 보니 은근히 이 상황을 즐기는 것 같기도 했다. 그의 보고에 따르면, 4시간쯤 전 위기관리 위원회를 연 후, 펀드의 위기 노출 지수가 심각한 수준으로 증가했다. 조타실의 경고등이 모두 빨간색으로 바뀌었으므로 신속한 의사 결정이 필요했다.

라야마니는 그의 컴퓨터 기록들을 읽기 시작했다. 그의 말에 따르면, VIXAL은 상승장에 대한 대표적 헤지인 S&P 선물의 매수 포지션을 완전히 포기하고, 오히려 과도한 매도로 회사를 궁지에 몰아넣었다. 또한 그에 맞서 매도 중인 80여 종의 품목에 대해 모두 ("말 그대로 모두입니다!") 매수 처분 중에 있다. 불과 몇 분 동안, 딜로이트에 대한 7000만달러의 매수 위치가 모두 일소되기도 했는데, 딜로이트는 경쟁사인 엑센추어의 대량 매도를 헤지하기 위해 선택한 종목이다. 게다가 무엇보다 불안한 사실은, 매수 쪽에 건 돈들이 하나하나 빠지는데도 매도 항목들을 되사들이는 움직임이 전혀 없다는 사실일 것이다.

"이제껏 이런 상황은 처음입니다. 분명한 사실은, 회사의 델타 헤지가 거의 사라졌습니다." 라야마니가 결론을 내렸다.

쿼리는 포커페이스를 유지했으나 솔직히 크게 당혹스러웠다. VIXAL을 향한 신뢰야 늘 확고했으나 이건 헤지 펀드이며 실마리는 바로 이름에 들어 있다. 만약 '헤지'를 제거한다면, 그래서 위험 요소로부터 그들을 보호해야 할 복잡한 수학 공식 없이 때울 생각이라면, 차라리 가보(家寶)를 들고 나가 뉴마켓의 경마장에서 운을 시험하는 편이 낫다. 헤지가 이익에 돈을 건다면, 동시에 손실에 대한 대비도 마련해야 한다. 이 세상에 펀드가 없고, 그래서 험난하기 짝이 없는 시장을 헤쳐 나갈 수 없다면…. 다시 말해 헤지를 걸지 않는다면, 결국은 수많은 오판으로 완전히 빈털터리가 되고 말 것이다. 이런 생각을 하자 쿼리는 온몸에 소름이 돋고, 점심 때 먹은 음식이 담즙처럼 목구멍을 타고 올라왔다. 손등을 이마에 댔더니 식은 땀이 묻을 정도였다.

라야마니는 계속 난도질을 해댔다. "S&P 선물의 매수 포지션을 포기했을 뿐 아니라 아예 공매도에 접어들었습니다. VIX 선물에 대한 포지션도 거의 10억달러 수준까지 올렸죠. 지금은 외가격 매도 옵션을 사고 있는데 지나치게 극단적인 종목들이라 시장에서도 대규모의 가치 하락을 우려하고 있습니다. 우리 쪽에 유일한 위안이라면, 최소한 예외 없이 끌어올리는 추세이긴 합니다. 게다가…."

쿼리가 한 손을 들었다. "오케이, 가나. 그만하면 됐네." 이 자리가 혼란에 빠지기 전에 재빨리 분위기를 장악할 필요가 있었다. 분명 거래소에서 그들을 주시하고 있을 것이다. 헤지가 사라졌다는 사실을 모르는 사람은 없다. 현황판 너머로 불안한 표정들이 흡사 사격장의 타깃들처럼 불쑥불쑥 오르내리고 있었다.

"블라인드를 치겠습니다." 판 데르 질이 일어나려고 했다.

"아냐, 피터르, 그냥 열어 둡시다. 빌어먹을, 그것마저 닫았다가는 우리가 지금 동반 자살이라도 하는 줄 알 거요. 그리고 괜찮다면, 당신들도 미소 좀 짓지그래. 자, 다들 웃어요. 명령이니까. 가나, 자네도. 매니저들답게 직원들한테는 냉정한 모습을 보여야지." 그가 신경질적인 목소리로 다그쳤다.

쿼리 자신도 두 발을 커피 테이블에 올리고 두 손을 머리 뒤로 깍지 끼어 아무렇지도 않다는 시늉을 했다. 물론 손톱이 살갗을 어찌나 깊이 파고들었던지 움푹 팬 부위가 그날 하루 종일 흉터처럼 보일 지경이었다. 그는 라자마니의 사진들을 둘러보았다. 스칸디나비아의 우울한 실내 장식을 누그러뜨리겠다며 고국에서 가져온 것들이다. 델리의 정원에서 열린 성대한 야간 결혼식. 신랑, 신부가 중앙에 서서 살인마들처럼 씩 웃고 있었다. 다른 사진에서는 케임브리지 졸업생 라야마니가 케임브리지 평의원 회관 앞에 서 있었다. 교복을 입은 어린 남녀의 사진도 있었는데, 둘 다 심각한 표정으로 카메라를 응시했다.

"오케이. 가나, 그래서 자네 생각은 뭔가?" 쿼리가 물었다.

"선택은 하나뿐입니다. VIXAL-4를 무시하고 헤지를 되돌려야죠."

"호프만 박사님과 상의도 없이 알고리듬을 우회한다고?" 주-롱이 되물었다.

"찾을 수 있다면야 당연히 상의해야죠. 하지만 지금은 전화도 안 받으신단 말입니다." 라야마니가 발끈했다.

판 데르 질이 나섰다. "사장님과 함께 식사 중이 아니셨던가요?"

"그랬는데, 중간에 황급히 빠져나갔어."

"어디 가신 겁니까?"

"난들 아나? 말 한마디 없이 훅 하고 사라진걸."

"터무니없는 직무 유기입니다. 분명, 문제가 있다는 사실도 아시고, 오후에 다시 모이기로 했다는 사실도 아시잖아요." 이번에도 라야마니였다.

정적.

"저희끼리 있으니까 드리는 말씀입니다만, 아무래도 호프만 박사님께 정신적인 문제가 조금 있는 듯합니다." 주-롱이었다.

"입 닥쳐, LJ." 쿼리가 딱 잘라 말했다.

"하지만 사실입니다." 판 데르 질이 거들었다.

"당신도 입 닥쳐요."

"네, 그러죠." 네덜란드인이 재빨리 꼬리를 내렸다.

"이것도 기록해도 될까요?" 라야마니가 물었다.

"망할, 기록하지 마." 쿼리는 구두코로 테이블 너머 라야마니의 컴퓨터 단말기를 가리켰다. "내 말 잘 들어, 가나. 거기 알렉스 기록에 정신적으로 불안정하다느니 어떠니 하는 개소리를 적었다간, 회사는 망하고 자네는 지금 밖에서 우리 동작 하나하나를 지켜보는 동료들은 물론, 투자자들한테까지 그 사실에 대해 해명해야 할 거야. 알렉스 덕분에 엄청난 돈을 번 사람들이다. 자네를 용서할 것 같나? 무슨 말인지 알아? 자네가 알아듣도록 한마디로 상황을 요약해 주지. 알렉스 없으면 회사도 없어!"

라야마니가 잠시 그를 바라보다가 결국 인상을 쓰며 키보드에서 손을 뗐다.

"좋아. 어쨌든 알렉스가 없으니 상황을 다른 시각에서 보자고. VIXAL을 인정하고 델타 헤지를 복구하지 않으면 브로커들이 어떻게 나올까?" 쿼리가 물었다.

대답은 주-롱한테서 나왔다. "브로커들은 요즘 담보에 목을 맵니다. 리먼 사건 때문이죠. 당연히 현재의 청산 조건으로는 헤지 없이 거래하도록 두고 보지는 않을 겁니다."

"그럼 언제부터 그쪽에 돈을 보여줘야 하지?"

"내일 마감 전에는 납득할 수준의 새 담보를 제공할 필요가 있겠는데요."

“그럼 얼마를 내놓아야 그 사람들이 만족할 것 같은가?”

“모르겠습니다. 5억 정도?” 주-롱이 잘생긴 머리통을 좌우로 저었다.

“전부 5억?”

“아뇨, 각각 5억입니다.”

쿼리는 잠깐 눈을 감았다. 5대 프라임 브로커…, 골드만, 모건 스탠리, 시티, 암코, 크레디트 스위스에 각각 5억씩 예치한다고? 총 25억달러…. 그것도 가짜 돈, 약속 어음, 장기채 따위가 아니라 피같이 귀한 유동 자산으로 내일 오후 4시까지 그자들한테 이체해야 한다. 회사에 그 정도의 돈이 없어서가 아니다. 회사는 투자자들이 맡긴 현찰의 25퍼센트만 거래한다. 나머지 금액을 보여줄 필요는 없다. 마지막으로 확인했을 때 재무성 채권으로 예치한 금액만 최소 40억달러였다. 필요하다면 언제든 꺼낼 수 있지만…. 오, 맙소사, 적립금에서 이 무슨 엄청난 타격이며 위험천만한 조치란 말이냐.

라야마니가 그의 상념을 깨뜨렸다. “죄송한 말씀입니다만, 이건 미친 짓입니다. 이 정도의 위기 수준은 회사 설립 취지에도 한참 벗어났습니다. 행여 시장이 강세를 보일 경우 우린 수십억의 손실을 입고, 자칫 파산할 수도 있습니다. 고객들은 당연히 우릴 고발하겠죠.”

주-롱이 덧붙였다. “거래를 계속한다 해도 실패할 수밖에 없습니다. 투자자들이 VIXAL-4에 수십억을 재투자하겠다는 마당에 펀드의 이사회가 현재의 위기 수준을 알게 되면요?”

“다 떨어져 나갑니다.” 판 데르 질이 슬픈 목소리로 말했다.

쿼리는 더 이상 앉아 있을 수가 없었다. 그는 벌떡 일어났다. 마음 같아서는 미친 듯이 사무실을 휘젓고 싶었으나 그러기에는 사무실이 좁았다. 하필 이때 이런 일이 일어나다니. 20억달러까지 올리는 데 성공했건만!

불공평해! 그는 허공을 때리고 하늘을 원망했다. 라야마니의 도덕성 운운하는 개소리를 더 이상 들어 줄 수도 없었다. 그는 매니저들에게서 등을 돌린 채 유리 파티션에 두 손을 얹고 거래소를 빤히 내다보았다. 직원들이 지켜본다는 사실도 더 이상 상관없었다. 전 세계 시장의 가공할 위력에 그대로 노출돼 버린, 저 통제 불능과 헤지 불능 투자 펀드를 관리하는 기분이 어떨지 느껴 보려고도 했다. 전인미답의 소용돌이 속에서 출렁거리는 700조달러 규모의 주식과 채권, 통화와 파생 금융 상품으로 만든 바다. 그 기분은 마치 뒤집어진 쓰레기통 뚜껑을 타고 나무 숟가락을 노로 삼아 북대서양을 건너려는 것과 마찬가지다. 게다가 자신의 성격도 있다. 존재 자체를 언제든 잃을 수밖에 없는 도박 자금으로 여기는 성격. 바의 테이블에 파리처럼 앉아 오로지 두려움의 쾌감을 맛보기 위해 어떤 비행기가 먼지 이륙할지에 1만달러를 걸어 본 적도 있지 않았던가…. 그때의 성격이라면 지금의 위기마저 실컷 즐겼을지도 모른다. 하지만 지금은 그보다 자신의 성취에 집착하고 싶었다. 돈 많은 헤지 펀드 매니저로 사는 것도 기분 좋은 일이다. 그야말로 정점에 선 엘리트이자 금융계의 근위대가 아닌가. 〈선데이 타임스〉 최신호는 그를 재벌 순위 177위로 올리고, 심지어 리바 115 요트에 탄 그의 사진도 실었다. (*"휴고 쿼리, 제네바 호수 기슭에서 꿈의 독신 생활을 선도하다! 왜 아니겠는가? 그는 유럽에서 가장 성공한 헤지 펀드의 CEO가 아닌가!"*) 정말로 이 모두를 위기에 처넣을 생각인가? 빌어먹을 알고리듬이 투자의 기본 규칙을 무시했다는 이유만으로? 아니, 애초에 재벌 순위에 오른 이유 자체가 바로 그 망할 놈의 알고리듬 덕분이 아닌가! 그는 한숨을 내쉬었다. 너무도 절망적이었다. 도대체 호프만은 어디 있는 거야?

그가 돌아서서 말했다. "알고리듬을 무시하기 전에 먼저 알렉스하고 얘기부터 해야겠어. 맙소사, 우리가 마지막으로 직접 거래해 본 게 언제지?"

"죄송하지만, 핵심은 그게 아닙니다." 라야마니가 지적했다.

"아니, 핵심이야. 가장 중요하고도 유일한 핵심! 알고리듬 헤지 펀드잖아. 우리가 100억달러 장부를 굴리라고 사람 뽑은 적 있나? 시장에 빠삭한 일류 거래자가 20명은 있어야 하지만 나한테는 개뿔도 모르는 늙은이에 게으름뱅이 퀀트뿐이라고!"

이번에는 판 데르 질이 나섰다. 깊고 낭랑하지만 커피와 담배에 찌든 목소리였다. "사실, 이 문제는 좀 더 일찍 거론해야 했습니다. 그러니까, 오늘이 아니라, 지난주나 지난달쯤 말입니다. VIXAL이 너무 오랫동안 성공 가도를 달린 탓에 다들 넋을 잃고만 있었죠. 그래서 알고리듬이 실패할 경우, 어떻게 대처할지 절차조차 고민해 보지 못한 겁니다."

쿼리도 인정할 수밖에 없었다. 테크놀로지 때문에 이토록 나약해지다니. 말 그대로 주차 감지기와 내비게이션만 믿고 돌아다니는 멍청하고 게으른 운전자 격이 아닌가. 아무튼… 그렇다고 VIXAL 없이 지금 무슨 일을 할 수 있지? 결국 또 다시 알고리듬을 변호하고 나설 수밖에.

"아직 실패한 것도 아니잖아? 내 말은, 내가 마지막으로 확인했을 때 하루에 6800만이나 당겨 냈어. 가나, P&L엔 지금 어떻게 나오나?"

라야마니가 모니터를 확인했다. "현재, 7700만 수준입니다."

"그래, 고맙군. 실패치고는 이상하지 않아? 내가 사무실 안을 한 번 오가는 사이에 900만을 벌어들이는 시스템이잖아, 응?"

"네, 맞는 말씀입니다만 순전히 이론적인 이익에 불과합니다. 시장이 회복하는 순간 물거품이 되죠."

"그래서, 지금 시장이 회복하고 있어?"

"아뇨, 다우는 연이어 추락 상태입니다."

“여러분, 바로 그 점이 우리의 딜레마요, 딜레마. 펀드에 헤지가 달려야 한다는 사실 정도는 다들 동감하지만 동시에 시장을 판단하는 데에는 VIXAL이 우리보다 능력자임을 인정해야 한다는 사실.”

“오, 이런, 사장님! 분명히 뭔가 이상합니다. VIXAL이 일정한 위기 변수 내에서 작동해야 하는데, 현재 그렇지 못한 상태입니다. 오작동이 분명합니다.”

“동의할 수 없네. 비스타 항공에 대해서도 정확하지 않았나? 그 역시 아주 특별한 경우였어.”

“우연의 일치에 불과합니다. 호프만 박사님도 그 정도는 알고 계실 겁니다.” 라야마니는 주-롱과 판 데르 질에게 호소했다. “이런, 제발! 나한테 지원 사격 정도는 해야 하는 것 아닙니까? 이 포지션들을 입증하려면 전 세계가 불바다가 되어야 한단 말입니다!”

주-롱이 학생처럼 한 손을 들었다. “그 얘기가 나와서 하는 말이지만, 비스타 항공에 대해 잠깐 여쭤 봐도 되겠습니까? 방금 전에 들어온 뉴스 보신 분 안 계십니까?”

쿼리가 힘없이 소파에 앉았다. “아니, 보지 못했네. 조금 바빴거든. 왜? 뭐라고 하던가?”

“기계 결함 때문이 아니라 테러 조직의 폭발물이 원인이었답니다.”

“오케이, 그래서?”

“여객기 운항 중에 지하드 웹사이트에 경고를 올려놓은 모양입니다. 당연한 얘기지만 정보 당국도 그 점을 놓쳤다는 사실 때문에 분노하고 있습니다. 오늘 아침 9시였죠.”

“LJ, 미안하지만 내가 이해력이 딸려서 그런데, 우리하고 상관있는 문제인가?”

“정확히 9시에 우리가 비스타 항공 주식을 공매도하기 시작했거든요.”

쿼리가 반응한 건 한두 초가 지난 후였다. “우리가 지하드 웹사이트까지 모니터하고 있다는 얘기?”

“네, 그렇게 보입니다.”

“사실, 너무도 논리적인 결과일 겁니다. VIXAL은 웹에서 ‘두려움’ 관련 단어의 빈도를 검색하고 시장과의 관계를 추적하니까, 지하드보다 좋은 대상이 없겠죠.” 판 데르 질이 지적했다.

“하지만 지나친 비약 아닌가? 경고를 보고 추론을 하고 곧바로 주식을 팔아치운다?” 쿼리가 물었다.

“저도 모르죠. 호프만 박사님이 아시겠지만 어쨌든 자율적 기계 학습 알고리듬입니다. 이론적으로는 항상 발전하겠죠.”

“항공사에 경고할 정도로 발전은 못 한 모양이로군.” 라야마니가 말했다.

“오, 빌어먹을, 윤리 선생처럼 굴지 좀 마. 이건 돈 버는 기계야. UN의 비공식 홍보 대사가 아니라…. 맙소사, 도무지 어떻게 해야 할지 모르겠군.” 그는 소파 등에 머리를 기대고 천장을 보았다. 두 눈은 상황을 가늠하느라 미친 듯이 흔들렸다.

“물론 우연의 일치일 수 있습니다. 그렇게 본다면 오늘 아침 호프만 박사님 말씀대로, 항공사 공매도는 하강 국면에 대한 전반적인 투자 계획의 일부에 불과하겠죠.” 주-롱이 지적했다.

“그래. 하지만 그렇다 해도 우리가 포지션을 매각해 이익을 얻은 유일한 매도자인 것만은 분명한 사실이오. 다른 포지션은 놓지 않고 있으니, 알고리듬에게 이렇게 물어야겠지. 왜 다른 포지션은 붙들고 있는 거지? 도대체, 저 자식 꿍꿍이가 뭐야?” 갑자기 쿼리의 등이 척추를 따라 여기저기 따끔거리기 시작했다.

"꿍꿍이 따위가 있을 리 없습니다. 알고리듬, 즉 도구니까요. 렌치나 자동차 잭처럼 죽어 있는 도구입니다. 우리 문제는… 알고리듬이 점점 믿을 수 없는 도구가 된다는 데에 있습니다. 시간이 촉박합니다. 저 또한 어쩔 수 없이, 이 자리에서 VIXAL의 폐기를 명하고, 즉시 펀드에 헤지를 다시 거는 일에 착수할 것을 공식적으로 제안하는 바입니다." 라야마니가 선언했다.

쿼리는 다른 사람들을 보았다. 눈치가 빨랐기에 분위기가 미묘하게 변했음을 감지할 수 있었다. 주-롱은 태연하게 앞을 보고, 판 데르 질은 재킷 소매의 보푸라기를 만지작거렸다. 당혹스러워운 거야. 정직하고 영리하지만 한없이 나약한 부류들. 게다가 보너스를 원하고 있어. 사실, 라야마니 말대로 VIXAL을 폐기하면 훨씬 간단하다. 쿼리 자신이 손해 볼 일도 없다. 그럼 저 친구들은? 지난해 저들은 각각 400만달러씩을 챙겼다. 쿼리는 잠시 저울질을 해 보았다. 결국 저들이 문제될 일은 없을 것이다. 호프만 얘기라면, 그 또한 퀀트를 제외한 나머지 직원들한테 전혀 관심이 없었다. 물론 그가 어떻게 나오든 쿼리는 그를 지지할 것이다.

"가나, 미안한 말이네만, 우린 자네 뜻을 받아들일 수 없네." 쿼리가 가벼운 목소리로 말했다.

"네? 오, 이런, 사장님…." 라야마니는 인상을 찌푸리다가 다시 미소를 지으려 애썼다. 초조하고 불안하기 짝이 없는 미소. 설마, 농담이겠지?

"위로가 될지 모르겠지만, 상황과 관계없이 다음 주에 자네를 해고할 생각이었네. 그런데 아무래도 지금이 더 좋을 듯하군. 자네의 그 컴퓨터에 이렇게 기록해 주겠나, 응? '간략한 토론 후, 가나 라야마니는 위기관리 담당 매니저로서의 직위를 즉시 양도하는 데 동의하며, CEO 휴고 쿼리는 그가 그간 회사를 위해 보여준 노고를 치하한다.' 어쨌든 내가 아는 한, 한 일도 별로 없었어. 그러니 책상 치우고 집에 돌아가 아이들하고나 신 나게 놀아 주라고. 돈 걱정은 말고. 자네를 다시 보지 않아도 된다는 이유만으로도 1년 연봉은 기꺼이 지불할 테니까."

라야마니도 정신을 가다듬기 시작했다. 어쨌든 쿼리는 적어도 그의 회복력에 대해서라면 충분히 인정한 바 있었다. "하나만 분명히 하죠. 지금 내 할 바를 했다는 이유로 해고하시는 겁니까?"

"부분적으로는 그래. 하지만 그보다는 내내 골통 짓을 많이 한 덕분이라고 해 두지."

라야마니는 끝까지 품위를 유지했다. "고맙습니다. 그 말씀 꼭 기억하죠." 그가 동료들을 돌아보았다. "피터르? LJ? 이래도 가만히 있을 겁니까?" 아무도 꿈쩍하지 않았다. 라야마니가 보다 절박한 목소리로 말했다. "우리 모두 이 문제에 대해 서로 공감…."

쿼리가 자리에서 일어나 라야마니의 컴퓨터 전원 케이블을 뽑아 버렸다. 컴퓨터가 꺼지며 가볍게 투덜댔다. "자네 파일 복사할 생각은 포기해. 그럴 경우 시스템이 보고할 테니까. 휴대전화는 나가는 길에 내 비서에게 반납하고, 다른 직원과의 대화도 불허하네. 15분 내로 떠나. 알겠지만 최종 보상 문제는 비밀 서약을 얼마나 준수하느냐에 따라 달라질 텐데, 그 정도는 이해하겠지? 경비를 부르고 싶지는 않네. 언제나 너무 가혹하다는 생각을 했거든." 그가 다른 두 사람을 보았다. "자, 여러분, 이 친구가 짐을 싸도록 자리를 비켜 줘야 하지 않겠어?"

라야마니가 쿼리의 등 뒤에 대고 외쳤다. "이 말이 새어 나가면 이 회사도 끝장입니다. 어디 두고 봅시다."

"그래, 그렇겠지."

"VIXAL이 우리를 붕 띄웠다가 산에 처박을 거라고 했죠? 네! 정확히 지금 그렇게…."

쿼리는 주-롱과 판 데르 질에게 어깨동무를 하고 사무실 밖으로 내몰았다. 그리고 뒤도 돌아보지 않고 문을 닫았다. 이 빌어먹을 드라마 전체를 퀀트들에게 공개하고 말았지만, 별다른 도리는 없었다. 사실, 기분은 아주 좋았다. 누군가를 해고한 다음엔 언제나 기분이 좋다. 카타르시스. 그는 라야마니의 비서를 보며 미소를 지었다. 예쁘기는 해도 어차피 함께 나가야 할 운명이다. 이런 의식이 있을 때면 쿼리는 기독교 이전의 관념을 따랐다. 하인들은 죽은 주인과 함께 매장한다. 내세에서 하인들이 필요할 수도 있지 않겠는가.

"유감이긴 하지만 오늘이 끝날 때쯤 우린 이 회사의 선구자가 될 게요. 그렇지 못하면 아무것도 아니니까. 맙소사, 여기가 1492년 부두였다면 날씨가 흐리다는 이유로 콜럼버스의 항해를 불허하려 들 친구라니까."

"위기관리는 그의 책임이었습니다. 그를 제거한다고 문제가 제거된 건 아닙니다." 주-롱. 예상 밖으로 까칠한 말투였다.

쿼리는 주-롱의 어깨를 잡고 검은 눈을 들여다보았다. "그 말 참 고맙군, LJ. 가나가 자네의 친구라는 정도는 알고 있네. 하지만 부디 잊지 말게. 오늘 아침 일을 시작할 때보다 우린 8000만달러나 더 부자야." 그는 거래소를 가리켰다. 퀀트들이 모두 자기 위치로 돌아간 터라 외관상으로는 정상에 가까웠다. "기계는 여전히 작동 중이네. 그리고 솔직히 말해서, 호프만의 지시가 있기까지는 믿을 수밖에 없다고 보네. 우리로서는 상상도 못 하는 패턴을 VIXAL이 보고 있다고 가정할 수밖에 없지 않겠나? 이런, 직원들이 보고 있어."

세 사람은 거래소를 따라 이동했다. 쿼리가 선두를 지켰는데, 라야마니의 암살 현장에서 가급적 멀리 떼어 놓기 위해서였다. 걸어가는 중에 호프만에게 전화를 걸었지만 역시 음성 사서함으로 넘어갔다. 이번에는 메시지도 남기지 않았다.

판 데르 질이 입을 열었다. "문득 이런 생각이 들었습니다."

"무슨 생각?"

"아무래도 VIXAL이 전반적인 시장 붕괴를 추론한 것 같습니다."

"그럴 리가 있나."

판 데르 질은 쿼리의 빈정거림을 읽지 못했다. "아뇨, VIXAL이 매도 중인 증권들을 보세요. 어떤 것들이죠? 리조트와 카지노, 경영 컨설팅, 음식과 일용품 쪽인데, 완전히 전면적입니다. 개별 종목과는 거리가 멀어요."

"그리고 S&P의 공매도 역시 문제입니다. 그리고 외가격에서도…."

"피어 인덱스도 있습니다. 아시다시피 피어 인덱스에 수십억 달러의 옵션이… 맙소사!" 판 데르 질이 탄성을 질렀다.

"이런 빌어먹을." 쿼리가 욕설을 퍼부으며 멈춰 섰다. 사실, 그대로 넘어가기엔 너무도 큰 문제였다. 그 순간까지 사방에서 넘실대는 일반 데이터 때문에 현 포지션의 크기가 갖는 의미를 놓치고 있었다. 그는 재빨리 비어 있는 단말기로 건너가 키보드를 잡고 VIX 차트를 불러냈다. 판 데르 질도 합류했다. 변동성 지수가 앞부분은 부드러운 파도 패턴을 그리고 있었다. 지난 이틀간 지수가 좁은 범주 내에서 요동쳤다는 의미다. 하지만 지난 90분간은 뚜렷한 상승세를 이어 나가고 있었다. 미국 개장 시 24포인트였으나 지금은 거의 27포인트까지 상승했다. 시장 자체에 대한 두려움 수준이 급격한 상승세를 보인다고 판단하기에는 시기상조였지만 그럼에도 불구하고, 10억달러의 판돈이 걸리고 보니, 그곳에서의 이익만 해도 거의 1억달러에 달했다. 소름 같은 통증이 쿼리의 등줄기를 훑고 지나갔다.

그는 스위치를 누르고 시카고 S&P500으로부터 생중계되는 오디오 정보를 선택했다. 미국인의 목소리가 들리기 시작했다.

"여러분, 제 차트에 있는 유일한 구매자는 9시 26분부터 계속 골드만삭스입니다. 51달러에 정확히 250주를 매수했군요. 그 밖에 보자면 제가 가진 항목은 모두 매도 주문입니다. 메릴 린치도 최고 매도자, 프루덴셜 바체도 최고 매도자가 붙었는데 모두 59에서 53 사이입니다. 네, 그리고 스위스 은행과 스미스가 다시 최고 매도자로 등장…."

쿼리가 스위치를 껐다. "LJ, 250억달러를 재무성 채권으로 전환해. 내일 담보를 보여줄 필요에 대비해서."

"그러죠." 그가 쿼리의 눈을 보았다. 그 역시 VIX를 통해 그 조치가 필요함을 읽은 것이다. 물론 판 데르 질도 마찬가지였다.

"적어도 30분마다 서로 보고하기로 하고." 쿼리가 덧붙였다.

"그럼 호프만 박사님은 어쩌죠? 박사님도 이 상황을 보셔야 합니다. 그분이라면 현 상황을 이해하실 겁니다." 주-롱이 말했다.

"호프만 박사는 내가 아네. 곧 돌아올 거야. 걱정 말라고."

대화를 마치고 셋은 각자 갈 길을 갔다. 쿼리는 문득 공모자 같다는 생각이 들었다.

14 죽음을 꿈꾸는 남자

편집증 환자만이 살아남는다.

_앤드류 S. 조지, 인텔의 CEO

호프만은 로잔 가에서 간신히 택시를 잡았다. 디오다티 호텔에서 한 블록쯤 떨어진 곳이다. 택시 운전사는 후에 당시 상황을 정확히 기억했는데 세 가지 이유 때문이었다. 첫째, 택시는 그때 프랑스 가로 가는 중이었으나 호프만이 반대 방향을 원했다. 목적지가 베르니에 교외의 지역 공원 근처였기에 덕분에 불법 유턴으로 차선 몇 개를 가로질러야 했다. 둘째, 호프만이 무척 초조해하고 깊은 생각에 잠겨 있었다. 경찰차가 반대 방향에서 달려올 때는 몸을 낮추고 손을 들어 얼굴을 가리기까지 했다. 운전사는 백미러로 그런 그를 보았다. 노트북을 꽉 끌어안았고 전화벨이 한 번 울렸지만 받지 않았다. 나중에는 아예 꺼 버리기까지 했다.

관공서 건물의 깃발들이 세찬 바람에 팽팽해졌다. 기온은 예년의 절반에도 미치지 못했고 거의 비라도 내리는 분위기였다. 사람들이 보행을 피해 하나같이 차를 끌고 나온 터라 오후의 도로는 더디기만 했다. 택시가 마침내 베르니에 중심가에 다다른 것은 오후 4시가 지나서였다. 호프만이 갑자기 상체를 숙이며 내리겠다고 말했다. 그는 100프랑 지폐를 내고 거스름돈도 받지 않고 떠나 버렸다. 운전사가 그를 기억하는 세 번째 이유다.

베르니에는 론 강 근처의 언덕에 자리 잡았다. 한 세대 전만 해도 별개의 마을이었으나 도심이 강 건너까지 팽창하면서 결국 편입되고 말았다. 현대적인 아파트 단지들이 공항과 너무도 가까운 탓에 제트기가 착륙할 때면 주민들이 동체에 적힌 이름까지 식별할 정도였다. 그래도 도심치고는 전통적인 스위스 마을의 모습을 특히 잘 보존한 지역이라, 스위스 특유의 돌출 지붕과 녹색의 나무 덧문이 그대로 남아 있었다. 마을의 이런 모습은 지난 9년 동안 호프만의 마음속에 그대로 남아 있었다. 이곳에 오면 늘 가을날의 우울한 오후를 떠올렸다. 이제 가로등에 불빛이 들어오고 아이들은 학교를 파해서 교문 밖으로 밀려 나왔다. 모퉁이를 돌아서자 원형의 나무 벤치가 보였다. 약속 시간보다 빨리 도착했을 때면 늘 그곳에 앉곤 했었다. 벤치 한가운데에 이파리가 무성한 고목이 한 그루 서 있었다. 그는 그곳 대신 광장 맞은편으로 갔다. 전반적으로 옛 모습 그대로였다. 세탁소, 자전거 가게, 노인들이 즐겨 찾는 작고 어두운 카페, 그리고 예배당 같은 느낌의 예술가의 집. 그 옆에 단독 가옥이 한 채 있는데 바로 그가 치료받기로 한 곳이다. 과거에는 채소 가게나 화원처럼 뭔가 쓸모 있는 곳으로, 주인은 아마도 위층에 살았을 것이다. 지금은 아래층의 통유리에 잔뜩 성에가 껴 있고 건물은 치과처럼 보였다. 8년 전과 차이가 있다면 비디오카메라가 현관을 뒤덮었다. 새로 설치한 게 분명했다.

버저를 누를 때 보니 손이 심하게 떨렸다. 이 과정을 다시 거칠 힘이 남아 있기는 한 걸까? 처음에는 아무 생각도 못 했지만 지금은 무지의 달콤한 갑옷마저 빼앗긴 기분이다.

젊은 남자의 목소리가 들렸다. "안녕하세요."

호프만이 자기 이름을 알려 주었다. "예전에 폴리도리 박사님 환자였어요. 비서가 내일 자로 예약을 해 두었죠."

"죄송합니다만, 폴리도리 박사님께서는 매주 금요일에만 병원에서 환자를 보십니다."

"내일은 너무 늦어요. 지금 당장 만나야겠소."

"예약 없이는 불가능합니다."

"내 이름을 대요. 위급하다는 말도."

"성함을 다시 말씀해 주시겠습니까?"

"호프만."

"잠깐만 기다리세요."

엔트리폰이 꺼졌다. 호프만은 카메라를 올려다보고는 본능적으로 손을 들어 머리를 가렸다. 상처는 이제 피로 끈적거리는 대신 마른 딱지가 앉았다. 손끝으로 만져 보니 먼지 같은 것들이 달라붙어 있었다.

"들어오세요." 짧은 버저 소리에 이어 문이 열렸다. 안은 예전보다 아늑해 보였다. 소파와 안락의자 두 개가, 부드러운 파스텔 톤의 러그, 고무나무…. 그리고 접수원 여성의 머리 너머로 대형 액자가 걸려 있었는데, 나무들 사이로 빛 내림이 화사한 숲속 길이었다. 그 옆에 개업 허가증이 보였다. 잔 폴리도리 박사. 제네바 대학교에서 정신 의학 및 심리 치료 석사 학위 취득. 또 다른 카메라가 방을 훑었다. 접수대의 젊은 남자가 그를 찬찬히 살펴보았다. "올라가세요. 곧바로 가시면 원장님 방이 나옵니다."

"네, 알고 있어요." 호프만이 대답했다.

삐걱거리는 계단이 낯익어서인지 예전의 감정들이 물밀듯 밀려 들어왔다. 당시에는 종종 저 위에까지 오르기도 힘겨웠다. 상태가 정말 안 좋을 때에는 산소 없이 에베레스트에 오르는 기분까지 들었는데, 그건 우울증이 아니라 차라리 생매장에 가까웠다. 빛도 소리도 없는, 두껍고 차가운 콘크리트 방에 묻히는 기분…. 더 이상 그 고통을 감당할 자신은 없다. 그럴 바에야 스스로 목숨을 끊는 게 나으리라.

의사는 진료실 컴퓨터 앞에 앉아 있다가 그가 들어가자 자리에서 일어났다. 호프만과는 동갑이었다. 젊었을 때는 상당한 미모였겠지만, 지금은 왼쪽 귀 바로 아래에서 목까지 길게 흉터가 이어졌다. 근육과 세포의 소실 때문인지 흡사 뇌졸중에라도 걸린 듯 어딘가 균형이 무너진 얼굴이었다. 그녀는 평소 스카프를 착용했는데 오늘은 아니었다. 호프만이 별 생각 없이 "얼굴이 왜 그렇게 된 겁니까?"라고 묻자, 그녀는 "어떤 환자가 하느님한테서 나를 공격하라고 지시를 받았다더군요."라고 대답했다. 지금 그 환자는 깨끗하게 나았지만, 그 후로는 책상에 호신용 스프레이를 비치해 두었다며, 서랍에서 꺼내 호프만에게 보여주었다. 노즐이 달린 검은색 깡통.

그녀는 굳이 인사를 챙기지도 않았다. "호프만 박사님, 죄송하지만 비서와도 통화했습니다. 병원 추천서 없이는 진찰이 불가능해요."

"진찰을 원하는 게 아닙니다. 그냥 좀 봐 주시기만 하면 돼요. 그 정도는 하실 수 있겠죠?"

"내용에 따라 달라요. 머리는 어떻게 된 거죠?" 그녀가 노트북을 열었다.

"누군가가 집에 침입해서 내 뒤통수를 내리쳤어요."

"치료는 받았나요?"

호프만이 고개를 숙여 꿰맨 흔적을 보여주었다.

"언제 그랬죠?"

"어젯밤, 아니 오늘 아침."

"대학 병원에 가셨어요?"

"네."

"고양이 스캔을 하던가요?"

그가 끄덕였다. "하얀 반점들이 있다더군요. 타박 때문일 수도 있지만 다른 문제일 가능성도 있다고 하면서요. 전부터 있었다면…."

"호프만 박사님, 지금 진료를 부탁하시는 말씀처럼 들리는데요?" 그녀가 더욱 부드러운 목소리로 말했다.

"아니, 아닙니다. 그냥 이걸 보고 의견을 말씀해 주세요." 그가 의사 앞에 노트북을 내려놓았다.

그녀는 미덥지 않은 표정으로 그를 보다가 안경을 더듬었다. 이제 보니, 여전히 안경을 체인에 묶어 목에 걸고 있었다. 그녀는 안경을 쓰고 모니터를 들여다보았다. 그녀가 기록을 스크롤하는 동안 호프만은 그녀의 얼굴을 살폈다. 흉터 때문인지 오히려 얼굴의 나머지 부분이 더욱 아름답다는 생각이 들었다. 물론 그녀의 미모도 기억하고 있다. 미모를 알아본 바로 그 날을 회복기의 첫날로 여겼기 때문이다.

그녀가 어깻짓을 하며 말했다. "음, 두 남자의 대화로군요. 한 남자는 살인을 꿈꾸고 다른 한 남자는 죽는 기분이 어떨지 궁금해하고 있어요. 요컨대, 죽음을 꿈꾸는 거겠죠. 과장이 심하고 난삽한데, 아무래도 인터넷 채팅 창에서 나눈 대화인가 보네요. 살인을 꿈꾸는 사람은 영어가 그다지 유창하지 못한 반면, 잠재적 피해자는 그 반대이고…." 그녀가 안경 너머로 그를 보았다. "이 정도는 박사님도 충분히 파악하실 수 있는 내용

아닌가요?"

"그런 일이 흔합니까?"

"그럼요. 매일매일 있는 일이예요. 또 어떻게든 해결해야 할 인터넷 병폐이기도 하고. 인터넷이 아니었다면 평생 만날 기회조차 없었을 사람들이 서로 얽히는데, 그중에는 위험한 편견을 지닌 사람들이 너무도 많아요. 당연히 비극적인 결과를 낳을 수 있죠. 경찰 요청으로 몇 번 상담을 해본 적이 있어요. 동반 자살을 유도하는 웹사이트들이 있는데 대부분 젊은이들이었어요. 물론, 소아성애자 사이트나 식인 사이트 같은 것들도…."

호프만이 앉아 두 손으로 머리를 감쌌다. "죽음을 꿈꾸는 남자…, 바로 나 아닌가요?"

"음…, 박사님이 저보다 잘 아시겠죠. 이 글을 쓰신 기억이 있나요?"

"아뇨, 없어요. 하지만, 어딘지 모르게 내 생각이라고 확신할 수 있는 부분들이 있습니다. 그 당시 아팠을 때 꾸던 꿈들 같은…. 게다가 최근엔 전혀 기억에 없는 일들을 내가 하고 다니는 것 같습니다. 머리에 뭔가 문제가 있어서 그러는 걸까요? 그래서 말도 안 되는 일들을 저지르고 후에 기억은 전혀 하지 못하는 걸까요?"

"가능해요." 그녀는 노트북을 옆으로 밀어내고 자기 컴퓨터의 모니터 앞으로 돌아가더니, 몇 글자를 타이프하고 마우스도 몇 차례 클릭했다. "2001년 11월, 아무런 해명도 없이 진료를 포기하셨네요. 왜 그러셨죠?"

"완치했으니까요."

"결정은 박사님이 아니라 제 책임이 아니던가요?"

"네, 맞는 말씀입니다만, 난 어린애가 아닙니다. 상태가 어떤지 정도는 알 수 있어요. 지금까지 수 년 동안이나 괜찮았습니다. 결혼도 하고 회사도 세웠죠. 네, 정말 아무 문제도 없었어요. 이 일이 일어나기 전까지는."

"그렇게 느끼셨을 수도 있겠죠. 하지만 박사님 같은 중증 우울증은 언제든 재발이 가능해요." 그녀가 다시 진료 기록을 마우스로 스크롤하며 고개를 저었다. "지금 보니 마지막 상담 이후로 8년 반이 지났군요. 무엇보다, 애초에 문제를 야기한 상황이 어땠는지부터 다시 말씀해 주셔야 할 거예요. 나도 잊었으니까."

호프만도 오랫동안 마음속에서 닫아 두었던 일들이라 기억해 내기가 쉽지 않았다. "CERN에서 연구할 당시, 몇 가지 어려움이 있었죠. 내부 조사 때문에 스트레스가 조금 심했어요. 그러다가 회사에서 내 프로젝트를 그만두게 했고요."

"어떤 프로젝트였나요?"

"기계 추론. 인공 지능 비슷한 얘기예요."

"그럼, 최근에도 그때처럼 스트레스가 심했나요?"

"어느 정도는요." 그가 인정했다.

"우울증 증세는 어땠죠?"

"전혀 없어요. 그래서 더 이상해요."

"무기력? 불면?"

"아뇨."

"발기 불능은?"

가브리엘이 떠올랐다. 도대체 어디에 있을까?

"아뇨, 없습니다." 그가 침착한 목소리로 대답했다.

"예전에 느꼈던 자살 충동들은 어떤가요? 환각이 상당히 생생하고 구체적이었는데…. 재발이 있었나요?"

"아뇨."

"박사님을 공격했다는 남자 말이에요. 인터넷 채팅 당시의 대화 상대라고 받아들여야 하는 건가요?"

호프만이 끄덕였다.

"그 사람은 지금 어디 있죠?"

"그 얘기는 하고 싶지 않습니다."

"호프만 박사님, 그 사람 지금 어디 있어요?" 그가 여전히 대답이 없자 그녀가 질문의 방향을 돌렸다. "두 손 좀 보여주시겠어요?"

호프만은 머뭇머뭇 일어서서 그녀의 책상으로 다가가 두 손을 내밀었다. 어린애로 돌아가, 식탁에 앉기 전에 손을 씻었는지 검사라도 받는 기분이었다. 그녀는 그의 상처 난 손을 눈으로 확인한 후 다시 그의 표정을 찬찬히 살폈다.

"싸우셨나요?"

그는 한참 뜸을 들인 후에야 대답했다. "네. 정당방어였습니다."

"알겠습니다. 이제 앉으셔도 돼요."

그는 시키는 대로 했다.

"제 생각엔 당장 전문가 상담을 받으실 필요가 있습니다. 정신분열증, 편집증 같은 질환들은 환자가 완전히 어긋난 행동을 하게 만들지만, 향후 기억을 못 하는 경우도 많습니다. 박사님 경우는 다를지 모르지만 모험을 할 수는 없잖아요? 특히 뇌세포에 이상 흔적이 있다고도 하셨으니까."

"아닐 수도 있습니다."

"어쨌든 아래층에 내려가서 앉아 계시면 제가 동료와 얘기를 해 보겠습니다. 사모님께 전화를 드려서 지금 박사님이 이곳에 계시다고 알려 드려도 좋을 것 같군요. 그래도 괜찮으시겠어요?"

"네, 물론입니다."

그는 배웅해 주기를 기다렸으나 그녀는 의자에 앉아 지켜보기만 했다.

결국 그가 일어나 노트북을 집어 들었다.

"고맙습니다. 리셉션에 내려가 있겠습니다."

"네. 몇 분 걸리지 않을 거예요."

그가 문 앞에서 돌아섰다. 문득 떠오른 생각이 있었다. "지금 제 기록을 보고 계시죠?"

"네."

"컴퓨터에 들어 있습니까?"

"네. 내내 여기 있었죠. 왜요?"

"정확히 어떤 내용입니까?"

"상담 메모, 진료 기록, 처방전, 심리 치료 등등."

"환자와의 상담도 녹음하나요?"

그녀가 머뭇거렸다. "어느 정도는요."

"제 경우는요?"

다시 머뭇거렸다. "네. 녹음했어요."

"녹음한 다음은요?"

"간호조무사가 녹취록을 만들어요."

"그리고 그 기록을 컴퓨터에 보관하는군요."

"네."

"제가 봐도 되나요?" 그가 두 걸음 만에 책상 앞까지 다다랐다.

"당연히 안 되죠."

그녀가 재빨리 마우스를 클릭해 기록을 닫았으나 호프만이 그녀의 손목을 잡았다.

"제발, 내 파일이에요. 잠깐만 보게 해 줘요."

그는 마우스를 낚아챘다. 그녀가 재빨리 스프레이가 든 서랍을 열려고

했으나 호프만이 다리를 뻗어 가로막았다.

"괴롭힐 생각 없습니다. 그냥 내가 무슨 말을 했는지 알아야겠어요. 잠깐만 기록을 보게 해 주면 곧바로 떠날 겁니다."

호프만은 그녀의 눈에 박힌 두려움에 마음이 불편하기는 했지만 그렇다고 물러설 수는 없었다. 마침내 그녀도 체념했는지 의자를 뒤로 밀고 자리에서 일어났다. 그가 그녀 대신 모니터 자리를 차지했다. 그녀는 안전하게 문 앞까지 물러서서 지켜보았는데, 마치 오한이라도 이는 듯 카디건으로 단단히 몸을 여몄다. "그 노트북은 어디에서 가져왔죠?" 그녀가 물었으나 호프만은 듣지 못했다. 두 개의 화면을 비교하며 번갈아 스크롤을 내렸다. 흡사 두 개의 검은 거울로 자신을 들여다보는 기분이었다. 두 화면의 내용은 완전히 똑같았다. 9년 전 호프만이 그녀에게 쏟아냈던 이야기들을 그대로 복사해 웹사이트에 붙여 넣었고, 독일인은 그 내용을 읽은 것이다.

그가 고개를 들지도 않고 물었다. "이 컴퓨터가 인터넷에 연결되어 있나요?" 그리고 바로 그 순간 그 사실도 확인했다. 시스템 레지스트리로 들어갔다. 금세 악성 파일을 찾아낼 수 있었다. 전에 한 번도 보지 못한 유형의 파일들로 모두 네 개였다.

u//2sq.5⦿≠

/s├■.┼

5 ┌qpj.○┬

┌└⍓αε̱┤.o

"누군가가 박사님 시스템을 해킹해서 내 기록을 빼냈어요." 그가 말했으나 진료실은 비었고 문은 열려 있었다. 어딘가에서 의사 목소리가 들렸다. 전화를 거는 소리. 호프만은 노트북을 들고 좁은 계단을 쿵쿵거리며 내려왔다. 접수원이 책상에서 나와 출구를 막으려 했지만 호프만은 어렵지 않게 밀쳐냈다.

밖으로 나오니, 그를 조롱하듯 세상은 너무도 평화로웠다. 카페에서 술을 마시는 노인들, 유모차를 끄는 엄마, 빨래를 걷는 가정부…. 그는 왼쪽으로 돌아 낙엽이 무성한 거리를 재빨리 걸어 내려갔다. 인도를 따라 우중충한 건물들이 줄지어 서 있었다. 그는 문 닫은 제과점과 나무 울타리, 소형차들을 지났다. 어디로 가는지는 자신도 몰랐다. 평소 산책이나 조깅 등을 할 때면, 집중이 잘되고 상상력도 풍부해졌으나 지금은 머릿속이 온통 뒤죽박죽이었다. 언덕을 내려가자 왼쪽으로 농지가 나타나고 그러고는 놀랍게도 너른 들판이었다. 발밑으로 거대한 공장 하나가 넓게 펴져 있었다. 주차장과 아파트 단지, 그리고 멀리 산도 보였다. 둥근 하늘 위로 거대한 뭉게구름이 열병(閱兵) 중인 전함들처럼 행군하고 있었다.

한참 후, 길이 고속도로의 콘크리트 벽에 막혀 샛길만큼 좁아지더니, 시끄러운 자동차 도로를 따라 왼쪽으로 굽어들었다. 호프만은 나무들 사이를 지나 마침내 강둑 위로 올라섰다. 눈앞으로 넓은 론 강이 펼쳐졌다. 이 시기의 론 강은 유속이 느렸다. 폭이 200미터에 달하는, 초록빛이 감도는 갈색의 흙탕물이 느긋하게 흐르다가, 반대편 제방의 가파른 삼림지 안쪽으로 굽이쳐 들어갔다. 사람들이 강을 건너다닐 수 있도록 다리 하나가 양쪽을 이었는데, 호프만은 문득 언젠가 여름에 저 다리를 건너면서, 아이들이 물속에 뛰어들어 노는 모습을 본 기억이 떠올랐다. 평화로운 풍광이 시끄러운 자동차들과 묘한 대조를 이루었다. 다리의 중앙 지주까지 걸어가니, 비로소 일상적인 삶에서 멀리 떨어져 나와, 다시는 일상으로 돌아가지 못할 것 같은 기분이 들었다. 그는 다리 한가운데쯤에서 걸음을 멈추고 철제 안전 난간 위에 올라섰다. 불과 2초, 5~6미터만 떨어지면 저 느린 강물에 섞여 물결 따라 흘러갈 수 있으련만. 스위스가 왜 자살 방조로 유명한지 알 것도 같다. 누구든 아무런 동요도 일으키지 않고 은밀히 떠날 수 있도록 나라 전체가 격려하고 배려하는 것처럼 보였다.

그렇다. 분명 욕망을 느꼈다. 어떤 망상도 없었다. 호텔에는 그를 살인자로 지목할 만큼의 충분한 DNA와 지문이 남아 있으므로, 기적이 일어나지 않는 한 체포는 시간문제다. 호프만은 앞으로 어떻게 될지를 머릿속에 그려 보았다. 경찰, 변호사, 기자, 카메라 플래시들이 앞으로 몇 달 동안 죽어라 그를 괴롭힐 것이다. 쿼리와 가브리엘 생각도 했다. 특히 가브리엘….

아냐, 난 미치지 않았어. 사람을 죽이기는 했어도 미치지는 않았다. 내 스스로 미쳤다고 믿게 만들려는 정교한 음모의 피해자일 뿐…. 아니면 나를 함정에 빠뜨리고 위협하고 파괴하려는 걸까? 그런데, 과연 경찰을 믿을 수 있을까? 예를 들어, 저 잘난 르클레르에게 이 극악하고 정교한 함정을 파헤칠 만한 능력이 있느냐는 말이다. 대답은 빤했다.

그는 주머니에서 독일인의 휴대전화를 꺼냈다. 휴대전화는 강물과 부딪치면서 물방울도 거의 만들지 않았다. 흙탕물 위에 하얀 생채기만 잠깐 드러내보였을 뿐.

건너편 제방에서 아이들이 타던 자전거를 세우고 그를 지켜보았다. 그는 난간에서 내려왔다. 그리고 다리를 마저 건넌 다음 곧바로 아이들 옆을 지나갔다. 노트북은 여전히 손에 들려 있었다. 아이들이 부를 줄 알았건만 끝내 입은 다물고 심각한 표정을 짓기만 했다. 문득 지금의 겉모습에 아이들이 겁을 집어먹었겠다는 생각이 들었다.

▼ ▼ ▼

전에는 한 번도 CERN에 발을 디딘 적이 없었다. 그래서인지 가브리엘은 오래전에 다녔던 잉글랜드 북부의 대학교를 떠올렸다. 넓은 캠퍼스 여기저기 강의 동이 널브러졌는데 하나같이 1960~1970년대식의 밋밋하고 기능적인 모습이었는다. CERN도 그와 비슷했다. 지저분한 복도를 가득 메운 채, 각종 포스터 앞에서 잡담을 나누던 진지한 표정의 학생들이 떠올랐다. 반질거리는 바닥과 들뜬 분위기, 카페테리아 등도 마찬가지였다. 알렉스라면 오-비브의 화려한 사무실보다 이곳이 훨씬 더 편안했을 것 같았다.

월턴 교수의 비서는 그녀를 전산 센터 로비에 남겨 두고 교수를 찾으러 나갔다. 막상 혼자 있으니 당장이라도 달아나고만 싶었다. 콜로니의 집 욕실에서 그의 명함을 찾았을 때만 해도 좋은 생각 같았다. 그래서 곧바로 전화를 걸어, 당혹스러워하는 사람에게 당장 만나고 싶다고 당당하게 말했건만, 지금은 어쩐지 우스꽝스럽고 번거롭다는 생각뿐이었다. 나가는 길을 찾으려 돌아보다가 문득 유리 진열장의 구식 컴퓨터를 발견했다. 가까이 다가가 보니, 1991년 CERN에서 월드 와이드 웹(World Wide Web, WWW)을 처음 시작할 때 사용했던 NeXT 프로세서였다. 당시 청소부들을 겨냥한 경고 문구가 아직도 검정색 철제 케이스에 붙어 있었다. '서버용 컴퓨터임. 절대 전원을 끄지 말 것!' 이 모든 기적이 이렇게 평범한 일상과 함께 시작했다! 그저 신기할 따름이었다.

"판도라의 상자입니다." 그녀의 등 뒤에서 어떤 목소리가 들렸다. 돌아보니 월턴이었다. 가브리엘은 그가 자신을 얼마나 오랫동안 지켜보았는지 알 수 없었다. "아니면 비의도적 결과의 법칙에 대한 실례라고 할까요?

우주의 기원을 재현하려고 했다가 결국 이베이(eBay)를 만드는 것으로 끝났죠. 사무실로 가시죠. 죄송하게도 시간이 그리 많지 않아서요."

"그래요? 불편을 드릴 생각은 없습니다. 다음에 와도 괜찮아요."

"아, 괜찮습니다. 그런데 입자물리학 때문에 오셨습니까? 아니면 알렉스 문제인가요?" 월턴이 조심스럽게 말했다.

"사실…, 알렉스 때문이에요."

"짐작은 했습니다."

월턴은 구식 컴퓨터의 사진들로 장식한 복도를 지나 사무실로 안내했다. 너무도 건조하고 기능적인 곳이었다. 간유리 문들, 지나치게 밝은 형광등, 밋밋한 리놀륨 바닥, 회색 페인트…. 그녀가 LHC의 탄생지에 대해 기대했던 모습과는 거리가 멀었다. 어쨌든 알렉스가 이곳에서 편하게 지냈으리라는 생각이 다시 들었다. 그녀가 결혼한 남자는 콜로니의 화려한 인테리어, 고급 가구, 초판 서적으로 가득한 서재보다 이곳이 훨씬 어울렸다.

"자, 이곳이 바로 위대한 알렉스가 자던 곳입니다." 월턴이 문을 활짝 열자, 황량한 감방이 나타났다. 가구라고는 달랑 책상 두 개와 컴퓨터 단말기 두 대가 전부인 곳. 창밖으로는 주차장이 내려다보였다.

"잠을 자요?"

"물론 일도 했죠. 하루에 스무 시간 작업, 네 시간 취침. 저 구석에 매트리스를 말아 놓곤 했었어요." 그는 잠시 당시를 회상하며 슬며시 미소 짓더니, 다시 엄숙한 회색 눈으로 그녀를 돌아보았다. "두 분이 송년 파티에서 만났을 땐, 이미 그만둔 후였을 겁니다. 그만두려던 참이었거나. 문제가 생겼습니까?"

"네, 그래요."

그는 그럴 줄 알았다는 듯 고개를 끄덕이며, 그녀를 자신의 연구실로 안내했다. 알렉스의 연구실과 다를 바 없었으나 책상은 하나뿐이었다. 그나마 월턴의 사무실은 보다 인간적이었다. 바닥 위에 낡은 페르시아 카펫을 깔고 녹슬어 가는 철제 창턱에는 화분도 몇 개 놓아 두었다. 파일 캐비닛 위의 라디오에서는 현악 사중주까지 흘러나왔다. 그가 라디오의 스위치를 껐다. "여기 앉으시죠. 자, 뭘 도와드릴까요?"

"이곳에서 그이가 무슨 일을 하고, 어떤 문제가 있었는지 말씀해 주세요. 신경쇠약에 걸렸다는 얘기는 아는데…, 아무래도 재발한 것 같아서요. 죄송합니다. 달리 아는 사람이 없어서 이렇게…." 그녀는 시선을 떨구고 자기 무릎만 내려다보았다.

월턴은 책상 의자에 앉아 손끝을 뾰족하게 모아 입술을 눌렀다. 그리고 그 자세로 한참 동안 그녀를 바라보다가 마침내 입을 열었다. "데저트론(Desertron)에 대해 들어 보셨습니까?"

▾ ▾ ▾

미국은 '데저트론'이라는 이름의 초전도 슈퍼 충돌기(Superconducting Super Collider) 연구를 계획하고, 텍사스 웍서해치의 바위를 뚫어 87킬로미터 길이의 터널까지 팠다. 하지만 1993년 미국 의회는 영리하게도 공사 중단을 결정했고, 덕분에 미국의 납세자들은 약 100억달러를 절약했다. 분명, 거리에서 춤을 춘 사람들도 있었으리라. 하지만 동시에 한 세대에 달하는 학계 물리학자들의 경력과 장래는 한순간에 물거품이 되었는데, 그중에는 이제 막 프린스턴에서 박사 학위를 받은, 젊고 총명한 알렉스 호프만도 들어 있었다.

결과적으로 알렉스는 그나마 다행이었다. 불과 스물다섯의 나이였으나, 비유럽 장학금의 수혜자 중 한 명이라는 경력만으로도 CERN에 들어갈 수 있었기 때문이다. 그는 LHC의 전신인 LEPC에 배속되었는데, 동료들 대부분은 뿔뿔이 흩어져 월 스트리트의 퀀트로 전락했다. 그들은 입자 가속기 대신 파생 금융 상품을 만들었고 이후 금융 시스템이 붕괴했을 때, 미국 의회는 금융 시스템의 복원을 위해 납세자들에게 3조7천억달러의 부담을 안겼다.

"비의도적 결과의 법칙에 대한 또 다른 실례입니다. 5년 전 알렉스가 내게 일자리 제안을 했는데, 혹시 아십니까?"

"아뇨."

"금융 위기 이전이었죠. 나는 첨단 과학과 돈은 어울리지 않는다고 말해 줬습니다. 내 생각에 둘은 불안정한 조합입니다. 그때 내가 아마도 '불륜'이라는 단어를 썼을 텐데, 덕분에 다시 사이가 틀어지고 만 게죠."

가브리엘이 고개를 끄덕이며 말했다. "무슨 말씀인지 알아요. 그건 일종의 긴장감이죠. 그이한테서 항상 느꼈지만 요즘엔 특히 심했어요."

"맞습니다. 지난 몇 년간, 순수 과학에서 돈벌이로 전향한 사람이 주변에도 몇 명 있습니다. 물론 알렉스만큼 성공한 사람은 없습니다만, 분명히 말씀드릴 수 있습니다. 겉으로야 다들 큰소리친다 해도 마음속으로는 그런 자신을 경멸하고 있죠."

그 역시 자신의 직업에 닥친 불행 때문에 고통스러웠을 것이다. 은총의 왕국에서 추락한 기분이었을 테니 왜 아니겠는가. 가브리엘은 그에게서 성직자의 모습을 떠올렸다. 그에게는 세속적이 아닌 분위기가 있었다. 알렉스가 그랬던 것처럼….

가브리엘은 월턴에게 더 많은 이야기를 듣고 싶었다. "하지만 1990년대는…."

"네, 그렇죠. 1990년대로 돌아가면…."

알렉스가 제네바에 도착한 때는 CERN의 과학자들이 WWW를 발명하고 불과 2년 후였다. 아이러니하게도 그의 상상력을 자극한 것도 바로 WWW였다. 하지만 이제 그는 빅뱅을 재현하고 신의 입자를 찾아내고 반물질을 발명하는 것보다 직렬 처리 능력, 기계 추론, 범세계적 두뇌의 가능성에 더 관심이 많았다.

"그 주제에 관한 한 엉뚱한 사람이었죠. 그래서 항상 위험했고요. 나는 당시 전산 센터 팀장이었는데, 아내 매기와 함께 그 친구가 빨리 자리를 잡도록 도와주었어요. 우리 아이들이 어렸을 때 이따금 봐 준 적도 있었지만 육아에는 소질이 없더군요."

"알아요." 알렉스가 아이들을 돌본다는 생각에는 가브리엘도 입술을 깨물어야 했다.

"정말 형편없었어요. 집에 돌아와 보면 그 친구는 위층 애들 침대에서 잠을 자고, 아이들은 아래층에서 TV를 봤죠. 항상 탈진할 때까지 자신에게 채찍질을 하는 유형이었거든요. 인공 지능에도 강박적으로 매달렸어요. 그 친구, 인공 지능이라는 오만한 말을 거부하고 AMR, 즉 자율적 기계 사고라는 명칭을 선호했죠. 기술적인 쪽에 관심이 있습니까?"

"아뇨, 전혀."

"알렉스와의 결혼생활이 어렵지는 않나요?"

"솔직히 그 반대예요. 덕분에 관계를 유지하는 쪽이죠." 그녀는 '유지했던'이라고 과거형을 쓰려다가 그만두었다. 그녀가 사랑에 빠진 사람은 일 중독에 빠진 수학자였으며 사교성은 전혀 없지만 터무니없이 순수하기만 한 성격이었다. 그보다는 오히려 지금의 알렉스가 받아들이기 어렵다. 수십억 재산의 헤지 펀드 대표….

"음, 너무 전문적으로 접근하지 않는다면…, 현재 이곳에서 싸워야 하는 큰 문제 중 하나는 이곳에서 생산하는 엄청난 양의 실험 데이터를 분석하는 겁니다. 매일 약 270조 바이트의 분량인데, 알렉스의 해법은 알고리듬을 개발해, 그 자체로 어떤 데이터를 찾고, 또 그 경험을 통해 스스로 진화하도록 만드는 데 있었습니다. 그렇게만 된다면 당연히 인간보다 무한히 빨라질 수 있겠죠. 네, 이론적으로 기발했지만 현실에서는 재앙이었습니다."

"제대로 작동하지 않았나요?"

"오, 아뇨, 작동했습니다. 그래서 재앙이었죠. 넝쿨처럼 시스템 전반에 퍼지는 바람에 결국 차단할 수밖에 없었답니다. 기본적으로는 통째로 셧다운, 그러니까 연구를 폐기하는 과정입니다. 유감스럽지만, 너무 불안정하다는 이유를 들어, 그런 종류의 연구는 허락할 수 없다고 경고할 수밖에 없었습니다. 봉쇄할 필요성만 본다면 알고리듬은 핵 기술과 마찬가지이니까요. 차단하지 않으면 얼마든지 바이러스를 풀어놓거든요. 그런데 알렉스가 인정하지 않는 바람에 상황이 좋지 않게 흘러가고 만 겁니다. 결국 빌미를 잡아 강제로 쫓아낼 수밖에 없었죠."

"그때 신경쇠약에 걸렸군요."

월턴이 슬픈 표정으로 고개를 끄덕였다. "그렇게 절박한 사람은 생전 처음이었습니다. 주변에서 보면 내가 그 친구 자식을 살해하기라도 한 줄 알았을 겁니다."

15

어느 물리학자의 비행

이런 문제들을 생각할 때마다 (…) 머릿속에 새로운 개념이 떠오른다. '디지털 신경 조직.' (…) 디지털 신경 조직은 일련의 디지털 프로세스로 구성되는 바, 그로써 단체는 자체의 환경을 인지하고 반응하며, 경쟁자의 도전과 소비자 요구를 감지하여 적절한 반응을 구성한다.

_빌 게이츠, 〈광속의 기업〉(2000)

호프만이 사무실 인근에 도착했을 때는 이미 퇴근 시간이었다. 제네바는 오후 6시경, 뉴욕은 정오였다. 사람들이 건물에서 빠져나와 집이나 술집, 헬스클럽 등으로 이동하고 있었다. 사무실 건너편에 서서 경찰의 흔적부터 살폈으나 딱히 눈에 띄지는 않았다. 그는 그제야 성큼성큼 거리를 건너서 멍한 표정으로 안면 인식 장치를 응시했다. 안으로 들어가서는 곧바로 로비를 지나고 엘리베이터를 탄 다음 거래소로 올라갔다. 거래소는 여전히 북적였는데 오후 8시 이전에 퇴근하는 사람은 거의 없었다. 그는 고개를 숙인 채 곧바로 연구실로 향했다. 호기심 가득한 눈들을 애써 무시했다. 마리-클로드가 책상에 앉아 지켜보다가 무슨 말인가를 하려 했지만 호프만이 두 손을 들어 제지했다. "알아요. 10분만 혼자 있을 테니 다른 일은 그 후에 처리합시다. 아무도 들이지 말고. 알았죠?"

그는 안으로 들어가 문을 닫고, 값비싼 척추 교정용 의자에 낮아 독일인의 노트북을 열었다. 누가 의료 기록을 해킹했을까? 그자가 누구든 이 모든 상황의 배후일 수밖에 없다. 호프만은 당혹스러웠다. 자신에게 적이 있으리라고는 지금껏 상상도 못 했건만. 친구가 없기야 했지만… 외톨박이라고 해서 반드시 적이 있다는 의미는 아니지 않는가.

머리가 다시 쑤시기 시작했다. 면도한 부위를 만져 보니 축구공 꿰맨 자리 같았다. 양 어깨도 긴장 탓에 단단히 뭉쳤다. 그는 목덜미를 마사지하면서 의자에 등을 기대고 화재감지기를 올려다보았다. 생각을 정리할 때마다 수천 번은 반복했던 습관이다. 콜로니의 침실 천장에도 똑같은 조명이 있는데, 그렇게 바라보고 있자면 어느새 화성을 생각하며 잠에 빠져들곤 했다. "망할." 그는 마사지를 멈췄다.

호프만은 허리를 바르게 세우고 앉아 노트북의 화면 보호기 화면을 보았다. 그의 사진…. 공허하면서도 초점 잃은 표정…. 그는 불현듯 의자를 밟고 올라섰다. 그곳에서 다시 책상을 딛고 서는데 의자가 위태롭게 돌아갔다. 화재감지기는 사각형의 흰색 플라스틱으로, 탄소 감지 판, 전원 표시등, 테스트 버튼, 그리고 감지 판을 보호하기 위한 격자창으로 이루어졌다. 가장자리를 더듬어 보니 천장 타일에 단단히 붙어 있는 듯 보였다. 그는 두려운 심정으로 격자창을 잡고 비틀다가 마침내 용기를 내어 있는 힘껏 뜯어냈다.

경보음은 끔찍할 정도였다. 두 손에 든 감지기 케이스가 부르르 떨고 그와 함께 공기도 진동했다. 아직 천장과 전선으로 연결된 터라, 안쪽에 손을 넣어 중지시키려 했지만 그만 전기 충격을 받고 말았다. 맹수에 물리기라도 한 듯 끔찍한 충격이 심장까지 파고들었다. 소음 또한 물리적인 타격 수준이었다. 조금만 늦게 껐더라면 두 귀에서 피가 흘렀을 정도였다. 그는 케이스를 다시 잡고 온몸이 틀어질 정도로 힘껏 잡아당겼다. 마침내 천장 일부와 함께 전선이 끊어졌다. 그 찰나의 정적 또한 소음만큼이나 충격적이었다.

▼ ▼ ▼

한참 후에… 그러니까 쿼리가 어느 정도 여유를 되찾았을 때, 누군가가 그에게 당시 가장 두려웠던 순간이 언제인지 물었다. 기이하게도 그는 이렇게 대답했다. 경보음을 듣고 거래소 이쪽 끝에서 반대편 끝까지 달려갔는데 그곳에 호프만이 있었다…. 알고리듬이 30억달러를 헤지 풀린 도박으로 만들어 놓은 상황에서, 그 시스템을 이해하는 유일한 남자가 피와 먼지를 뒤집어 쓴 채, 구멍 뚫린 천장 아래 책상 위에 올라서서 실성한 사람처럼 중얼거리고 있지 않은가…. 내가 어디에 가든 누군가가 나를 지켜보고 있어….

쿼리가 제일 먼저 현장에 나타난 것도 아니었다. 문은 열려 있고 마리-클로드가 퀀트 몇 명과 함께 안에 들어가 있었다. 쿼리는 사람들을 밀치며 다들 자리로 돌아가라고 호통을 쳤다. 호프만은 이미 일종의 트라우마를 겪고 있었다. 두 눈이 번득였고 옷은 엉망이었으며 머리에는 마른 피가 엉겨 붙은 채였다. 두 손은 흡사 콘크리트를 두들겨 패기라도 한 듯 엉망이었다.

쿼리는 최대한 차분하게 말을 걸었다. "좋아, 알렉스. 그 위에 있으니 기분이 어떤가?"

"궁금하면 직접 봐!" 호프만이 외쳤다. 들뜬 목소리였다. 그가 책상에서 뛰어내리더니 한 손을 내밀었다. 손바닥에 망가진 화재감지기 부품들이 있었는데, 그는 생물학자가 죽은 짐승의 내장을 뒤지듯 손끝으로 부품들을 헤집더니 작은 렌즈를 하나 집어 들었다. 뒤쪽으로 작은 전선이 이어져 있었다.

"글쎄, 잘 모르겠군."

"웹캠(web cam)이야." 그는 손가락 사이로 고장 난 부품을 흘리며 책상으로 건너갔다. 부품 몇 개가 바닥을 굴러다녔다. 호프만이 쿼리에게 노트북을 건네며 모니터를 톡톡 두드렸다. "이걸 봐. 이 사진을 어떻게 찍은 것 같나?"

호프만이 다시 자리로 돌아가 털썩 주저앉았다. 쿼리는 그와 모니터 화면을 번갈아보다가 다시 천장을 올려다보고 그를 보았다. "맙소사. 이 컴퓨터는 또 어디서 난 거야?"

"새벽에 나를 공격한 자의 물건이었네."

순간 쿼리는 과거형이 이상하다는 생각을 했다. 물건이었다고? 그런데 어떻게 호프만의 손에 들어 온 거지? 아무튼 호프만이 벌떡 일어서는 통에 물어볼 시간은 없었다. 머릿속이 마구 질주하기에 호프만도 가만히 앉아 있을 수가 없었다. "이리 와 봐." 그가 손짓을 하더니 쿼리의 팔꿈치를 잡아끌고 사무실 밖으로 나가, 마리-클로드의 책상 위 선반을 가리켰다. 그곳에도 똑같이 생긴 감지기가 있었다. 호프만은 입술에 손가락을 가져다 대고는, 다시 거래소 끝까지 쿼리를 끌고 갔다. 하나, 둘, 셋, 넷…. 중역 회의실에도 있고, 심지어 남자 화장실에도 있었다. 그는 세면기 위로 올라가 손을 뻗어 감지기를 힘껏 잡아당겼다. 감지기는 석고 가루를 폭포처럼 쏟아내며 뜯겨 나왔다. 그리고 그가 바닥으로 뛰어내려 쿼리에게 보여주었다. 다시 웹캠.

"어디에나 있어. 몇 달 동안 아무 생각 없이 멍하니 바라보곤 했건만. 자네 사무실에도 하나 있을 거야. 자네 집에도 방마다 있을 테고 심지어 침실에도 있을 걸세. 당연히 욕실에도 있네. 어떻게 이럴 수가…." 그는 손을 이마에 댔다. 어떻게든 이 엄청난 상황을 이해하고 싶었다.

막연하나마, 누군가가 엿볼 수 있다는 두려움은 늘 안고 살았다. 쿼리가 그자들이어도 분명히 그렇게 했을 것이다. 즈누를 고용해서 보안 컨설팅을 맡긴 것도 그래서가 아닌가. 그는 아연한 채 두 손으로 감지기를 이리저리 살펴보았다.

"감지기마다 카메라가 들어 있다는 말인가?"

"확인은 해 봐야겠지만…. 그래, 내 생각엔."

"맙소사, 즈누한테 도청을 없애 달라고 거금을 주고 있건만…."

"그게 핵심이야. 분명 이 장비를 설치한 자의 소행일 테니까. 내가 고용한 후에는 내 집에도 설치했겠지. 결국 우리를 24시간 감시하고 있었던 거야." 호프만이 갑자기 휴대전화를 꺼내더니 재빨리 분해하기 시작했다. 흡사 게 껍질 벗기는 사람처럼 보였다. "이것도 마찬가지일 거야. 마이크를 넣을 필요도 없어. 애초에 내장했을 테니까. 〈월 스트리트 저널〉에서 읽은 적이 있네. 전화기를 껐다고 생각하겠지만 실제로는 동작 상태이기 때문에 통화를 하지 않아도 대화를 엿들을 수 있다더군. 충전만 되어 있으면 말이야. 내 휴대전화는 하루 종일 오작동이었어."

호프만은 자신의 가설에 대해 확신하고 있었다. 쿼리도 그를 믿을 수밖에 없었다. 그만큼 알렉스의 과대망상은 전염성이 강했다. 쿼리는 자신의 휴대전화가 수류탄으로 변해 당장이라도 손에서 터질 것처럼 살펴보다가, 바로 그 휴대전화로 비서에게 전화했다. "앰버, 미안하지만 모리스 즈누를 추적해서 당장 들어오라고 해. 지금 무슨 일을 하고 있든 상관없어! 당장 중단하고 호프만 박사님 연구실로 오란다고 해." 쿼리가 전화를 끊었다. "망할 놈이 뭐라고 지껄이는지 들어 보자고. 지금껏 한 번도 믿어 본 적 없지만, 도대체 무슨 꿍꿍이인지 궁금하군."

"그야 빤하지 않아? 우리는 83퍼센트의 이익을 내는 헤지 펀드야. 누구든 우리의 거래 상황을 모조리 복사해 내면 떼돈을 버는 거야. 우리가 어떤 식으로 돈을 버는지 알 필요조차 없이 말이야. 도청의 이유는 분명하네. 다만 내가 이해하지 못하는 부분은, 왜 다른 곳까지 건드렸느냐 하는 문제야."

"다른 곳이라니?"

"케이맨 제도에 역외 계좌를 개설해 돈을 넣다 빼고, 내 명의로 메일을 보내고, 두려움과 공포 얘기로 가득한 책을 사 보내고, 가브리엘의 전시회를 망치고, 내 의료 기록을 해킹하고, 정신병자를 보내 날 괴롭혔어. 돈이 얼마나 들든지, 어떻게든 나를 미치게 만들려는 것처럼 말이야."

쿼리는 그의 헛소리에 다시 불안해졌으나 말을 꺼내기 전에 전화벨이 울렸다. 앰버였다.

"즈누 씨는 아래층에 계십니다. 지금 올라온다고 하네요."

"고마워." 쿼리가 다시 호프만에게 말했다. "지금 건물 안에 있대. 이상하지 않아? 도대체 여기서 뭘 하는 거지? 우리가 눈치를 챘다는 정도는 알 텐데?"

"글쎄." 어느새 호프만은 다시 움직이기 시작해, 남자 화장실을 나와 복도 건너편 자기 사무실로 갔다. 그는 책상 서랍을 열고 책 한 권을 꺼냈다. 자정에 쿼리한테 전화를 걸어 얘기했던 다윈 고서였다.

"이 책을 봐. 자네 눈엔 뭐가 보이나?" 호프만이 페이지를 들척이더니 사진이 있는 페이지를 펼쳐 들었다. 언뜻 보아도 잔뜩 두려움에 질린 노인의 모습이었다. 이상한 사진…. 흡사 돌연변이 쇼에 나온 괴물 같아….

"빅토리아 시대의 똥 씹은 정신병자 같군그래."

"그래, 그래도 다시 보라고. 저기 측경기 보이지?"

자세히 보니, 얼굴 양쪽에 각각 손이 있어서 얇은 금속 가늠자로 남자의 이마를 재는 것처럼 보였다. 머리를 금속 머리 받침 비슷한 도구에 기대 놓은 것이다. 입고 있는 옷도 의사용 가운 같았다.

"그래, 보이는군."

"측경기를 대는 사람은 프랑스 의사로 이름이 기욤 베냐민 아르망 뒤셴이야. 인간의 얼굴 표정이 영혼으로 통하는 대문이라고 믿었지. 그래서 빅토리아 시대의 소위 갈바니(Galvani) 전기를 이용해 안면 근육을 움직이게 했네. 갈바니 전기란 산성 반응으로 만들어 낸 전기를 뜻하는데, 종종 파티 트릭에서 죽은 개구리 다리를 씰룩이는 데 사용했지." 호프만은 쿼리가 말뜻을 따라오는지 살폈으나 여전히 당혹스럽기만 한 표정이었다. 그가 덧붙였다. "두려움을 느낄 때의 얼굴 표정을 유도해서 카메라에 기록하는 실험이야."

"오케이, 알겠네." 쿼리가 조심스레 대답했다.

호프만이 화를 내며 책을 흔들었다. "지금 정확히 나한테 일어나고 있는 일이야! 이 책에서 측경기가 들어 있는 삽화는 이것뿐이네. 다른 삽화는 다윈이 모두 제거했기 때문인데…, 결국 나를 두려움을 유도하는 실험의 피험자로 만들고 반응을 계속 감시했다는 말일세."

쿼리는 무슨 말을 해야 할지 난감했다. "음…, 그런 일이 있었다니… 정말 끔찍했겠군."

"도대체 누구 짓이고 이유는 뭐지? 분명 즈누의 생각은 아니야. 그자는 도구에 불과하고…."

쿼리는 호프만의 얘기가 귀에 들어오지 않았다. 기업 CEO로서의 책임에 대해 생각해야 했기 때문이다. 그도 후에 솔직하게 인정한 바이지만, 투자자들과 직원들은 물론이고 자신의 입장도 생각해야 했다. 오랜 세월 동안, 호프만의 약장은 마약 중독자가 6개월은 취해 있을 만큼의 향정신성 의약품으로 가득했다. 회사 대표의 정신 건강이 우려스럽다는 따위의 기록을 남길 수 없다며 라야마니한테 으름장까지 놓지 않았던가. 이런 사실이 공개되면 어떻게 되는 거지?

"앉게나. 몇 가지 얘기부터 좀 하자고."

쿼리가 말을 끊자 호프만은 당혹스러웠다. "급한 일이야?"

"어느 정도는 그래." 쿼리는 소파에 앉아 호프만에게 옆자리를 권했다.

호프만은 소파를 외면하고 자기 책상으로 가더니, 화재감지기의 파편들을 손으로 한꺼번에 쓸어 낸 다음 의자에 앉았다. "좋아, 얘기해 봐. 단 먼저 자네 휴대전화 배터리부터 빼 두지그래."

▼ ▼ ▼

쿼리가 다윈 고서의 중요성을 깨닫지 못한다 해도 호프만은 놀랍지 않았다. 지금껏 어느 누구보다 상황 파악이 빨랐던 자신이 아니던가. 수많은 세월, 그토록 길고도 고독한 정신 여행을 떠나야 했던 것 또한 그 때문이었다. 아무리 주변 사람들이 따라잡는다 해도 그때쯤엔 이미 또 다른 곳으로 여행을 떠난 후였다.

쿼리는 휴대전화를 분해한 뒤 배터리를 조심스럽게 커피 테이블 위에 올려놓으며 말했다. "VIXAL-4에 문제가 생겼네."

"무슨 문제?"

"델타 헤지를 해지해 버렸어."

호프만이 그를 바라보았다. "바보 같은 소리." 그러나 호프만은 말을 마치기가 무섭게 키보드를 끌어당겨 단말기에 로그인한 다음, 포지션들을 훑기 시작했다. 항목, 크기, 유형, 날짜…. 마우스 클릭도 모스 부호만큼이나 빨랐는데 그가 클릭할 때마다 화면은 점점 더 놀라운 결과를 토해 냈다. 마침내 그가 입을 열었다. "맙소사, 완전히 엉망이군. 절대 이런 식으로 프로그램한 적 없네."

"대부분이 점심시간과 미국 개장 사이에 일어났는데, 자네와 연락이 닿지 않았어. 그나마 좋은 소식이라면 예측이 정확하다는 걸세. 아직까지는…. 다우는 약 100포인트 빠지고, P&L을 보면 우린 오늘만 2억달러를 벌었어."

"하지만 이건 절대 불가능한 일이야." 호프만이 되뇌었다. 물론 합리적인 설명은 가능할 것이다. 늘 그랬듯 당연히 이번에도 문제를 찾아낼 것이고 또 당연히 요즘의 상황과 관련이 있을 것이다. "좋아, 우선… 이 데이터가 정확한 건가? 이 화면에 나타난 수치를 정말로 믿을 수 있는 거야? 아니면 이것도 사보타주 아닐까? 바이러스는? 회사 전체가 누군가의 사이버 테러를 받을 수도 있잖아. 그 가능성은 생각해 봤나?" 호프만은 폴리도리 박사의 컴퓨터에서 찾아낸 악성 파일을 떠올렸다.

"그럴 가능성도 있겠지만 그렇다 해도 비스타 항공의 매도는 설명이 안 되네. 게다가 단순히 우연의 일치 같지는 않아."

"그래, 그렇겠지. 이미 우리는 그 덕분에…."

쿼리가 부랴부랴 그의 말을 끊었다. "그야 그렇지만 시간이 흐르면서 시나리오도 달라졌네. 결국 추락 원인이 기계적 결함은 아니라는 쪽으로 결론을 내리는 모양이야. 이슬람 테러 조직 웹사이트에 폭파 경고가 올라왔는데, 그때만 해도 비행기는 잘 날고 있었다더군. FBI가 놓친 게야. 우리는 잡았고."

호프만은 언뜻 그 말을 이해할 수가 없었다. 정보가 너무 빨리, 그리고 한꺼번에 밀려들었다. "그쪽은 VIXAL-4의 범위 밖이야. 그야말로 아주 특이한 변곡점(inflection point)이로군. 양자 도약에 버금가는."

"스스로 학습하는 자율적 기계 학습 알고리듬 아니었던가?"

"그야 물론."

"그럼 뭔가를 배웠을 수도 있잖아?"

"바보 같은 소리. 휴고, 그런 식으로 돌아가는 게 아냐."

"오케이, 그런 식이 아니라고 해 두세. 내가 전문가는 아니니까. 문제는, 지금 당장 결정해야 하네. VIXAL을 폐기하든지, 아니면 내일까지 25억달러를 처박든지. 거래를 계속 이어 가려면 은행들을 구슬리는 수밖에 없어."

마리-클로드가 노크를 하고 문을 열었다. "즈누 씨께서 오셨습니다."

쿼리가 호프만에게 말했다. "내가 처리하지." 마치 아케이드 게임을 하는 기분이었다. 모두가 이렇게 일제히 달려들고 있으니….

마리-클로드가 옆으로 비켜서고 전직 경찰이 들어왔다. 즈누의 시선은 곧바로 천장의 구멍으로 향했다.

"들어오게, 모리스. 문 닫고. 보다시피 DIY를 조금 하는 중이네만 혹시 이거에 대해 할 말 없나?" 쿼리가 물었다.

"제가요? 제가 왜 설명해야 합니까?"

"오, 이런, 대단하군. 휴고, 자네보고 얘기하라네."

쿼리가 한 손을 들어 보였다. "오케이, 알렉스. 좋아, 모리스, 거짓말은 하지 말게. 이 일이 얼마나 오랫동안 지속되었는지 알고 싶어. 자네한테 돈을 주는 사람이 누구지? 컴퓨터에 뭔가가 들었던데… 자네도 아는 사실인가? 시간이 없어. 우린 지금 거래 상황을 살피기에도 바쁘니까. 경찰을 부를 생각까지는 없네만, 그야 상황에 따라 다르겠지? 칼자루는 자네 손에 있어. 자, 솔직하게 하자고."

잠시 후 즈누가 호프만을 보았다. "사장님께 말씀드려도 괜찮으시겠습니까?"

"괜찮다니 뭐가?" 저 인간이 무슨 헛소리지?

"박사님 덕분에 아주 난처한 입장이 되었으니까요."

호프만이 쿼리를 보았다. "이 친구가 지금 무슨 말을 하는지 모르겠군."

"네, 알겠습니다. 상황이 상황이니 더 이상 신뢰를 지키기 어렵겠군요." 즈누가 쿼리 쪽으로 돌아서서 말했다. "호프만 박사님께서 시키신 일입니다."

거짓말이 어찌나 차분하고 오만하던지 호프만은 그 자리에서 두들겨 패고 싶었다. "이런, 개자식! 누가 그런 말을 믿을 줄 알아?"

즈누는 호프만을 무시한 채 흔들리지 않고 쿼리에게 계속 말했다. "사실입니다. 이곳 사무실로 이사 오셨을 때 그렇게 지시하셨죠. 몰래카메라를 설치하라고. 박사님께서 사장님께 말씀드리지 않았을 거라는 생각은 했지만, 어쨌든 박사님께서는 회사의 대표이십니다. 지시대로 따라야 한다고 생각했죠. 사실입니다. 맹세합니다."

호프만이 어색한 미소를 지으며 고개를 저었다. "휴고, 말도 안 되는 헛소리야. 오늘 종일 저런 개소리만 들었네. 이자와 카메라 얘기를 나눈 적은 한 번도 없어. 내가 왜 내 회사를 촬영하겠나? 자기 전화기에 도청 장치를 심는 멍청이도 있어? 완전히 개소리라고." 그가 항변했다.

즈누가 나섰다. "얘기 나눴다고 말씀드린 적 없습니다. 호프만 박사님,

아시다시피 전 메일로 지시를 받습니다."

메일… 이번에도!

호프만이 말했다. "이 많은 카메라를 심으려면 수천 프랑은 들어갈 텐데, 한 번도, 정말 한 번도 상의한 적이 없다고? 지금 농담하자는 건가?"

"아닙니다."

호프만은 경멸과 불신에 겨워 탄성까지 내뱉었다.

쿼리가 즈누에게 말했다. "그 말은 믿기 어렵군. 이상하다는 생각은 안 했나?"

"별로요. 그러니까, 비공식이라고 생각했습니다. 박사님께서도 상황을 알고 싶어 하시지 않는다고요. 언젠가 넌지시 말씀드렸는데 박사님께서는 그냥 멍하니 바라보기만 하시더군요."

"당연히 그랬겠지. 무슨 얘기인지 몰랐으니까. 빌어먹을, 좋아. 그럼 내가 어떻게 비용을 지불했지?"

"현금 이체였습니다. 케이맨 제도의 은행 계좌였죠." 즈누의 대답이었다.

그 말에는 호프만도 움찔했다. 쿼리가 물끄러미 호프만을 보았다.

"좋아, 메일을 받았다고 가정하고…, 메일을 보낸 사람이 나로 가장한 인물일 수도 있잖아? 어떻게 그렇게 확신할 수 있었지?"

"제가 왜 의심해야 하죠? 박사님 회사에, 박사님 메일 계정인데요. 비용도 박사님 은행에서 나왔습니다. 게다가 솔직히 말씀드리면, 박사님께서는 만나 뵙기 어려운 분으로 정평이 나 있지 않습니까?"

호프만이 욕설을 내뱉으며 주먹으로 책상을 내리쳤다. 너무도 답답했다. "또 원점이야. 인터넷으로 책을 주문하고, 인터넷으로 가브리엘의 전시 작품 모두를 사들이고, 인터넷으로 미친놈을 꼬드겨 나를 죽이라고 요청하고…." 문득 호텔에서의 끔찍한 참사가 떠올랐다. 머리가 축 늘어진 시신…. 잠시 그 생각을 잊고 있었다. 쿼리가 당혹스러운 표정으로 그를 바라보았다. 호프만은 절박한 심정으로 애원했다. "누가 이런 짓을 하는 거지? 감시 카메라까지? 문제가 해결될 때까지 자네가 도와줘야겠네. 도무지 악몽에서 헤어 나오지 못한 기분이야."

쿼리도 머리가 복잡했다. 목소리를 낮추는 데만 해도 적잖은 노력이 필요했다. "당연히 도와야지. 알렉스, 어찌 됐든 철저히 조사해 보자고." 그가 즈누를 돌아보았다. "좋아, 모리스, 메일은 보관했겠지?"

"네, 그렇습니다."

"지금 접속할 수 있나?"

"네, 원하신다면." 몇 차례 고성이 오간 탓인지 즈누도 뻣뻣하기만 했다. 부동자세로 서 있는 모습이 전직 경찰로서의 명예를 훼손당하기라도 했다는 투다. 뻔뻔스러운 놈. 진실이 어떻든 간에, 비밀 감시 네트워크 전부를 설치한 당사자가 아닌가. 즈누의 태도가 영 마음에 들지 않았다.

"좋아, 확인해 보자고. 알렉스, 자네 컴퓨터 좀 사용해도 되겠지?"

호프만은 무아지경에 빠진 사람처럼 멍하니 자리에서 일어났다. 발밑에서 화재감지기 파편들이 우두둑 소리를 내며 깨졌다. 그는 거의 반사적으로 천장을 올려다보았다. 자신이 엉망으로 만들어 놓은 천장…. 타일이 떨어져 나간 곳에 검은 공허만이 남았다. 늘어진 전선들이 서로 닿을 때마다 그 속에서 탁탁 소리를 내며 파란색과 흰색의 불꽃이 튀었다. 문득 뭔가가 움직인다는 생각에 화들짝 두 눈을 감았다. 태양을 보기라도 한 듯 불꽃의 잔상이 선명하게 춤을 추었다. 기생충 같은 의심이 머릿속에서 꿈틀거리기 시작했다.

즈누가 마우스를 클릭하다가 의기양양하게 외쳤다. "여기입니다!"

그가 허리를 펴고 물러나 호프만과 쿼리가 메일을 확인하도록 했다.

저장 메일을 선별해 화면 목록에 호프만이 보낸 것만 보이도록 정리해 놓았는데, 20여 개 정도였다. 시기는 1년 전쯤. 쿼리는 마우스를 잡고 닥치는 대로 클릭하기 시작했다.

"모두 자네 메일 주소로군. 그것만은 분명해." 그가 중얼거렸다.

"그래, 그래도 난 보낸 적 없네."

"좋아, 그럼 누가 했지?"

호프만이 보기에는 아무리 생각해 봐도 해킹 수준을 넘어섰다. 보안 시스템 돌파나 서버 복제도 아니었다. 그보다 근본적이었다. 그러니까 회사가 어떤 식으로든 운영 시스템을 이중으로 개발해 두지 않으면 불가능한 수준이다.

쿼리는 메일을 계속 읽어 내려갔다. "믿을 수 없군. 심지어 자네 집을 감시하라는 지시까지 했어. 그것도 자네가 직접."

"더 이상 반복하기도 싫지만… 내가 아니야."

"이런, 알렉스, 유감스럽게도 자네가 맞아. 들어 보라고. '수신 즈누. 발신 호프만. 콜로니에 즉시 웹캠 감시 장치 설치. 은폐형. 24시간 작동….'"

"이런, 망할, 난 그런 식으로 말하지 않아. 세상에 저렇게 말하는 사람이 어디…."

"누군가는 했겠지. 여기 모니터에 나와 있으니까."

호프만이 갑자기 즈누를 돌아보았다. "그래서 이 정보는 어디로 가는 건가? 영상과 오디오 녹음은 어떻게 되고?"

즈누가 대답했다. "아시다시피, 모두 디지털스트림으로 보안 서버에 보냅니다."

"하지만 수천 시간 분량이잖아? 어떻게 그 모두를 확인할 수 있지? 나한테 그럴 시간이 있을 리 없어. 그 정도라면 전담 팀이 필요할 텐데…."

즈누가 어깨를 으쓱했다. "모르겠습니다, 저도 가끔 의아했지만 지시하신 대로 따라야 했죠."

이 정도의 정보를 분석하려면 기계만이 가능하다. 최첨단 안면 인식 기술, 음성 인식도 있어야 할 테고, 검색 툴까지….

쿼리의 탄식이 호프만의 생각을 끊었다. "자네 언제부터 지메이사에 공장을 임차하기 시작했나?"

답변은 즈누에게서 나왔다. "그건 정확히 말씀드릴 수 있습니다, 사장님. 여섯 달 전부터죠. 클레르발 54번가의 대형 공장으로, 호프만 박사님께서 그곳에서 사용할 특수 보안과 감시 시스템을 주문하셨습니다."

"공장 안엔 뭐가 있나?" 호프만이 물었다.

"컴퓨터들입니다."

"누가 들여놨지?"

"그건 저도 모르겠습니다. 컴퓨터 회사겠죠."

"그러니까 내가 거래하는 사람이 자네 말고도 더 있다? 내가 메일로 온갖 회사와 거래한다는 뜻인가?"

"잘은 모르겠습니다만, 아무래도 그런 것 같습니다."

쿼리는 여전히 메일을 클릭 중이었다. "도무지 믿을 수가 없군. 이 메일에 따르면, 자네는 이 건물 전체를 사들였네, 알렉스."

다시 즈누의 대답. "사실입니다, 호프만 박사님. 박사님께서 보안 계약서를 보내셨죠. 오늘 저녁, 제가 온 이유도 그 때문인걸요."

"그게 사실인가? 자네가 건물 주인이라고?" 쿼리가 채근했다.

하지만 호프만은 더 이상 듣지 않았다. CERN에서 근무할 당시를 생각하고 있었기 때문이었다. 밥 월턴이 CERN의 실험 위원회와 기술 자문 위원회 의장들에게 연판장을 돌려, 호프만의 탐색 프로그램 AMR-1을 철회할 것을 종용했었다. 연판장에는 소프트웨어 엔지니어 토머스 S. 레이와 오클라호마 대학교의 동물학 교수가 작성한 경고문까지 첨부했다. '(…) 무한 진화 개념의 자율적 인공 존재는 유기체의 삶에 잠재적 위험이 될 수 있습니다. 그러므로 그 의미를 충분히 인지할 때까지 격리 시설을 활용해서 통제해야 합니다. (…) 진화는 반드시 자기 보존 절차를 따릅니다. 고로 통제된 디지털 조직의 이해관계는 우리 자신의 이해관계와 충돌할 가능성이 항시 존재합니다.'

호프만이 심호흡을 했다. "휴고, 자네와 할 얘기가 있네…. 둘이서만."

"그러지. 모리스, 잠시만 밖에서 기다리게."

"아니, 그보다 내 생각엔 자네가 여기 남아서 수수께끼를 풀어 주면 좋겠네. 모리스, 우선 내가 보냈다는 메일을 모두 복사해 주게. 그리고 이른바 '내 지시'에 따라 해 온 일들도 전부 목록으로 만들고. 특히 지메이사의 공장 시설과 관련해서는 하나도 빠짐없이 기록하도록. 그리고 건물의 카메라와 도청 장치는 모조리 제거하게. 내 집부터 시작해서. 오늘밤까지는 끝냈으면 좋겠군. 이해하겠나?" 즈누가 쿼리의 동의를 구하는 눈빛을 보냈다. 쿼리는 잠시 머뭇거리다가 고개를 끄덕였다.

"지시대로 따르겠습니다."

두 사람은 그를 남겨 두고 사무실 밖으로 나왔다. 문이 닫히자마자 쿼리가 다짜고짜 따지기 시작했다. "이 일에 대해 설명해 줬으면 좋겠군, 알렉스. 아니면 나도 어쩔 수 없이…."

호프만은 손가락을 들어 만류하고는 마리-클로드 책상 위의 화재감지기를 올려다보았다.

"그래…. 그럼 내 사무실로 가세나." 쿼리가 깊은 한숨을 내쉬며 말했다.

"아니, 거기도 아냐. 안전하지 않아. 이리로…."

호프만이 그를 화장실로 데려가 문을 닫았다. 화재감지기의 파편들이 세면대 옆에 그대로 남아 있었다. 호프만은 거울에 비춰진 자신의 모습이 너무도 낯설기만 했다. 마치 정신병원에서 탈출한 사람처럼 보였다.

"휴고, 자네도 내가 미쳤다고 생각하나?" 그가 물었다.

"좋아. 그렇게 물으니까 대답하네만, 솔직히, 그래. 진심이야. 그게 아니면, 이젠 나도 모르겠어."

"아냐, 괜찮아. 그렇게 느꼈다고 해서 뭐라 할 생각 없어. 내가 보더라도 영락없는 정신병자니까…. 게다가 지금부터 하려는 얘기 또한 상황을 개선하는 데 별로 도움이 되지 못할 것 같군." 자신의 입에서 이런 말이 나오다니 도저히 믿기 힘들었다. "지금 우리의 가장 기본적인 문제는 아무래도 VIXAL인 듯싶네."

"델타 헤지를 제거한 문제?"

"물론 그 문제도 포함해서. 그보다는 기대와 어긋나게 작동한다고 말하고 싶네."

쿼리가 곁눈질로 그를 노려보았다. "그게 무슨 말이지?"

그때 문이 열리며 누군가가 들어오려 했다. 쿼리가 팔꿈치로 문을 막았다. 눈을 호프만에게서 떼지 않은 채였다. "나중에! 자네 방 휴지통에다가 싸는 게 어때, 응?"

"알겠습니다, 쿼리 사장님." 목소리가 대답했다.

쿼리는 문을 닫고 등을 기댔다. "어떤 식으로 기대와 어긋났다는 말인가?"

호프만이 조심스럽게 입을 열었다. "VIXAL의 결정이 우리의 이해관계에 전적으로 부응하지 않을 수 있다는 뜻이야."

"회사의 이익?"

"아니, 우리… 인류의 이익."

"두 이익이 다른가?"

"반드시 같지는 않네."

"이런, 내가 둔해서 그러는데…. 그러니까 자네 말은 VIXAL이 오직 자신만을 위해 움직인다는 뜻인가? 감시든 뭐든?"

호프만이 보기에, 어찌 됐든 쿼리도 그의 가설을 심각하게 받아들이기 시작했다.

"글쎄, 내 말이 정확히 그런 뜻인지는 나도 자신이 없네. 어쨌거나 정확한 판단을 내릴 수 있게 충분한 정보를 확보할 때까지는, 한걸음씩 나갈 필요가 있겠어. 제일 먼저, VIXAL이 취한 시장 조치부터 풀어야 할 텐데… 아주 위험한 일이 될 거야. 어쩌면 우리 회사로 끝나지 않을 수도."

"돈을 벌어들인다 해도?"

"더 이상 돈 문제가 아니야…. 이봐, 이번만이라도 돈 얘기 좀 잊을 수 없겠나?" 호프만으로서도 냉정을 유지하기가 어려웠지만 그래도 다행히 마음을 가라앉혔다. "어차피 그 차원을 넘어섰어."

쿼리가 팔짱을 끼고 타일 바닥을 내려다보았다. "이봐, 이런 종류의 결정을 내릴 만큼 지금 자네의 상태가 괜찮다고 생각하나?"

"그래. 제발, 내 말을 믿게나. 지난 8년간의 공을 봐서라도. 이번이 마지막이야. 약속하지. 오늘 밤만 지나면 자네한테 모든 걸 일임하겠어."

두 사람은 한참 동안 서로를 바라보았다. 물리학자와 금융인. 쿼리는 어떻게 해야 할지 판단이 서지 않았다. 하지만 후에 고백했듯이, 회사는 결국 호프만의 소유였다. 애초에 고객들을 유치하고 컴퓨터를 가져와 돈을 벌게 한 것도 결국 그의 천재성이었다. 문을 닫는 것 또한 그의 권리일 수밖에 없었다. "회사는 자네 거야." 쿼리가 그렇게 말하며 문에서 비켜섰다.

호프만이 거래소를 향해 걸었다. 쿼리도 바로 뒤를 쫓았다. 의미야 어찌되었건 최소한 반격을 개시한다고 생각하니 기분은 좋았다. 호프만이 손뼉을 쳤다. 그는 퀀트들이 그를 잘 볼 수 있도록 의자 위로 올라가 다시 손뼉을 쳤다. "자, 주목! 잠깐만 모여 봅시다!"

그의 지시에 따라 퀀트들이 모니터를 버리고 일어났다. 박사들로 이루어진 유령 군단. 그들은 다가오면서도 서로의 눈치를 살폈다. 일부는 속삭이기까지 했는데 상황이 상황인지라 다들 신경이 곤두선 터였다. 판 데르 질도 사무실에서 나오고 주-롱도 마찬가지였다. 라야마니의 모습은 보이지 않았다. 호프만은 부화 팀의 굼벵이 둘이 책상을 돌아 나올 때까지 기다렸다가 목청을 가다듬었다.

"오케이, 지금부터 몇 가지 오류를 바로잡겠습니다. 표현은 부드럽지만, 결론적으로 말하면 지난 몇 시간 동안 고수해 온 포지션들을 철회해야겠습니다."

그는 되도록 담담하게 말했다. 혼란을 부추기고 싶지는 않았다. 천장 여기저기에 박힌 화재감지기도 신경이 쓰였다. 모르긴 몰라도 그의 얘기 전부를 감시하고 있을 것이다. "VIXAL에 문제가 있다는 뜻은 아니지만 우선 처음으로 돌아가 왜 알고리듬이 이런 식으로 처리하는지를 파악해야 합니다. 글쎄, 얼마나 시간이 걸릴지는 모릅니다. 일단은 델타를 복구해 다른 시장을 통한 매도로 헤지를 걸어야 합니다. 필요하다면 청산을 각오하더라도, 현재의 상황에서 빠져나가야겠어요."

"아주 조심스럽게 움직여야 합니다. 이런 규모의 포지션들을 청산하기 시작할 경우 가격에 영향을 미칠 수밖에 없을 테니까." 쿼리가 덧붙였다. 직원들은 물론 호프만까지 겨냥한 경고였다.

호프만이 고개를 끄덕였다. "물론 사실입니다. 하지만 철회 단계에서

조차 VIXAL은 최적 조건을 찾도록 도와줄 겁니다." 그는 대형 TV 화면 아래 나란히 늘어선 디지털시계들을 올려다보았다. "미국 폐장까지는 아직 세 시간 이상이 남았어요. 임레, 자넨 디터와 함께 고정 수입과 통화 쪽을 도와주겠나? 프랑코와 존, 각자 서너 명을 데려가서 공채와 산업 투자를 분할해 줘요. 콜리야, 당신은 물가 지수를 맡아 줘요. 역시 같은 방식으로. 나머지 사람들은 일반 항목들을 책임지고."

"문제가 생기면 알렉스와 내가 도와줄 거요. 단 하나 명심할 것은, 절대로 후퇴라는 생각은 하지 맙시다. 오늘 20억달러의 추가 투자를 유치했어요. 그러니 우리 회사는 더욱 발전할 겁니다. 다들 잘 알았죠? 다만 지난 24시간을 재조정한 후 훨씬 더 크고 멋진 차원으로 도약할 겁니다. 질문 있는 사람?" 몇 사람이 손을 들었다. "네. 뭐죠?"

"조금 전 가나 라야마니를 해고하셨다는데 사실입니까?"

호프만이 놀란 표정으로 쿼리를 보았다.

위기가 지나갈 때까지는 기다릴 줄 알았건만. 쿼리는 틈을 주지 않았다.

"가나는 런던의 가족을 만나기 위해 몇 주간 휴가를 냈습니다." 군중들이 이해할 수 없다는 듯 일제히 웅성거리기 시작했다. 쿼리가 한 손을 들었다. "여러분께 장담하지만, 그 친구는 지금 우리가 하려는 일에 찬성합니다. 자, 난감한 질문으로 출셋길 망치고 싶은 사람 또 있나요?" 직원들이 초조한 웃음을 흘렸다. "그럼 이제…."

"아, 하나 더 있네, 휴고." 호프만이 다시 나섰다. 그는 퀀트들을 차근차근 돌아보며 문득 처음으로 동료애를 느꼈다. 그가 직접 한 사람 한 사람을 채용했다. 팀, 회사…. 모두 그의 작품이었다. 그들 모두를 모아 놓고 연설할 기회는 앞으로 영원히 없을지도 모를 일이다. "한마디만 더 해도 되겠습니까? 지금쯤 눈치를 챈 사람도 있겠지만 정말 끔찍한 하루였습니다. 그리고 내게 어떤 일이 있든 간에, 여러분 모두에게… 한 사람, 한 사람에게 하고 싶은 말이….” 그는 말을 끊고 심호흡을 해야 했다. 놀랍게도 가슴이 벅차고 목이 메고 눈에 눈물이 맺혔다. 그는 두 발을 내려다보며 가라앉을 때까지 기다렸다가 다시 고개를 들었다. 재빨리 해치우지 못하면 완전히 무너지고 말 것만 같았다. “함께 이 회사를 통해 이룬 업적이 자랑스럽습니다. 그 점, 여러분도 알아주셨으면 좋겠군요. 돈을 벌기 위해서는 아니었습니다. 나를 위해서도 아니고, 여러분만을 위해서도 아니었다고 믿습니다. 그래서 더욱 고맙습니다. 그래서 더욱 의미가 컸습니다. 감사합니다.”

박수갈채는 없었다. 그보다는 얼떨떨한 표정들. 호프만이 의자에서 내려왔다. 쿼리가 묘한 얼굴로 그를 바라보다가, 결국 CEO답게 재빨리 마음을 추스르고 소리치기 시작했다.

“좋아! 자, 이제 연설은 끝났다. 노예들이여, 모두들 자리로 돌아가 힘차게 노를 저어라! 폭풍이 오고 있다!”

퀀트들이 움직이기 시작하자 쿼리가 호프만에게 말했다. “작별 인사라도 하는 사람 같았어.”

“그럴 생각은 아니었네.”

“어쨌든 그렇게 들렸어. 왜 그래? 도대체 무슨 일이 있는 거야?”

하지만 호프만이 대답하기 전에 누군가가 소리쳤다. “박사님, 잠깐만요! 여기 문제가 있는 것 같습니다.”

16 추락

지구의 지적 생명체는 성년이 되어서야 처음으로 생존을 위해 이성을 활용한다.

_리처드 도킨스, 〈이기적 유전자〉(1976)

호프만 투자 테크놀로지에 공식적으로 '총체적 시스템 오류'가 발생한 때는 중앙 유럽 표준시로 오후 7시였다. 정확히 같은 시각, 그러니까 동부 표준시로 오후 1시, 약 6400킬로미터 떨어진 뉴욕 증권 거래소(NYSE)에서 기이한 움직임을 감지했다. 수십 건의 종목가가 엄청난 규모로 요동치더니 기어이 LRP, 즉 유동성 보완점을 건드리고 말았다. 훗날, 의회에서 나온 증언 중에서, 미국 증권 거래 위원회의 회장은 그에 대해 다음과 같이 설명했다.

LRP는 일종의 '과속방지턱'으로 해당 증권의 유동성 완화가 목적입니다. 따라서 가격 동향 폭이 한계에 달하면 해당 증권은 자율 시장에서 수동 경매 시장으로 전환하죠. 그 경우 뉴욕 증권 거래소는 해당 증권을 '이상 종목'으로 분류하고 거래를 잠정적으로 중단하는데, 자율 시장으로 돌아가기 위해서는 먼저 시장 조성자가 추가적인 변동성을 허락해야 합니다.*

그렇다 해도 결국 기술적인 개입에 불과하다. 게다가 전례가 없지 않은 데다 이 단계에서는 상대적으로 충격이 지엽적일 수밖에 없다. 당연히 이후 30분 동안 관심을 기울이는 미국인은 거의 없었다. 심지어 호프만 투자 테크놀로지의 퀀트들도 이 사실을 전혀 알아채지 못했다.

▼ ▼ ▼

호프만을 현황판으로 부른 직원은 크로커였다. 옥스퍼드 박사 출신으로 호프만이 러더퍼드 애플턴 실험실에서 데려왔는데, 가브리엘이 신체 스캔으로 미술 작품을 만들어야겠다고 생각한 바로 그 옥스퍼드 사업 여행에서 만났다. 크로커는 VIX에서의 주요 포지션을 정리하기 위해 알고리듬을 수동 조작 모드로 전환하고 있었다. 그런데 시스템이 그의 권한을 거부한 것이다.

"내가 해 보죠." 호프만은 크로커 대신 키보드를 차지해 자기 패스워드를 입력했다. 어떤 파일에서든 절대 권한을 지닌 패스워드이건만 VIXAL은 그마저 거부했다. 호프만은 애써 두려움을 숨겨야 했다.

* 2010년 5월 6일 미국 금융 시장에서 일어난 사건에 대한 조사 결과에서, 메리 샤피로 당시 미국 증권 거래 위원회 의장은 고성능 컴퓨터로 데이터를 실시간으로 처리, 수백만 건의 거래를 순식간에 처리하는 일명 '고주파 거래'로 인하여 약 두 시간 남짓한 시간 동안 미국 금융 시장에 무슨 일이 일어났는지, 그 배경에 대해 발표하면서 위와 같이 말하였다. 이는 의회에 제출된 기록으로, 의회 증언과 상품 선물 거래 위원회 그리고 증권 거래 위원회의 보고서에서 가져온 완전한 사실이다.

그가 마우스를 클릭하며 다양한 접근을 시도하는 동안, 쿼리는 서서 그의 어깨 너머로 지켜보았다. 판 데르 질과 주-롱도 마찬가지였다. 쿼리는 놀라울 정도로 담담했다. 거의 초월한 사람처럼 보였는데, 아마도 언제든 이런 일이 일어나리라 반쯤은 예상했기 때문이리라. 비행기 안전벨트를 맬 때마다 추락사를 걱정하는 기분이 그럴 것이다. 다른 사람이 운전하는 기계에 목숨을 맡겨 보라. 그러면 결국 죽음의 가능성을 인정할 수밖에 없다. 한참 후 그가 입을 열었다. "플러그를 뽑아 버리면 되지 않나?"

"그렇게 하면 그대로 거래가 중단되고 말아. 현 포지션을 정리하지 못하고 고착한다는 뜻이지." 호프만이 돌아보지도 않고 대답했다.

나지막한 탄성들이 근심과 놀라움을 싣고 방 전체를 뒤덮었다. 퀀트들도 하나둘씩 호프만의 작업을 지켜보기 시작했다. 흡사 거대한 직소 퍼즐 주변에 몰려든 구경꾼들 같았다. 누군가는 상체를 들이밀고 훈수까지 두었다. "거기 한번 놔 보시죠." "이렇게 한 번 해 보세요." 호프만은 훈수를 모두 무시했다. 그보다 VIXAL을 잘 아는 사람은 아무도 없다. 하나하나 직접 디자인하지 않았던가.

대형 화면에 나타난 월 스트리트의 오후 보고서는 평소와 같았다. 대표적인 소식은 아테네의 시위였다. 그리스 정부의 긴축 정책에 반대한다는 내용인데, 핵심은 그리스가 채무 불이행을 선언할 경우 그 여파로 유로가 붕괴하는지의 여부에 있었다. 그리고 헤지 펀드는 여전히 돈을 챙기고 있었다. 어떤 점에서는 무엇보다 기이한 측면이라 할 것이다. 쿼리는 잠시 돌아서서 옆 화면의 P&L을 확인해 보았다. 현재는 거의 3억달러까지 치솟은 상태였다. 그런데 왜 저토록 절박하게 알고리듬을 제거하려는 걸까? 문득 그런 생각이 들기도 했다. 저들은 실리콘 칩으로 미다스 대왕을 만들어 냈다. 무슨 근거로 인류의 이해에 반하는 현상적 수익이라고 주장한다는 말인가?

호프만이 키보드를 두드리다 말고 갑자기 두 손을 들었다. 콘서트의 피아니스트가 콘체르토 한 곡을 끝내기라도 한 듯 극적인 자세였다.

"소용없어. 전혀 반응이 없군. 강제 정리를 할 수는 있겠지만 그래 봐야 최후의 수단일 뿐이야. 우선은 문제를 파악할 때까지 시스템 전체를 완전히 셧 다운할 필요가 있겠어."

"그건 어떻게 하는 겁니까?" 주-롱이 물었다.

"옛 방식으로 하면 안 되나? VIXAL 코드를 뽑고 전화나 메일로 브로커들을 불러서 포지션을 정리하면?" 쿼리가 제안했다.

"그렇게 하려면 왜 알고리듬을 사용하지 않는지에 대한 그럴 듯한 핑계가 있어야 할 걸세."

"간단해. 플러그를 모조리 뽑은 다음 컴퓨터실에 치명적인 전력(電力) 손실이 있었다고 하는 거야. 보수가 끝날 때까지 시장에서 철수해야 한다고 하면 그들이 어쩌겠나? 최선의 거짓말이 다 그렇듯, 전력(戰力) 손실이 완전히 거짓말도 아니잖아?"

판 데르 질이 나섰다. "사실 2시간 50분만 버티면 되긴 합니다. 그럼 어쨌든 시장은 마감하고 내일모레는 주말이니까, 월요일 아침까지 거래는 동결되고 우리는 안전하겠죠. 그동안 시장이 강한 반등세로 오르지 않는 한은요."

"다우는 이미 떨어졌네. S&P는 동일하고. 유로존에서는 온통 국가 부채가 흘러나오고 있어…. 시장이 상승세로 마감할 가능성은 전혀 없지." 회사의 중역 네 명은 서로를 보았다. "그래서? 다들 동의한 건가?" 호프만의 말에 모두들 고개를 끄덕였다.

"내가 하지." 호프만이 말했다.

"나도 함께 가겠네." 쿼리가 제안했다.

"아니, 내가 스위치를 넣었으니 내가 끄겠어."

거래소부터 컴퓨터실까지가 너무도 멀게만 느껴졌다. 사람들의 눈빛이 예리한 송곳처럼 등에 날아와 박혔다. 이 상황이 SF 영화라면 마더보드마저 접근을 거부하겠지만, 얼굴을 스캐너에 대자 빗장이 밀려나고 문이 열렸다. 춥고 어둡고 시끄러운 공간. 1000기의 CPU 눈이 일제히 그를 향해 깜빡거렸다. 흡사 살인을 저지르기라도 하는 기분…. 그 옛날 CERN이 그의 연구를 내쳤을 때에도 비슷한 기분이었다. 그는 금속 상자를 열어 전기 절연 장치의 손잡이를 잡았다. 그저 한 단계의 마침표일 뿐이야. 신화는 계속되어야 해…. 그리고 그때는 그가 아닌 다른 사람이 지휘를 맡게 될 것이다. 그가 손잡이를 틀자, 곧바로 조명과 소음이 잦아들었다. 에어컨의 소음만 섬뜩한 정적을 흔들었다. 시체 안치소가 이런 기분이겠지? 그는 열린 문으로 들어오는 빛을 향해 나갔다.

그가 현황판 쪽으로 다가가자, 그곳에 모여 있던 퀀트들이 일제히 그를 돌아보았다. 그런데 표정들이 하나같이 이상했다.

"어떻게 됐나? 문이 안 열리던가?" 쿼리가 물었다.

"아니, 들어가서 전원을 차단했는데?" 그리고 쿼리의 당혹스러운 표정 너머로 시선을 가져갔다. 그런데… 맙소사, 화면에서는 VIXAL-4가 거래를 계속하고 있지 않은가! 그는 황급히 단말기로 달려가 이것저것 클릭하기 시작했다.

쿼리가 바로 옆 퀀트에게 조용히 말했다. "가서 확인해 봐요."

"스위치는 분명히 껐어, 휴고! 스위치 켜고 끄는 것도 구분 못 할 정도로 미친 줄 아나? 맙소사, 이것 좀 봐!"

VIXAL은 모든 시장에서 거래를 이어 갔다. 유로는 팔고 재무성 채권은 사서 VIX 선물 포지션에 더했다.

퀸트가 컴퓨터실 앞에서 소리쳤다. "전원은 모두 꺼져 있습니다!"

여기저기서 웅성거리기 시작했다.

"우리 하드웨어가 아니라면 알고리듬이 도대체 어디에 있는 거지?" 쿼리가 물었다.

호프만은 대답하지 않았다.

"네, 아마 규제 당국에서도 그 문제에 관심이 있을 겁니다." 라야마니였다.

나중에도, 라야마니가 얼마나 오랫동안 그들을 지켜보았는지 아는 사람은 한 명도 없었다. 누군가는 그가 하루 종일 자기 사무실에 있었다고 하고, 호프만이 거래소에서 연설을 하고 있을 때 블라인드를 가르고 내다봤다는 사람도 있었다. 회의실에서 대용량 저장 장치에 데이터를 옮기는 장면을 목격했다는 주장도 나왔다. 같은 인도 출신의 퀀트는 라야마니가 공용 부엌으로 찾아와서 사내 스파이 노릇을 해 줄 수 있는지 물었다고 고백했다. 발작적인 분위기가 회사를 덮치고, 그 속에서 배신자와 제자, 사도와 순교자들이 다양한 분파로 분열하는 와중이라면, 어차피 진실을 가려내기가 쉽지 않은 법이다. 쿼리가 통탄할 실수를 저질렀다는 점에는 모두가 동의했다. 그를 해고할 때 경비를 불러 회사 밖으로 내쫓았어야 했건만, 상황이 상황인지라 까맣게 잊고 있었다.

라야마니는 거래소 끄트머리에 서 있었다. 작은 마분지 상자를 들었는데 개인 소지품들이 담겨 있었다. 졸업사진, 결혼사진, 아이들 사진. 직원용 냉장고에 넣어 놓고 사람들 몰래 혼자 마시던 다르질링 차 깡통, 엄지를 세운 모양의 선인장 화분, 그리고 런던 경찰청의 중대 비리 수사국장이 써서 보낸 감사장 액자도 보였다. 어떤 사소한 사건 기소에 크게 공헌

했다는 내용인데, 실제로는 도시 치안에 경종을 울릴 만한 대형 사건이었으나 도중에 은근슬쩍 항소를 포기했었다.

"당장 나가라고 했을 텐데." 쿼리가 말했다.

"네, 지금 나갑니다. 아, 궁금해하실까 봐 말씀드립니다만 내일 아침에 제네바 재무부 사람과 약속이 있습니다. 다시 한 번 경고합니다. 거래 자격이 없는 회사의 운영에 이런 식으로 계속 공모하면, 여러분 모두 기소와 수감은 물론 수백만 달러의 벌금을 면치 못할 것입니다. 여긴 정말 위험한 테크놀로지예요. 완전히 제멋대로니까. 박사님과 사장님, 두 분께도 경고합니다. 미국 증권 거래 위원회와 영국 금융 감독 기구가 당신들을 미국과 영국 시장에서 쫓아내고 수사를 의뢰할 겁니다. 창피한 줄 아세요. 여기 사람들 모두!"

홍차 깡통과 엄지 선인장을 들고 그런 연설을 하면서도 의연함을 잃지 않은 까닭은, 그만큼 자기 확신이 컸기 때문이었다. 그는 턱을 내밀고는 분노와 경멸의 시선을 마지막으로 던진 뒤에야 당당하게 리셉션으로 걸어가기 시작했다. 그 모습을 보면서 리먼 브라더스의 중역들이 소지품 상자를 들고 떠나던 장면을 떠올린 사람이 한둘은 아니었다.

"어서 꺼져! 떼돈을 처발라 변호사 한 트럭을 불러 봐라. 끝까지 쫓아가서 계약 위반으로 처넣어 버릴 테니까! 이참에 완전히 매장해 주지." 쿼리가 그의 등 뒤에 대고 소리쳤다.

"잠깐만!" 호프만이 외쳤다.

"내버려 둬, 알렉스. 그래 봐야 저 자식 기만 살려 주는 거야."

"저 친구 말이 맞아, 휴고. 여긴 위험해. VIXAL이 통제 불능 상태가 되면 시스템 전체가 심각한 위험에 빠지네. 적어도 상황을 파악할 때까지는 가나가 옆에 있어야 해."

호프만은 쿼리의 항변을 무시하고 라야마니를 쫓아갔다. 인도인도 걸음을 재촉한 터라 리셉션이 아니라 엘리베이터 근처에서나 따라잡을 수 있었다. 복도에는 아무도 없었다.

"가나, 잠깐 얘기 좀 하지."

"더 이상 할 얘기 없습니다. 개인적인 감정도 없고요." 그는 상자를 끌어안고 있었기에, 엘리베이터를 등진 채 팔꿈치로 단추를 눌렀다. 잠시 후 문이 열렸다. 그는 망설임 하나 없이 돌아서서 엘리베이터 안으로 들어가… 그대로 추락했다. 문이 닫혔다.

호프만은 잠시 멍하니 서 있었다. 어떻게 이런 일이…. 도무지 눈을 믿을 수가 없었다. 그는 머뭇머뭇 다가가 엘리베이터 버튼을 눌렀다. 문이 열리고 텅 빈 승강구가 나타났다. 조심조심 가장자리 너머를 내려다보니 유리관은 50미터 높이의 어둠과 침묵 속으로 빨려 들어갔다. 아래는 지하 주차장이었다. 그는 "가나!" 하고 외쳤지만 대답은 없었다. 귀를 기울여도 신음 소리 하나 들리지 않았다. 너무도 빠른 속도로 추락한 터라 본 사람도 없을 것이다.

그는 미친 듯이 복도 끝의 비상구로 달려가서 반쯤은 달리고 반쯤은 뛰어내려 콘크리트 계단을 내려갔다. 그리고 지하 주차장으로 나와 엘리베이터 문으로 달려가서 문 틈새에 손을 밀어 넣었다. 문은 꿈쩍도 하지 않았다. 호프만은 잠시 물러나서 주변에 쓸 만한 도구가 없는지 둘러보았다. 주차된 승용차의 트렁크를 박살내서 잭이라도 꺼내려는데, 순간 번개 표시가 박힌 철제문이 눈에 들어왔다. 문을 열어 보니 연장을 보관하는 창고였다. 페인트 붓, 삽, 양동이, 망치…. 그는 1미터 정도의 쇠 지렛대를 찾아내 엘리베이터로 돌아갔다. 지렛대를 문틈에 끼우고 이리저리 움직여 발과 무릎을 밀어 넣고 다리에 힘을 주자, 철컥 하고 자동 장치가 작동하면서 문이 열렸다.

라야마니는 밑바닥에 엎드린 자세로 누워 있었다. 위층의 조명이 그의 등 뒤로 쏟아졌다. 두개골 위로 커다란 접시 크기의 피 웅덩이가 점점 커지는 듯 보였다, 들고 있던 사진들은 주변에 널브러져 있었다. 호프만이 밑으로 뛰어내리자 유리 조각이 발밑에서 빠각거렸다. 홍차 향이 너무도 이질적이었다. 호프만은 상체를 숙여 라야마니의 손을 잡았다. 놀랍도록 따뜻하고 부드러웠다. 맥박을 찾았지만 이미 끊어진 후였다. 그러고 보니 오늘 이 짓만도 벌써 두 번째였다. 그때 그의 머리 위에서 덜컥, 소리와 엘리베이터 문이 닫히는 소리가 연이어 들렸다. 깜짝 놀라 고개를 들었더니 엘리베이터가 내려오고 있었다. 덜컹거리는 소리가 가까워질수록 그에 따라 빛의 크기도 빠른 속도로 줄어들었다. 5층…, 그리고 4층…. 황급히 지렛대를 잡아 문틈으로 끼워 넣으려 했지만 그만 발이 미끄러지는 통에 라야마니의 시신 옆으로 벌러덩 넘어지고 말았다. 머리 위에서는 엘리베이터의 바닥이 곧바로 곤두박질치고 있었다. 그는 두 손으로 지렛대를 잡아, 달려드는 야수를 향해 창을 치켜들 듯 바닥에 똑바로 세웠다. 훅 하고 기름 냄새가 얼굴을 덮쳤다. 빛은 잦아들다가 완전히 사라지고 뭔가 묵직한 물체가 어깨를 때렸다. 이윽고 지렛대가 움찔하며 갱도의 지주만큼이나 빳빳해졌다. 한동안은 지렛대가 버티는 힘까지 느낄 정도였다. 그는 엘리베이터의 바닥을 향해 미친 듯이 고함을 질러 댔다. 주변은 칠흑처럼 어두웠다. 엘리베이터는 바로 코앞이었다. 당장이라도 지렛대가 휘어지거나 아니면 튕겨 나가고 말 것이다. 그런데 그때 기어가 바뀌더니 모터 소리가 점점 커지고, 두 손의 지렛대도 느낌이 느슨해졌다. 마침내 엘리베이터가 올라가더니 순식간에 유리관을 따라 저 끝까지 올라갔다. 층층마다 조명들이 돌아오며 구덩이 안으로 빛을 쏟아부었다.

그는 주섬주섬 일어나 구덩이 윗부분에 매달린 채로 문틈에 지렛대를 끼워 틈을 조금 넓혔다. 엘리베이터는 끝에 다다라 멈추었다가, 덜컹거리는 굉음과 함께 곧바로 다시 곤두박질치기 시작했다. 그는 몸을 더 끌어당겨 마침내 좁은 문틈에 손을 끼워 넣었다. 그리고 두 발을 벌린 채 대롱대롱 매달렸다가, 고개를 젖히고 젖 먹던 힘까지 쏟아 냈다. 등 뒤로 그림자가 떨어지고 돌풍이 휘몰아치고 울부짖는 기계음이 들렸다. 그가 몸을 던져 콘크리트 바닥 위로 빠져나왔다.

▼ ▼ ▼

베른 가의 호텔에서 시신을 발견했다는 신고를 받았을 때, 르클레르는 경찰서 사무실에서 막 집으로 떠나려던 참이었다. 그는 인상착의를 듣자마자 곧바로 호프만 사건의 용의자임을 간파했다. 핼쑥한 얼굴, 뒤로 당겨 묶은 장발, 가죽 외투. 보고에 따르면 교살이었지만, 자살 및 타살 여부는 아직 분명하지 않았다. 피해자는 독일인, 이름 요하네스 카르프, 나이 58세. 르클레르는 아내한테 전화해 일 때문에 늦는다고 양해를 구했다. 오늘만 벌써 두 번째였다. 그는 순찰차 뒷좌석에 타고 퇴근 시간대의 혼잡을 뚫고 강의 북단으로 달려갔다.

이미 24시간 가까이 근무한 터라 온몸이 늙은 개처럼 흐느적거렸지만… 소위 의문사가 아닌가? 제네바에서라면 1년에 일어나는 사건 중 기껏 8퍼센트에 불과하기에, 늘 그의 피를 끓게 만들었다. 순찰차는 경광등을 번쩍이고 날카로운 사이렌을 토해 내며 칼-포그트 가의 가로수 길을 질주했다. 다리를 건너서는 아예 수-테르 가의 왼쪽 차선으로 들어서 자동차 사이를 누비며 역주행까지 서슴지 않았다. 밖에서 보면 굉장한 사건이라도 터진 줄 알았을 것이다. 르클레르는 뒷좌석에 등을 대고 앉아 서장실에 전화해서, 호프만 사건의 용의자가 시신 상태로 발견된 듯 보인다고 메시지를 남겼다.

베른 가 디오다티 호텔의 바깥 풍경은 거의 카니발 분위기였다. 경찰차 네 대가 파란 경광등을 번쩍이며 먹구름 잔뜩 드리운 초저녁 하늘을 찔러 댔다. 거리 맞은편에도 구경꾼들이 잔뜩 몰려들었는데, 야한 의상의 흑인 창녀들까지 섞여 다른 사람들과 수다를 떨고 있었다. 검정색과 노란색의 범죄 현장 테이프들이 펄럭이며 구경꾼들을 막아 세웠다. 이따금 카메라가 터지기도 했다. 대스타라도 기다리는 극성팬들 같군. 르클레르는 차에서 내리며 중얼거렸다. 무장 경관이 테이프를 들어 주어 르클레르는 상체를 숙이고 안으로 들어갔다. 젊었을 때 걸어서 순찰한 구역이라 직업여성들은 이름까지 모두 알고 있다. 그중 몇 명은 이미 할머니가 되었을 터였다. 아니, 그때도 한두 명은 할머니였다.

그는 디오다티 호텔 안으로 들어갔다. 1980년대만 해도 다른 이름으로 불렸건만 도무지 기억이 나지 않았다. 손님들은 모두 로비에 모여 있었다. 진술을 마칠 때까지 누구도 내보내지 말라는 지시 때문이었다. 그곳에도 창녀들이 몇 명 보였다. 점잖은 차림의 남자 둘이 따로 서서 잔뜩 난감한 표정을 지었다. 멍청한 놈들. 소형 엘리베이터를 싫어했기에 계단을 택했지만 한 층 한 층 오를 때마다 힘들어 돌아 버릴 지경이었다. 시신을 발견한 방 밖에도 정복 경관들이 북적거렸다. 그는 하얀 겉옷과 라텍스 장갑을 착용하고 구두에도 깨끗한 비닐 덧신을 씌웠다. 노끈을 잡아당겨 후드를 세우고 보니, 영락없는 토끼 꼬락서니였다. 망할, 이것도 못할 짓이로군.

현장을 담당하는 경관은 모르는 친구였다. 이름은 므와니에, 20대로 보였지만 후드를 뒤집어 쓴 터라 아기처럼 발그레한 두 볼만 간신히 볼 수 있었다. 실내에는 하얀 가운 차림의 병리학자와 사진사도 있었다. 둘 다 상당한 경력이기는 해도 르클레르만큼 나이가 많지는 않았다. 빌어먹을. 그가 속으로 욕을 삼키며 시신을 내려다보았다. 욕실 문고리에 노끈으로 목을 매달았다. 노끈은 팽팽하게 늘어져 목살 깊이 파고들고 두부는 까맣게 변색된 상태였다. 얼굴은 베이고 멍든 자국들로 어지러웠으며 한 쪽 눈은 심하게 부어올랐다. 어찌나 말랐던지 동네 까마귀들을 내쫓기 위해 오래전에 매달아 둔 까마귀 시체처럼 보였다. 욕실에 조명 스위치가 없었지만 세면기에 밴 피 얼룩은 볼 수 있었다. 샤워 커튼 레일이 벽에서 떨어져 나왔고 세면기도 마찬가지였다.

"옆방 남자가 싸우는 소리를 들었답니다. 오후 3시경에. 침대에도 핏자국이 있는데 일단은 살인 사건으로 봐야 할 것 같습니다." 므와니에가 보고했다.

"대단한 추리야." 르클레르가 대답했다.

병리학자가 헛기침으로 웃음을 감췄지만 므와니에는 눈치채지 못했다.

"전화 드려야 한다고 생각했습니다. 미국인 재벌을 공격한 남자 같은데 맞습니까?"

"내가 보기에도 그런 것 같네."

"음, 그럼, 물론 반대하시지 않으리라 믿습니다만, 제가 처음 왔으니까 제 사건이라고 말씀드리고 싶습니다."

"그래, 그래, 얼마든지."

도대체 이런 허름한 방에 묵는 자가 어떻게 해서 6000만달러짜리 콜로니 저택 주인과 얽히게 되었을까? 죽은 이의 소지품들은 깨끗한 비닐 주머니에 따로 담아 침대 위에 정리해 두었다. 옷, 카메라, 칼 두 자루, 앞이 잘려 나간 레인코트. 호프만도 병원에 갈 때 저런 레인코트를 입었었다. 그가 전원 어댑터를 집어 들었다.

"이거 노트북용 아닌가? 노트북은 어디 있지?" 그가 물었다.

므와니에가 어깨를 으쓱했다. "여긴 없습니다."

르클레르의 휴대전화가 울었다. 재킷 주머니에 들어 있는데 빌어먹을 토끼 옷 때문에 도저히 꺼낼 수가 없었다. 그는 짜증을 내며 겉옷 지퍼를 열고 장갑을 벗었다. 므와니에가 감염 운운하며 따졌지만 르클레르는 아예 등을 돌려 버렸다. 발신자는 조수 룰랑. 아직 사무실이었다.

"오후 근무 일지를 확인 중인데, 두 시간 전쯤 베르니에의 정신과 의사 폴리도리 박사의 신고 전화가 있었습니다. 환자가 잠재적 정신분열 증후군을 보였고 심하게 싸운 흔적이 있다더군요. 하지만 순찰차가 병원에 도착했을 때는 이미 떠난 후였습니다. 환자의 이름은 알렉산더 호프만. 의사도 최근 주소는 모르지만 인상착의는 비교적 정확했습니다."

"호프만이 컴퓨터를 들고 있다던가?" 르클레르가 물었다.

잠시 일지를 들추는 소리가 들리더니 룰랑이 되물었다. "그걸 어떻게 아셨습니까?"

▼ ▼ ▼

호프만은 황급히 계단을 따라 지상 층으로 올라갔다. 손에는 여전히 지렛대가 들려 있었다. 라야마니의 사고를 알릴 생각이었지만 결국 로비 문 앞에서 우뚝 멈춰서고 말았다. 사각의 창문을 통해, 검은 정복의 무장 경관 여섯이 무거운 부츠를 쿵쾅거리며 로비를 지나 건물 안쪽으로 뛰어가는 광경을 보았던 것이다. 다들 총을 든 데다 바로 그 뒤를 르클레르가 헐떡이며 따라가고 있었다. 경관들은 회전문을 통과하자마자 출구를 잠그더니 무장 경관 둘이 양쪽에 자리를 잡았다.

호프만은 쿵쾅거리며 계단을 돌아내려가 주차장으로 빠져나왔다. 거리로 올라가는 경사로는 50미터쯤 거리였다. 그는 그 방향으로 달렸다. 그때 등 뒤에서 타이어가 콘크리트 바닥에 미끄러지는 소리가 들렸다. 검은색 대형 BMW 한 대가 주차장을 빠져나오더니 헤드라이트를 켜고 곧바로 그가 있는 방향으로 달려왔다. 그는 생각할 겨를도 없이 무조건 차 앞을 막아섰다. 그리고 차가 멈추자 곧바로 운전석으로 돌아가 닥치는 대로 문부터 열었다.

호프만 투자 테크놀로지의 대표는 그때쯤 완전히 유령 몰골을 하고 있었다. 피와 먼지, 기름 범벅에 1미터짜리 지렛대를 들고 있었으니 왜 아니겠는가! 운전사가 허겁지겁 차에서 기어 나왔으리라는 정도는 충분히 짐작할 수 있겠다. 호프만은 지렛대를 조수석에 던져 놓은 뒤, 자동변속기를 넣고 힘껏 가속페달을 밟았다. 차가 출렁거리며 경사로를 올라갔다. 저 앞에서 철문이 막 올라가기 시작했다. 그는 문이 완전히 열릴 때까지 브레이크를 밟고 기다렸다. 백미러를 보니, 차 주인이 달려오고 있었다. 아드레날린 덕분에 두려움이 분노로 형질 전환을 일으킨 모양이리라. 호프만은 문을 잠갔다. 남자가 주먹으로 창문을 때리며 소리쳤다. 유리창이 두꺼운 탓에 마치 물속에서 외치는 소리처럼 들렸다. 철문이 완전히 열렸다. 호프만은 가속페달을 힘껏 밟았다. 지금은 달아날 생각밖에 없었다. BMW는 인도를 가로질러 텅 빈 일방통행로로 꺾어 들어갔다.

▼ ▼ ▼

체포 팀은 엘리베이터를 타고 5층에서 내렸다. 르클레르가 버저를 누르고 보안 카메라를 올려다보았다. 접수원이 퇴근했기에 오늘은 마리-클로드가 문을 열어 주었다. 무장 경관들이 밀어닥치자 그녀가 놀라서 손을 입으로 가져갔다.

"호프만 박사님을 찾고 있습니다. 안에 계시죠?"

"네, 물론이죠."

"미안하지만 박사님께 안내해 주시겠습니까?"

그녀는 경관들을 거래소로 데려갔다. 쿼리도 갑작스러운 동요에 뒤를 돌아보았다. 그 역시 호프만을 걱정하던 터였으나 으레 라야마니와 함께 있을 거라고만 생각했다. 다행이라는 생각도 들었다. 돌이켜 보면 이 중요한 순간에 전직 위기관리 담당 매니저가 회사를 뒤집어 봐야 덕 될 일이 뭐겠는가. 그런데 르클레르와 경관들을 보는 순간 결국 배가 좌초했음을 직감할 수 있었다. 그렇다고 당장 용기와 체면을 포기할 필요까지는 없으리라.

"뭘 도와드릴까요, 여러분?" 그가 담담한 목소리로 물었다.

"호프만 박사님과 얘기하고 싶습니다. 아, 미안하지만 다른 분들은 현 위치를 지켜 주시기 바랍니다." 르클레르는 먼저 그렇게 선언한 뒤 발끝으로 서서 좌우로 몸을 흔들며 호프만을 찾기 시작했다. 놀란 퀀트들이 컴퓨터 화면에서 돌아서서 그를 돌아보았다.

"여기 없습니다. 조금 전 간부 한 분과 면담하기 위해 나갔거든요." 쿼리가 말했다.

"건물 밖으로? 어디로 간 거죠?"

"복도로 나갔는데 잘 모르겠습니다."

르클레르가 욕설을 내뱉으며 경관들을 보았다. "너희 셋, 이 부근 수색해. 너희 셋은 날 따라오고." 그러고는 회사 직원들을 향해 말했다. "내 허락 없이는 아무도 건물을 나갈 수 없습니다. 전화도 불허합니다. 최대한 빨리 끝내죠. 협조에 감사드립니다."

그는 성큼성큼 리셉션을 향해 걸어갔다. 쿼리가 그를 쫓았다. "죄송합니다만, 반장님. 정확히… 알렉스가 무슨 잘못을 한 겁니까?"

"시신을 발견했는데 그 문제로 몇 마디 여쭤 보려는 겁니다. 이만."

복도는 텅 빈 채였다. 르클레르는 문득 이상한 기분에 사방을 휘둘러보았다.

"이 층에 다른 회사도 있습니까?"

쿼리는 계속 반장을 쫓아왔는데 얼굴빛이 사색이었다. "우리뿐입니다. 층 전체를 빌렸죠. 그런데… 시신이라니요?"

르클레르는 대신 부하들에게 말했다. "제일 아래층에서 하나씩 올라오며 찾아야겠다."

한 경관이 엘리베이터 버튼을 눌렀다. 문이 열렸다. 제일 먼저 위험을 알아챈 건 르클레르였다. 주변을 열심히 살펴본 덕분인데, 그가 황급히 꼼짝하지 말라며 부하를 제지했다.

"맙소사, 알렉스…." 쿼리가 낭떠러지 안을 들여다보며 몸서리를 쳤다.

문이 닫히자 경관이 버튼을 눌러 다시 열었다. 르클레르가 먼저 무릎을 꿇고는 엉금엉금 기어가 승강구 안쪽을 들여다보았다. 두 손에 끈적거리는 액체가 묻었다. 고개를 밀어 넣어 위를 올려다보자 엘리베이터 바닥이 보였다. 바로 한 층 위였는데, 무언가가 바닥에 매달렸다가 뚝뚝 떨어지고 있었다. 그가 재빨리 고개를 빼냈다.

▼ ▼ ▼

가브리엘은 짐 싸기를 마저 끝냈다. 옷 가방은 홀에 두었다. 하나는 크고 하나는 작았으며 캐리어도 하나 채웠다…. 전면적인 이삿짐보다야 작았지만 그냥 하룻밤 여행은 아니라는 얘기다. 런던 행 마지막 비행기는 오후 9시 25분에 이륙 예정이다. 하지만 브리티시 항공 웹사이트에 따르면, 비스타 항공 폭격 이후 보안을 강화했다 하니 지금 출발해야 넉넉하게 탑승이 가능할 것이다. 그녀는 스튜디오에 앉아 알렉스에게 메모를 남겼다. 옛날 방식으로 깨끗한 백지에 펜과 인도산 잉크를 사용했다. 제일 먼저 하고 싶은 말은 물론 '당신을 사랑한다.'였다.

당신이 바란다면 몰라도, 영원히 헤어질 생각은 없어. 다만 당분간 제네바를 떠나고 싶을 뿐이야. CERN에 가서 밥 월턴을 만났어. 화내지 마. 좋은 분이시더군. 자기 걱정을 많이 하셔. 당신 일이 얼마나 특별하고, 또 얼마나 스트레스가 많은지 이해하기 시작했으니 도움도 되었고….

전시회 때문에 비난해서 미안해. 지금도 그런 식으로 사들이지 않았다고 확신한다면, 물론 나도 그렇게 믿을게. 하지만 알렉스, 그렇다고 당신이 정말 옳다고 확신할 수 있어? 당신이 아니면 누가 그런 일을 할 수 있겠어? 행여 이번에도 신경쇠약으로 고생한다면 당연히 당신을 도울 거야. 부디 당신 과거 문제를 경찰이나 다른 사람들한테서 처음 듣는 일 따위는 다시 일어나지 않기를 바라. 함께 살고 싶으면 우리 둘 다 서로에게 솔직해야 하잖아? 그 옛날 스위스에 처음 왔을 때만 해도 한두 달 임시직으로 일할 참이었건만, 어쩌다 보니 이곳에 정착하고 당신한테 삶을 맞춰 온 것 같아. 글쎄, 아기가 있었다면 달라졌을지도 모르지. 오늘 일어난 일 때문에 깨달았지만, 다른 건 하나도 소용없어. 아무리 창조적인 일이라도… 그게 뭐든 생명을 대체할 수는 없지 않겠어? 하지만 당신은 언제나 일뿐이지?

이제 본론을 이야기할게. 월턴한테서 들은 바에 따르면, 당신이 평생 동안 만들어 내려 애쓰는 일이, 인간과는 독립적으로 추론하고 배우고 행

동하는 기계인가 봐? 솔직히 말하면 난 그 생각 자체가 무서워. 월턴은 당신 의도가 순수하다지만 ("물론 나도 당신을 아니까, 그 말을 믿어.") 어쨌든 그 순수한 야망을 돈 버는 일에만 써먹고 있잖아. 그럼, 신성과 속물을 맺어 주는 꼴 아닌가? 당신 행동이 이상한 것도 당연해. 내 생각엔 10억달러를 손에 넣는 건 고사하고, 그 액수를 원하는 것조차 미친 짓이니까. 한때는 당신도 그렇게 생각하지 않았나, 응? 다른 사람 모두에게 필요한 이기를 발명한다면… 그건 좋아, 정당하고. 하지만 단순히 도박으로 돈을 번다? (당신 회사가 어떤 일을 하는지 정확히는 모르지만 그래도 핵심은 다르지 않다고 생각해.) 글쎄, 그런 식의 탐욕은 광기보다 더 나빠. 사악한 짓이니까. 도대체 탐욕에서 어떤 선의가 가능하겠어? 내가 제네바를 떠나려는 이유는 바로 그 때문이야. 제네바와 제네바의 가치한테 잡혀 먹힐 것만 같아서….

그녀는 시간도 잊고 계속 써 내려갔다. 섬세한 달필의 손이 순백의 종이 위로 미끄러졌다. 온실은 점점 더 어두워지는 반면 호수 너머 시내의 불빛은 점점 더 밝아졌다. 머리를 다쳤음에도 불구하고 알렉스가 저곳에 있다는 생각에 마음이 아렸다.

당신이 아프면 내 기분도 끔찍해. 하지만 당신이 내 손길을 거부하고 병원에도 가지 않으면 내가 머물러 봐야 소용없잖아? 내가 필요하면 전화해. 언제든. 제발. 내가 바라는 건 그뿐이야. 사랑해. G.

그녀는 봉투에 편지를 넣고 앞면에 대문자로 A를 쓴 다음 서재로 가져갔다. 도중에 잠시 홀에 멈춰 운전사이자 경호원에게 짐을 차에 싣고 공항에 데려다 줄 준비를 하라고 지시했다.

그녀는 서재에 들어가 남편의 컴퓨터 키보드 위에 봉투를 기대 놓았다. 그러다가 실수로 키를 하나 잘못 건드린 모양이었다. 갑자기 모니터가 밝아지더니 한 여자가 책상 위에 상체를 숙이고 있는 모습이 나타났다. 여자가 바로 자신임을 깨닫는 데에는 시간이 필요했다. 그녀는 뒤를 돌아보고 화재감지기의 붉은 불빛도 보았다. 모니터의 여자도 천장을 올려다보았다.

그녀는 키보드 자판 여기저기를 눌러보았다. 아무 변화도 없었다. ESC 버튼을 누르자 영상은 곧바로 줄어들어 모니터 좌측 상단에 박히고, 그 대신 24개의 서로 다른 카메라 영상이 모눈처럼 드러났다. 한가운데가 살짝 불룩한 패턴이라 마치 곤충이 겹눈으로 지켜보는 듯했다. 한 귀퉁이 모눈에서 무언가가 언뜻 움직였다. 그녀는 마우스를 가져가 클릭해 보았다. 화면은 적외선 카메라에 비친 그녀의 모습이었다. 그녀는 짧은 잠옷 차림으로 두 다리를 꼬고 두 팔을 머리 뒤로 두르고 있었다. 바로 옆에서 촛불이 태양처럼 환하게 빛을 발했다. 음향은 묵음이었다. 벨트를 풀고 잠옷을 벌리자 곧바로 알몸이다…. 그녀가 두 팔을 내민다. 그리고 남자의 머리…. 머리를 다치기 전의 알렉스가 모니터 오른쪽 하단에 나타난다. 알렉스 역시 알몸이다.

등 뒤에서 가벼운 기침 소리가 들리더니 누군가 "호프만 부인?" 하고 불렀다. 그녀는 잔뜩 겁먹은 눈으로 돌아보았다. 문가에 운전사가 서 있었는데 그 뒤로 검은 모자를 쓴 경관 둘이 서 있었다.

▼ ▼ ▼

뉴욕. 오후 1시 30분. 뉴욕 증권 거래소는 급격한 변동성을 겪어야 했다. 유동성 대체 포인트 빈도가 분당 7포인트의 비율로 증가하며, 시장 유동성을 약 20퍼센트 빼앗아 갔다. 다우는 1.5퍼센트, S&P는 2퍼센트 하락하고, VIX는 10퍼센트 급상승했다.

17 어디에도 없는 땅에서

생활환경과의 싸움에서 성공적으로 살아남은 이른바 강한 개체들은 대개의 경우 종족을 광범위하게 남길 수 있다. 하지만 성공은 종종 특별한 무기·방어 수단이 있느냐의 여부에 따라 결정된다.

_찰스 다윈, 〈종의 기원〉(1859)

지메이사(Zimeysa, Zone Industrielle de Meyrin-Satigny)는 어디에도 없는 땅이다. 역사도 위치도 주민도 없는 땅. 심지어 이름조차 다른 두 지역의 약어를 따서 만들었다. 메이랭과 사티니를 잇는 산업 지구. 호프만은 단층 건물 사이를 달렸다. 사무실이나 공장이 아니라 두 종류의 건물을 섞어 놓은 듯 보였다. 도대체 뭘 하는 곳이지? 뭘 만드는 거야? 도무지 알 길이 없었다. 크레인의 해골 같은 팔이 공사장 위로 뻗어 있고 야간 수송을 나갔는지 트럭 주차장은 텅 비어 있었다. 여기는 세상 어느 곳일 수도 있었다. 공항이 동쪽으로 1킬로미터도 안 되는 곳이라 터미널의 조명들이 어두운 하늘, 낮은 구름 골마다 창백한 조명을 쏘아 올렸다. 여객기가 머리 위로 낮게 날 때마다 마치 해변의 파도가 부서지는 기분이었다. 엄청난 굉음이 점점 커져 호프만의 신경을 긁는가 하면 금세 썰물처럼 조잘대며 물러나니 말이다. 착륙등들이 크레인 팔과 낮은 지붕들 사이에서 부유물처럼 떠다녔다.

그는 BMW를 극도로 조심스럽게 몰았다. 아예 얼굴을 앞창에 거의 대다시피 할 정도였다. 도로에 공사가 많아 여기저기 케이블을 쌓아둔 데다, 이 차선, 저 차선을 번갈아 막는 통에 지그재그 운전을 해야 했기 때문이다. 클레르발 가로 가는 길은 오른쪽의 볼보, 닛산, 혼다의 자동차 부품센터를 지나 바로였다. 그는 방향등을 켰다. 왼쪽 바로 앞은 주유소였다. 그는 주유 펌프 앞에 차를 세우고 가게 안으로 들어갔다. CCTV 장면으로 확인하면, 그가 복도 사이에서 머뭇거리다가 결심한 듯 석유통 파는 쪽으로 성큼성큼 다가간다. '레드 메탈, 좋은 품질, 개당 35프랑.' 저속 촬영이라 몸동작이 꼭두각시처럼 씰룩였다. 그는 다섯 개를 사고 현금으로 지불한다. 계산대 위쪽 카메라에 정수리 상처가 또렷이 잡힌다. 향후 판매원의 증언에 따르면 굉장히 불안해하는 모습이었다. 얼굴과 옷은 윤활유와 기름으로 범벅이고 머리카락에는 피까지 말라붙었다.

"도로 공사는 왜 하는 겁니까?" 호프만이 웃으며 물었다. 의식적인 미소가 끔찍했다.

"벌써 몇 달째인걸요. 광케이블을 설치한대요."

호프만은 석유통을 들고 밖으로 나왔다. 다섯 개의 통을 가까운 펌프까지 옮기려면 두 번을 왕래해야 했다. 그는 차례로 통을 채우기 시작했다. 다른 손님은 없었지만 형광등 불빛 아래 서 있자니 끔찍할 정도로 노출된 기분이 들었다. 판매원까지 그를 지켜보는 참이었다. 제트기 한 대가 착륙하며 공기가 심하게 흔들렸다. 흡사 몸속에서부터 그를 뒤흔들 기세였다. 그는 마지막 통까지 채운 다음 BMW 뒷문을 열고 뒷좌석 끝에 밀어 넣었다. 다른 통들도 차곡차곡 실었다. 그는 가게로 돌아와 연료비로 68프랑을 지불하고 다시 25달러에 손전등 하나, 라이터 두 개, 청소포 세 개를 구입했다. 이번에도 계산은 현찰이었다. 그리고 뒤도 돌아보지 않고 가게를 나섰다.

▼ ▼ ▼

엘리베이터 통로 바닥의 시신은 보는 둥 마는 둥했다. 사실 볼 것도 많지 않았다. 언젠가 코르나뱅 기차역 자살 사건과 비슷했지만 이제 그런 식의 시체라면 눈 하나 깜짝하지 않았다. 께름칙한 쪽은 오히려 아무런 상처 없이 살아 숨 쉬는 사람들이었다. 그들의 눈은 항상 비난으로 가득 차 보였다. 내가 필요할 때 왜 나타나지 않은 거야?

호프만에게 차를 빼앗겼다는 호주 사업자와도 잠깐 얘기를 나누었다. 어찌나 흥분했던지 르클레르가 돈을 물어내야 할 것만 같았다. “이 나라에 세금도 냅니다. 경찰이 보호해 줘야 하는 것 아니오?” 르클레르는 조용히 들어 주었다. 차량 번호와 특징은 제네바 경관 모두에게 특급으로 배포하였다. 경찰은 또한 건물 전체를 수색하고 소거하였으며 법의학 팀도 오는 중이었다. 호프만 부인은 콜로니의 자택에서 수배해 현재 동행 중이었다. 서장한테도 보고했다. 서장은 현재 취리히의 공식 만찬에 가 있는데, 차라리 다행이었다. 자, 이제 어떻게 한다?

오늘만 두 번째로 힘겹게 계단 몇 층을 올라갔다. 어찌나 힘든지 현기증이 날 것만 같았다. 왼쪽 팔도 따끔거리고 쑤셨는데 아무래도 검진을 받아야 할 모양이었다. 와이프도 늘 잔소리를 해 대지 않던가. 호프만이 독일인뿐 아니라 동료 직원까지 죽인 걸까? 아니, 동료 직원만큼은 가능성이 없어 보였다. 엘리베이터의 안전 장치가 고장 났기 때문인데, 하기야 그마저 기막힌 우연의 일치일 수 있다. 까놓고 말해서, 몇 시간 사이에 두 건의 살인 사건 현장에 있던 사람이 아닌가.

5층에 다다르자 먼저 숨부터 골랐다. 헤지 펀드 사무실 입구에는 젊은 경관이 보초를 서고 있었다. 르클레르는 간단히 고갯짓만 하고 지나갔다. 거래소의 분위기는 충격을 넘어서 거의 공황 상태였다. 동료가 죽었으니 당연하다. 조금 전만 해도 그렇게나 조용했건만. 직원들은 이제 삼삼오오 짝을 지어 열띤 토론을 벌이고 있었다. 영국인 쿼리가 뛰다시피 그에게 건너왔다. 현황판의 숫자들은 계속 바뀌고 있었다.

"알렉스 소식은 있습니까?" 쿼리가 물었다.

"승용차 한 대를 갈취한 모양입니다. 지금 저희도 찾고 있습니다."

"어떻게 이런 일이…."

르클레르가 말을 끊고 들어왔다. "죄송하지만, 호프만 박사님 사무실을 볼 수 있을까요?"

쿼리가 난감한 표정을 지었다. "그건 잘 모르겠군요. 아무래도 우리 변호사에게 전화부터…."

"그분도 전적인 협조를 조언하실 겁니다." 르클레르가 단언했다. 도대체 이놈의 돈쟁이들이 뭘 감추려는 걸까?

쿼리가 곧바로 꼬리를 내렸다. "네, 당연히 협조해야죠."

호프만의 사무실 바닥은 아직도 파편이 어지럽고 책상 위 천장엔 커다란 구멍이 나 있었다. 르클레르가 당혹스러운 표정으로 고개를 들었다. "어떻게 된 겁니까?"

쿼리도 당혹스럽기는 마찬가지였다. 마치 가족 중에 미친놈이 있다고 고백하는 꼴이니 왜 아니겠는가. "한 시간 전쯤, 알렉스가 화재감지기를 뽑아냈습니다."

"왜죠?"

"안에 카메라가 있다고 생각했거든요."

"있었나요?"

"네."

"누가 설치했죠?"

"회사 보안 컨설턴트 모리스 즈누."

"누구 지시였습니까?"

"음…, 사실대로 말씀드리면 알렉스였습니다." 쿼리도 더 이상 피할 구멍이 없었다.

"박사님이 자기 자신을 감시했다는 말씀인가요?"

"네, 그런 것 같습니다만…. 지시했다는 사실은 기억하지 못하더군요."

"그럼, 즈누는 지금 어디 있죠?"

"가나의 시신을 발견했다는 얘기를 듣고 아래층에 내려갔습니다. 아마 반장님 부하들과 얘기 중일 겁니다. 이 건물 전체의 보안도 맡고 있으니까요."

르클레르가 호프만의 책상 의자에 앉아 서랍을 열기 시작했다.

"그러려면 영장이 필요하지 않겠습니까?"

쿼리가 조심스럽게 항변했으나, 르클레르는 끄떡도 하지 않았다.

"아뇨." 그는 다윈 서적, 그리고 대학병원 방사능과의 CD를 찾아냈다. 노트북은 소파 위에 아무렇게나 놓여 있었다. 그는 그쪽으로 건너가 모니터를 켜고 호프만의 사진을 본 다음, 마침내 죽은 카르프와의 메일 교신을 담은 폴더까지 클릭했다. 너무도 깊이 몰두한 탓에 주-룽이 들어왔을 때에도 눈길조차 주지 않았다.

"죄송합니다, 사장님. 아무래도 시장 상황을 보셔야 할 것 같은데요."

쿼리가 인상을 찌푸리며 화면을 넘기기 시작했다. 지금은 하락세가 가파르게 형성되고 있었다. VIX는 천정부지로 치솟고 유로는 침몰 중이며, 투자자들은 증권에서 빠져나와 금과 10년 만기 재무성 채권으로 몰려들기 시작했으나, 그마저도 수익률이 급격히 추락했다. 세계 시장 어디에나 돈이 빠져나오고 있었다. S&P 전자 선물 거래 하나만으로도, 채 90분이 안되어 매수 측 변동성이 60억달러에서 25억달러로 떨어졌다.

'드디어 시작이군.' 쿼리가 속으로 중얼거렸다.

"반장님, 다 끝나셨으면 저도 일을 해야겠습니다. 뉴욕에서 대량 매도에 따른 급락이 진행 중이어서요."

"그게 무슨 말씀입니까? 우리는 이미 통제력을 잃었는데요?" 주-롱이 따지고 나섰다. 목소리가 다소 날카로운 탓에 르클레르도 불현듯 고개를 들고 말았다.

"몇 가지 기술적인 문제가 있긴 합니다. 걱정할 정도는 아닙니다만 회사 컴퓨터 직원들과 얘기를 해야겠군요." 쿼리가 재빨리 변명에 나섰다. 르클레르의 표정에서 의구심을 읽었기 때문이다. 행여 호프만의 정신적 혼란에서 회사 전체의 혼란으로 수사가 옮아간다면 그야말로 악몽일 수밖에 없다.

그가 사무실을 나서려는데 르클레르가 불러 세웠다. "잠깐만 기다리세요." 형사는 거래소를 내다보는 중이었다. 그때까지만 해도 회사 자체가 난관에 빠져 있으리라는 생각은 하지도 못했다. 그런데 지금 보니, 직원들이 근심 어린 표정으로 여기저기 모여 있거나 허둥지둥 돌아다니고 있었다. 그들은 공황에 빠져 있음을 온몸으로 드러냈다. 처음에야 동료의 죽음과 회사 대표의 실종 때문이라고 생각했지만 이제 보니 그 문제와 별개일 뿐 아니라 훨씬 더 광범위했다.

"기술적인 문제라니… 정확히 어떤 겁니까?" 그가 물었다.

그때 갑자기 노크 소리가 들리더니 경관 한 명이 사무실 안으로 고개를 빼꼼 들이밀었다.

"절도 차량의 흔적을 찾아냈습니다."

르클레르가 얼른 돌아보았다.

"어디?"

"지메이사의 주유소 직원이 방금 전화했습니다. 호프만과 인상착의가 비슷한 남자가 검은색 BMW를 몰고 와 가솔린 100리터를 구입했답니다."

"100리터? 맙소사, 얼마나 멀리까지 가려는 거야?"

"직원도 그래서 전화했다는군요. 탱크에 넣지도 않았답니다."

▾ ▾ ▾

클레르발 54번가는 기나긴 도로 끝에 있었다. 화물 취급 시설과 쓰레기 재활용 공장을 지나자 철도 옆으로 막다른 골목이었다. 건물은 방풍림 너머 어둠 속에 서 있었다. 직사각형의 철제 구조물. 이층 아니면 삼층으로 보였지만 창문이 하나도 없는 터라 층수를 알기가 쉽지 않았다. 지붕 가장자리를 따라 보안등이 있고, 양쪽 모퉁이에는 비디오카메라도 보였다. 호프만이 지나가자 카메라들이 따라왔다. 좁은 접근로를 따라가니 일련의 철제 대문들이 나왔다. 그 너머로는 주차장도 차도 보이지 않았다. 부지 전체를 철망으로 에워쌌는데 그 위로도 가시철조망을 세 겹이나 세워 놓았다. 애초에 창고나 물류 센터용으로 지었을 것이다. 주문 제작은 분명 아니다. 그럴 시간도 없었다. 호프만은 철문 앞에 섰다. 바로 옆, 창문 높이에 키패드와 엔트리폰이 있고 그 옆으로 분홍색의 작은 적외선 카메라 눈이 보였다.

그는 상체를 숙여 버저를 누르고 기다렸다. 반응이 없었다. 저 너머 건물을 보았지만 누군가가 있을 것 같지는 않았다. 그는 기계의 관점에서 뭐가 논리적일지 고민하다가, 2의 세제곱으로 표현 가능한 최소의 숫자를 두 가지 방식으로 입력해 보았다. 곧바로 철문이 열렸다.

그는 천천히 차를 몰고 주차장으로 들어가 건물 옆을 따라 움직였다. 사이드미러를 보니 카메라가 여전히 그를 좇았다. 뒷좌석의 가솔린 냄새에 욕지기가 났다. 그는 모퉁이를 돌아 대형 철제 셔터 앞에 차를 세웠다. 트럭 크기의 출하장 입구. 문 위에 설치한 비디오카메라가 곧바로 그를 겨냥했다. 그는 차에서 내려 문 쪽으로 갔다. 헤지 펀드의 사무실들처럼 그곳 역시 안면 인식으로 작동했다. 스캐너 앞에 서니 곧바로 반응이 나왔다. 덧문이 극장 장막처럼 올라가며 텅 빈 출하장을 드러냈다. 호프만은 차에 다시 탔다. 철도 반대편 저 멀리, 빨간색과 파란색의 경광등이 빠른 속도로 지나가고 있었다. 사이렌 소리도 바람에 실려 왔다.

그는 재빨리 차를 몰고 안으로 들어가 급정거를 한 다음 시동을 끄고 귀를 기울였다. 사이렌은 더 이상 들리지 않았다. 그와는 무관한 모양이었다. 어쨌든 덧문을 닫으려는데 아무리 제어판을 뒤져도 조명 스위치를 찾을 수가 없었다. 결국 손전등의 비닐 포장지를 이로 물어뜯었다. 다행히 불이 들어왔다. 그는 손전등을 비춰 버튼을 찾아 덧문을 내렸다. 경보 버저가 하나 있고 오렌지색 불빛도 반짝거렸다. 강철판이 내려오면서 건물 안은 점점 어두워졌다. 10초도 채 되지 않아 덧문 바닥이 콘크리트 바닥을 때리며 철컹 소리를 냈다. 가녀린 햇살도 완전히 꺼졌다. 어둠 속에 빠지자 문득 너무도 외로운 데다 온갖 상념까지 밀려들었다. 그래도 완벽한 정적까지는 아니었다. 익숙한 소리도 있었다. 그는 BMW 앞좌석에서 지렛대를 꺼내고 왼손에는 손전등을 들고 황량한 벽과 천장을 비추었다. 모퉁이 위쪽에 다른 감시 카메라가 앉아 사악한 표정으로 그를 노려보았다. 그 아래로 철제문이 있었는데 역시 안면 인식 시스템이었다. 그는 지렛대를 겨드랑이에 끼우고 불빛으로 얼굴을 비춘 다음 손을 패드에 갖다 댔다. 몇 초간 전혀 반응이 없다가, 마지못해 들어준다는 양 미적미적 문이 열렸다. 짧은 나무 층계가 나왔다. 층계는 복도와 이어졌다.

통로를 따라 불빛을 비추자 맨 끝에 또 다른 문이었다. CPU 모터 소리가 선명하게 들렸다. 천장은 낮고 공기는 백화점 채소 코너만큼이나 서늘했다. CERN의 전산 센터와 마찬가지로, 이곳에도 바닥 밑에 환기 장치가 있을 것이다. 그는 지친 발을 이끌고 복도 끝까지 가서 인식 패드에 손바닥을 댔다. 문이 열리며 컴퓨터실의 소음과 깜빡이등들이 드러났다. 손전등의 좁은 빛줄기 속에, 철제 선반이 정면과 양 측면을 가득 장식하고 그 위에 마더보드들이 빼곡히 박혀 있었다. 컴퓨터 특유의 묘한 전자 향내가 코를 간질였다. 불에 탄 잿더미 냄새 같은…. 선반 양쪽마다 컴퓨터 수리 센터에서 붙여 둔 작은 스티커들도 보였다. '문제가 발생할 경우 전화하세요.' 천천히 통로를 걸어가며 손전등으로 좌우를 비추었으나 그 끝에 걸려드는 건 어둠뿐이었다. 도대체 누가 이곳에 들어왔었을까? 물론 보안 회사가 있겠다. 즈누의 장비들. 건물 청소와 관리를 맡은 회사. 컴퓨터 기술자들. 모두가 메일로 지시와 보수를 받았다면 이 건물은 외부 노동자들 외에는, 자체 노동력 없이 철저히 자율적으로 운영될 것이다. 게이츠의 궁극적 모델이라고 했던가? 디지털 신경 구조를 지향하는 회사? 아마존닷컴이 초기 시절, '가상 세계의 진짜 회사'라고 자칭했는데, 이곳에도 진화 사슬의 논리 과정이 있다는 얘기겠다. 진짜 세계의 가상 회사.

그는 옆방으로 건너가 다시 손전등과 인식 장치로 진입을 시도했다. 빗장이 물러나자 잠시 뜸을 들여 문틀부터 조사했다. 벽은 건축물이라기보다는 얇은 조립 파티션에 불과했다. 밖에서 볼 때만 해도 안쪽이 대형 공간 하나라고 생각했건만 실제로는 벌집 모양이었다. 그러니까 세포 구조에 더 가까웠다. 문지방을 넘는데 오른쪽에서 갑자기 뭔가가 움직이는 소리가 들렸다. 깜짝 놀라 홱 하고 돌아보니 IBM TS3500 테이프 로봇이 모노레일을 따라 달려오다가 멈춰 섰다. 로봇은 디스크 하나를 빼내 다시 멀어져 갔다. 그는 잠시 지켜보며 심장 박동이 가라앉기를 기다렸다. 뭔지는 몰라도 무척 바쁘게 돌아가는 분위기였다. 이동하는 동안에도 다른 로봇 네 기가 달려가며 임무를 수행했다. 모퉁이를 비추자 위층으로 이어진 철제 계단이 보였다.

옆방은 더 작았다. 통신망이 들어가는 방인지 크고 검은 트렁크 케이블 두 개가 손전등 불빛에 걸렸다. 주먹 두께의 케이블은 철제 상자에서 나와 덩이뿌리처럼 구불거리며 발밑의 해자 안으로 들어갔다가 다시 스위치 시스템으로 올라갔다. 육중한 철망이 통로 양쪽을 보호했다. 광섬유 파이프 GVA-1과 GVA-2가 공히 프랑스 남부의 마르세유 광섬유 기지에서 나와 독일을 경유, 제네바 공항 인근을 통과한다는 정도는 알고 있었다. 데이터를 LHC의 미립자와 동일한 속도로 뉴욕으로 전달하고 또 접수했다. 요컨대 빛에 버금가는 속도라는 얘기다. VIXAL은 유럽에서 제일 빠른 통신망을 타고 있다.

손전등 불빛이 다른 케이블도 추적했다. 케이블은 작은 문 옆에서 나와 어깨 높이의 벽을 따라 길게 뻗어 나갔는데 부분적으로 아연 도금 철판으로 감쌌다. 문에는 맹꽁이자물쇠가 매달려 있었다. 그는 자물통 고리에 지렛대를 끼워 놓고 힘껏 비틀었다. 자물쇠가 비명 소리를 지르며 뜯

기자 문이 활짝 열리고 전력 통제실이 손전등 불빛에 드러났다. 미터기들, 소형 벽장 크기의 퓨즈 상자, 회로 스위치 두 세트. 이곳에서도 비디오 카메라가 빤히 노려보았다. 그는 재빨리 스위치를 모두 내려 'OFF'에 놓았다. 한동안 아무 반응도 없었다. 그리고 잠시 후 대형 건물 어딘가에서 디젤 발전기가 부르르 기지개를 켜더니 조명이 일제히 켜졌다. 호프만은 홧김에 지렛대로 카메라 렌즈를 내리쳐 완전히 박살을 내 놓았다. 퓨즈의 플라스틱 덮개까지 산산조각 냈지만 아무 소용이 없다는 사실만 확인해야 했다. 결국 포기할 수밖에 없었다.

그는 손전등을 끄고 컴퓨터실로 돌아갔다. 계단 끝에서는 다시 인상을 펴고 안면 인식 장치에 얼굴을 들이댔다. 이번에는 예상과 달리 전실(專室)이 아니라 넓고 훤한 공간이었다. 천장은 높고 디지털시계들이 서로 다른 시간대를 표시했다. 거기에 대형 TV 화면들까지…. 두말할 것 없이 오-비브의 거래소를 흉내 냈다. 여섯 개의 화면을 배열한 중앙 통제 시스템까지 만들었는데 각각의 모니터가 보안 카메라의 영상을 격자 형태로 보여주었다. 그 앞에는 퀀트 대신 마더보드들이 나란히 자리를 잡고 앉아, LED를 번뜩이며 최대의 능력으로 정보를 처리하고 있었다.

여기가 대뇌피질에 해당하는 곳이로군. 호프만은 감탄하며 잠시 서 있었다. 이 자율적이면서도 열정적인 무인 지대는 어딘가 감동적인 면이 있었다. 아이가 아무것도 모른 채 세상에 첫발을 내디디는 모습을 지켜볼 때의 아비 마음이 이럴까? VIXAL은 기계인지라 감정도 양심도 없다. 돈의 축적을 통해 이기적인 생존을 추구하는 것 말고는 그 어떤 목적도 없다. 따라서 다윈의 논리에 따라, 그냥 내버려 둔다면 닥치는 대로 번식해 지구 전체를 지배하려 들 것이다. 솔직히 이 시설이 존재한다는 사실이 당혹스럽기는 해도 부끄럽지는 않았다. 심지어 그동안 이곳 때문에 겪었던 시련마저 용서했다. 결국 그래 봐야 탐색 목적에 불과하지 않는가. 도덕적인 판단이라면, 차라리 상어를 욕하라고 하자. 놈은 그저 헤지 펀드답게 행동하고 있을 뿐이다. 호프만은 이곳을 파괴하기 위해 왔다는 사실마저 잠시 잊고 현재 진행 중인 거래 상황을 살펴보았다. 거래는 엄청난 양에 엄청난 빈도로 진행 중이었다. 수백만 건의 항목이 불과 1초 단위로 이루어졌다. 소위 '스나이핑(sniping)' 또는 '스니핑(sniffing)' 전략으로, 주문을 넣는 즉시 취소하는 식으로 시장에 숨어 있는 유동성을 조사하지만 저 정도의 규모로 행하는 경우는 한 번도 본 적이 없다. 그 자체로는 이득이 거의 없기 때문인데, 도대체 VIXAL이 뭘 노리는 걸까? 그때 화면에 경고 신호가 반짝였다.

▼ ▼ ▼

그 순간 전 세계의 거래장마다 신호가 나타났다. 제네바 시각으로 오후 8시 30분, 뉴욕 오후 2시 30분, 시카고 오후 1시 30분.

CBOE는 중부 지역 표준시 1시 30분 이후로, NYSE/ARCA에 대해 Self Help를 발동함. NYSE/ARCA는 NBBO를 벗어나, 거래 중계를 제공하지 않음. CBOE는 현재 정상적으로 운영 중임.

어려운 전문 용어가 본연의 의무에 따라 문제의 심각성을 감추고 열기를 덜어 냈지만, 호프만은 정확히 그 의미를 알고 있었다. CBOE는 시카고 옵션 거래소이며, 기업, 지수, 거래 가능 펀드 옵션을 매년 10억달러 규모로 거래한다. VIX도 그곳에 속해 있다.

'셀프 헬프(Self Help)'는 만일 자매 거래소가 주문에 반응하는 시간이

1초 이상 소요될 경우 미국 거래소가 발동하는데, 이 경우 각 거래소가 책임을 지고 거래가 성사되지 않았음을 보장해야 한다. 다시 말해서, 바로 그 순간 다른 지역의 거래소에서 제공하는 것보다 더 나쁜 가격을 투자자에게 제공한다는 뜻이다. 시스템은 완전히 자동으로 이루어지며 수천 분의 1초의 속도로 처리한다. 호프만과 같은 전문가에게 시카고 증권 거래소의 셀프 헬프 경고는 ARCA(뉴욕 전자 거래소)가 일종의 시스템 붕괴 상태라는 경고와 진배없다. 요컨대, 취우선 호가(National Best Bid and Offer, NBBO) 원칙하에서 시카고가 더 이상 주문을 재전송하지 못할 정도로 심각한 장애이며, 투자자들에게 시카고보다 더 나은 가격을 제공한다 해도 마찬가지다.

경고는 두 가지 엄청난 결과를 예고했다. 시카고가 개입해 뉴욕 증권 거래소/뉴욕 전재 거래소가 미리 제시한 유동성을 제공하며(적어도 유동성이 매도 공급의 경우에), 보다 중요하게는 이미 신경과민 상태의 시장을 더 자극할 가능성이 크다는 사실이었다.

사실 호프만도 경고문을 보자마자 VIXAL과 연관 짓지는 못했다. 하지만 화면에서 눈을 떼고 CPU마다 깜빡거리는 불빛들을 둘러보는데, 문득 저들이 처리하는 놀라운 주문량과 속도를, 거의 온몸으로 느낄 수 있었다. 순간 헤지가 풀린 상태에서 VIXAL의 일방적 투기가 시장 붕괴를 초래했다는 사실을 떠올리며 동시에 알고리듬이 어떤 짓을 하고 있는지도 깨달았다.

그는 콘솔 주변에서 TV 리모컨들을 찾았다. 곧바로 화면이 깜빡거리며 비즈니스 채널들이 켜지고, 어둑어둑한 광장에서 폭도들이 경찰과 싸우는 생중계 화면을 내보냈다. 쓰레기 더미가 불타고 있었다. 이따금 카메라 밖에서는 폭발음이 리포터의 중계를 끊기도 했다. CNBC는 다음과

같은 자막을 내보냈다. **'속보! 그리스 긴축 정책안 통과 후 시위대들이 아테네 거리를 메우다.'**

여성 리포터의 목소리가 들렸다.

"그곳에서는 실제로 경찰이 곤봉으로 시민들을 구타하며…."

화면 아래쪽의 시세 표시기에서 다우 지수가 260포인트 빠져나갔다.

마더보드들이 무자비하게 거래를 쏟아내고 있었다. 호프만은 출하장으로 물러 나왔다.

▼ ▼ ▼

그 즈음 제네바 경찰 소속의 순찰차 여덟 대가 황량한 클레르발 가를 요란스럽게 달려와 처리 시설 담벼락 옆에 급정거했다. 십여 개의 차문이 일제히 열렸다. 르클레르는 쿼리와 함께 선두 차에 타고 즈누는 두 번째, 가브리엘은 뒤에서 네 번째 차였다.

르클레르가 뒷좌석에서 빠져나오며 느낀 바로는 시설이 거의 요새 수준이었다. 높고 두터운 가시철조망, 감시 카메라, 무주공산 격인 주차장, 그리고 건물 자체의 강판 벽까지…. 건물은 저무는 햇살에 은빛의 성채처럼 우뚝 솟았는데, 높이가 적어도 15미터는 됨 직했다. 그의 등 뒤로 경관들이 순찰차 밖으로 꾸역꾸역 기어 나오는 중인데, 그중 일부는 케블라 방탄조끼를 착용했다. 다들 사기충천…. 이런, 조심하지 않으면 작전이 자칫 피바다로 이어질 수도 있겠어.

"용의자는 무장하지 않았다. 잊지 말 것. 용의자는 비무장이다." 그가 산개(散開) 중인 요원들 사이를 지나며 경고했다.

"가솔린 100리터, 그게 무기입니다." 한 경관이 나섰다.

"아니, 틀렸다. 너희 넷은 반대편으로 간다. 내 지시 없이 아무도 들어

가지 말 것. 사격도 절대 안 된다. 알았나?"

르클레르는 가브리엘이 타고 있는 차로 향했다. 문은 열려 있었으나 그녀는 뒷자리에 그대로 앉아 있었다. 당연히 충격에 빠졌겠지만, 르클레르는 최악의 사태까지 각오해야 한다는 쪽이었다. 순찰차가 제네바를 관통하는 동안 죽은 독일인의 노트북에서 두 사람의 메일을 확인했었다. 맙소사, 남편이 침입자를 집으로 초대해 자신을 공격하게 했다는 사실을 알면 여자의 기분이 어떨까?

"호프만 부인, 힘드실 줄은 알지만 그래도 잠깐…." 그가 손을 내밀었다. 그녀는 잠시 멍하니 르클레르를 보다가 손을 잡았다. 손에 잔뜩 힘이 들어간 모양새가 흡사 차에서 빠져나오는 게 아니라, 거친 바다에 표류하다 간신히 구조된 사람 같았다.

그러다가 차가운 밤공기를 맡은 덕에 퍼뜩 무아지경에서 벗어났는지, 사방에 깔린 경찰 병력을 보고 놀란 표정으로 눈을 깜빡거리기도 했다.

"이 사람들이 다 알렉스를 잡으려 모인 건가요?" 그녀가 물었다.

"죄송합니다. 이런 경우에 취해야 할 규정 절차가 있거든요. 그래도 아무 일 없이 끝날 겁니다. 도와주실 거죠?"

"네, 그럼요. 뭐든지."

그는 그녀를 기둥 앞으로 인도했다. 그곳에 쿼리와 즈누가 서 있었다. 회사 보안 책임자인 즈누는 그가 다가가자 말 그대로 펄쩍 놀라 차렷 자세를 취했다. 족제비 같은 놈. 어쨌든 되도록 편하게 대하기로 마음을 먹었다. 사실 원래 스타일이 그렇지 않았던가.

"모리스, 이곳을 잘 안다고 했지? 정확히 어떤 곳이야?"

"3층 건물입니다. 나무 골조의 파티션으로 나누었는데 가짜 층, 가짜 천장이 있죠. 조립 구조이며, 각 단위는 컴퓨터 장비가 차지하고 있습니다. 단, 중앙 통제 구역은 예외입니다. 지난 번 들어갔을 때는 절반 이상이 빈 상태였죠." 어떻게든 돕고 말겠다는 의지가 우스꽝스럽기까지 했다. 아무리 그렇다 해도, 내일 아침이면 호프만을 안다는 사실마저 부인할 위인이다.

"위층은?"

"비어 있습니다."

"접근은?"

"세 가지입니다. 하나는 대형 출하장. 그리고 지붕에서 내려가는 내부 비상구가 있습니다."

"그 문의 잠금 장치는 어떻게 풀지?"

"네 자리 암호이고 안으로 들어가면 안면 인식입니다."

"이 철문 말고 다른 입구는?"

"없습니다."

"전력은 어때? 여기서 끊는 게 가능해?"

즈누가 고개를 저었다. "1층 뒤쪽에 디젤 발전기가 있는데 84시간은 버틸 만큼 연료도 충분합니다."

"보안 시스템은?"

"경보 시스템이 있죠. 모두 자동이고 현장에 사람은 없습니다."

"철문은 어떻게 열지?"

"문과 암호가 같습니다."

"좋아. 그럼, 열어."

즈누가 곧바로 번호를 입력하기 시작했으나, 철문은 꿈쩍도 하지 않았다. 그가 인상까지 찌푸리며 두 차례 더 시도했으나 결과는 마찬가지였다. "분명히 맞는 암호인데…." 그가 영문을 모르겠다는 표정을 했다.

르클레르가 철문의 세로대를 잡았다. 장벽은 놀랍도록 견고해 1밀리미터도 밀리는 기색이 없었다. 지금으로서는 트럭으로 돌진해도 버틸 것 같았다.

"어쩌면 알렉스도 들어가지 못했겠군요. 그럼 당연히 저 안에 없다는 얘기겠죠." 쿼리가 중얼거렸다.

"그럴지도. 하지만 그보다는 암호를 바꾸었을 가능성이 더 큽니다." 맙소사, 가솔린 100리터를 들고 건물에 난입한 정신병자라니! 르클레르가 운전사에게 소리쳤다. "소방서에 연락해서 반드시 절단기를 챙기라고 해. 만약에 대비해 구급차도 부르고. 호프만 부인, 박사님과 엔트리폰으로 대화가 가능한지 확인해 보시겠습니까? 가능하면 이상한 짓은 하지 말라고 부탁해 보세요."

"그러죠."

그녀가 버저를 누르고 조용히 남편을 불렀다. "알렉스? 알렉스?" 그녀는 금속 버튼에 손을 대고 누르고 또 눌렀다. 알렉스, 제발 대답해!

▼ ▼ ▼

CPU실, 테이프 로봇 캐비닛, 광학 해자 따위에 가솔린을 붓고 나자 곧바로 버저 소리가 들렸다. 두 손에 무거운 석유통을 든 탓에 두 팔이 떨어질 것처럼 아팠다. 가솔린은 그의 부츠와 청바지까지 흠뻑 적셨다. 실내가 급격히 더워지기 시작했는데 아무래도 환기 시스템의 전원 공급을 차단한 모양이었다. 온몸이 땀으로 범벅이었다. CNBC의 헤드라인은 **'다우, 300포인트 이상 하락.'**이었다. 그는 석유통을 콘솔 옆에 두고 보안 모니터를 확인했다. 마우스를 움직여 개별 장면들을 클릭하자 철문 앞 현장이 한눈에 들어왔다. 경찰, 쿼리, 르클레르, 즈누, 그리고 가브리엘…. 그가 격자를 호출하자 그녀의 얼굴이 화면 전체를 채웠다. 너무도 지친 표정. 지금쯤 최악의 얘기를 들었을 것이다. 그는 손가락을 버튼 위에 놓고 잠시 망설였다.

"가브리엘…."

그의 목소리에 아내가 반응하는 모습을 보니 기분이 묘했다. 저 안도의 표정이라니.

"오, 맙소사, 알렉스. 다들 자기를 걱정하고 있어. 그 안은 어때?"

그가 주변을 둘러보았다. 지금 상황을 제대로 설명하면 좋겠건만. "여긴… 끔찍해."

"그렇지, 알렉스? 당연히 그럴 거야." 그녀는 잠깐 한쪽을 보더니 얼굴을 카메라에 바짝 대고는 목소리를 크게 낮추었다. 마치 이곳에 둘 밖에 없다는 투였다. "나도 들어가서 당신하고 얘기하고 싶어. 나도 직접 보면 안 돼, 응?"

"그러고 싶지만 솔직히 가능할 것 같지가 않아."

"그냥 나만 들어갈게. 약속해. 다른 사람들은 밖에 남을 거야."

"말은 그렇게 하겠지만 그 사람들이 가만히 있을 리가 없어. 그래, 서로 오해도 많겠지. 그것도 아주 많이."

"잠깐만 기다려, 알렉스." 그러자 그녀의 얼굴이 사라지고 화면에는 순찰차 옆모습만 보였다. 뭔가 토론이 벌어진 듯 보였지만 그녀가 스피커를 손으로 막은 탓에 알아듣기는 어려웠다. 그는 TV 화면을 보았다. CNBC 헤드라인은 **'다우, 400여 포인트 하락'**이었다.

"미안, 개비, 이제 끊어야겠어." 그가 말했다.

"잠깐만!" 그녀가 외쳤다.

그리고 그 순간 르클레르의 얼굴이 카메라에 잡혔다. "호프만 박사님,

접니다. 르클레르. 부인을 들어가게 해 주세요. 부인과 대화하셔야 합니다. 부하들은 꿈쩍도 하지 않을 겁니다. 약속드리죠."

호프만은 망설였다. 이상하게도 반장의 말이 옳다는 생각이 들었다. 아내와 대화할 필요가 있었다. 아니, 얘기는 아니더라도 보여주기는 해야 했다. 망가뜨리기 전에 그녀가 낱낱이 볼 필요가 있었다.

거래 화면에 새로운 경고문이 떴다.

나스닥은 동부 시간 14시 36분 59초 현재 NYSE/ARCA에 대해 Selp Help 작동을 선언함.

그는 버저를 눌러 그녀를 들어오게 했다.

18 이카로스의 그림자

> 피난민 행렬을 만들어내는 요인은 바로 위협이다. 누군가가 달아나면 누구든 따라붙게 마련이다. 위협이 초래하는 위험은 모두에게 동일하다. (…) 사람들이 함께 달아나는 이유는 함께 달아나는 게 최선이기 때문이다. 그들은 동일한 흥분을 느끼고 일부의 에너지가 다른 사람들의 에너지를 부추긴다. 그리하여 서로를 밀치며 같은 방향으로 함께 나아간다. 함께 달아나는 한 위험도 줄어든다고 믿는다.
>
> _엘리아스 카네티, 〈군중과 권력〉(1960)

미국 시장의 두려움은 확산 일로였다. 알고리듬은 저마다 광케이블 터널을 따라 달리며, 유동성을 찾아내려 애를 쓰고 서로를 향해 스니핑과 스나이핑을 남발했다. 그 결과 거래량도 평소의 10배 수준에 다다라, 분당 1억달러의 증권들이 거래되었다. 아니, 사실 수치는 눈속임이었다. 포지션은 저마다 1초 정도만 유지하고 곧바로 넘어갔는데, 향후 어느 연구서에서 이를 '뜨거운 감자 효과'라고 지칭하기도 했다. 이렇듯 비정상적인 거래 수준은 이제 공황을 가속화하는 주된 요소가 되었다.

제네바 시각으로 오후 8시 32분, 어느 알고리듬이 시장에 개입해, 7만 5000이-미니(E-mini: 전자로 거래하는 S&P500 선물 계약-옮긴이)를 팔아치웠는데, 아이비 자산 전략 펀드의 입장에서는 41억달러의 가상 가치에 해당했다. 그렇게 많은 양을 매각할 경우에 따라오는 가격 충격을 완화하기 위해 알고리듬은 거래 자체를 제한하도록 설정하였다. 그래서 판매량이 당시 시장 전체의 9퍼센트를 넘지 않았으며, 그 비율로 치면 처분은 서너 시간 정도 걸렸다. 사실 그것만으로도 정상 규모의 열 배에 해당하는 시장이었다. 알고리듬은 그 크기에 맞추고는 지시를 19분 만에 처리해 버렸다.

▼ ▼ ▼

철문이 어느 정도 열리자 가브리엘은 재빨리 안으로 들어가 주차장을 가로질렀다. 그런데 얼마 가지 않았을 때 뒤에서 부르는 소리가 들렸다. 돌아보니 쿼리도 무리에서 빠져나와 성큼성큼 그녀를 따라왔다. 르클레르가 돌아오라고 소리쳤으나 쿼리는 한 손을 들어 걱정 말라는 신호를 보낼 뿐 계속 걸어갔다.

"가브리엘한테 짐을 떠맡길 순 없습니다. 이건 내 탓이지 가브리엘 잘못이 아니에요. 내가 끌어들였으니까." 그가 그녀를 따라잡은 뒤 말했다.

"누구의 잘못도 아니에요, 휴고. 남편이 아픈 것뿐이죠." 그녀는 그를 돌아보지도 않았다.

"아무튼… 따라가도 괜찮은 거죠?"

그녀는 이를 갈았다. 따라온다고? 지금 산책이라도 하자는 건가?

"원하신다면."

하지만 모퉁이를 돌아, 출하장 입구에 서 있는 남편을 보는 순간 그녀는 누군가가 옆에 있다는 사실에 한없이 감사해야 했다. 쿼리도 마찬가지였다. 알렉스는 한 손에 기다란 지렛대를, 다른 손에 빨간 석유통을 들었는데, 그를 둘러싼 분위기 자체가 혼란스럽고 병적이었다. 너무도 당당한 자세, 얼굴과 머리의 피와 기름, 옷을 흠뻑 적신 기름, 번득이는 눈빛과 끔찍한 얼굴 표정, 가솔린 냄새….

"어서, 어서, 바로 시작할 거야." 호프만이 재촉하고는 그들이 미처 다 다르기도 전에 안으로 들어가 버렸다. 두 사람도 황급히 뒤를 쫓았다. BMW를 스치고 출하장을 가로지르고 마더보드들과 테이프 로봇들을 지나갔다. 안은 더웠다. 가솔린이 휘발하는 통에 숨 쉬기도 만만치가 않았다. 가브리엘은 재킷 자락으로 코를 덮기까지 했다. 머리 위에서는 뭔가 닥치는 대로 때려 부수는 소리까지 들려왔다. '알렉스, 알렉스, 알렉스….'

쿼리가 놀라 비명을 질렀다. "맙소사, 알렉스, 그러다가 폭발하면…."

하지만 훨씬 더 넓은 방으로 들어가면서는 그마저 말문이 막히고 말았다. 호프만은 대형 TV 화면의 소리를 최대로 올려놓았다. 그 소음 말고도 어떤 남자가 마치 빅 매치의 마지막 질주를 중계라도 하듯 흥분한 목소리로 떠들어 댔다. 가브리엘은 몰라도 쿼리에게는 너무도 익숙한 소리였다. 시카고의 S&P500 거래소 생중계 방송.

"자 다시 팔기 시작합니다. 지금 9.5 거래, 20개 낙찰, 거래 가격 같습니다. 자, 여러분, 다시 8.5 거래. 8 제시! 7 제시!"

중계방송 너머로 사람들이 재앙이라도 맞은 듯 비명을 질러댔다. TV 화면 한 곳에서 가브리엘도 자막 하나를 읽었다. **'다우, S&P500, 나스닥, 공히 1년여 만에 하루 최대의 하락폭 기록.'**

다른 남자가 이번에는 야간 폭동의 화면에 대해 설명하고 있었다.

"헤지 펀드들이 이탈리아를 부수고 있습니다. 스페인도 붕괴 일로입니다. 도무지 해결책이 보이질 않습니다…."

자막이 바뀌었다. **'VIX, 30퍼센트 상승.' '다우, 500포인트 이상 하락.'** 가브리엘은 무슨 뜻인지 여전히 알 수가 없었다.

쿼리는 얼어붙은 채 서 있었다. "설마, 우리가 하는 일은 아니겠지?"

호프만은 큰 석유통을 뒤집어 CPU마다 가솔린을 붓고 있었다. "우리가 시작한 거야. 뉴욕을 공격하고 눈사태를 일으켰지."

"여러분, 오늘 64핸들(handle: 시장의 매도·매수 호가에서 달러 아래 단위를 절삭한 것 – 옮긴이)이 빠졌습니다. 여러분"

▼ ▼ ▼

그날 하루 동안, 뉴욕 증권 거래소에서만 194억달러 상당의 증권 거래가 이루어졌다. 1960년대와 비교한다면 10년 치의 거래 액수보다도 더 많았다. 거래도 1000분의 1초 단위로 진행하는 탓에 인간의 이해 속도를 훨씬 넘어섰다. 후에 컴퓨터들이 비밀을 토해 내야 그나마 사건의 재구성이 가능할 것이다.

제네바 시각, 8시 42분 43초, 데이터 스트리밍 회사 나넥스의 보도에 따르면, 뉴욕 증권 거래소, NYSE-ARCA, 나스닥 증권을 인용한 트래픽 비율이 75밀리 초 내에 포화 상태에 이르렀다. 그리고 400밀리 초 후, 아이비 자산 전략 펀드 알고리듬은, 곤두박질치는 주가에도 불구하고 또 다시 1억2500만달러 가치의 이-미니 일부를 팔아 치웠다. 25밀리 초 후, 또 다른 알고리듬이 1억달러 상당의 전자 거래 선물을 처분했다. 다우는 이미 630포인트 하락했고 1초 후에는 720포인트로 떨어졌다.

쿼리는 숫자의 변화에 마비된 채 멍하니 지켜보기만 했다. 그리고 나중에 이렇게 고백했다. "말 그대로 만화 영화를 보는 기분이었네. 한 남자가 벼랑 너머로 달려 나가 허공에 그냥 머무르다가 마침내 바닥을 내려다보는 순간… 그대로 사라지고 마는 그런 만화 영화…."

▼ ▼ ▼

건물 밖으로 제네바 소방국의 소방차 세 대가 순찰차 옆에 멈춰 섰다. 사람도 너무 많고 조명도 너무 많았다. 르클레르는 소방 요원들에게 작업 개시를 요청했다. 수압식 절단기를 보자, 문득 거대한 야수의 턱이 생각났는데, 그도 그럴 것이 절단기는 두꺼운 가시철조망을 잔디 깎듯 숭덩숭덩 한 올씩 잘라나갔다.

▼ ▼ ▼

"여보, 제발. 그냥 놔두고 나가자." 가브리엘이 남편에게 애원했다.

호프만은 마지막 석유통까지 비우고 내버린 다음, 청소포를 이로 찢기 시작했다. "해야 할 일이야." 그가 천 조각을 뱉어 내며 말했다. "두 사람 먼저 가. 곧 따라 갈게." 그러고는 가브리엘을 올려다보았다. 그 순간 그는 예전의 알렉스로 돌아와 있었다. "사랑해. 자, 어서 가. 어서!" 그는 마더보드 덮개에 고인 가솔린에 헝겊을 담가 흠뻑 적셨다. 다른 손에는 라이터가 들려 있었다. "어서 가라니까!" 그가 재차 말했다. 어찌나 목소리가 절박하든지 가브리엘도 뒤로 물러서기 시작했다.

CNBC의 기자 목소리가 들렸다.

"이건 완전한 항복입니다. 역사적인 항복입니다. 시장은 두려움에 휩싸여 있습니다만…. VIX를 보십시오. 오늘은 폭발할 지경으로 치닫고…."

쿼리는 거래 화면의 내용을 믿을 수가 없었다. 몇 초 사이에 다우는

-800에서 -900까지 빠졌다. VIX는 40퍼센트까지 치솟았다. 맙소사, 단 하나의 포지션만으로 바로 그 자리에서 5억달러의 수익을 거뒀다는 얘기야. VIXAL은 이미 매도 증권들에 옵션을 실행해 터무니없이 낮은 가격에 사들이고 있었다. P&G, 엑센추어, 빈 리조트 엑셀론, 3-M….

시카고 거래소의 목소리는 여전히 이성을 잃은 듯한 목소리로 떠들어대고 있었다.

"현재 75억 매도 제안은 정확히 7억에 낙찰되었습니다! 여기 모건 스탠리가 매도 주문을…."

VIXAL이 거래를 마무리 지은 직후였는데 바로 옆에서 가브리엘의 비명 소리가 들렸다.

"알렉스!" 순간 쿼리도 문을 향해 몸을 날렸다. 불은 호프만의 손을 떠나 잠시 허공에서 춤을 추듯 하다가 점점 커지며 별처럼 밝게 타오르기 시작했다.

▼ ▼ ▼

두 번째이자 결정적인 유동성 위기, '7분 대 폭락'이 발생한 때는 오후 8시 45분, 호프만이 텅 빈 석유통을 버린 직후였다. 전 세계 투자자들이 화면을 지켜보며, 거래를 중단하거나 아니면 아예 전부를 팔아 버렸다. 공식 보고서에 따르면 다음과 같다. '주가 폭락이 거의 모든 종목을 망라한 터라, 투자자들은 두려움에 휩싸여 망연자실한 채로 대 격변을 지켜볼 뿐이었다. 그들은 영문도 몰랐다. 시스템 통제도 불가능한 상황이었다. (…) 주요 수치들이 시장에서 완전히 사라졌다.'

8시 45분 13초, 불과 15분 사이에 초고속 알고리듬 프로그램이 이-미니 계약 7만 5000건을 거래했다. 총액의 49퍼센트에 달했지만 실제로 팔린 건 불과 200건뿐이었다. 결국은 실제 구매자 없는 '뜨거운 감자' 게임에 불과했다. 유동성도 초기 수준인 1퍼센트대로 떨어졌다. 8시 45분 27초, 호프만이 라이터를 딸깍 하고 켜는 순간, 불과 500밀리 초 사이에 매도 주문이 연이어 시장을 때려, 이-미니 가격은 1070에서 1062, 1059를 거쳐 최종 1056까지 추락했다. 그 시점에서 변동성이 소위 'CME 글로벡스의 역 지정가 로직 기능'을 건드려, 시카고 S&P 선물 교환에 대한 거래 모두를 5초 동안 동결하고 시장에 유동성 개입을 허용했다. 다우는 1000포인트 아래로 떨어졌다.

▼ ▼ ▼

경찰의 공개 채널 무전을 녹음한 자료에 따르면, 오후 8시 45분 28초, 시카고 시장이 동결된 바로 그 순간, 처리 시설 내부에서 폭음이 들렸다. 르클레르는 부하 경관들을 이끌고 건물을 향해 달려가다가, 갑작스러운 굉음에 그만 몸을 잔뜩 웅크리고 앉아 두 팔로 머리를 감쌌다. 선배 경관으로서 창피한 노릇이었다고 후회했지만 어쩔 도리가 없었다. 겁도 경험도 없는 경관 몇은 멈추지 않고 달려 들어가, 르클레르가 일어설 때쯤엔 이미 건물 모퉁이를 돌아 나오고 있었다. 가브리엘과 쿼리도 함께였다.

"호프만 박사님은 어디 계신가?" 르클레르가 소리쳤다.

쾅! 건물 내부에서 또 다시 굉음이 들렸다.

▼ ▼ ▼

심야의 침입자에 대한 두려움, 폭행과 폭력에 대한 두려움, 질병에 대한 두려움, 광기에 대한 두려움, 고독에 대한 두려움, 불타는 건물 안에 갇혔을 때의 두려움….

넓은 중앙 통제실, 호프만이 의식을 회복한다. 무신경 카메라들에 잡힌 장면이다. 스크린들이 모두 폭발하고 마더보드도 일제히 꺼졌으며, VIXAL도 장렬히 전사했다. 이제 남은 소음이라고는, 나무 파티션, 천장, 수 킬로미터에 달하는 비닐 케이블, CPU의 플라스틱 부품 등에 불길이 옮겨 붙으며 방마다 번져 나가는 소리뿐이다.

호프만은 엉금엉금 기다가 간신히 몸을 일으켜 세우지만 위태롭게 휘청거린다. 그는 재킷을 벗어 앞에 대는 식으로 보호막을 만든 뒤, 불지옥으로 변한 광학실 안으로 뛰어든다. 그렇게 연기를 내뿜는 로봇들을 지나고 깜깜한 CPU실을 가로질러 출하장으로 빠져나오는데, 맙소사, 하필 금속 셔터가 닫혀 있다. 어떻게 된 일이지? 손바닥으로 버튼을 때려 봐도 소용이 없다. 그는 버튼을 벽에 박기라도 하듯 미친 듯이 동작을 반복한다. 무응답. 조명이 모두 꺼진 걸 보면 화재로 회로가 단선된 모양이다. 그가 돌아서서 렌즈를 올려다보는데, 비디오테이프에도 그 복잡한 심정이 그대로 담겨 있다. 분노, 일종의 광적인 승리감… 때때로 두려움도 엿보인다.

> (…) 두려움이 커져 혹독한 공포로 변하면, 마치 격렬한 감정들에 시달리기라도 하듯 다양한 반응을 낳는다. (…)

이제 선택만 남았다. 그 자리에 갇힌 채 불에 타 죽거나, 아니면 다시 불길을 뚫고 나와 테이프 로봇 기지 옆의 비상구에 도전해 볼 수 있다. 가능성을 계산하는 동안 박사의 눈빛이 흔들린다.

그는 후자를 선택한다. 열기는 지난 몇 초보다 훨씬 강렬하고 불길은 노란 불꽃을 마구 토해 낸다. 퍼스펙스 캐비닛들이 녹아내리고, 로봇 하나는 불이 붙어 역시 중심부부터 녹기 시작한다. 그가 마구 달리는데, 로봇의 허리가 끊기며 절을 하듯 넘어지더니 바로 뒤쪽에 떨어져 박살나고 만다.

철제 난간은 너무 뜨거워 손을 댈 수 없다. 금속의 열기가 구두 밑창까지 뚫고 들어온다. 계단은 지붕이 아니라 바로 위층까지만 이어지는데, 그곳 역시 칠흑 같은 어둠뿐이다. 뒤쪽의 진홍빛 불길 덕분에 넓은 공간과 문 세 개를 확인할 수 있다. 이곳에도 다락의 강풍 같은 소음이 휩쓸고 있다. 소음이 왼쪽에서 오는지 오른쪽에서 오는지는 알 수 없다. 어딘가에서 굉음이 들린다. 바닥 일부가 무너지는 소리. 그는 첫 번째 문 앞에서 인식 장치에 얼굴을 대 본다. 반응이 없다. 그가 소매로 얼굴을 닦는다. 얼굴이 땀과 기름 범벅이라 감지기가 인식에 실패했을지도 모른다는 생각을 했지만 이번에도 문은 열리지 않는다. 두 번째 문도 마찬가지다. 다행히 세 번째 문이 열린 덕에 그가 암흑 속으로 빨려 들어간다. 적외선 카메라에, 벽을 더듬거리며 다음 출구를 찾는 그의 모습이 잡힌다. 내내 호프만이 건물의 미로를 탈출하기 위해 이 방 저 방 돌아다니는 식이다. 그리고 마침내 통로 끝에서 그가 문을 연다. 그곳은 가히 불바다라 부를 정도다. 새로이 공기가 유입되자 불길이 굶주린 야수처럼 달려든다. 그가 돌아서서 달아난다. 불길은 그를 쫓아오며 반짝이는 철제 계단을 비춘다. 호프만이 카메라의 사각으로 빠져나가자 곧 이어 불덩이가 렌즈를 덮친다. 기록은 그렇게 끝이 난다.

▾ ▾ ▾

밖에서 지켜보는 사람들에게 처리 시설은 차라리 압력 밥솥처럼 보인다. 불길은 보이지 않으나, 건물에 생긴 틈과 환기통에서 연기가 풀풀 새어나오고 굉음까지 끊이지 않으니 왜 아니겠는가. 소방차들이 삼면에서 물을 뿜어내 온도를 낮추고 있다. 소방서장이 르클레르한테 설명한 바에 따르면, 문을 부수고 들어가 봐야 불길에 산소만 제공하는 셈이란다. 적외선 장비에는 구조물 내에서 검은색 웅덩이가 계속해서 이동하는 모습이 감지된다. 그러니까 열기가 상대적으로 낮은 곳이라 누군가가 생존해 있을 가능성이 없지 않다는 뜻이다. 구조 팀이 보호 장비를 단단히 착용하고 진입을 준비 중이다.

가브리엘과 쿼리는 울타리 바로 안쪽까지 물러나 있다. 누군가가 그녀의 어깨에 담요를 둘러 준다. 그렇게 서서 지켜보는데, 갑자기 평평한 건물 지붕에서 오렌지색의 불꽃이 마치 폭죽처럼 터져 밤하늘을 비춘다. 색은 다르지만, 제련소에서 유독 폐기물을 태울 때와 같이 깃털 모양을 하고 있다. 그리고 그 아래에서도 무언가가 나타난다. 사람들 모두가 알아보기까지 약간의 시간이 필요하다. 불길 속에 한 사람의 윤곽이 나타난다. 그는 두 팔을 벌리더니 지붕 끝까지 달려가 이카로스처럼 허공으로 몸을 날린다.

19 디지털 구름

미래를 보라. 마침내 어느 종이 살아남게 될지 아무도 알 수 없다. 과거, 매우 광범위하게 발달했던 종들이 수도 없이 멸종했다는 사실 정도는 모두들 알고 있지 않은가. _찰스 다윈, 〈종의 기원〉(1859)

자정 무렵, 오-비브로 이어진 거리는 조용했다. 상점들은 셔터를 내리고 레스토랑은 문을 닫았다. 쿼리와 르클레르는 아무 말 없이 순찰차 뒷좌석에 앉아 있었다.

한참 후 르클레르가 먼저 입을 열었다. "정말 댁에 모셔다 드리지 않아도 되겠습니까?"

"네, 고맙습니다. 오늘 밤에는 투자자들과 연락을 취해야 해서요. 그 사람들이 뉴스를 통해 먼저 알아서야 되겠습니까?"

"대단한 기사가 될 겁니다."

"그렇겠죠."

"외람된 말씀이지만, 큰 충격을 받으셨으니 사장님도 조심하세요."

"네, 그러죠. 걱정 마세요."

"호프만 부인은 병원에 입원하셨습니다. 그곳에서 지연성 충격 치료를…."

"반장님, 전 괜찮습니다."

쿼리는 손으로 턱을 괴고 창밖을 내다보았다. 더 이상 말하기 싫다는 뜻이었다. 르클레르도 반대편 거리를 보았다. 불과 24시간 전만 해도 야간 순찰을 돌던 거리였건만! 인생이 언제 어디에서 꼬일지 알다가도 모를 일이다. 서장은 취리히 만찬 중에 친히 전화까지 걸어, '잠재적 위험 상황을 조속히 처리한 것'에 대해 치하했다. 재무부 장관도 기뻐했단다. 이번 사건으로 자칫 투자 중심지로서의 제네바의 명성에 흠집이 날 수도 있었기 때문이었다. 하지만 정작 르클레르는 어쩐지 패배자가 된 기분이었다. 게임이 끝난 후 한두 시간이 늘 이렇게 괴로웠다. 새벽에 호프만과 함께 병원에 갔을 때 강제로라도 입원시켰더라면 이런 일은 일어나지 않았을 텐데. 그가 혼잣말하듯 중얼거렸다. "멍청한 짓을 했어."

"무슨 말씀이십니까?" 쿼리가 곁눈질로 보며 말했다.

"사건 처리가 미숙했다고 자책하는 중이었습니다. 조금 더 신중했다면 이런 참사까지는 일어나지 않았겠죠. 예를 들어, 호프만 박사님의 정신 이상 증세가 심각하다는 사실을 애초에 알았더라면 어땠을까요?" 그는 다윈의 고서를 생각하고 있었다. 그림 속의 사나이가 사건의 실마리를 제공한다는 둥 얼빠진 주장까지 하지 않았던가.

"글쎄요." 쿼리는 자신 없는 목소리였다.

"그리고, 호프만 부인의 전시회에서도…."

"반장님, 사실을 알고 싶습니까? 알렉스는 그냥 괴짜였습니다. 언제나 그랬죠. 그런 논리라면, 그 친구를 처음 만난 날 나 역시 이렇게 될 줄 알았어야 했습니다. 죄송합니다만, 이 일은 반장님과 아무런 상관이 없습니다." 쿼리가 결국 참지 못하고 잘라 말했다.

"그렇다고 해도…."

"오해는 마세요. 그 친구가 이런 식으로 끝나 나 역시 안타깝기만 하니까요. 하지만 생각해 보세요. 이 용병 기업을 이끌어 가는 동안, 그 친구는 나와 자기 아내를 감시하고, 자기 자신까지…."

그런 식의 불신과 불만에 대해서라면 부부, 연인, 친구 사이에서 수도 없이 들었다. 우리가 제일 잘 안다고 자신하는 사람들이 속으로 어떤 생각을 하는지, 우리가 무슨 수로 알겠는가. 아니, 애초에 우리가 아는 게 뭐가 있다는 말인가.

"그 분이 없으면 회사는 어떻게 됩니까?" 르클레르가 담담한 목소리로 물었다.

"회사? 무슨 회사? 회사는 이미 끝났습니다."

"신문 보도가 나오면 충격이 크기야 하겠죠."

"그렇게 생각합니까? '정신 이상의 천재 금융인이 미쳐 날뛰며, 두 건의 살인을 저지르고 건물을 태우다!' 뭐 이런 식의 뉴스 말인가요?"

순찰차가 대형 오피스텔 밖에 멈춰 섰다. 쿼리는 시트 등받이에 머리를 기대고 지붕을 보며 긴 한숨을 내뱉었다. "지치는군요."

"그러게요."

"그럼…." 쿼리가 맥없이 문을 열었다. "아침에 다시 얘기하기로 하죠."

르클레르가 고개를 저었다. "아닙니다. 적어도 나는 아니에요. 사건을 젊고 유능한 친구에게 재배당했더군요. 똑똑한 요원이니까 사장님 마음에도 들 겁니다."

쿼리는 어쩐지 실망한 듯한 표정이었다. "아, 네. 그럼 반장님 동료분의 연락을 기다려야겠군요. 그럼, 안녕히." 두 사람은 악수를 나누었다. 쿼리는 기다란 두 다리를 들어 인도에 내려놓았다.

"그럼 들어가십시오. 아…, 사장님께서 말씀하신 기술적 문제 말입니다. 얼마나 심각했죠?" 르클레르는 쿼리가 차 문을 닫기 전에 재빨리 물었다.

그 정도의 거짓말이라면 쿼리에겐 아무 문제도 아니었다.

"아, 별 일 아닙니다. 그냥 하찮은 오류였죠."

"박사님께선, 시스템이 통제 불능 상태라고…."

"그냥 해 본 소리였습니다. 컴퓨터라는 게 원래 그렇잖습니까?"

"아, 네, 그렇죠. 컴퓨터…."

쿼리가 문을 닫자 순찰차도 떠났다. 잠시 후 돌아보니 쿼리가 건물 안으로 들어가 있었다. 문득 이상한 느낌은 들었지만 너무 피곤해서 따질 기력조차 없었다.

"어디로 갈까요, 반장님?" 운전사가 물었다.

"남쪽, 안시 레 비유."

"댁이 프랑스에 있습니까?"

"국경 너머 바로야. 너는 어떤지 모르겠지만 더 이상 제네바에 살 형편이 못 된다."

"무슨 말씀이신지 압니다. 외국인들이 몽땅 차지해 버렸죠."

운전사가 부동산 가격에 대해 떠벌이기 시작했다. 르클레르는 머리를 기대고 눈을 감았다. 그리고 프랑스 국경에 다다르기도 전에 잠에 빠져들었다.

▼ ▼ ▼

경관들은 모두 사무실 건물에서 철수했다. 엘리베이터 한 대는 검정색과 노란색 테이프로 차단하고 그 위에 경고문을 붙였다. '위험. 고장 났음.' 다른 엘리베이터는 작동했다. 쿼리는 잠시 망설이다가 엘리베이터 안으로 들어갔다.

판 데르 질과 주-롱이 리셉션에서 기다리다가 그가 들어오자 자리에서 일어났다. 둘 다 크게 당혹스러운 표정이었다.

"방금 뉴스에 떴습니다. 화재, 회사… 모두 찍었더군요."

쿼리가 욕설을 내뱉으며 시계를 보았다. "당장 주요 고객들한테 메일을 보내야겠어요. 어쨌든 우리가 먼저 고백해야죠." 하지만 판 데르 질과 주-롱은 서로의 얼굴을 보았다. "음… 무슨 일이죠?"

대답은 주-롱이 했다. "파괴하지 않았습니다, 사장님. 아직 거래가 이루어지고 있습니다."

"뭐라고?"

"VIXAL이 여전히 거래를 하고 있습니다."

"그건 불가능해요. 하드웨어가 모조리 박살나는 현장을 내가 보고 왔으니까."

"그럼, 우리가 모르는 다른 하드웨어일 겁니다. 뭔가 기적이 일어난 것 같은데… 인트라넷을 보셨나요? 회사 슬로건이 바뀌었습니다."

쿼리는 퀀트들의 얼굴을 보았다. 다들 신비교 의식에 참석한 신자들처럼 멍한 동시에 환한 표정이었다. 그는 섬뜩했다. 그중 몇 명이 읽어 보라며 고갯짓을 했다. 그는 상체를 숙여 화면 보호기를 보았다.

미래의 회사는 인력이 없습니다.

미래의 회사는 관리자가 없습니다.

미래의 회사는 전적으로 디지털로 움직입니다.

드디어 미래의 회사가 이제 곧 도래합니다.

쿼리는 자신의 사무실로 돌아와 투자자들에게 메일을 쓰기 시작했다.

수신: 에티엔 & 클라리스 뮈사르, 엘미라 굴잔 & 프랑수와 드 공바르-토넬, 에즈라 클라인, 빌 이스터브룩, 암셸 헤르크스하이머, 이언 몰드, 미치에슬라브 우카신스키, 리웨이 수, 치 장

발신: 휴고 쿼리

제목: 알렉스

친애하는 여러분, 이 글을 읽을 때쯤, 어제 알렉스에게 일어난 비극적인 얘기를 듣기 시작하셨을 겁니다. 내일 전화를 걸어 상황에 대해 자세히 상의 드리겠지만 우선은 그가 최고의 진료를 받고 있다는 말씀부터 드릴까 합니다. 어려운 시기이나마 그와 가브리엘을 위해 기도해 주시길 바랍니다. 회사의 미래에 대해 얘기하기에는 이른 감이 있지만, 시스템을 정착한 사람이 바로 알렉스임을 다시 한 번 강조하고 싶습니다. 즉, 여러분의 투자는 계속 번창할 뿐 아니라, 더욱 더 힘을 더할 것임을 약속드립니다. 이 얘기에 대해서도 후에 설명을 드리겠습니다.

거래소의 퀀트들은 투표를 통해 지금까지의 상황을 비밀에 붙이기로 결의하였다. 대신 모두에게 500만달러의 현찰 보너스를 지급하고, 향후에도 VIXAL의 활약에 따라 합의한 비율대로 추가 배당이 있을 것이다. 반

대한 사람은 없었다. 라야마니가 어떻게 되었는지 모두들 보지 않았던가.

누군가가 문을 노크했다.

"들어와요!" 쿼리가 소리쳤다. 즈누였다.

"안녕, 모리스, 무슨 일인가?"

"카메라들을 제거하러 왔습니다. 괜찮다면요."

쿼리는 VIXAL 생각을 했다. 그에게 VIXAL은 하늘에서 붉게 타오르는 일종의 디지털 구름이었다. 때때로 떼를 지어 지구로 몰려드는 구름…. 그 구름은 어디에나 있을 수 있다. 어느 무더운 날, 동남아시아나 라틴아메리카의 어느 국제공항 옆, 항공 연료의 악취와 매미의 울음소리가 진동하는 공장 지구일 수도 있고, 아니면 뉴잉글랜드나 라인 강 유역의 단비와 신록에 젖은 시원한 비즈니스 공원이어도 상관없다. 런던이나 뭄바이, 상파울루의 신축 오피스텔의 아무도 찾지 않는 어두컴컴한 층을 차지하거나, 심지어 수십만 대의 가정용 컴퓨터 안에 몰래 들어앉을 수도 있다. 그것은 어느 곳에나 존재한다. 우리가 호흡하는 공기처럼.

그는 감시 카메라를 올려다보았다. 그리고 가볍게 목례를 했다.

"그냥 두게." 그가 말했다.

▼ ▼ ▼

가브리엘은 대학병원에 있었다. 오늘 아침도 이곳에서 맞이했고, 지금은 남편의 침대 옆이다. 남편은 3층의 어느 어두운 병동 끝, 독방을 차지했다. 창문은 창살로 막고 밖에 남녀 경관 둘이 지켰다. 호프만은 온몸을 붕대와 튜브로 장식한 터라 알아보기도 어려울 지경이었다. 땅에 떨어진 이후로는 계속 의식 불명이었다. 의사의 말로는 심한 골절에 2도 화상이라고 했다. 조금 전 응급 수술실에서 빠져나온 후, 지금은 링거와 모니터를 연결하고 관을 삽입하고 있었다. 의사는 수술 경과에 대해 함구하고 다만 앞으로 24시간이 고비라는 얘기만 하고 떠났다. 진녹색의 선 네 개가 최면에라도 걸린 듯 잔잔한 파도처럼 모니터를 가로질렀다. 가브리엘은 모니터를 보며 문득 허니문을 떠올렸다. 태평양 저 멀리에서 파도가 일렁이며 육지까지 두 사람을 따라왔건만….

호프만이 자다 말고 비명을 질렀다. 뭔가에 크게 놀란 모양이었다. 가브리엘은 붕대로 뒤덮인 손을 잡았다. 도대체 저 경이로운 머릿속에서 또 무슨 일이 벌어진 걸까?

"괜찮아, 여보. 이제 아무 일도 없을 거야. 걱정 마." 가브리엘은 남편 옆의 베개에 머리를 대고 누웠다. 많은 일이 있었지만 묘하게도 마음이 편했다. 마침내 남편을 곁에 둘 수 있기 때문이리라. 창살 너머로 교회의 종소리가 자정을 알렸다. 가브리엘이 나지막이 자장가를 부르기 시작했다.

〈끝〉

어느 물리학자의 비행

1판 1쇄 인쇄 2014년 4월 7일
1판 1쇄 발행 2014년 4월 14일

지은이 로버트 해리스
옮긴이 조영학

발행인 양원석
총편집인 이헌상
편집장 김지아
책임편집 신진
전산편집 김미선
해외저작권 황지현, 지소연
제작 문태일, 김수진
영업마케팅 김경만, 정재만, 곽희은, 임충진, 김민수, 장현기, 송기현
우지연, 임우열, 정미진, 윤선미, 이선미, 최경민

펴낸 곳 ㈜알에이치코리아
주소 서울시 금천구 가산디지털2로 53, 20층(가산동, 한라시그마밸리)
편집문의 02-6443-8853 구입문의 02-6443-8838
홈페이지 http://rhk.co.kr
등록 2004년 1월 15일 제2-3726호

ISBN 978-89-255-5203-3 (03840)